W0000764

Stephanie Bart

DEUTSCHER MEISTER

Roman

HOFFMANN UND CAMPE

Die Arbeit der Autorin am vorliegenden Roman wurde vom
Deutschen Literaturfonds e.V. gefördert. Die Autorin dankt außerdem
Bastian Schlüter, Ingeborg Mues und Harald Bennert.

1. Auflage 2014

www.hoca.de
Satz: Dörlemann Satz, Lemförde
Gesetzt aus der Minion Pro und ITC Avant Garde Gothic
Druck und Bindung: Friedrich Pustet, Regensburg
Printed in Germany
ISBN 978-3-455-40495-1

Ein Unternehmen der
GANSKE VERLAGSGRUPPE

»He who hits and runs away,
lives to fight another day.«

Willie »Will o' the Wisp« Pep

DIE FLANKE

»Was ziehstn morgen zu Trollmann an?«
»Das Weiße mit den Kirschen drauf. Und du?«
»Die neuen Pumps – und sonst nüscht!«

Wie ein Gummiball treppab federte Trollmann die drei Stufen zum Ring hinauf. Legte im Sprung seine Rechte auf die Halterung des obersten Seils. Berührte noch einmal mit beiden Füßen den Boden. Das Publikum setzte ein, Trollmanns berühmte Flanke über das brusthohe Seil in den Ring mit einem jubelnden »Juhuu« zu begleiten. Noch lauter als sonst schrien die beiden Verkäuferinnen der Bäckerei Brätzke, Henriette Kurzbein im Weißen mit den Kirschen drauf und Maria Plaschnikow, die nun doch etwas mehr am Leibe trug als ihre neuen Pumps. Trollmann schien der Schwerkraft eine Nase zu drehen. Ging, als er noch einmal mit beiden Füßen den Boden berührte, leicht in die Knie. Ließ den Impuls mit einem lockeren Einatmen aus der Hüfte kommen. Schnellte nach oben. Warf die Beine hinauf, das rechte vorweg, das linke hinterher. Schwang gegenläufig, wie ein Vogel den Flügel, seinen linken Arm. Platzierte den Körperschwerpunkt genau über der aufgestützten Hand. Schwebte auf das kreischende »Huu« des Publikums fast waagrecht in der Luft über dem Seil. Sah in die Überdachung des Freiluftrings und sah vor seinem inneren Auge den makellosen, gewittergereinigten Juniabendhimmel. War kinderleicht und fühlte sich getragen von Tausenden hochgeworfener Arme, die Schweißflecken auf Herrenhemden und nackte Damenachseln freilegten und Brüste sich heben ließen. Wurde begrüßt durch ein wogendes Meer von Victory-Vs und geballten Fäusten, die sich nun öffneten, um zu klatschen wie wild.

Der kann den Zirkus nicht lassen, und: Die sind alle für ihn, und: Elastisch isser ja, ging es Trollmanns Gegner Adolf Witt durch den Kopf. Witt war zuerst in den Ring gerufen worden. Seine Sekundanten hatten sich vorsorglich abgewandt. Der Ringsprecher lächelte böse. In den Augen des Ringrichters stritten Neid und Bewunderung um die Oberhand. Am Fuße des Rings gaben sich die Punktrichter Mühe, durch den fliegenden Trollmann hindurchzusehen, und blieben doch mit den Augen an seinem Körper hängen. Ärger und Wut ergriffen den Ersten Vorsitzenden des Verbands Deutscher Faustkämpfer: Affentheater! Unwürdig!! Am meisten schlauchte ihn, dass der Zigeuner das ganze Publikum für sich hatte. Warts nur ab. Nun war zwar amtlicherseits die Rassenfrage noch nicht zweifelsfrei geklärt, es konnte mithin noch nicht ausgeschlossen werden, dass Zigeuner nicht doch auch Arier waren, aber für solche wissenschaftlichen Feinsinnigkeiten fehlte dem Ersten Vorsitzenden nicht nur das Interesse, sondern auch die Zeit. Er glaubte, was er sehen wollte: Der Zigeuner war ja von der Farbe her so gut wie eins mit dem Neger. Wortlos und in seltener Eintracht tauschte der Erste Vorsitzende des Verbands Deutscher Faustkämpfer mit dem Präsidenten der Boxsportbehörde Deutschlands einen Blick: Unter aller Kanone, dieser Trollmann. Damit standen die beiden Herren allerdings auf einsamem Posten. Ein paar SA-Leute mussten sich von ihren Kameraden die Ellenbogen in die Rippen jagen lassen, weil sie nun an der falschen Stelle klatschten. SA-Mann Willi Radzuweit rempelte zurück: »Mach du mir erst mal so ne Flanke vor, dann kannste mir in Zukunft auch sagen, bei wem ich klatschen soll und bei wem nich!«

Trollmann indessen vollendete seine Flanke. Während des Aufwärtsschwungs hatte sich der mit Absicht nur lose ineinandergelegte Gürtel seines dunkelroten, paisleygemusterten Mantels aus reiner Seide gelöst. Der weichfließende Stoff wehte über das Hindernis hinweg in den Ring hinein wie die Fahne einer siegenden Revolution. Trollmann, nichts weiter als seinem eigenen Schwunge folgend, überflog das oberste Seil. Drehte auf dem Zenit der Flanke die Hüfte in den Ring. Ließ auf dem Übergang des schreienden Publikums vom »Ju« zum »huu« den Körperschwerpunkt hinübergleiten. Man hätte nicht sagen können, ob das Schreien den Körper steuerte oder ihm folgte: Vereinigt waren die Menschen, hatten Bäckereien, SA und Zigeunersein, hatten die Welt verlassen, um in der Gegenwart des Augenblicks aufzugehen. Trollmann gab sich der Bewegung hin, ließ jenseits der Seile ausatmend die Beine herab, setzte mit beiden Füßen auf und hatte damit den Ring betreten. Hinter ihm glitt der Saum des Mantels vom Seil. Es war der Kampf um den Titel des Deutschen Meisters im Halbschwergewicht am 9. Juni 1933 in der Bockbrauerei, Fidicinstraße, Berlin-Kreuzberg.

PROLOG

Acht Jahre zuvor hatte sich auf dem Obersalzberg in einer kleinen, idyllisch gelegenen und einem Gasthof zugehörigen Holzhütte der künftige Führer den zweiten Teil seines Werks *Mein Kampf* abgerungen. Es war Sommer, die Festungshaft lag ein halbes Jahr zurück. Bei und mit ihm war einer seiner Anhänger und bediente die Schreibmaschine. Unbeeindruckt von der Enge des Raumes und der niedrigen Decke stand der künftige Führer gelegentlich auf, um zwei ausholende Schritte hin und zwei her zu gehen und sich dann wieder an den Tisch zu setzen. Er fand Gefallen am Diktieren. Das Diktieren befeuerte ihn derart, dass er nunmehr zu jener Unerbittlichkeit fand, an der er es früher bei der Malerei so schmerzlich hatte fehlen lassen. Trotz des geöffneten Fensters war es heiß in der Hütte. Das Holz strahlte Wärme ab wie ein Ofen, die Männer schwitzten, der Anhänger auch vor Anstrengung, der künftige Führer auch vor Erregung. Es war die alles überwältigende Größe seiner inneren Vision, die in Worte gefasst werden musste, und sie war so überwältigend, dass die beiden Männer nicht bemerkten, wie die Milch in den halb leergetrunkenen Kaffeetassen gekippt war und nun durch die abgestandenen Bitterstoffe des Kaffees hindurch säuerlich roch. Die überwältigende Größe der inneren Vision des künftigen Führers war größer als die Sprache. Die Sprache war zu klein für die Größe der Vision.

Immer wieder hob der künftige Führer zu Sätzen an und konnte sie, fortgetragen von der Vision, nicht korrekt beenden.

Immer wieder hatte der Anhänger Mühe zu folgen. Der künftige Führer arbeitete schon jetzt, hier auf dem Papier, an der Verwirklichung der Vision und ging sie unerbittlich von allen Seiten und an allen Ecken an, er kam durch ein Detail auf ein anderes Thema, zielte meist auf das Große und Ganze, verlor den Faden, türmte syntaktische Verschachtelungen aufeinander und war bei alledem gedanklich etwas sprunghaft. Alles war, wie es war, falsch, es galt nichts weniger, als einen neuen Menschen zu schaffen, dessen radikale Neuheit in dem vorvergangenen Alten wurzeln sollte. Man musste ganz von vorne anfangen. Bei der Erziehung! Und hier kam der künftige Führer aufs Boxen.

»Ich glaube, wir sollten eine Pause machen«, sagte der Anhänger und erhob sich sogleich. Sie taten einen Schritt vor die Tür. Sie schwiegen. Doch im Kopf des künftigen Führers rasten die Gedanken. Jawoll! Das Boxen! Boxen statt weglaufen und Schutzmann rufen! Er ballte die Faust in der Tasche. Dolchstoß, Versailles, degenerierte Politiker-Bonzen-Intellektuellen-Scheißer mit feinen Anstandslehren! Zwei Strähnen fielen ihm vom Seitenscheitel in die schweißbedeckte Stirn. Er kniff die Augen zusammen und sah über die Berggipfel hinweg. Kiel, München, Berlin, eine einzige Gesindel-Revolution! Staatliche Führungsschwäche, weil nur geistig erzogen! Und jetzt riss der künftige Führer die geballte Faust aus der Tasche und drohte den Gipfeln: Und eben daher wehrlos gegen das Brecheisen! Der Anhänger erschrak. Das Wort Brecheisen gefiel dem künftigen Führer. Das Brecheisen musste ins Buch. Das Buch musste ein geistiges Brecheisen werden. Gleich würde er es diktieren. Die gesamte männliche Jugend des Reichs musste Boxen lernen. Daran führte kein Weg vorbei.

»Weitermachen!« Sie gingen wieder hinein. Der Anhänger setzte sich an die Schreibmaschine. Der künftige Führer blieb stehen, stützte die Hände auf den Tisch, beugte sich leicht vor und fixierte die Schreibmaschine. Er nagelte die Schreibmaschine mit seinen Augen an der Tischplatte fest und begann zu diktieren, doch unter diesem Blick vertippte sich der Anhänger noch öfter als sonst. Später stand der Wirt des Gasthofs mit frischem Kaffee vor der Tür und klopfte, worauf der Anhänger zur Tür hechtete, den Finger auf die Lippen legte und den Wirt fortwedelte. Nach etlichen Stunden geistigen Kampfes war dies das Ergebnis:

Es ist auch nicht unedler, wenn ein Angegriffener sich seines Angreifers mit der Faust erwehrt, statt davonzulaufen und nach einem Schutzmann zu schreien. Würde unsere gesamte geistige Oberschicht einst nicht so ausschließlich in vornehmen Anstandslehren erzogen worden sein, hätte sie an Stelle dessen durchgehends Boxen gelernt, so wäre eine deutsche Revolution von Zuhältern, Deserteuren und ähnlichem Gesindel niemals möglich gewesen. Allein unsere gesamte geistige Führung war nur mehr »geistig« erzogen worden und mußte damit in dem Augenblick wehrlos sein, in dem von der gegnerischen Seite statt geistiger Waffen eben das Brecheisen in Aktion trat.

Es war Mitternacht geworden. Die Männer gingen in die Betten und legten die Hände auf die Decken. Der Anhänger fiel vor Erschöpfung sofort in einen unruhigen Schlaf, während der künftige Führer noch lange wach lag. Er sah vor seinem inneren Auge die gesamte männliche Jugend des Reiches sich schlagen. Erhobene Fäuste auf allen Schulhöfen, jeder Bub ein Brecheisen, ah, daraus würde einst eine ewig wehrhafte Generation geworden sein. Diese Vorstellung wühlte ihn so sehr auf, dass er erst in den Schlaf fand, als es wieder hell zu werden begann.

So arbeiteten sie sich Tag für Tag ab. Viele Manuskriptseiten später kam der künftige Führer noch einmal aufs Boxen zu sprechen. Gelegentliche Abschweifungen nicht gerechnet, war er inzwischen damit befasst, über die SA zu diktieren. Hierbei war die Verbindung zum Boxen ohnehin gegeben, sodass der künftige Führer es einflechten konnte, ohne erst den Gipfeln drohen zu müssen.

Boxen ist mir immer wichtiger erschienen als irgendeine schlechte, weil doch nur halbe Schießausbildung. Die körperliche Ertüchtigung soll dem einzelnen SA-Mann die Überzeugung seiner Überlegenheit einimpfen und ihm jene Zuversicht geben, die ewig nur im Bewußtsein der eigenen Kraft liegt; zudem soll sie ihm jene sportlichen Fertigkeiten beibringen, die zur Verteidigung der Bewegung als Waffe dienen.

An dieser Stelle hatte der Anhänger noch vorschlagen wollen, die »Waffe« vorzuziehen. Anstatt: »jene sportlichen Fertigkeiten, die zur Verteidigung der Bewegung als Waffe dienen«, solle man besser sagen: »jene sportlichen Fertigkeiten, die als Waffe zur Verteidigung der Bewegung dienen«. Er hatte es dann aber unterlassen, weil es von ungeheurer Wichtigkeit war, den besonderen Duktus des künftigen Führers zu wahren.

Jedoch war es dem geistigen Brecheisen mit dem besonderen Führerduktus nicht beschieden, seine Bestimmung zu erfüllen. Es kam nicht recht zum Brechen, es rannte offene Türen ein, insbesondere bei den Institutionen des deutschen Berufsboxens. Hier durfte man sich in der Tat für auserwählt halten. Außer Boxen und nebenbei Jiu-Jitsu hatte der Führer keine einzige andere Sportart auch nur erwähnt. Der Führer favorisiert das Boxen!, frohlockte es in den Büros und am Stammtisch des Verbands und der Boxsportbehörde. Am Schiffbauerdamm, in der Redaktionsstube des Presseorgans *Box-Sport*, sah man im Boxen ab sofort die *Kerndisziplin der körperlichen Erziehung im staatspolitischen Sinne.* Und als aus dem künftigen Führer der Führer wurde, begann der Erste Vorsitzende des Verbands Deutscher Faustkämpfer zuzuschlagen.

1

Der Erste Vorsitzende des Verbands Deutscher Faustkämpfer war seinem bürgerlichen Beruf nach Fleischer und Kaufmann. Er hatte eine kleine Metzgerei in einer ruhigen Seitenstraße besessen, die prompt vom internationalen Weltjudentum mit seinen undurchsichtigen Machenschaften in den Ruin getrieben worden war. Glücklicherweise hatte der Erste Vorsitzende in eben dieser Zeit erfahren, dass der Führer der Bewegung Vegetarier sei. Dies hatte ihn bewogen, den Untergang seiner Metzgerei in einem völlig neuen Licht zu sehen, er wurde ihm nunmehr zur folgerichtigen Fügung des Schicksals im Sinne der nationalsozialistischen Bewegung. Zu Hause schob er beim Abendessen die Wurstplatte weg und erklärte Frau und Sohn, dass und warum ab sofort kein Fleisch mehr gegessen werden dürfe. Die Frau verbarg ihren Ärger darüber, Fleisch in Zukunft nur noch heimlich essen zu können, hinter einem einsichtig zustimmenden Nicken. Ganz im Gegensatz zu ihrem schmächtigen Mann aß sie häufig und viel und hatte überdies ihre Neigung zur Fettleibigkeit an den Sohn vererbt. Beim Ersten Vorsitzenden aber schlug die vegetarische Diät im Laufe der Zeit erfolgreich an. Alles Metzgerhafte fiel äußerlich von ihm ab. Der Geruch rohen Fleisches, von dem immer eine Spur an ihm gehaftet hatte, verflüchtigte sich. Seine Gesichtsfarbe verlor den rötlichen Schimmer, er sah jetzt vornehmer, ernsthafter, ja, er sah achtunggebietender aus, wie er da in der Behrenstraße, so ungefähr zwischen Reichstag und Schloss, im Büro des Verbandes an seinem Schreibtisch saß.

Es war Montag, der 27. März 1933, und auf dem Schreibtisch lagen wegen der außergewöhnlichen Säuberungsaktivitäten weit mehr Papiere als sonst. Er hatte die Mitgliederliste vor sich, hielt in der Rechten den Bleistift, und die Fingerkuppen der Linken lagen locker gespreizt auf dem Lineal. Er führte es langsam von oben nach unten, fuhr damit über Mitglieder hinweg, hielt es unter manchen Mitgliedern an, schob es wieder ein klein wenig nach oben und strich dann mit einer rechten Geraden am Lineal entlang den Namen durch. Der Erste Vorsitzende machte die Juden weg. Die Vorbereitungen waren ihm leicht von der Hand gegangen. Er hatte einen Säuberungsplan von zehn Punkten aus dem Ärmel geschüttelt und ein paar informelle Gespräche mit Vorstandsmitgliedern geführt, mehr nicht. Nun musste sein Plan bloß noch auf der Vorstandssitzung in der nächsten Woche beschlossen werden, worauf dann die Satzungsänderung folgte. Der Vorstandsbeschluss war durch die informellen Gespräche gesichert, und sowieso war der Vorstand nationalsozialistisch auf Linie. Es gab nur einen einzigen Juden darin, Schatzmeister Herzfelde, der allein nichts ausrichten konnte und natürlich auf der Mitgliederliste schon durchgestrichen war. Nun half es dem Herzfelde auch nichts mehr, dass er damals die 800 Mark, die der Erste Vorsitzende aus der Verbandskasse entnommen hatte, auf der Sitzung so darzustellen wusste, dass der Name des Ersten Vorsitzenden nicht damit in Verbindung gebracht worden war. Damals hatte der Erste Vorsitzende den Herzfelde noch bitten müssen. Ab jetzt musste er nicht mehr bitten. Was für einen Auftrieb der Führer mitten in der Notzeit brachte! Eben noch lag das ganze Berufsboxen niedergeschlagen am Boden, mäßige Kämpfe, bei denen die Veranstalter Verluste machten, haufenweise ausstehende Mitgliedsbeiträge, zerstrittene Funktionäre, übles Gerede, und nichts ging voran. Aber jetzt kam der Führer, und mit der Säuberung stand auf einmal der ganze Vorstand zusammen.

Der Erste Vorsitzende hielt das Lineal in seinem Lauf unter »Burda, Josef, Veranstalter« an. Der hatte ihn vor Gericht blamiert, in den Jordan mit ihm, er strich ihn durch. Und weiter glitt das Lineal, »Meergrün, Darwin, Boxer«, ein kurzes, linealgeführtes Schaben des Bleistifts, und Meergrün als Boxer war Geschichte. Der Erste Vorsitzende kam in Fahrt. Es beflügelte ihn, das Ruder in die Hand zu nehmen. Es beflügelte ihn ganz besonders, den Vorstandsbeschluss gar nicht erst abzuwarten, sondern vorzupreschen und Tatsachen zu schaffen. Als er Peter Ejk durchstrich, den Präsidenten der Boxsportbehörde, wurde ihm klar, dass er noch viel weitreichendere Tatsachen schaffen musste. Nie waren die Umstände so geeignet wie jetzt, die feinen Herren der Behörde zu entmachten. Doch er radierte die Durchstreichung Peter Ejks wieder aus. Der Jude an der Spitze musste von sich aus zurücktreten und seine Ehrenmitgliedschaft niederlegen, danach konnte er durchgestrichen werden. Und weiter ließ er das Lineal über die Namen laufen und strich die jüdischen Boxer, Manager, Trainer, Veranstalter, Technischen Leiter, Ringärzte, Ringrichter, Punktrichter, Zeitnehmer, Sprecher, Sekundanten; er strich sie alle von der Liste. Bei den Brüdern Seelig hielt er inne. »Seelig, Erich, Boxer«, »Seelig, Heinrich, Manager«. Es war ein Leichtes, die Judenbrüder durchzustreichen, aber daraus ergab sich ein Problem, das den Ersten Vorsitzenden zu einem noch unangenehmeren Problem führte, nämlich zu dem Boxer Trollmann und seinem Manager Zirzow. Der Erste Vorsitzende legte den Bleistift hin und stand auf. Es war doch alles nicht so einfach.

In vier Tagen schon, am 31. März, sollte Seelig seinen Titel im Mittelgewicht verteidigen, der Kampfabend in der Neuen Welt an der Hasenheide war längst unter Dach und Fach und ausgezeichnet beworben. Der Erste Vorsitzende strich die Hosennähte glatt, rückte am Krawattenknoten und trat ans Fenster. Das Fenster ging nach hinten auf die Lindenpassage hinaus, und er sah hinüber auf das Gebäude am Ende der Passage, durch das ein Durchgang auf den Prachtboulevard Unter den Linden führte. In diesem Gebäude hatten der Verband und die Behörde einen Sitzungssaal. Zwar sah man vom Sitzungssaal nicht auf den Boulevard hinaus, aber es war erhebend, darin zu sitzen, denn er war mit einer exquisiten Holztäfelung und einem aufwendig gemusterten Parkettboden ausgestattet, und an der Kopfseite waren mit gekreuzten Schäften die mannshohen Deutschland- und Hakenkreuzfahnen angebracht. Wenn der Erste Vorsitzende diesen Seelig jetzt noch einmal antreten ließe, wäre es aus mit der Säuberung und mit ihm selbst. Er hatte zu viele informelle Gespräche geführt und überall rücksichtslosestes Durchgreifen mit sofortiger Wirkung angekündigt, auch am Stammtisch bei Mueck in angeheitertem Zustand. Er hatte, berauscht von seiner neuen Eigenmächtigkeit mit dem Führer im Rücken, den Mund sehr voll genommen. Nun war die Seelig-Titelverteidigung die Feuerprobe der Säuberungsaktion!

Der Kampf galt als Sensation. Erich Seelig war deutscher Doppelmeister, er hielt außer dem Mittelgewichts- auch noch den Halbschwergewichtstitel, und wenn er in diesem Kampf durch K. o., Verletzung oder Aufgabe unterliegen würde, verlöre er damit nicht nur den Mittelgewichts-, sondern auch den Halbschwergewichtstitel. Auch Seeligs Gegner, Seyfried, stand hoch im Kurs, man erwartete eine sportlich wertvolle, überaus harte und mitreißende Auseinandersetzung, deren Ausgang völlig offen war. Dieser Kampf war die beste Propaganda für den Boxsport überhaupt. Das Ereignis versprach, massenhaft Publikum zu ziehen. Es würde ein großer ideologischer, sportlicher und finanzieller Erfolg werden. Gerade hier durfte man nicht einknicken! Hier musste man unerschütterlich an der Säuberung festhalten, gerade hier kam es darauf an, Seelig zu streichen! Ein Ersatzboxer musste gefunden werden. Und nun fiel dem Ersten Vorsitzenden mit einem Male ein, wie schwierig es überhaupt werden würde, den ganzen Boxbetrieb bei solcherart säuberungsdezimierten Reihen aufrechtzuerhalten. Der Erste Vorsitzende fühlte sich überfordert. Er wandte sich vom Fenster ab. Heißhunger auf ein saftiges Kassler überfiel ihn. Er nahm den Marmorkuchen von der letzten Woche aus der Tasche und trank zu jedem Bissen etwas Leitungswasser. Das Publikum würde für einen Ersatzboxer aus der zweiten oder dritten Reihe kein Verständnis aufbringen, die Presse erst recht nicht, der Schaden für den Boxsport wäre katastrophal. Als Ersatz für Seelig gab es genau einen einzigen Boxer, der in Frage kam, nämlich diesen elenden Zigeuner mit seinem schwierigen Manager. Die beiden lagen dem Ersten Vorsitzenden ohnehin im Magen wie ein Sack Zement.

Der Erste Vorsitzende verschob das Problem. Er zerknüllte das Einschlagpapier des Marmorkuchens und schoss es in den Papierkorb. Dann strich er sich mit dem Handrücken über den Mund und fuhr fort, die Mitgliederliste zu säubern. Die Seeligs eliminierte er erst ganz zum Schluss und kam damit wieder auf das Problem zurück. Man durfte den Kampfabend nicht gefährden. Wenn in den drei Tagen vor dem Kampf bekannt würde, dass Seelig nicht antrat, würde das Publikum ausbleiben, und es gäbe sehr schlechte Presse. Man musste am Kampfabend selbst, vor Ort, völlig unerwartet einen brutalen Überraschungsschlag landen. Und dann, dem Ersten Vorsitzenden stieß der Marmorkuchen auf, dann musste man ihnen Trollmann präsentieren, das Zuckerbrot zur Peitsche, damit sich nicht etwa Feindseligkeiten gegen die Säuberung einstellten. Darauf kam es an. Er packte seine Sachen und ging nach Hause.

Er ging zu Fuß. Er müsste mehr Haltung haben, die Schultern hingen leicht nach vorn, der Brustkorb wirkte stets ein wenig eingefallen. Unter den Linden gelang es ihm mit einiger Anstrengung noch, sich zu zerstreuen mit den Automobilen, den Auslagen der Bankhäuser und Konditoreien und mit den Menschen, die ihm entgegenkamen, aber schon auf dem Pariser Platz dachte er wieder an das Problem. Dieser Zirzow! Dem Ersten Vorsitzenden graute davor, mit dem kleinen, beweglichen Geschäftsmann verhandeln zu müssen, man kriegte ihn nicht zu fassen. Zwar arbeitete Zirzow mit Schwung und Engagement an der nationalen Sache mit, aber er kam nicht aus der Bewegung, und wenn er »Heil Hitler« sagte, klang es in den Ohren des Ersten Vorsitzenden immer etwas unernst. Er ging neben der Charlottenburger Chaussee her durch den Tiergarten und bog in die Bellevueallee ein. Kurz vor dem Schloss setzte er sich auf eine Bank. Er hatte es nicht eilig, nach Hause zu kommen. Eine Hausangestellte schob einen Kinderwagen vor sich her und lächelte in die Bäume, zwei SA-Männer marschierten vorbei. Wenn er Trollmann nicht bekam, ging die Sache nach hinten los. Wenn er ihn haben wollte, müsste er jetzt sofort mit Zirzow sprechen, je früher, je besser. Damit aber wäre der Überraschungsschlag ausgeschlossen, Zirzow kannte wirklich jeden in der Branche.

Anderntags saßen Zirzow und Trollmann in einem Lokal in einer Seitenstraße des Kurfürstendamms. Trollmann aß Buletten, Zirzow Bockwurst. Als sie aufgegessen hatten, plauderte Zirzow aus dem Verbandsleben und sagte: »Schau mal, wir können uns diese Säuberungsaktion zunutze machen. Sie brauchen dich am Freitag als Ersatz für Seelig, dafür kann ich den halbschweren Titelkampf verlangen.«

Trollmann warf verärgert die Arme in die Luft. Was das wieder solle! Jeder wisse, dass er an der Reihe sei für den Titel, sogar seine Mutter wisse es, es stehe in der Zeitung seit zweieinhalb Jahren. Und als nachweislich ordentlicher Reichsdeutscher wolle er seinen Titelkampf auf ordentlichem Wege kriegen, vorneher und nicht hintenrum! Zu solchen Sachen habe er überhaupt keine Lust, der Titel könne ihm gestohlen bleiben, er könne das Wort Titel nicht mehr hören. Solle der Erste Vorsitzende doch selber für Seelig in den Ring steigen.

Zirzow musste lachen. Er bestellte zwei Tassen Kaffee. Obgleich Trollmann noch nie einen Ad-hoc-Ersatz-Einsatz abgelehnt hatte, reagierte Zirzow auf Trollmanns Verärgerung gefasst. Er fand, dass Trollmann vollkommen recht hatte, sich das Rechthaben aber nicht erlauben konnte, weil er ein Zigeuner war. Zirzow zog es vor, sich an den objektiven Gegebenheiten zu orientieren und daraus das Beste zu machen. Mit einem begütigenden Lächeln sagte er, dass es nicht zu ändern, vor allem aber eine Chance sei. Die Kellnerin brachte den Kaffee.

2

Vor der Bäckerei Brätzke am Marheinekeplatz in Kreuzberg war eines der vielen Reklameplakate für die Seelig-Titelverteidigung angebracht. Am Mittwochmittag, als gerade keine Kundschaft im Laden war, kamen Henriette Kurzbein und Maria Plaschnikow darauf zu sprechen. Da gingen sie aber nicht hin. Ohne Trollmann im Programm gabs doch nichts oder nur ganz selten mal was zu lachen. Überhaupt konnten sie sich an dem nicht sattsehen. Anfangs hatten sie unablässig darüber geredet, wie gut und gerade er gewachsen war, inzwischen gingen sie ins Detail. Bei seinem letzten Berliner Kampf war Kurzbein während der Urteilsverkündung nach vorne an die Ringseite gegangen, um ihn ganz aus der Nähe zu betrachten.

Nun fing sie wieder davon an: »Nächstes Mal kommste mit. Augenbrauen hat der!«, und seufzte: »Ich sage dir, die sind … die sind gewölbt wies Himmelszelt, wennde am Wannsee sitzt und der Tag untergeht.«

Plaschnikow: »Mensch, Jette, nu bleib mal aufm Teppich.«

Kurzbein, augenrollend: »Ist doch wahr!«

In diesem Augenblick betrat ein älterer Herr das Geschäft. Er trug Melone, hatte den aktuellen *Box-Sport* sowie drei Tageszeitungen unter den Arm geklemmt und sich eben ein Billett für die Seelig-Titelverteidigung gekauft. Es war der Halbengländer Johnny Bishop, der, vollkommen akzentfrei auch das deutsche R aussprechend, drei Schrippen verlangte, bezahlte und ging.

Derweil wartete Ernst Zirzow stündlich auf den Anruf des Ersten Vorsitzenden. Es lag auf der Hand, dass er Trollmann brauchte. Zirzow managte ihn seit einem halben Jahr. Trollmann hatte sich schon seit Herbst 1930 um den Titel beworben, war aber stets hingehalten und abgewiesen worden. Nicht nur, weil er Sinto war, sondern auch, weil er erst den falschen und dann gar keinen Manager gehabt hatte. Zirzow aber verfügte über die richtigen Verbindungen, und so hatte Trollmann im Dezember des vorigen Jahres mit Adolf Witt im Ausscheidungskampf um den Titel gestanden. Jedoch erwiesen sich Zirzows Verbindungen als nicht weitreichend genug, denn das Kampfgericht hatte ein Unentschieden verkündet. Publikum und Fachkollegen waren empört. Sogar der Chefredakteur des *Box-Sport*, der sich seit Trollmanns erstem Profikampf immer und immer wieder darüber beschwerte, dass Trollmann ein Zigeuner war, sogar der Chefredakteur hatte schriftlich und mündlich verkündet, dass Trollmann diesen Kampf gewonnen habe. In der Wiederholung unterlag er, dann kamen die Nazis an die Macht, und eigentlich hätte er jetzt einpacken und Schluss machen können. Aber nun brauchten sie ihn, Ehrensache, dass Zirzow diese Gelegenheit wahrnahm. Am Tag des Seelig-Kampfes, am Freitag, saß er in Pyjama und reichverziertem Morgenmantel in seinem Büro, das heißt, er saß in einem der fünfeinhalb Zimmer seiner Wohnung in der Charlottenburger Holtzendorffstraße, gleich beim Amtsgericht. Er war früh aufgestanden, hatte eben gefrühstückt, die Tasse Tee mit herübergenommen und die Zeitung auf dem Schreibtisch aufgeschlagen. Der Apparat klingelte. Zirzow ließ ihn viermal schnurren, lächelte ihn an, und dann hob er ab und flötete »Zirzow, Heilhitler« in die Muschel.

Dagegen hatte sich der Erste Vorsitzende einen jovialen Tonfall vorgenommen: »Heil Hitler, Zirzow! Hören Sie, ich habe eine kolossale Gelegenheit für Ihren Trollmann.«

Zirzow wollte von nichts eine Ahnung haben und verfiel, als er erfuhr, worum es ging, aus dem Stand in tiefstes Bedauern: »Oh, das tut mir aber leid! Das halte ich beinahe für ausgeschlossen, Trollmann ist vollkommen untrainiert und will eine Disqualifikation wegen untrainierten Antretens bestimmt nicht riskieren. Und überhaupt, wir haben gerade erst gestern beschlossen, dass wir von Ad-hoc-Ersatz-Einsätzen Abstand nehmen wollen. Trollmann war in den letzten 15 Monaten mit 23 Kämpfen mehr beschäftigt, als vielleicht gut für ihn war. Aber das muss ich Ihnen ja nicht erklären. Sie werden verstehen, dass das reicht. Sie werden verstehen, dass ich ihn nicht ausgerechnet jetzt, wo er reif für den Titel ist, mit Ad-hoc-Ersatz-Einsätzen verheizen will.«

Der Erste Vorsitzende garantierte sofort, dass Trollmann nicht wegen untrainierten Antretens disqualifiziert werde, aber dann wusste er nicht weiter. Unentwegt hatte er sich in den vergangenen Tagen gefragt, was er sagen solle, falls Zirzow ablehnte. Es war ihm nichts eingefallen, es würde sich aus der Situation heraus ergeben müssen. In seiner Verzweiflung wies er Zirzow auf den immensen Schaden hin, der dem Boxbetrieb insgesamt und damit auch seinen, Zirzows, Geschäften unweigerlich drohe, wenn Trollmann heute Abend nicht antreten würde. Darauf Zirzow mit größter Gelassenheit: »Also, ich kann geschäftlich nicht klagen, aber wenn Trollmann den nächsten Titelkampf im Halbschwergewicht bekommt und wir ihn veranstalten, würde ich jetzt sofort alles dransetzen, ihn für heute Abend zu überreden.« Dem Ersten Vorsitzenden brach der kalte Schweiß aus, er schnappte nach Luft.

Am Abend trat Trollmann untrainiert an Seeligs Stelle an. Die Neue Welt war brechend voll. Der brutale Überraschungsschlag des Ersten Vorsitzenden wurde geschmälert dadurch, dass es irgendwo eine undichte Stelle gegeben haben musste.

Bis zum Hauptkampf wurde überall getuschelt und gemutmaßt, der Kampf sei verboten. Vorne am Ring hüllten sich Verband und Behörde in Schweigen und heizten damit die Spekulationen an. Die Vorkämpfe fanden kaum Beachtung. Am Ende der Pause schickte der Erste Vorsitzende mit butterweichen Knien den exakt instruierten Sprecher in den Ring und vier Männer in Seeligs Kabine. Seelig stand in der Mitte des Raums und ließ bei rhythmischer Atmung seine Schultern gegenläufig kreisen. Die Männer stellten sich nicht vor, sondern wiesen mit einer kurzen Kopfbewegung zur Tür die anderen Boxer samt ihren Betreuern hinaus. Alle gingen ohne ein Wort. Einer der vier Männer stellte sich an die Tür, die anderen drei umringten Seelig. Sie sagten ihm, dass er ein ausgezeichneter Boxer sei, und lobten ihn für seinen Punch. Sie klopften ihm auf die Schulter. Derjenige, der vor ihm stand, ging um ihn herum und blieb hinter ihm stehen. Die zwei Männer links und rechts von ihm traten zurück. Der eine wandte sich ab und stocherte in Seeligs Tasche herum, der andere zündete sich eine Zigarette an, trat wieder an Seelig heran, und zwar etwas zu dicht, und sagte: »Seelig, pass auf, entweder du verschwindest, oder wir lassen deine Familie verschwinden.«

Währenddessen las im Ring der Sprecher von einem Zettel ab: Im Namen des Vorstands des Verbands Deutscher Faustkämpfer und der Boxsportbehörde Deutschlands seien jüdische Boxer wegen der ausländischen Gräuelpropaganda von der Liste gestrichen, der Kampf sei verboten. Heil Hitler. Ein Pfeifkonzert mit Buhrufen brach los. Als Ersatz trete Trollmann an. Pfiffe und Buhrufe ließen nach. Als mit dem ersten Gong Trollmann und Seyfried aufeinander losgingen, verließen Erich und Heinrich Seelig das Gebäude durch den Künstler- und Personaleingang, über dem an der Außenwand eine schwache Lampe kaltgelbes Licht abgab. Hier erwartete sie der Manager Katter und nannte ihnen eine Summe, für die er ihre

Boxschule zu kaufen bereit sei. Drinnen im Ring kämpfte der unvorbereitete Trollmann wacker und erreichte am Ende ein Unentschieden, wobei aber der größte Teil des Publikums und einige Fachleute Trollmann als Sieger sahen. In der dritten Runde deckte er Seyfried aus halber Distanz mit einer schier endlosen Serie von Schlägen ein und fand dabei noch die Zeit, ihm zwischen zwei Schlägen die Zunge rauszustrecken und Grimassen zu schneiden. Seyfried wankte, der Saal schrie, und der Erste Vorsitzende drückte den Fingernagel seines Daumens in den Zeigefinger, bis er den Schmerz nicht mehr spürte. Tags drauf, Punkt zehn Uhr morgens, stand SA vor allen jüdischen Geschäften, und in einer Tageszeitung erschien im Sportteil folgender Aprilscherz: *Strafstoß beim Boxen eingeführt – In Zukunft müssen sich die unsauber kämpfenden Boxer vorsehen, denn nach jedem Foul kann jetzt der Ringrichter – wie bei Verstößen im Fußballspiel – Strafstöße verhängen, bei denen der Sünder stillhalten muß.*

3

Nur drei Tage später tagte der Vorstand des Verbands im gediegenen Sitzungssaal Unter den Linden. Der Säuberungsplan des Ersten Vorsitzenden wurde reibungslos in allen zehn Punkten zuerst begrüßt und dann beschlossen. Kaum war der Beschluss gefasst, meldete sich, wie im informellen Vorgespräch verabredet, der Generalsekretär zu Wort. Da er nur selten etwas sagte, wurde es still. Er wies darauf hin, dass schon übermorgen der Sportausschuss Sitzung, aber jetzt keinen Obmann mehr habe, weil Dr. Gottlieb ja im Zuge der Säuberung ausgeschieden sei. An dieser Stelle machte er eine kleine Kunstpause, schaute kurz mit seinen grauen Augen durch die Versammlung, räusperte sich und sprach den Ersten Vorsitzenden direkt an: »Ich bin sicher, dass ich im Sinne des gesamten Vorstands spreche, wenn ich Sie geradeheraus bitte, hier einzuspringen und auszuhelfen, indem Sie dieses Amt, wenigstens vorläufig, auf sich nehmen.«

Applaus, Applaus. Nur Schriftführer Walter Funke, der auch Trollmanns mehrfachen Gegner Adolf Witt managte und trainierte, konnte nicht klatschen. Er hatte nämlich einen Hustenanfall und musste sich die Hände vor den Mund halten.

Es war die heldenhafte Streichung Seeligs von dem spektakulären Kampfabend, die dem Ersten Vorsitzenden Bewunderung und Autorität verschafft hatte. Ohne Zweifel würde sie einst in die Geschichtsbücher eingehen als das große Fanal zum Judenboykott vom 1. April! Im Handstreich hatte der

Erste Vorsitzende den Verband zur Speerspitze der nationalen Revolution gemacht! Wer solche Führungsstärke zeigte, der sollte Ämter übernehmen, jetzt also den Sportausschuss.

Der Sportausschuss bestand nur aus drei Mann und tagte daher nicht im Sitzungssaal Unter den Linden, sondern in seinem Büro in der Behrenstraße. Das Zimmer des Sportausschusses sah auch nicht besser aus als sein eigenes. In den vergilbten Wänden hing noch die ganze Systemzeit fest. Im Grunde müssten die Büroräume frisch gestrichen werden, es müsste dem Auftrieb, den der Führer brachte, auch äußerlich Ausdruck verliehen werden. In diesem Büro also saß der Erste Vorsitzende als Obmann den zwei Beisitzern Walter Englert und Hans Breitensträter vor, er saß an der kurzen Seite des Tischs, Breitensträter und Englert links und rechts von ihm.

Von Hans Breitensträter hatte der Erste Vorsitzende in seinem Büro eine Fotografie an der Wand hängen. Die Aufnahme aus dem Jahr 1925 war unmittelbar nach Breitensträters Kampf gegen Paul Samson Körner um den Titel des Deutschen Meisters im Schwergewicht gemacht worden. Sie zeigte Breitensträter schweißüberströmt, strahlend, mit einer Schwellung unter dem linken Auge, dem Siegerkranz über der Schulter und emporgereckter Faust. Der Erste Vorsitzende mochte das Bild vom siegreichen blonden Hans. Seit er nicht mehr boxte, hatte sich Breitensträter als Manager und Trainer gut und aufrecht gehalten, außer dass er noch nicht der Bewegung beigetreten war. Der lange Walter Englert, Unternehmer vom makellosen Scheitel bis zur exquisiten Sohle, war der Kompagnon vom kurzen Zirzow. Sie veranstalteten gemeinsam Boxkämpfe, im Winter in den Spichernsälen und im Sommer im Garten der Bockbrauerei.

Die Sitzung verlief etwas zäh. Es dauerte und dauerte, bis die allgemeinen Bekanntmachungen und Ermahnungen abgefasst, die auslaufenden Lizenzen notiert und die neu beantragten erteilt waren, bis sie die Managerverträge, Sperrfristen, Bestrafungen, Auslandsstartgenehmigungen und aktuellen Kampftage Punkt für Punkt abgearbeitet hatten. Es dauerte auch deshalb, weil sich der Erste Vorsitzende davor fürchtete, Trollmann aufs Tapet zu bringen. Erst gestern hatte er sich in der Büroküche vom Generalsekretär fragen lassen müssen, wofür er eigentlich die Juden absäge, wenn er einen Zigeuner an den Titel lasse.

Als es sich nicht mehr vermeiden ließ und man endlich beim Tagesordnungspunkt Meisterschaften und innerhalb dessen beim Unterpunkt Halbschwergewichtsmeisterschaft angelangt war, straffte sich der Erste Vorsitzende: »Wie die Dinge hier liegen«, erklärte er, »haben jetzt Witt und Hartkopp um den Titel zu kämpfen, und man sollte Trollmann als Ersatzmann mit Herausforderungsrecht einsetzen.« Englert und Breitensträter schluckten, und auch dem Ersten Vorsitzenden war trotz innerer Straffung nicht wohl. Eingerahmt von dem kernigen Ex-Schwergewichtler und dem genussfreudigen Veranstalter wirkte er noch vegetarisch blasser und schmaler als sonst. Nachdem er zu Ende gesprochen hatte, trank er sofort von seinem Mineralwasser und sah dann auf seine Papiere.

Englert betrachtete ihn dabei und dachte: Nun hältst du uns also mit dem Ersatzposten hin und mit dem Herausforderungsrecht warm. Eine ziemliche Frechheit, diesen Hartkopp vorzuziehen, der gerade von Trollmann geschlagen wurde und überhaupt in letzter Zeit nur noch verloren hat. Aber mit dem Herausforderungsrecht in der Tasche konnte man schlecht widersprechen, fraglich, ob man das für einen Zigeuner je wieder bekam. Dann kämpfte Trollmann eben nicht den nächsten, sondern erst den übernächsten Titelkampf.

Indessen kämpften in Breitensträters Boxerbrust zwei Seelen. Abgesehen von der Faxenmacherei bewunderte er Trollmanns Können, auch wenn er nie darüber sprach. Denn so, wie Trollmann boxte, hatte man zu seiner Zeit noch nicht geboxt, und gern wäre Breitensträter noch einmal ganz jung gewesen, um das zu erlernen. Allein seine Beinarbeit war phänomenal, und wie er das Rückwärtslaufen einsetzte und noch aus dem Zurückweichen heraus Wirkungstreffer setzte, war unglaublich, und niemand konnte so überzeugend wie er Schläge antäuschen und mit den Füßen fintieren. Er war eine echte Begabung, wen, wenn nicht ihn, sollte man um den Titel kämpfen lassen. Aber gerade das war nicht vorstellbar. Zigeuner und Deutscher Meister, das ging nicht zusammen, es schloss sich gegenseitig aus, und Breitensträter hätte nicht einmal sagen können, warum. Es verursachte ihm ein kleines, tiefes, stechendes Unbehagen. Und doch: So tief es auch saß und so wenig es sich verscheuchen ließ, so wenig konnte das Unbehagen aber auch der blanken Tatsache standhalten, dass Trollmann nach den Artikeln 59 bis 63 der Sportlichen Regeln einwandfrei qualifizierter Titelbewerber war. In diesem Augenblick nickte Englert, einverstanden, und Breitensträter schloss sich erleichtert an, kurzum, die drei Herren einigten sich auf den 17. April, der Kampf musste nicht ausgeschrieben werden, er war bereits im Vorfeld dem Hamburger Veranstalter Rothenburg zugesprochen worden. Englert schenkte Kaffee nach und sagte über der Tasse des Ersten Vorsitzenden: »Die ganzen Büroräume müssten mal frisch gestrichen werden, finden Sie nicht auch?«

Bei der Mittelgewichtsmeisterschaft, die ebenfalls durch die säuberungsbedingte Streichung Seeligs frei geworden war, ging es ganz schnell. Sie sollte schulbuchmäßig mit vorausgehenden Ausscheidungskämpfen aufgezogen werden. »Bewerber wollen sich melden, erledigt«, brummte Breitensträter, als Englert beiläufig ein Papier aus seinen Blättern hervorzog und es den beiden Herren hinlegte: »Das hier ist die erste Bewerbung, von Zirzow für Trollmann.« Und jetzt konnte der

Erste Vorsitzende natürlich nicht zurück, und Breitensträter, geübt durch die Entscheidung über die Halbschwergewichtsmeisterschaft, sagte sofort und reinen Herzens: »Anerkannt.«

Trollmann fuhr nach Hause nach Hannover, musste im Zug fünf Autogramme geben und kaufte auf dem Weg vom Bahnhof zur elterlichen Wohnung zwei Flaschen Rotwein. Stieg in dem Haus in Ricklingen die enge, steile, ausgetretene Treppe in den ersten Stock hinauf und fand in der Küche seine Mutter und vier seiner acht Geschwister mit Anhang vor, nämlich die Schwestern Lämmchen und Kerscher und die Brüder Carlo und Benny, wovon nur Letzterer jünger, die anderen aber älter waren als er. Er schloss die Mutter in die Arme und wiegte sie sanft hin und her. Es ging ihr gar nicht gut, alles wurde immer schwieriger, der Vater lag krank im Bett, das Geld wurde knapper, die allgemeine Feindseligkeit größer. Er flüsterte ihr ins Ohr, dass er eine gute Nachricht habe. Sie löste sich und sah ihn skeptisch an. Immerhin, er hatte keine Schramme im Gesicht, und die Nase war gerade. Packte sein Kinn und drehte seinen Kopf nach beiden Seiten, auch die Ohren waren heil. Dass er seine letzten Kämpfe teils gewonnen, teils nicht verloren hatte, wusste sie, was für eine gute Nachricht konnte er bringen? Er legte den Finger auf die Lippen und begrüßte erst die anderen, umarmte, küsste, hob Kerschers Jüngste hoch, schüttelte Hände. Dann kniff er Benny in die Wange, fuhr ihm durchs Haar und schlug eine linke Gerade in die Luft neben seinem Ohr, worauf Benny die Arme zur Verteidigung hochriss und er ihn seitlich in der Taille kitzeln konnte: »Morgen zeig ich dir was ganz Neues, damit schlägste jeden.« Benny boxte bei den Amateuren.

Als alle einmal dran gewesen waren, öffnete Trollmann den Wein und verkündete seine amtlich verbrieften Titelaussichten.

Carlo: »So? Amtlich? Haste das schriftlich?«

Lämmchen machte dünne Lippen: »Das glaube ich erst, wenn ich es sehe.«

Benny: »Klar wirst es sehen, und das Kampfgericht wird durch und durch unparteiisch sein, und Rukelie wird von jetzt bis zum Kampf nix anderes mehr machen als trainieren.«

Allgemeines Gelächter. Carlo mahnte. Man müsse gerecht bleiben, es gebe auch anständige Kampfgerichte, das beweise Rukelies Kampfbilanz, Rukelie müsse sich mehr anstrengen, das beweise seine Bilanz auch, und Benny solle nicht so vorlaut sein, sondern lieber Gläser herholen, damit man einschenken und anstoßen könne. Benny holte Gläser, Carlo schenkte ein, die Mutter schüttelte den Kopf. Sie war mit dem Boxen nicht ganz einverstanden, aber vielleicht würde es mit einem Deutschen Meister in der Familie irgendwie besser werden. Trollmann, mit Siegerlächeln: »Und jetzt müssen sie wirklich die Wäsche von der Leine holen. Prost!«

4

Der Erste Vorsitzende war vollends beschäftigt damit, das gesamte Berufsboxen auf nationalen Boden zu stellen. Nur wenige Tage nachdem sein Säuberungsplan in den amtlichen Mitteilungen im *Box-Sport* veröffentlicht worden war, rief ihn ausgerechnet dieser Zirzow im Büro an und kritisierte Punkt sieben: »Nicht reichsdeutsche Mitglieder und Funktionäre sind bis auf weiteres zu suspendieren.«

»Hören Sie«, sagte Zirzow auffallend ruhig, »Sie suspendieren sowohl nicht reichsdeutsche Verbandsmitglieder als auch nicht reichsdeutsche Funktionäre. Nun denken Sie bitte daran, wie erst kürzlich Adolf Witt in Hamburg diesen Franzosen, wie heißt er gleich, diesen Scrève, in der ersten Runde niedergeschlagen und wie der Franzose aus der Nase geblutet hat. Dazu wäre es mit Punkt sieben gar nicht gekommen, weil die französischen Sekundanten in ihrer Eigenschaft als nicht reichsdeutsche Funktionäre noch vor Kampfantritt suspendiert worden wären. Mit Punkt sieben kann kein ausländischer Boxer mehr in Deutschland zu einem Kampf antreten. Vergegenwärtigen Sie sich bitte den Anteil ausländischer Boxer an deutschen Kampftagen. Im Übrigen werden unsere nationalen Nachbarverbände kein Verständnis dafür aufbringen, dass wir ihre Funktionäre en gros suspendieren. Denken Sie auch an die Auslandskämpfe unserer deutschen Boxer.« Der Erste Vorsitzende war angeschlagen, und Zirzow holte kurz Luft und setzte nach: »Das ist das Ende des Berufsboxens, und das ausgerechnet jetzt, wo der Führer den Boxsport favorisiert. Überhaupt wird sich der Führer bei Ihnen bedanken, dass Sie mit Ihrem Punkt sieben der ausländischen Gräuelpropaganda Vorschub leisten, anstatt, wozu jeder aufrechte Deutsche jetzt angehalten ist, durch tätige Praxis die Friedfertigkeit unserer Regierung unter Beweis zu stellen. Sie müssen begreifen, dass wir uns das nicht leisten können.«

Der Erste Vorsitzende sagte nichts, sondern drückte die Gabel herunter. Legte den Hörer neben den Apparat, stand auf, ging zum Fenster, sah auf die Lindenpassage hinaus, ging zum Schreibtisch zurück. Das war entsetzlich! Dabei wollte er doch bloß die Ausländerclique um Burda kaltstellen. Es war ein Skandal, dass der gesamte Vorstand es abgenickt hatte. Was heißt abgenickt, applaudiert hatte der Vorstand! Der Vorstand hatte versagt. Er wählte Zirzows Nummer, bedauerte, dass man unterbrochen worden sei, er habe verstanden und würde umgehend das Nötige veranlassen. Zirzow solle sich keine Sorgen machen, nein, wirklich nicht.

Als ob der Erste Vorsitzende nicht genug zu tun gehabt hätte. Auf seinem Schreibtisch häuften sich ungelenk geschriebene Briefe von Boxern, deren Verträge mit jüdischen Managern aufgelöst worden waren. Nun standen sie da. Neue arische Manager aus dem Hut zaubern konnte der Erste Vorsitzende natürlich auch nicht. Überdies erwies sich Punkt fünf des Säuberungsplans als sauberer Wirkungstreffer: Wegen des Verbots, jüdisches Kapital für Boxveranstaltungen in Anspruch zu nehmen, fielen Kampftage aus. Da half es ihm nun auch nicht weiter, dass er inzwischen in allen drei Entscheidungsgremien des deutschen Berufsboxens Sitz und Stimme hatte: im Vorstand des Verbands, im Präsidium der Behörde und im Sportausschuss.

Indessen schlenderten Plaschnikow und Kurzbein die Friedrichstraße hinunter. Sie hatten frei, sie waren auf Bummel. Die

Berliner Luft war ganz frühlingshaft, und die beiden Bäckereifräulein fanden es großartig, dass Elly Beinhorn mit dem Hindenburg-Pokal für ihre fliegerische Leistung geehrt werden sollte.

Kurzbein: »Die traut sich was.«

Plaschnikow: »Und sieht wahnsinnig gut aus.« Anerkennendes Nicken.

Die Friedrichstraße war voller Leute. In blitzsauberen Schaufenstern lagen und lockten unerschwingliche Dinge, erstklassige Hüte, Brillanten, Südfrüchte, Schirme, Liköre, und die Cafés machten gutes Geschäft. Weiter unten, wo es günstiger wurde, erstand Kurzbein einen dicken Wollschal für den Winter zum halben Preis. Am Ende der Straße, auf dem kreisrunden Belle-Alliance-Platz, fuhr eine Straßenbahn an ihnen vorbei, hielt an, Leute raus, Leute rein, und fuhr weiter die Friedrichstraße hinauf, von wo Kurzbein und Plaschnikow hergekommen waren. Darin saß der Chefredakteur des *Box-Sport* auf dem Weg in die Redaktion am Schiffbauerdamm. Kurz vor der Ecke Behrenstraße überlegte er es sich anders und stieg aus.

Er hatte mit dem Ersten Vorsitzenden schon die Schulbank gedrückt und fand ihn im Büro, erfüllt von unstillbarem Tatendrang. Man begrüßte einander, und dann platzte der Erste Vorsitzende sofort damit heraus: Jetzt werde er restlos durchgreifen! Soeben sei er im Begriff, einen Zehnpunkteplan für die Gründung einer »Nationalen Notgemeinschaft der Boxer« auszuarbeiten! Und er zeigte dem alten Schulfreund das Konzept, mit dem er, das war den Anfängen schon anzusehen, dann wirklich rücksichtslos durchgreifen würde. Der Chefredakteur war begeistert. »Darauf müssen wir anstoßen. Komm, wir gehen rüber zu Mueck.«

Mueck lächelte schief, als sie hereinkamen. Er war vor zwei Jahren Präsident der Behörde gewesen, hatte den Sportpalast gepachtet und betrieb den Stammtisch in seinem Restaurant Unter den Linden. Draußen ließ sich Johnny Bishop von seinem traurigen Chauffeur zum Bankhaus Bleichröder fahren. Bishop musste Gespräche führen und Verträge unterzeichnen, denn er war im Begriff, sein Kapital und seine Geschäfte Schritt für Schritt nach England zu verlagern. Es fiel ihm nicht leicht, er war unglücklich darüber, er wäre gerne in Berlin geblieben. Ob er auch sein Haus in Dahlem verkaufen würde, hatte er noch nicht entschieden.

Trollmann fuhr nach Wien, erledigte dort den Österreichischen Weltergewichtsmeister Hans Fraberger und kam dann zurück nach Berlin, um sich mit Zirzow auf seinen Titelkampf vorzubereiten, dessen Termin noch gar nicht feststand. Zirzow hatte mit größter Sorgfalt den Trainingsplan entworfen und zu Trollmann gesagt: »Und wenn ich dich in einer Straßenschlacht erwische, dann schuldest du mir tausend Mark und ich löse unser Vertragsverhältnis auf. Haben wir uns verstanden?« Es war die Verletzungsgefahr, derentwegen SA und Kommunisten inzwischen gefährlicher waren, als Frauen und Alkohol es je hatten werden können.

Anderntags liefen Trollmann und Zirzow am frühen Morgen durch den Grunewald. Trollmann leichtfüßig, Zirzow gedanklich beschäftigt, es war ein warmer Frühlingstag. Sie waren von der S-Bahn-Station Heerstraße her gekommen und liefen eine Schleife um die Saubucht. Sie sprachen nicht. Sie hörten ihre Schritte, sie liefen synchron und im Takt. Halbschatten wechselte mit sonnigen Stellen. Nur auf den ersten zwei Kilometern waren ihnen vereinzelt Frühsportler begegnet, eben kreuzte in ihrem Rücken ein Reiter den Weg und sah ihnen nach. Sie liefen ein bequemes Tempo. Sie waren warm geworden. Der Weg stieg an.

Trollmann: »Was glaubst du, wann der Kampf stattfindet?«

Zirzow, zwischen Atemzügen: »Frühestens Ende Mai ... spätestens Ende Juni.« Einige Schritte weiter: »Aber auf den Termin ... kommt es überhaupt nicht an ... Wir müssen uns ... völlig ... von diesem Termin frei machen.« Kurz darauf: »Wir trainieren für den Titel ... Wir machen uns bereit ... um den Titel zu holen ... Das ist alles.« Und dann: »Wir gehen jetzt nur noch auf den Titel ... Mach dir überhaupt keine Gedanken ... wegen Eggert nächste Woche ... da gibst du nichts dran ... den hast du sowieso in der Tasche.« Die Steigung ließ nach. »Uns interessiert ab jetzt nur noch der Titel.«

Vor ihnen lag ein langer, ebener, schnurgerader Weg. Hoch über ihnen berührten sich die Bäume, die ihn an beiden Seiten säumten, zu gotischen Portalen aus Laub und Licht. Trollmann sagte nichts, sondern lauschte in seinen Körper hinein. Er war durchlässig, er lief wie geölt. Die Kraft ging durch die Beine gegen den Boden; der gab sie zurück. Bauchnabelaufwärts war er leicht wie ein Schmetterling, die Atmung eins mit den Füßen. Er fühlte sich wohl. Der Puls war perfekt. Es war, als könnte er ewig und ewig so laufen, und plötzlich riss er in einer blitzartigen Kraftanspannung seinen Oberkörper herum und wich aus vor einem imaginären Schlag, der im Leeren landete, während Trollmann wieder hochkam und hierbei einen Aufwärtshaken ans Kinn des imaginären Gegners schlug. Alles im Laufen.

Zirzow, nicht ohne Stolz und mit gezogenem Ö: »Schön!«

Es roch gut und frisch hier draußen. Der Weg schwang leicht nach links und teilte sich weiter vorne. Zirzow kannte sich im Grunewald aus und hatte die Route im Kopf. Von hinten hätte man ihn für den kleinen Bruder Trollmanns halten können, obwohl er fünf Jahre älter war.

So liefen sie und liefen, und allmählich ließ die Frische nach, und dann war die Leichtigkeit dahin, und später wurde das

Laufen eine Kraftanstrengung. Die Körper wurden schwerer. Der Weg wurde länger. Die Luft wurde knapper. Daher fing Zirzow wieder mit dem Titel an, nämlich mit den famosen Zukunftschancen, die sich daraus ergeben würden.

Trollmann unterbrach ihn: »Und dann geht alles ordentlich vorneher und nicht mehr hintenrum, ja?«

Zirzow: »Was machen die Beine?«

Trollmann: »Es zieht in den Waden.«

Zirzow: »Immer schön hinspüren, immer schön hinspüren.«

Trollmann spürte hin. Ein Muskelstrang in jeder Wade zog sich zusammen, rechts ein bisschen stärker als links. Solche Sachen machten Lämmchen immer so wütend: Wie er erst bei den Amateuren nicht zur Olympiade zugelassen worden war, obwohl er dran gewesen wäre. Wie sie dann bei den Profis für die Titelbewerbung den Staatsbürgerschaftsnachweis verlangt hatten, der von anderen Boxern nie verlangt wurde, und wie sie ihn mitsamt erbrachtem Nachweis trotzdem nicht zuließen. Und wie sie ihn beim nächsten Mal damit verhöhnt hatten, dass er zugelassen sei und einen Ausscheidungskampf um den Titel kämpfen dürfe, der, wie sich zeigte, in Wirklichkeit gar kein Ausscheidungskampf war. Und wie sie jetzt wieder, zum zweiten Mal, den Staatsbürgerschaftsnachweis verlangten, als ob er ihn nicht schon erbracht hätte, und wie es mitsamt dieser hochheiligen Urkunde doch nur hintenrum ging. Ein Schweißtropfen lief ihm ins Auge und brannte. Schritte und Atem schienen überlaut, ließen nichts anderes hören.

Trollmann: »Dauerts noch lange?«

Zirzow: »Ja.«

Zirzow hatte auch deshalb den Grunewald gewählt, weil man hier, wenn man sich nicht oder zu langsam bewegte, sofort von zahllosen Stechmücken zerfressen wurde. Sie hatten ihr Tempo gehalten und hielten es noch. Aber jetzt war es so, dass zahllose Nervenenden von allen Stellen des Körpers aus wiederholt die gleiche Botschaft ans Hirn sendeten: Pause machen! Ausruhen! Es half Trollmann, nach oben zu schauen, der Blick nach oben hob einen an, der Blick in das grüne luftige Dach, durch das ein wolkenloser Himmel schimmerte. Zwischendurch immer auch nach unten auf den Boden, um nicht zu stolpern über herausgewachsene Baumwurzeln, durch loses Geröll und kopfgroße, von Wildschweinen gebuddelte Löcher.

Zirzow richtete seine ganze Aufmerksamkeit auf Trollmann. Er sah auf die Uhr. Es galt, den Zeitpunkt, an dem Trollmann seine Lockerheit verlor, nach hinten zu verschieben, obwohl er keineswegs in schlechter Verfassung war. In Wien hatte er Fraberger derart frisiert, dass der Ringrichter den Kampf hatte abbrechen müssen. Trollmann war Zirzows Perle und Sorgenkind im Stall. Von seinen anderen Boxern war Harry Stein jüdisch und hatte das Land verlassen, und Erich Tobeck war arisch und ohne Titelaussichten. Überhaupt hatte Zirzow in dem einen Jahr seiner Managertätigkeit noch nie einen Titel eingefahren. Jetzt endlich würde er ihn mit Trollmann holen. Er war aufgeregt. Er sah ihn mit Besitzerstolz von der Seite an. Vor einem halben Jahr hatte er ihn der Managerkonkurrenz gerade noch vor der Nase weggeschnappt.

Sie begannen, sich an die Erschöpfung und an die Botschaften von den Nervenenden zu gewöhnen. Die Saubucht lag ein gutes Stück hinter ihnen, vor ihnen das letzte Viertel der Strecke. Sie liefen etwas langsamer. Zirzow war erschöpfter als Trollmann, er hatte kürzere Beine und musste im Verhältnis zu seinem Körper größere Schritte machen, aber für den Titel tat er es gern. Die Temperatur war gestiegen, ihre Hemden waren nass geschwitzt. Für Trollmann waren ab jetzt nicht nur Straßenschlachten zwischen SA und Kommunisten verboten, sondern auch solches Amüsement wie gestern Nacht. Und Zirzow wusste, dass Trollmann sich nicht daran halten würde.

Gestern Nacht war er um die Häuser gezogen und dann im Jockey Club in der Keithstraße gelandet. Die Hausband hatte gehottet wie verrückt, wer nicht tanzte, wackelte doch im Stehen mit dem Hintern, die Leute traten sich die ganze Kellertreppe bis zum Eingang rauf auf die Füße, und die Musiker hatten ihr Publikum genauso im Griff wie Trollmann seines, wenn er boxte. Auf einmal war im Gedränge Witt neben ihm: »Na, Herr Kollege!« Sie tippten einander mit den Fäusten an, Witt strahlte übers ganze Gesicht: »Kannst mir übrings gratuliern, ich bin jetzt nämlich Ha-De.« Trollmann legte die Hand aufs Herz, schlug die Hacken zusammen und machte eine Verbeugung.

Die besseren Berufsboxer wetteiferten darum, eines der zwei höchsten Komplimente des Chefredakteurs zu erlangen und es im *Box-Sport* zu lesen. Das eine hieß *der alte Haudegen*, HD, das andere *der alte Ringfuchs*, RF. Weiter hinten lehnte, mit einer Molle in der Hand, der »Bauhle« an der Wand und schnippte mit den Fingern. Über ihn hatte der Chefredakteur geschrieben: *Paul Samson Körner, der alte Haudegen, hat jetzt das Angebot, SA und SS zu trainieren.* Aber natürlich machten die Boxer auch Witze darüber und schlossen nach manchen Kämpfen Wetten ab, ob daraus ein HD oder RF werden würde oder nicht. Jedenfalls war nun auch Witt als Haudegen geadelt: »Adolf Witt, der alte Haudegen, schickte den Franzosen gleich in der ersten Runde für die Zeit auf die Bretter«, und war bei allem Witzereißen doch mächtig stolz darauf.

Witt war mit seiner Verlobten, Gerlinde Schlachter, da gewesen. Sie hatte ihn gleich wieder weggezogen, sie konnte nicht genug kriegen vom Tanzen, obwohl er ihr dabei immer wieder auf die Füße trat. Trollmann verließ den Club zusammen mit einer fröhlichen Telefonistin. Sie drängelten sich dem Ausgang zu, an den Saxophonisten vorbei, die oft nach Mitternacht kamen und auf der Treppe ihre Instrumente auspackten, weil es unten zu eng war, und von dort oben aus mit der Band im Keller jammten. Draußen war es mild. Er begleitete sie nach Hause. Hin und wieder wankten Nachtschwärmer und liefen nervöse Lebenskünstlerinnen an ihnen vorbei, Tippelbrüder lagen in windgeschützten Ecken. Vor ihrer Haustür in der Augsburger Straße legte Trollmann der Telefonistin die Hand in den Nacken, um sie zu küssen, und fing sich dabei eine Backpfeife, die plötzlicher kam als seine Fäuste im Ring. Seine legendäre Reaktionsschnelligkeit reichte gerade eben noch aus, um mit der Backpfeife k. o. zu gehen. Er ließ sich in Richtung des Schlages der Länge nach hinfallen und blieb reglos am Boden liegen. Nun war die Telefonistin irritiert. Sie brachte das Offenkundige nicht zusammen, oder sie nutzte den Vorwand, beugte sich zu ihm herab, kniete nieder, fasste ihn an, rüttelte vorsichtig an ihm, hob mit beiden Händen seinen Kopf vom Pflaster. Trollmann, wie leblos, öffnete das linke Auge einen Spalt und dann das rechte und sah ihr, ohne eine Miene zu verziehen, geradewegs in die Augen. Darauf hauchte sie einen Kuss auf seine Wange, und zwar in gefährlicher Nähe zum Mund, und verschwand in Windeseile im Haus. Sie hatte angenehm gerochen, Trollmann wusste nicht, wie sie hieß.

Zirzow, außer Atem: »Gleich ham wirs geschafft.«

5

Es hätte dem Ersten Vorsitzenden auch einmal gutgetan, im Grunewald zu laufen, sich an der frischen Luft körperlich zu ertüchtigen, gerade bei seiner schwächlichen Konstitution und sitzenden Tätigkeit im systemvergilbten Büro. Doch daran war nicht zu denken, schon weil er vorher nicht mitgedacht hatte. Erst eine Woche nachdem er die Seeligs hatte verschwinden lassen, an dem Tag also, als er die Nationale Notgemeinschaft der Boxer ersonnen und mit dem Chefredakteur bei Mueck einen gehoben hatte, erst an diesem Tage war ihm die Boxschule der Judenbrüder in den Sinn gekommen.

Im Herbst vorletzten Jahres hatte Heinrich Seelig zur beiderseitigen Zufriedenheit Georg Koenig jenes Hinterhofgebäude in der Georgenkirchstraße abgekauft, in dem Koenig seine Druckerei betrieben hatte und unter anderem den *Box-Sport* druckte. Koenig vergrößerte seinen Betrieb und zog in die Magazinstraße. Die Seeligs hatten renoviert und modernste Geräte angeschafft. Heinrich Seelig trainierte, genau wie andere Betreiber von Boxschulen auch, tagsüber seine Berufsboxer, die er managte, und ließ Boxer trainieren, die ohne Manager arbeiteten oder deren Manager keine eigenen Trainingsräume besaßen. Aber während sich etwa in Sabri Mahirs Boxschule am Kurfürstendamm allabendlich glamouröse Persönlichkeiten wie die berühmte Marlene Dietrich oder der als Brillenträger zum Boxen völlig ungeeignete Bertolt Brecht zu *Teestunden am Ring* versammelten, um kluge Gespräche zu führen über Brechts geplanten Boxerroman, die neue Sachlichkeit und ähnliche Themen, ging es bei den Seeligs anders zu. Hier kamen abends ganz gewöhnliche Leute, um für moderate Preise, unter fachkundiger Anleitung, aus allen Poren schwitzend und mit größter Ernsthaftigkeit hochwertige Sandsäcke zu malträtieren, und jeden Donnerstag trieb eine Turnlehrerin mit gesundheitsgymnastischen Übungen sowie Kraft- und Ausdauertraining bewegungshungrige Frauen und Mädchen zu Höchstleistungen an. Bald war die Turnlehrerin dazu übergegangen, ihre begeisterten Elevinnen die letzten fünfzehn Minuten des Kursus schattenboxen zu lassen, wie sie selbst es von Heinrich Seelig lernte. Die öffentlichen Abendkurse waren ausgebucht, für Interessierte gab es eine Warteliste.

Die Seelig'sche Boxschule war dem Ersten Vorsitzenden eingefallen, als ihn der Chefredakteur bei Mueck zwischen zwei Schlucken Berliner Pilsner fragte, woher er eigentlich das Kapital für die Nationale Notgemeinschaft nehmen wolle. Denn unter diesem Namen plante der Erste Vorsitzende den Verband eigene Kampfabende veranstalten zu lassen. Der Chefredakteur schätzte die Seelig'sche Boxschule auf »na, übern Daumen zehntausend.« Nun waren sich die beiden Herren einig und mussten gar nicht darüber reden, dass die Schule dem Verband ohnehin zustand, da dieser selbst es auf sich genommen hatte, die Seeligs zu vertreiben. Sie musste nur noch rechtlich in den Verband inkorporiert und dann verkauft werden, und schon war das Kapital für die Nationale Notgemeinschaft bereitgestellt. Der Erste Vorsitzende hatte das Bierglas zur Seite geschoben und auf die Rückseite seines Papiers den Punkt eins hingeschrieben: *1. Von privater Seite wird dem Verband deutscher Faustkämpfer der Betrag von 10 000 RM (in Worten: zehntausend Mark) zur Durchführung des Notgemeinschaftsplans zur Verfügung gestellt.*

Aber ein anderer war schneller gewesen. Manager Katter, der sonst nicht in der ersten Reihe agierte, hatte sich just am Abend vor Seeligs verhinderter Titelverteidigung in einer Kreuzberger Eckkneipe von Schriftführer Funke leutselig erzählen lassen, mit welcher außerordentlichen Umsicht der Erste Vorsitzende die spektakuläre Seelig-Streichung durchziehen würde: »Dem schickt ern paar Ledermäntel in die Kabine, und damit hat sichs.«

Und als der Erste Vorsitzende davon erfuhr, dass Funke den Überraschungsschlag vereitelt und den Verband um die Schule gebracht hatte, beschloss er, an ihm ein Exempel zu statuieren. Allerdings hatte er im Augenblick Wichtigeres zu tun, schon wieder war eine hektische Woche ins Land gegangen. Der Erste Vorsitzende hatte hart daran gearbeitet, den richtigen Mann als Nachfolger für den zurückgetretenen Präsidenten der Behörde Peter Eijk zu gewinnen, und der richtige Mann war kein geringerer als SA-Obersturmbannführer und SA-Verbindungsführer im preußischen Innenministerium Rechtanwalt Dr. Heyl. Jedoch konnte der Erste Vorsitzende nicht voraussehen, dass Heyl als Präsident der Behörde ihm selbst (unmittelbar nach seiner Funke-Exempelstatuierung) das Amt des Obmanns des Sportausschusses entziehen würde. So war immer alles in Bewegung, seit die Bewegung an der Macht war, und der Erste Vorsitzende machte mit, indem er die Nationale Notgemeinschaft der Boxer in Bewegung brachte. Sie musste so rasch als möglich ins Werk gesetzt werden, denn mit ihr war das gesamte deutsche Berufsboxen unter Kontrolle zu bringen. Dies war ohnehin unerlässlich im Sinne der nationalen Revolution, aber am allerwichtigsten war es für den Titelkampf des elenden Zigeuners und seines schwierigen Managers. Dieser Kampf, diese Kröte, die er für die Seelig-Streichung hatte schlucken müssen, rückte unaufhaltsam näher. Bereits in zwei

Tagen fand in Hamburg der Titelkampf zwischen Witt und Hartkopp statt, nach dessen Ausgang der Zigeuner gegen den Sieger am Zuge war. Aber ebenso, wie dieser Kampf unaufhaltsam näher rückte, rückte nun auch die Notgemeinschaft unaufhaltsam näher. Der Erste Vorsitzende hatte seinen Zehnpunkteplan ausgearbeitet, und der Chefredakteur hatte ein Exposé dazu geschrieben, das den Zehnpunkteplan im *Box-Sport* propagandistisch umrahmen und über ihn aufklären sollte, damit alle Bescheid wussten, wohin die Reise ging.

Zu diesem Zweck war der Erste Vorsitzende erneut mit dem Chefredakteur bei Mueck verabredet, und zwar in einem der drei Hinterzimmer, die für bestimmte Gäste zur Verfügung standen. Er packte seine Unterlagen ein und verließ das Büro. Durchquerte die Lindenpassage, trat auf den Prachtboulevard hinaus, warf einen kurzen Blick nach links, ob das Brandenburger Tor noch stand, und ging dann nach rechts. Draußen war es wärmer als drinnen, die Bäume strotzten vor frischem Grün, Menschen trugen lächelnd ihre Jacken überm Arm, Autofahrer hupten aus reiner Lust, und ein kleines Mädchen an der Hand ihrer Mutter wedelte mit einem Hakenkreuzfähnchen. All das streifte den Ersten Vorsitzenden nur am Rande. Er war nervös. Zwar sonnte er sich in der geradezu phantastischen Autorität, die er sich mit der Seelig-Streichung verschafft hatte, aber in den oberen Sphären der Autorität wurde die Luft spürbar dünner. Gerade jetzt, wo es um Großes ging, war er nicht sicher, ob er dem Chefredakteur wirklich trauen konnte. Schulkamerad und Parteigenosse hin oder her, manches Mal fiel er ihm und der Bewegung doch böse in den Rücken. Seine damaligen Äußerungen zum Witt-Trollmann-Ausscheidungskampf oder jetzt sein Schweigen zum Haymann-Buch, das er sich weigerte im *Box-Sport* zu bringen:

Solches Gebaren war absolut unverantwortlich. Der Erste Vorsitzende stand an der Friedrichstraße an der Ampel zwischen den Wartenden, er stand ganz vorne am Kantstein. Auf der anderen Seite entdeckte er Herbert Obscherningkat vom *Angriff*, und dabei fiel ihm plötzlich ein, dass er nicht wusste, ob irgendeiner von der verdammten Journaille, zum Beispiel dieser Obscherningkat, dem Chefredakteur womöglich näherstand als er selbst. Aber er brauchte den Chefredakteur, er konnte sich solche Gedanken nicht erlauben. Die Ampel wurde grün, die Wartenden gingen auf beiden Seiten im frühlingshaft beschwingten Gleichschritt gegeneinander los, er steuerte grüßend auf Obscherningkat zu: »Heil Hitler, Obscherningkat!« – »Heil Hitler, hab's eilig.« – »Will Sie nicht aufhalten«, und wandte sich auf der anderen Straßenseite sogleich nach links, um die Linden zu überqueren und dafür wiederum an der Ampel zu warten. Dieses Mal blieb er hinten stehen und ließ andere nach vorne drängeln.

So auch Willi Radzuweit, der von der Arbeitsvermittlung kam und in die Warschauer Straße zum Osram-Werk fahren und dort um Arbeit vorsprechen wollte. Er hatte das Jackett gebürstet, bevor er losgegangen war, und den Dreck unter den Fingernägeln herausgekratzt. Im Übrigen war es nicht so, dass er sich nach Arbeit verzehrt hätte, er hielt es gut aus mit dem SA-Dienst, dem Boxtraining und den nächtlichen Touren durch Kneipen und Clubs, bei denen er sich problemlos durchschnorrte und in jeder Richtung austobte, aber er verzehrte sich nach dem Lohn, damit er sich endlich wieder ein eigenes Zimmer leisten und bei den lästigen Eltern ausziehen konnte. Die Ampel wurde grün, man setzte sich in Bewegung, und Radzuweit marschierte mit leicht vorgeneigtem Oberkörper und ausholenden Schritten los. Dagegen wäre der Erste Vorsitzende beinahe am Kantstein gestolpert, so sehr war er in Gedanken. Das Buch von Haymann, dem alten Haudegen und

Ringveteran, musste er dringend noch lesen oder wenigstens überfliegen, eigentlich hatte er zum Lesen überhaupt keine Zeit, aber das Buch war ungeheuer wichtig, denn es handelte vom Boxen unter dem Gesichtspunkt der Rasse! Es arbeitete die höheren, inneren Werte heraus und zeigte auf, was deutscher Faustkampf im Gegensatz zum ausländischen »price fight« war, und gerade darum ging es ja bei der nationalen Revolution.

Das Hinterzimmer bei Mueck war mit dunkelgrüner Stofftapete ausgekleidet und hatte kein Fenster. Jedoch tauchte das Licht einer sechsarmigen Deckenleuchte und von vier Wandlampen den Raum in eine helle, saubere Atmosphäre, sodass nichts Hinterzimmerhaftes an ihm war und er viel eher Besprechungszimmer genannt werden müsste, wiewohl er wirklich im hintersten Teil des Gebäudes lag und nur durch einen langen Flur zu erreichen war. Der Schweinebraten des Chefredakteurs erfüllte den ganzen Raum mit seinem Geruch. Der Chefredakteur stieß Gabel und Messer hinein, ließ Stück um Stück in seinen rötlich glänzenden Backentaschen verschwinden und kaute mit Behagen, während der Erste Vorsitzende im vegetarischen Bewusstsein seiner Verbundenheit mit dem Führer Verlorene Eier aß. Bis zum Nachtisch hatten sie über jene vier Punkte des Zehnpunkteplans gesprochen, die dem Ersten Vorsitzenden am meisten am Herzen lagen, und es war ihm ein innerer Fackelzug, wie der Chefredakteur, indem er mit seinem sehr großen, massigen Zeigefinger hart auf den Tisch klopfte, die vier Punkte auf den Punkt brachte: »Und damit unterliegt alles der allerschärfsten Kontrolle!« Dann kam die Bayrische Creme. Mueck schielte dem Chefredakteur unverhohlen über die Schulter auf das Papier, bevor er die Tür hinter sich schloss.

Die Bayrische Creme war ausgezeichnet. Der Erste Vorsitzende hätte gerne noch eine zweite Portion bestellt, unterließ es aber, um das Vegetariertum nicht in ein schlechtes Licht zu rücken, etwa, dass man nicht satt werde davon oder gar der Genusssucht verfalle. Nun las der Chefredakteur sorgfältig die zehn Punkte von oben nach unten durch, und der Erste Vorsitzende sah ihm gespannt dabei zu.

Am Ende nickte der Chefredakteur, schob den Zehnpunkteplan in die Mitte des Tischs und fragte, anstatt etwas zur Sache zu sagen: »Trinkst du auch einen Kaffee?« Ja, der Erste Vorsitzende nahm auch einen. Mueck brachte welchen, und als er wieder draußen war, lobte der Chefredakteur den Ersten Vorsitzenden für Punkt zehn, in dem die Notgemeinschaft als Übergangslösung bezeichnet war, die beendet werde, sobald die Veranstaltungsbasis für den freien Unternehmer wieder geschaffen sei. Es zeuge von kluger Vorsicht, anerkannte der Chefredakteur, sich die freien Unternehmer mit ihrem Kapital warmzuhalten.

»Und sonst?«

»Ausgezeichnet!«

Nun atmete der Erste Vorsitzende auf. Solch ein Fehler wie Punkt sieben des Säuberungsplans durfte nicht noch einmal passieren, und wenn der Experte Chefredakteur nichts auszusetzen fand, dann war dieses Mal alles in Ordnung.

Sie zündeten Zigaretten an und lehnten sich zurück. Mueck hatte mit dem Kaffee einen Aschenbecher gebracht. Nächste Woche hatte der Führer Geburtstag, Glückwunschanzeige in der übernächsten Ausgabe, Anzeige mit Preisnachlass. Selbstverständlich. Umhüllt von bläulichen Wolken griff der Chefredakteur nach seinem Exposé. Er trank einen Schluck Kaffee und schob die Brille an die Nasenwurzel. Dann las er dem Ersten Vorsitzenden den Text vor, wobei er fast alle Verben, Adjektive und Substantive stark betonte:

»Also, pass auf, ganz oben drüber: Das Gebot der Stunde: Arbeitsbeschaffung und Förderung des Nachwuchses – und dann Balkenüberschrift: Nationale Notgemeinschaft. Und jetzt kommt der Text: Der deutsche Berufsboxsport stagniert! ...«

Und schon unterbrach ihn der Erste Vorsitzende. Er wollte darauf bestehen, dass die Balkenüberschrift *Nationale Notgemeinschaft der Boxer* heißen müsse, jedoch gelang es dem Chefredakteur, seinen alten Schulkameraden davon zu überzeugen, dass man die Boxer besser wegließ. Außerdem gelang es ihm, und dies war erheblich schwieriger, sein »Beispiel für die Praxis« durchzusetzen. Es bestand aus einem noch zu vervollständigenden, konkreten Finanzplan für einen möglichen Kampfabend der Notgemeinschaft.

Nach vielem Hin und Her beugte sich der Chefredakteur zu ihm, sprach leise, flüsterte fast: »Mit dem Finanzplan zeigen wir«, rückte wieder ab, machte sich gerade und hob die Stimme, »dass das deutsche Berufsboxen sauber wird!« Dabei hatte er seine locker gerundete Faust auf »deutsch« und »sauber« sachte auf der Tischkante aufschlagen lassen. Dann ließ er sich zurücksinken und fuhr in geradezu plauderhaftem Tonfall fort: »Und dann wissen die technischen Leiter auch gleich, woran sie sind. Und wenn der erste Kampfabend abgerollt ist, veröffentlichen wir eine Abrechnung in der Art, dass jeder begreift, was es geschlagen hat.«

Es war doch gut, dass er den Chefredakteur eingespannt hatte. Der war ein Propagandameister und wusste, wie mans machte. Als sie durch waren, ging der Chefredakteur wieder hinaus und bestellte Bier, das kurz darauf von einer lautlosen Kellnerin hereingebracht wurde. Sie stießen an. Der Erste Vorsitzende tupfte mit der Serviette den Schaum von der Oberlippe. Schmeling war wieder nach Amerika abgefahren. Schmeling behielt seinen jüdischen Manager. Schmeling war eine Kränkung, die ganz besonders schmerzte, weil sie so stolz auf ihn waren und ihm nichts konnten. Sie schimpften auf Schmeling. Der verriet seine Heimat, die ihn doch erst groß gemacht habe. Der solle gefälligst im Lande bleiben und das deutsche Berufsboxen voranbringen. Dann schimpften sie auf Amerika. Amerika mache Front in der ausländischen Gräuelpropaganda gegen Deutschland, und jetzt gegen Schmeling, ihren Schmeling, ihren Besten, ihren Ex-Weltmeister! Das war nicht hinnehmbar! Die Behörde musste ein Protesttelegramm schreiben! Und dann legte der Erste Vorsitzende dem Chefredakteur noch ein Schreiben vor. Es war an alle maßgeblichen deutschen Zeitungsredaktionen adressiert und enthielt seine Bitte, die Veranstaltungen der Nationalen Notgemeinschaft nicht durch scharfe Kritik zu gefährden. »Einwandfrei«, sagte der Chefredakteur, nachdem er es überflogen hatte, »vollkommen richtig, das werden die Kollegen verstehen. Und für die übernächste Ausgabe sollen uns die Wichtigsten gleich ein paar Vierzeiler schicken, ganz kurz, frei von der Leber weg, wie sie zur Notgemeinschaft stehen, und das kann man von den Veranstaltern auch verlangen, und eine bessere Propaganda kannst du gar nicht kriegen.«

6

Als die Herren Erster Vorsitzender und Chefredakteur sich von Mueck verabschiedet hatten und wieder ans Tageslicht traten, lagen Trollmann und Zirzow nach ihrem Lauf im Grunewald geduscht in ihren Betten und ruhten, und Funke kaufte im Lehrter Bahnhof die Fahrscheine nach Hamburg für den Titelkampf seines Schützlings. Dortselbst, in Hamburg, war Veranstalter Rothenburg soeben auf dem Weg zur Druckerei, um die Eintrittskarten für den Kampfabend abzuholen. Dabei pfiff er ein Lied. Witt indessen spazierte händchenhaltend mit Gerlinde Schlachter im Treptower Park an der Spree, denn Funke hatte, wie es sich gehörte, das Training an den letzten zwei Tagen vor dem Kampf ausgesetzt. Glatt und ruhig floss das Wasser, und sie kehrten in Zenners Gartenrestaurant ein. Die Terrasse war zur Hälfte besetzt, an der Spree wurden Enten mit alten Schrippen gefüttert, ein Ausflugsschiff fuhr unter der Brücke zur Abteiinsel hindurch. Witt und Schlachter setzten sich. Obgleich sie nur Brause trinken wollten, blätterte Schlachter in der Speisekarte und fand darin eine Faltbroschüre mit dem in grüner Schrift gedruckten Titel: *Eßt deutsche Früchte, und ihr bleibt gesund!* Sie schlug die Broschüre auf, las und sagte: »Ach.«

Witt: »Was denn?«

Schlachter, flüsternd: »Wir fordern: Radikale Abschaffung des Militarismus, weil der Militarismus nicht dem Leben dient, sondern dem Tode, weil der Militarismus den Menschen nicht adelt, sondern verdirbt, weil der Militarismus die Jugend nicht zu Menschen erzieht, sondern zu Sklaven macht, weil der Militarismus die Menschheit mit dem Untergang bedroht.«

Witt, halblaut: »Wer zum Militär geht, ist sowieso selber schuld. Aber das müssen wir melden.«

Schlachter, hektisch: »Mann, bist du wahnsinnig, nachher sagen sie, das Ding ist von dir!«

Witt: »Ist doch aber gar nicht von mir. Du hasts doch in der Speisekarte gefunden.«

Schlachter, ungehalten: »Herrgott noch mal, du Schafskopf, wo lebstn du eigentlich, es geht doch drum, dass man mit so was nicht in Verbindung gebracht wird, weil dann is Schluss.« Sie sah sich um. Niemand von den Gästen schien irgendetwas bemerkt zu haben. »Wenn jetzt der Kellner kommt und was in der Karte nachschaut und es findet, denn sind wa dran, da kannste Gift drauf nehmen.«

Witt mochte nicht streiten. »Nu pass mal auf«, er legte sanft die Hand auf ihren Unterarm, »nu lass den alten Haudegen mal machen, und dann wird alles wieder gut.« Darauf nahm er die Broschüre aus der Speisekarte und begann, immer das Papier halbierend, sie in aller Ruhe zu zerreißen. Die Fetzen wurden immer kleiner. Der Kellner kam. Witt hörte auf, Schlachter riss sich zusammen.

Der Kellner, vollkommen ausdruckslos, fixierte die Fetzen, streifte Schlachters Dekolleté, sah exakt über Witts Schiebermütze hinweg: »Bidde!«

Schlachter, schnell: »Zweimal Brause.«

Der Kellner, über Schlachters Frisur hinweg: »Strohhalm?«

Pause.

Witt: »Was?«

Der Kellner, maulfaul: »Mit oder ohne?«

Witt und Schlachter gleichzeitig, Witt: »Ohne«, Schlachter: »Mit«, der Kellner ab.

Nun machte Witt mit dem Zerreißen weiter. Schlachter, vollkommen außer sich: »Was soll denn das, was hat denn das jetzt zu bedeuten, seit wann wird man im Lokal nachm Röhrchen gefragt?«

Witt, gemütlich: »Mach dir keine Gedanken. Ich bring erst mal die Schnipsel weg, und dann ist wieder alles in Ordnung.« Und er kehrte sie mit der Handkante vom Tisch in die hohle Linke, tat sie in die Hosentasche, verschüttete die Hälfte, sammelte die heruntergefallenen ein und ging zur Toilette. Ach, die Gerlinde, die hatte wohl das Monatliche, normalerweise war sie nicht so nervös. Er musste zweimal spülen, bis die Fetzen ganz weg waren. Draußen schaute Schlachter aufs Wasser und fragte sich immer noch, ob der Kellner sie für verdächtig hielt. Als der Kellner so ausdruckslos die Fetzen fixiert hatte, fehlte bloß noch ein Windstoß und die Fetzen wären aufgeflogen und hätten sich zerstreut und Aufsehen erregt, und sie fand es bei aller Erleichterung darüber doch auch schade, dass die Broschüre in die Kanalisation gespült wurde.

Als Witt zurückkam, standen zwei Gläser Brause ohne Strohhalm auf dem Tisch, und er redete sofort von dem bevorstehenden Titelkampf, das hatte er sich auf der Toilette überlegt, um seine Verlobte auf andere Gedanken zu bringen. Schlachter war froh und machte mit, und Witt verbreitete Zuversicht: »Übermorgen biste mitm Deutschen Meister verlobt!« Es war ein dankbares Thema, denn sein Gegner Hartkopp hatte von seinen letzten acht Kämpfen nur einen gewonnen und sieben verloren.

Der bevorstehende war Witts zweiter Titelkampf. Worüber Witt an diesem wunderschönen Frühlingstag auf Zenners Terrasse sorgfältig schwieg, um die Stimmung nicht zu verderben, war sein erster Titelkampf Ende letzten Jahres. Am 26. Dezember hatte ihn Seelig in der zweiten Runde mit einem Tiefschlag auf die Bretter geschickt. So hatte sich sein Titel nur der Disqualifikation seines Gegners verdankt. Aber nach dem Kampf hatten die Seeligs Protest eingelegt. Als nämlich Witt am Boden lag und der Ringrichter noch zählte, war Funke, dieser Idiot, in den Ring gesprungen, um sich um ihn zu kümmern. Dafür hätte man Witt sofort disqualifizieren müssen. Nun geschah es erst aufgrund Seeligs Protest, infolgedessen der Tiefschlag auch noch als unabsichtlich gewertet wurde, und der Titel war Witt nach drei Tagen wieder aberkannt worden. Adolf Witt, der Drei-Tage-Meister, schlimmer noch, Adolf Witt, der Drei-Tage-Disqualifikations-Meister: Da war kein Glanz und keine Ehre. Und nun war eine Revanche durch die Vertreibung Seeligs unmöglich geworden, und Witt war heilfroh, dass er sich ihm nicht noch einmal stellen, sondern es bloß mit Hartkopp aufnehmen musste.

Das Hamburger Floratheater am Schulterblatt war zu etwa drei Vierteln voll, und der drahtige Veranstalter Rothenburg trug seine makellose Glatze herum und schüttelte den Herren von Verband und Behörde und den Punktrichtern an der Ringseite die Hände. Den eigentlichen Höhepunkt des Abends lieferten die Leichtgewichtler Czirson und Wommelsdorf, sie bestritten im Rahmenprogramm ein energisches, rasantes Gefecht und rissen das johlende Publikum von den Bänken und Stühlen. Witt und Hartkopp dagegen lavierten sich mühsam zu einem Unentschieden durch.

Trollmann, dessen Anwesenheitspflicht als Ersatzmann mit dem ersten Gong endete, war gleichwohl der einzige Zuschauer, der den Kampf mit unerbittlicher Disziplin bis zu seinem erlösenden Ende aufmerksam verfolgte. Er saß angespannt und mit geradem Rücken und beobachtete, wie sich die Kontrahenten zwölf Runden lang nicht in den Kampf finden konnten. Im Licht der Scheinwerfer eierten Witt und Hartkopp, einer unentschlossener als der andere, Runde um Runde herum. Träge, zögerlich und löchrig war ihre Begleitmusik aus stoßweisem Keuchen, schweren Tritten und dem Knarren der Ringbodenbretter. Nicht einmal der Chefredakteur, der zur Rechten des Ersten Vorsitzenden an der Ringseite saß und den Kampfbericht für den *Box-Sport* schreiben musste, nicht einmal er vermochte, bei der Sache zu bleiben, und auch der Erste Vorsitzende ließ seinen Blick unruhig wandern. Trollmann hatte sich in die erste Zuschauerreihe gesetzt, und zwar genau so, dass der Erste Vorsitzende, wenn er sich nur leicht nach rechts wandte, ihn nicht übersehen konnte. Zwischen den Runden schaute Trollmann gelegentlich zu den Herren hinüber und nickte ihnen mit einem freundlichen Lächeln zu. Kaum aber hatte der Zeitnehmer den Gong geschlagen, konzentrierte er sich wieder voll und ganz auf den Kampf. Hartkopp klammerte, sobald Witt ihm nahe kam, so hingebungsvoll, dass er sich dafür einen Verweis einholte und der Ringrichter allergrößte Mühe hatte, die Kämpfer voneinander zu trennen. Unter wiederholten »Break!«-Rufen zerrte er mit auswärtsgerichteten Ellenbogen an den Schultern der ineinander verhakten Boxer, und im Publikum sagte Johnny Bishop zu seinem jungen Begleiter: »Du, ich denke an dieses Gedicht, ich weiß nur noch die erste Strophe: Das ist nun so. – Je freier und je nackter, – je mehr enthüllt das Herz sich. Offen liegt – beim Boxen und beim Lieben der Charakter – des Partners, der dich hüllenlos besiegt.«

Die Luft wurde immer nebliger, zwischen Hüten und Haarnetzen stiegen schwere Qualmwolken auf, man rauchte schon aus reiner Langeweile.

An der Ringseite aber flüsterte der Chefredakteur dem Ersten Vorsitzenden ins Ohr, dass er sich ernstlich frage, ob Trollmann einen anderen Kampf sehe als er: »Kuck dir den Zigeuner mal an, da stimmt doch was nicht.«

Der Erste Vorsitzende sah hinüber. Er sah Trollmann an, sah auf die Kämpfer im Ring, und wieder zu Trollmann, und noch einmal hin und her. Dabei fuhr es ihm durch den Kopf, dass der Zigeuner mit seinem Blick die Kämpfer verhexe, und er schämte sich sogleich für diesen Altweibergedanken und flüsterte retour: »Frechheit, wie der in den Pausen immer herüberlächelt.«

Darauf der Chefredakteur: »Das Lächeln wird ihm schon noch vergehen … aber vorerst, wenn Witt so weitermacht, dann gute Nacht.«

Tatsächlich traf Witt nur selten, meistens schlug er mit seiner gefürchteten Bullenkraft daneben, und man vermisste das kurze, pralle Schmatzen vom Aufschlag des Leders auf schweißnasser Haut. Gerlinde Schlachter unterhielt sich angeregt mit ihrem Buxtehuder Cousin, der wegen Witt und wegen des Titels angereist war, jetzt aber doch das Gespräch mit seiner Cousine dem Geschehen im Ring vorzog.

Erst in der letzten Runde versuchte der bis dahin vollkommen passive Hartkopp einen Angriff, indessen eine Dame in der zweiten Reihe die Lippen nachzog. Er schlug Witt in die Rippen und traf ihn dann mit der Rechten an der Schläfe. Trollmann sog zischend Luft durch die Zähne, doch der Angriff blieb folgenlos. Witt kassierte die Treffer, ohne sich vom Fleck zu rühren. Gelegentlich wurden Sitzkissen ganz ohne Schwung in den Ring geworfen, und schon während der sechsten Runde hatte eine Gruppe junger Männer von den billigen Plätzen das Theater in Richtung Reeperbahn verlassen, wo ihnen bessere Unterhaltung gewiss war.

Mit dem letzten Gong ging ein erleichtertes Aufatmen durchs Publikum. Im Laufschritt eilte der Ringrichter um den Ring, sammelte an drei Seiten die Punktzettel ein, las sie im Laufen, ließ an der vierten Seite Punktzettel und Urteil vom Delegierten abnicken, stieg zurück in den Ring, teilte dem

Sprecher das Urteil mit, einstimmig unentschieden, der Sprecher betete seinen Spruch herunter, mäßiger Anstandsapplaus setzte ein, und der Ringrichter hob die Fäuste der Boxer auf Halbmast und ließ sie gleich wieder fallen. Das war's. Nur Trollmann hatte engagiert geklatscht.

Da lag er nun an der Ringseite, der nicht vergebene Siegerkranz, lag auf dem Tisch des Delegierten und musste liegen bleiben. Witt war natürlich geknickt und haute sofort ab. Trollmann blieb bis zum Schluss. Am Ende strömte das Publikum hinaus, und an der Ringseite standen die Offiziellen und Journalisten und Leute, die immer jemanden kannten, und unterhielten sich und besprachen Angelegenheiten, und da ging Trollmann hin, um dem Ersten Vorsitzenden seine Referenz zu erweisen. Nach den Gepflogenheiten wäre es nicht unbedingt nötig gewesen, aber er hatte gute Manieren, wenn er wollte. Er nahm Haltung an, obgleich er sowieso immer sehr aufrecht ging, und gab dem Ersten Vorsitzenden und dem dabeistehenden Delegierten mit einer angedeuteten Verbeugung die Hand.

»So«, sagte der Delegierte, nachdem die Formalitäten ausgetauscht waren, »und Sie sind also als Nächstes für den Titel dran, ja?« Dabei sah er Trollmann an, Trollmann den Ersten Vorsitzenden und dieser den Delegierten mit einem kurzen, bösen Blick. Trollmann bejahte. Dann wandte er sich ganz dem Ersten Vorsitzenden zu und sagte ihm mit der Miene und im Tonfall eines Strebers, wie sehr er sich auf seinen Titelkampf freue und dass er sich ungeheuer ernsthaft darauf vorbereite. Indessen steckten auf der anderen Seite des Rings die drei Punktrichter und Rothenburg die Köpfe zusammen, weil Rothenburg, der nicht nur Boxkämpfe veranstaltete, sondern auch Lieder dichtete, ihnen ganz leise sein neuestes Couplet vorsang.

So hart es den Ersten Vorsitzenden stach, vom Zigeuner persönlich auf den bevorstehenden Zigeunertitelkampf angesprochen zu werden, so sehr traf ihn Trollmanns völlig unerwartete biedere Bravheit mitten ins Herz. Es war der Einschlag ins Untertänige, dem der Erste Vorsitzende auf Anhieb erlag und der ihn glauben ließ, der Zigeuner wolle sich endlich fügen. Der Zigeuner ging in die Knie. Wie weggeblasen seine sonstige Art, die Nase hochzuhalten und seine verfluchte Popularität vor sich herzutragen. Der Erste Vorsitzende fragte sich, ob der Zigeuner es wirklich so meinte oder nicht doch wieder log und ihn bloß zum Narren hielt. Er wusste es nicht. Der Zigeuner war unberechenbar. Wahrscheinlich log der Zigeuner.

Es empörte den Ersten Vorsitzenden über die Maßen, dass der Zigeuner die Ernsthaftigkeit für sich reklamierte. Immerzu hatte er mit seinen theaterhaften Auftritten, mit seinen unorthodoxen Schlägen und seinem Herumgehopse im Ring die höheren, inneren Werte des Boxens verhöhnt, und Experten hatten ihm vorgeworfen, dass ihm zum wirklich guten Boxer die Ernsthaftigkeit fehlte: Nun hielt er sich nicht daran und war ernsthaft. Das war die zigeunerische Unbeständigkeit! Dieser hergelaufene Rotzlöffel hatte nicht das Recht, die Ernsthaftigkeit für sich zu reklamieren. Man konnte ihm nicht einmal an den Karren fahren, weil er die Unverschämtheit so brav und harmlos vortrug. Und der Delegierte fiel darauf herein und nickte ihm anerkennend zu. Der Erste Vorsitzende sah weg. Und wenn der Zigeuner tatsächlich ernsthaft trainierte? Dem war ja bei seiner Unberechenbarkeit alles zuzutrauen, das war gefährlich, brandgefährlich war das, noch war der Titel nicht verloren, aber wenn er … daran durfte der Erste Vorsitzende gar nicht denken. Er entließ Trollmann mit einem zähneknirschenden »Ja, ja, nur zu« in die so kühlfeuchte wie verheißungsvolle Hamburger Nacht.

7

In der folgenden Nacht lief in Berlin in Koenigs Druckerei der neue *Box-Sport* durch die Presse, wurde ausgeliefert, und ein Exemplar steckte der Postbote um sechs Uhr morgens in Zirzows Briefkasten in der Holtzendorffstraße. Zirzow selbst lag noch im Bett und träumte davon, wie er mit Trollmann den Titel holte. Vier Stunden später war sein Kompagnon Englert zur Besprechung bei ihm. Zirzow saß auf seinem Schreibtischstuhl, der lange Englert in einem niedrigeren Polstersessel. Routiniert, systematisch und effektiv hatten sie das Geschäftliche besprochen. Englert trug eine kunstseidene dunkelrote Krawatte, die farblich mit dem Sessel harmonierte. Auf dem Beistelltisch lag zwischen zwei Stück Bienenstich die Ankündigung der Notgemeinschaft im druckfrischen *Box-Sport*. Der Erste Vorsitzende als Veranstalter von Kampfabenden war ein Witz. Sie verachteten ihn, weil er unternehmerisch ein Versager war. Ohne seine Posten im Verband wäre er nichts, und seit dem Reichstagsbrand entwickelte er eine zunehmende Realitätsferne. Dass nunmehr alle finanziellen Punkte und das genaue Kampfprogramm noch vor der Anmeldung genehmigt werden mussten, war ein Ding der Unmöglichkeit. Englert lächelte und machte eine wegwerfende Handbewegung: »Ja, da schreibt man halt irgendetwas hin.«

Zirzow griff nach der Zeitschrift, stand auf, schlug mit dem Handrücken auf den Zehnpunkteplan und äffte den Ersten Vorsitzenden nach: »Englert, Ihre moralische Qualifikation?«

Englert: »Ich bin katholisch und bete vor dem Essen.«

Zirzow, wieder als Zirzow, triumphierend: »Ich habe meine Großmutter verkauft!«

Darauf Englert mit einem Fingerschnalzen: »Ah, damit kann ich natürlich nicht konkurrieren.«

Der Finanzplan schließlich trieb ihnen die Tränen in die Augen. Zirzow, schenkelklopfend: »Mit einem Budget von zehntausend!« Damit hätten sie bequem ein sehr gutes internationales Programm im Sportpalast aufgezogen. Natürlich wussten sie längst, dass Katter die Seelig-Schule hatte. Jeder wusste es, denn Katter hatte annonciert.

Englert: »Mal ernsthaft, es steht doch aber nirgends geschrieben, dass das freie Unternehmertum verboten ist. Die Frage ist, ob wir ...«

Zirzow ging im Zimmer hin und her und rieb die Hände: »Hör mal, das ist überhaupt keine Frage. Wenn wir vorne bleiben wollen, müssen wir in die Partei, und selbstverständlich müssen wir die Notgemeinschaft mitmachen, der nächste Präsident heißt nämlich Heyl. Augen auf und rein ins Vergnügen, zwei oder drei Kampfabende mit entsprechender Abrechnung, und dann ist die Übergangslösung sowieso vorbei. Vor allem müssen wir schneller sein als Böcker.«

Englert: »Nun setz dich mal und iss deinen Kuchen.« Zirzow setzte sich und aß. Englert wusste, dass er recht hatte. »Reicht doch, wenn einer von uns eintritt.«

Zirzow: »Ja, ja, mach ich, und du die erste Notgemeinschaft.«

Sie zogen ihre Trenchcoats an, setzten die Hüte auf, verließen die Wohnung, tippten unten vor der Haustür an die Hutkrempen und trennten sich.

Nur zwei Häuser weiter klingelte Zirzow beim Blockwart und beantragte Aufnahme in die Partei, um sich moralisch für die

Notgemeinschaft zu qualifizieren. Der Blockwart füllte widerwillig das Antragsformular aus und erklärte, es stehe aber wegen dieser ganzen elenden Konjunkturritter ein genereller Aufnahmestopp unmittelbar bevor, Zirzow müsse damit rechnen, dass er nicht aufgenommen werde. Zirzow dankte, eilte per Taxe weiter, trat unterwegs zur Sicherheit noch schnell in die SA ein, besuchte den Trainer Dirksen und war dreieinhalb Stunden später in der Sportschule Charlottenburg in der Knesebeckstraße.

Trollmann war schon da und hüpfte Seil. Vier andere Boxer trainierten ebenfalls, ein Schwergewichtler liegestützte, ein Fliegengewichtler schlug den Sandsack, zwei Mittlere sparrten. Dielenbretter quietschten, Stöße knallten, die Sparrer stöhnten, stampften auf, stießen das Leder auf Kopfschutz und Haut, die Trainer riefen Kommandos, der Fliegengewichtler stieß zu jedem Schlag laut pfeifend Luft zwischen den Lippen heraus, und durch diese heillose Arhythmie von Schlägen, Keuchen, Rufen und Stampfen zog sich wie ein schnurgerader Faden das leise, endlose, zum Summen verschmelzende Geräusch, mit dem Trollmanns Springseil den Boden streifte. Beim Schneiden durch die Luft machte es vibrierende Töne. Trollmann hüpfte Kür, auf einem Bein, auf beiden, wechselweise, Knie oben, überkreuzte Hände, Knie unten, rückwärts, vorwärts, Füße unten, seitwärts, hinten, auf einem, auf beiden Beinen, und dann stand Zirzow in der Tür und winkte ihm zu.

In der linken Hälfte des Raums stand der Ring, in der rechten waren Sandsäcke, Sprossenwände, Wandschlagpolster, Plattformbälle und ein großer Wandspiegel installiert. Zirzow verschwand aus der Tür, lief durch den schmalen Flur ums Eck in die Umkleidekabine, legte Sportbekleidung an, kam zurück und fand Trollmann nach wie vor hüpfend.

Zirzow machte sich keine Illusionen darüber, dass er Trollmann in Sachen Technik und Taktik nichts zeigen konnte. Es war ihm nicht leichtgefallen, hierfür Dirksen zu engagieren, denn Dirksen war problematisch und teuer. Man konnte kaum mit ihm reden. Als Zirzow nach Staus und Umwegen endlich bei ihm geklingelt hatte, war Dirksen in der Wohnungstür stehen geblieben und hatte, Zirzows Knie betrachtend, ihn mit einem kaum verständlichen Gebrummel angeranzt. Dann hatte Zirzow eine Viertelstunde lang vor Dirksen im Treppenhaus gestanden und vorsichtig geschmeichelt.

Dirksen endlich: »Der Troll ist ein Luftikus, der soll als Eintänzer im Delphi arbeiten gehen.«

Und hiermit wusste Zirzow, dass er ihn hatte, denn Dirksen hatte schon Leute angenommen, die er »vollgefressener Sack«, »Phlegma« oder »Links-rechts-Legastheniker« geheißen hatte. Dirksens Wohnung war spartanisch, und hier lagen tatsächlich drei weitere Exemplare jenes grauen Wollsweaters, den er tagein, tagaus trug. Obgleich Dirksen so problematisch und teuer war, hatte sich Zirzow für ihn entschieden, weil er beobachtet hatte, wie sich Boxer unter seiner Obhut verbesserten und wie ihre Augen leuchteten, wenn sie über ihn sprachen. Als Zirzow erwähnte, dass er mit dem Kraft- und Ausdauertraining bereits begonnen habe und es ohne weiteres fortführen könne, fuhr ihm Dirksen über den Mund.

»So. Und jetzt passen Sie mal gut auf! Tun Sie das, was Sie können, nämlich Geschäfte machen, und sparen Sie sich Ihren Atem, ich machs entweder mit Kraft und Ausdauer oder gar nicht.«

Zirzow verstand. Sie einigten sich, legten Stunden und Preise fest, vereinbarten Termine und Zahlungsmodalitäten, und danach stand Dirksen auf und öffnete den Küchenschrank. Betrachtete eingehend acht verschiedene Whiskeyflaschen, griff nach einer, ließ die Hand auf ihr liegen, überlegte, entschied sich anders, nahm die benachbarte Flasche und zwei Gläser heraus und schenkte ein. Dann stellte er die Flasche zurück, schloss die Schranktüren und brachte die Gläser zum Tisch: »So, Herr Zirzow, nun müssen wir auf Trollmann anstoßen, und dann will ich mal sehen, was ich aus ihm machen kann.«

Die beiden Mittleren hatten das Sparring beendet und absolvierten Abwärmübungen. Zirzow hatte den Zirkel installiert und die Stoppuhr in der Hand. Er lobte und rügte in einem fort. Trollmann aber versenkte sich in seine Bewegungen. Er ließ Zirzows Reden durch die Ohren hinein- und wieder hinausfließen. Nun hing er an der Sprossenwand und malte mit den Füßen bei durchgestreckten Beinen große Kreise in die Luft. Das Heben und Senken der Beine im seitlichen Bogen war so kräftezehrend, dass die Anstrengung in den Armen, an denen er hing, kaum noch zu spüren war. Es entging Zirzow nicht, wie ihn Trollmann mit seiner Art, sich zu konzentrieren, regelrecht ausschloss aus seinem Üben, und doch spürte er deutlich, dass Trollmann seine Aufmerksamkeit einatmete wie Sauerstoff und in alle Zellen leitete, Blut erfrischte, Synapsen schmierte, Muskeln löste und spannte. »Eine Minute noch! Nicht schneller werden! Jaaa, gut, so ists gut!«

Drei Minuten sich plagen, eine Minute sich pflegen lassen: Den Kampfrhythmus einschreiben in den Körper durch endlose Wiederholung, um ihn intus zu haben wie Herzschlag und Atmung und Verdauung und Wachen und Schlafen. Drei Minuten kämpfen, eine erholen. Drei Minuten kämpfen gegen den Gegner im Ring, gegen den inneren Schweinehund im Training, gegen die Erschöpfung, gegen den Schmerz, drei Minuten Kampf, eine Erholung. Trollmann schwächelte.

Zirzow: »Denk dran, wie stark der Adolf ist! Immer an den Gegner denken! Den Gegner auch im Training besiegen. Adolf hätte jetzt weitergemacht! Losloslos!«

Und Trollmann hob die Beine.

In der Pause setzte er sich auf den Kasten, der die nächste Station im Zirkel war, stützte seine Ellenbogen auf die Knie und hörte sich atmen. Zirzow redete ihm lobend und ermutigend zu und drohte zwischendurch mit Niederlage, falls er nicht härter trainiere. Trollmann stand auf, schüttelte Arme und Beine aus und setzte sich wieder.

Zirzow: »Noch zehn Sekunden.«

Trollmann stellte sich auf den Kasten.

Zirzow: »Time.«

Und er begann.

Er sprang seitwärts mit geschlossenen Beinen herunter, setzte erst gar nicht mit den ganzen Füßen auf, sondern nur mit den Ballen, um im selben Augenblick wieder hoch auf den Kasten zu schnellen, immer links runter, rauf, rechts runter, rauf, und Zirzow zählte die Sprünge und sah auf die Uhr, sah Trollmanns Oberschenkelmuskulatur das Körpergewicht abfedern und hochwerfen, sah bewegliche Fußgelenke, bewunderte seinen Boxer. Ohne Zweifel war seine Fähigkeit, die Balance zu halten, überdurchschnittlich hoch. Jeder andere Boxer steuerte bei dieser Übung wie ein Seiltänzer mit ausgestreckten Armen gegen das unentwegte Hin und Her des Körperschwerpunkts an, wogegen Trollmanns Ellenbogen lässig an den Seiten hingen, aber das Pensum würde er in diesem Tempo nicht erfüllen: »Hau rein, sonst kommst du nicht hin!«, und Trollmann beschleunigte, zog an, steigerte das Tempo allmählich über mehrere Sprünge hinweg. Das höhere Tempo kostete mehr Kraft, viel mehr Kraft kostete es, und wieder kamen die Botschaften von den Nervenenden aus der Muskulatur, die Botschaften, die Befehle waren und sich im Hirn verdichteten: Langsamer springen! Pause machen! Das Ziehen in den Oberschenkeln und noch mehr in den Muskeln am Schienbein, die knapper werdende Luft, durchhalten, jetzt bloß durchhalten, die letzten Sekunden zogen sich immens in die Länge.

Zirzow: »Time.«

Nachdem Trollmann trainiert hatte, traten im ganzen Reich am Vorabend des Führergeburtstags massenhaft Knaben auf Schulhöfen, Marktplätzen und Fußballfeldern an, um sich von erregten Funktionären der Hitlerjugend in Formation stellen zu lassen. Fahnen waren gehisst, Ansprachen wurden gehalten, Lieder gesungen, Arme ausgestreckt und Schlachtrufe skandiert: »Was sind wir? Pimpfe! Was wollen wir werden? Soldaten!« In einem feierlichen Akt schenkten die massenhaften Knaben nicht weniger als sich selbst dem Führer zu seinem Geburtstag durch Eintritt in die Organisation. Der Führer seinerseits war vor dem ganzen Geburtstagskrawall nach Berchtesgaden geflohen, dankte es ihnen aber mit der Einführung des Boxens als Pflichtfach der Leibeserziehung an allen Schulen.

8

Am Abend, nachdem er geruht und gegessen hatte, ging Trollmann ins Kino. Er machte sich frisch, rieb mit einem Lappen die Schuhe ab, band die Krawatte und fuhr mit dem Fahrrad unter hakenkreuzbeflaggten Fenstern zum Schlüter-Theater an der Ecke Pestalozzistraße. Es war ein kleines, gemütliches Kino, der Kartenverkäufer kannte ihn und hatte auf Verdacht die Karte für Trollmanns Lieblingsplatz zurückgelegt.

Um Mitternacht konnte in Kreuzberg Henriette Kurzbein nicht einschlafen. Sie lag wach und betrachtete die Zimmerdecke. Sie wohnte bei ihrer Großtante, ums Eck von der Bäckerei Brätzke. Das Zimmer war klein, es hatte eine Stuckrosette am Plafond, jedoch keinen Stuck an den Wänden, da war das Geld ausgegangen. Kurzbein war müde vom Nichteinschlafenkönnen, um halb sechs musste sie wieder raus. Wenn sie Geld hätte, so malte sie sich aus, würde sie ein Grammophon kaufen. Aber vorher noch eine neue Matratze. Maria konnte immer überall sofort einschlafen, sie nicht. Und dann Schallplatten. Man könnte in der Bäckerei Musik laufen lassen. Und zum Schrippenverkaufen Tanzschritte machen! Und singen, was es kostet! Im Duett mit Maria, die Leute würden Schlange stehen. Wenn sie bloß wüsste, warum sie nicht einschlafen konnte. Sie drehte sich um auf den Bauch. Und gleich darauf wieder zurück. Die Bäckerei war ein Scheiß. Dafür war sie nicht nach Berlin gekommen. Die Bäckerei war kein Scheiß, sondern ein Glück: Mehr als die Hälfte der Leute, die sie kannte, lebten auf

Stütze. Maria war ihr Goldstück, der alte Brätzke erträglich, die Kundschaft überwiegend in Ordnung. Zum Beispiel der ältere Herr mit der Melone, der nur an den Tagen kam, an denen in der Bockbrauerei oder in der Neuen Welt geboxt wurde. Neulich mit Valeska Gert, drei Brezeln und zwei Baiser, einsfünfundvierzig. Aber man konnte doch nicht bis ans Ende seiner Tage bloß immer nur Brot und Kuchen verkaufen. Da musste doch noch etwas kommen. Etwas, das wichtiger, größer und schöner war als dieses ewige Verkaufen. Etwas, das glitzerte wie ein Nachtlokal, aber es musste bei Tage sein und dauern. Maria hatte es gut, die brauchte kein Etwas. Die konnte sich mit dem Brot- und Kuchenverkaufen begnügen. Zurück in der Rückenlage mit dem rechten Fuß unter dem linken Knie, dachte Kurzbein, dass ihr gerade dies an Maria so lieb und teuer war, und zog die Decke etwas hoch, um Luft an ihren linken Fuß zu lassen. Um halb sechs stand sie auf und wickelte kurz darauf mit der ausgeschlafenen Plaschnikow zusammen Brotlaibe in Papier und schob die eingewickelten Laibe über den Tresen, während draußen der Führergeburtstag planmäßig abrollte.

Ganztägige Radioübertragung plus Führergeburtstagssondersendungen! Morgenfeier in der Staatsoper! Flaggenparade Unter den Linden! Festgottesdienst im Dom! Göring in Rom! Pflanzung einer Hitler-Linde im Stadion Lichterfelde-Ost durch HJ und SS! Schlageter-Drama im Staatlichen Schauspielhaus! Kleinere Feiern einzelner SA-Einheiten in Zusammenarbeit mit Pfarrern an verschiedenen Plätzen! Reibungslos bewegten sich Menschenmassen und huldigten gemäß durchorganisierten Programmpunkten. Wer laufen konnte, war auf den Beinen. Trollmanns Vater aber lag im Sterben.

Der Erste Vorsitzende war zur Teilnahme am Festgottesdienst abkommandiert worden. Das war eine ungeheure Ehre. Wer nicht abkommandiert war, hatte keinen Zutritt. Frau und

Sohn hatten sich zeitig einen Platz an der Absperrung gesichert, um ihn in den Dom einmarschieren zu sehen. Dafür hatte sich der Sohn, der vierzehnjährige Hans, mit Hilfe seines Vaters vor dem HJ-Dienst gedrückt. Sie standen direkt gegenüber der Haupteingangstreppe, umgeben von massenhaftem Fußvolk. Die Domglocke wurde geläutet. Die Spitze des Zuges bog in die Straße Am Lustgarten ein. SS und SA marschierten in frischpolierten Stiefeln. Die Heilrufe der Menge bohrten sich durchs Glockengeläut. Der Zug dauerte länger, als man den Arm hochhalten konnte. Geometrisch ausgerichtete Reihen! Geradeaus gerichtete Augen! Hans im Glück: Der Vater marschierte als Zweiter von außen auf seiner Seite. Hans im Stimmbruch, sich überschlagend: »Mama, da isser!!!« Hans zwischen Stolz und Schmerz: Der Vater, an seinem schreienden Sohn vorbei, hielt die Augen geradeaus. Hans schoss Wasser in die Augen, er blickte nach oben, am Dom hoch in den Himmel. Minuten später war der Einmarsch zu Ende. Glänzende Staatskarossen hielten. Goebbels humpelte die Treppen ins Gotteshaus hinauf.

Als die letzte Karosse abgefahren war, begann das Volk sich zu zerstreuen. Auf einmal stand der Chefredakteur neben ihnen. Sie begrüßten einander, hielten ein Schwätzchen, priesen den Führer. Der Chefredakteur, launig: »Dein Vater sagt, du schreibst gute Aufsätze. Besuch mich doch mal in der Redaktion.«

Hans: »Mach ich bestimmt.«

Zirzow hatte zahlreiche Termine. Er musste Bekanntschaften und Verbindungen pflegen, solche und solche, musste mit dem einen führergeburtstagsgemäß repräsentieren, mit dem Nächsten betont abseits vom Geschehen Kaffee trinken gehen und hatte daher keine Zeit fürs Training. Trollmann trainierte alleine, er hatte die Boxschule ganz für sich und exerzierte nach kurzen Aufwärmübungen und einer Dreiviertelstunde am Plattformball wieder Zirzows Zirkel durch, außer dass er an der Sprossenwand die Beine nicht kreisen ließ, sondern nur hob und senkte.

Danach ging er nach Hause, und als er die Wohnungstür öffnete, kam die Vermieterin aus dem Wohnzimmer in den Flur und knetete die Hände: »Herr Trollmann, es hat ein Telefonat für Sie gegeben, Ihr Bruder hat angerufen, der Benny, ich muss Ihnen etwas Trauriges sagen, Ihr Vater ist heute Mittag gestorben … Wollen Sie vielleicht … wenn Sie wollen, kommen Sie doch in die Küche, ich habe einen Obstler da.«

Trollmann: »Nein, danke. Vielen Dank.« Er ging in sein Zimmer. Er packte die Sporttasche aus, hängte die Sachen über die Stuhllehne, über die offene Schranktür und an den Fenstergriff. Setzte sich aufs ungemachte Bett. Betrachtete den Bettvorleger, ohne ihn zu sehen. Saß eine Weile, ging hinüber ins Wohnzimmer zur Vermieterin: »Frau Bohm, morgen bin ich nicht zum Essen da.« Dann ging er zurück in sein Zimmer und zog sich um, langsam, überlegend, die Tweedhose, ein frisches Hemd, keine Krawatte, den Wollsweater, die Winterstiefel, die warme Jacke, den Schal, und verließ die Wohnung. Sprang, immer zwei Stufen auf einmal nehmend, wieder hinunter und fuhr mit dem Rad zu Adolf Witt nach Friedrichshain. Vom Knie in den Tiergarten, auf der Bellevue diagonal durch zum Potsdamer Platz, bei Aschinger in Eile ein Schnitzel, die Leipziger runter, schräg rechts in die Köpi, auf der Schillingbrücke über die Spree in die Koppenstraße am Schlesischen Bahnhof.

Witt war zu Hause, Schlachter war auch da.

Trollmann: »Adolf, hör zu, mein Vater ist gestorben, ich muss nach Hannover, ich brauch deine Maschine.«

Witt: »Aber du kannst doch nicht, du musst doch morgen gegen Eggert …«

Trollmann: »Eben. Ich muss gegen Eggert antreten, weil du abgesagt hast. Ich spring morgen für dich ein, und jetzt springst du mit deiner Karre für mich ein. Morgen hastse wieder.« Es war eine gebrauchte DKW, für die das letzte Viertel des Kaufpreises noch abgezahlt werden musste.

Witt: »Hast du überhaupt eine Fahrerlaubnis?«

Trollmann: »Klar. Hast du überhaupt schon dem Führer gratuliert?«

Witt: »Wieso?«

Schlachter: »Ach komm, Adolf, jetzt sei doch nicht so ...«

Witt: »Also gut, aber ...«

Trollmann: »Danke. Ich werds dir nicht vergessen.«

Witts Maschine lief einwandfrei, Trollmann raste, die Fahrt tat ihm gut. Es war nicht ganz berechtigt gewesen, Witt mit dem Eggert-Kampf unter Druck zu setzen. Trollmann hätte den Kampf nicht annehmen müssen, und Witt konnte ja wirklich nichts dafür, dass Veranstalter Zirzow nach Witts Absage seinen Trollmann als Ersatz einsetzte. Kaum war er bei Witt aus der Türe gewesen, fühlte sich der überrumpelt. Schlachter begütigte ihn: »Nu hab dich nicht so. Hast ne gute Tat getan, war ihm doch anzumerken, wie er in der Not war, und hinterher wirds dir nicht schaden, wenn er bei dir in der Schuld steht.«

Auf den letzten vierzig Kilometern spürte Trollmann seine Müdigkeit und Erschöpfung und fuhr langsamer. Die Podbielskistraße hinunter in die Stadt hinein war er wieder wach, und als er im Schlorumpfsweg den Motor abstellte, sahen Leute aus den Fenstern, denn so etwas gab es hier nie. Er stieg ab. Er zog Witts Motorradhaube samt Brille vom Kopf und lockerte die Glieder. Dann ging er hinauf.

Die ganze Wohnung war voller Umarmungen und Tränen und Durcheinanderreden und Beten. Inmitten der Geschwister, Nichten und Schwager setzte er sich zu seinem toten Vater ans Bett. Der Vater hatte ihn, als er acht Jahre alt gewesen war, zu seinem allerersten Boxunterricht bei Heros Hannover begleitet. Wie andere Väter auch, hatte er dem Unterricht zugesehen und, anders als die anderen Väter, ihm hinterher ein Eis gekauft, eine Kugel Himbeer und eine Zitrone. Trollmann reichte der Mutter Taschentücher und hielt ihre Hände, wenn sie sich gerade nicht die Nase putzte. Er ließ sich von Carlo trösten, der früher immerzu mit erhobenem Zeigefinger erklärt hatte, dass es auf gute Noten in der Schule ankomme, nicht aufs Boxen. Nun kam es aufs Trösten an, und auch anderweitig sah es nicht danach aus, als ob gute Noten noch etwas nützten. Niemandem ging es besser als früher. Lämmchens latente Wut auf die allgemeinen Verhältnisse war der Erschütterung über den Tod gewichen. Sie erwähnte den Führergeburtstag mit keinem Wort, sondern weinte in seinen Armen. Später schlief er am Küchentisch ein und wurde in der Stube auf eine Matratze gelegt und zugedeckt. Anderntags stand er in Berlin im Ring, um an Witts Stelle gegen Eggert zu kämpfen.

Der Ring in den Spichernsälen in Wilmersdorf war so gut wie sein zweites Wohnzimmer. Nun war die Veranstaltung schlecht verkauft und viel SA im Saal, sodass der Applaus etwas dünn und von vereinzelten Buh-Rufen durchzogen war. Trollmann kümmerte sich nicht darum. Er kümmerte sich auch nicht um die, die ihn begrüßt hatten. Keine Kussfäuste ins Publikum, keine Runde an den Seilen, kein Flirt mit der Damenwelt, keine Verbeugung, kein Winken, kein Lächeln, kein Muskelspielen, kein Tänzeln, nichts. Der Begrüßungsapplaus erstarb. Er stand im Ring zwischen den Offiziellen und Eggert und wartete auf den ersten Gong wie in der Schlange an einem Fahrkartenschalter. Es war sein achtundvierzigster Profikampf. Die Runden eins bis sieben boxte er auf Sparflamme runter wie jemand, der nichts zu verschenken hat. Er machte keinen Handschlag zu viel, bot keine überraschenden Finten, tat nichts, um den Kampf zu gestalten. Gerade dass er noch zusah, die Runden nicht abgeben zu müssen. Er benahm sich wie ein schlechtbezahlter Beamter, der seine Pflicht erfüllt. In den Pausen zwischen den Runden redete sich Zirzow Fransen ans Maul, um ihn zu mehr Einsatz zu bewegen. Zwischen der dritten und der vierten Runde beschwor er ihn gar, es für seinen verstorbenen Vater zu tun.

Trollmann, ohne ihn anzusehen: »Lass mich in Ruh.«

Darauf verlegte sich Zirzow auf die Pflege, aufs Massieren, Windmachen, Wasserübergießen, Vaselineauftragen und Eisbeutelauflegen, nun rieb er, wedelte und schmierte mit doppeltem Eifer.

Auch die SA-Männer konnten nicht gegen die Bedrücktheit ankommen, die Trollmann verströmte. Radzuweit war leicht angetrunken und frustriert darüber, dass nichts los war. Im Ring war nichts los, und auch dem Krakeel – »Zigeunerschwein, hau ab in die Walachei« oder »Aus dir machen wir Hackfleisch« – fehlte der rechte Schwung und vor allem der Zuspruch durch das übrige Publikum. Trollmanns Anhängerinnen und Verehrer waren wie gelähmt von seinem Verhalten.

Plaschnikow, flüsternd: »Der kuckt wien Sargträger. Der hat irgendwas.«

Kurzbein schwieg. Hinter ihnen fragte sich die Telefonistin aus dem Jockey Club, ob es wirklich derjenige war, mit dem sie letzte Woche noch getanzt hatte.

Bishops Begleiter: »Er tut ja so, als wären wir gar nicht da.«

Bishop: »Er ist traurig.«

Gesichter zogen sich in die Länge, Unterkiefer hingen herunter, Köpfe wurden geschüttelt. Kein Applaus, kein Lachen, kein »Gibs ihm!«, kein »Trolltrolltroll!«, kein »Und jetzt die Linke!«, kein »Jawoll!« Eggert war zunächst irritiert, dann aber vor allem erleichtert. Er hatte sich den Kampf viel schwieriger vorgestellt, nämlich genauso, wie er in der achten Runde dann doch wurde, in der er darum auch nichts mehr zu bestellen hatte. In dieser letzten Runde nämlich führte Trollmann kalt und systematisch vor, was er mit Eggert hätte machen können, wenn er gewollt hätte, und zwar nur, weil Dirksen im Publikum saß.

Als sich am Ende der Veranstaltung der Erste Vorsitzende und der Chefredakteur von Zirzow verabschiedeten, teilte der ihnen noch mit, dass Trollmanns Vater gestorben war. Die Herren nickten: »Ach, deshalb …«, »Ach so …«, murmelten Beileid und gingen hinaus. Leute strömten in die U-Bahn, andere standen noch herum. Der Erste Vorsitzende fühlte sich noch erhoben vom gestrigen Führergeburtstags-Festgottesdienst, und nun war es Wasser auf seiner Mühle, dass der Zigeuner einmal nicht vom Publikum mit seinem Applaus auf Händen getragen wurde, dass das Volk nicht mit ihm gelacht und nicht für ihn geschrien hatte. Es tat ihm gut. Ihm war, als hätte er die Schlacht ums Publikum kampflos gewonnen, und dass es kampflos geschehen war, bewies, dass nichts Geringeres als das Schicksal selbst hinter ihm und der nationalen Revolution und dem Ariertum und dem Führer stand. Dagegen verdankte sich die gute Laune des Chefredakteurs seinem Einfall für einen brillanten letzten Satz. »Siehst du«, sagte er, bevor sie sich trennten, »der Tod seines Vaters, so traurig er für den Zigeuner sein mag, für uns war er ein Geschenk des Himmels. Nun muss ich nicht einmal lügen, wenn ich den Kampfbericht mit dem Satz beende: *Trollmann hat übrigens nicht mehr so viele Freunde wie früher.*

9

Der Höhenflug des Ersten Vorsitzenden wollte gar nicht mehr aufhören. Schon am nächsten Morgen, es war ein Samstag, fühlte er sich beim Frühstück wieder aufs Neue erhoben. Ihn erhob das Inkrafttreten der *Verordnung über die Zulassung von Ärzten bei den Krankenkassen*, von dem er in der Zeitung las. Mit dieser Verordnung wurde endlich der Punkt sechs seines Säuberungsplans auf die gesamte Bevölkerung und das ganze Land übertragen. Er selbst war freilich mit der Säuberung viel gründlicher gewesen: *Den Verbandsmitgliedern ist verboten, jüdische Ärzte, Dentisten oder Rechtsanwälte in Anspruch zu nehmen.* Punkt. Dagegen war die staatliche Verordnung mit ihren Ausnahmeregelungen und ohne die Dentisten wachsweich, und überhaupt wurden den jüdischen Ärzten bloß ihre Kassenpatienten entzogen, die privaten durften sie behalten. Er war nicht überrascht, er hatte sich ja auch schon beim Boykott zur Speerspitze der nationalen Revolution gemacht, warum also sollte er nicht auch beim Ausschluss der Juden aus dem Berufsleben vorausgehen. Sogleich erklärte er seiner Frau: »Da, schau, der Führer macht es mir nach!« Sie steckte ein Stück Wurst in den Mund. Sie hatte mit einer großen hysterischen Szene durchgesetzt, dass die Wurst wieder auf den Tisch kam.

Nach dem Frühstück ging er ins Wohnzimmer hinüber, das normalerweise geschont wurde, und setzte dort die Geburtstagsanzeige für den Führer im *Box-Sport* auf: »An Reichskanzler Adolf Hitler! Klammer auf, Balkenüberschrift, Ausrufezeichen, Klammer zu. Der Verband Deutscher Faustkämpfer e. V. spricht dem allverehrten Führer des nationalen Deutschland zu seinem Geburtstage die allerherzlichsten Glückwünsche aus! Verband Deutscher Faustkämpfer e. V.«, nachfolgend sein Name. Dann freute er sich den ganzen Sonntag über auf den Montag und sparte die Vorfreude auf den Dienstag für den Montag auf. Am Dienstag tagte die Behörde, um seinen Heyl als Präsidenten einzusetzen, und am Montag tagte der Vorstand, um die Nationale Notgemeinschaft zu sanktionieren!

Während am Montag der Vorstand tagte, begann in der Boxschule Charlottenburg Trollmanns Training mit Dirksen. Trollmann lief gerade ohne Eile, locker und entspannt, die Runden an den Wänden entlang. Er lief seitwärts und kreuzte die Beine. Er war genau gegenüber der Tür, als Dirksen hereinkam, und lief ihm auf diese Weise entgegen. Sie trafen sich in der Mitte. Dirksen streckte ihm die Hand hin und hielt Trollmanns Hand fest: »Wie soll ich dich nennen, Heinrich oder Johann oder Rukelie?« Dirksens Hand war kräftig und angenehm kühl.

Er wusste, dass Trollmann seine Boxerlizenz nicht auf seinen bürgerlichen Vornamen Johann, sondern auf den Vornamen Heinrich beantragt und auch erhalten hatte und dass er von Familie und Freunden Rukelie gerufen wurde. Dirksen sah ihm in die Augen, sah durch die Augen in ihn hinein, in den Kopf, durch den Hals hinunter bis zum Herzen. Da brannte ein Feuer. Da spielte ein Mädchen mit Diamanten. Da brüllte ein Löwe.

Trollmann: »Rukelie.«

Dirksen: »Rukelie. Prima. So. Und wir werden Witt schlagen, ja?«

Trollmann bejahte, von Dirksens Augen strahlten Krähenfüße weg: »Komm, wir überlegen erst mal, wie wir vorgehen wollen.«

Sie setzten sich auf eine der Turnhallenbänke, die an der Wand links neben der Tür standen. Tatsächlich wusste Dirksen ganz genau, wie er vorgehen und was er mit seinem neuen Schüler machen wollte, und der erste Schritt seines Vorhabens war das Gespräch. Er hatte keine Sportkleidung angelegt. Er trainierte seine Boxer stets barfuß und in seiner normalen Alltagskleidung, nämlich einer schlechtsitzenden Anzughose mit scharfen Bügelfalten sowie seinem ewigen grauen Wollsweater, und inzwischen machte auch niemand mehr Witze darüber. Er war ein großer Mann, er überragte Trollmann noch um Handbreite und hatte einen dicken Bauch.

Im Sitzungssaal Unter den Linden lagen auf dem Sitzungstisch zehn Gedecke, bestehend aus Mappe mit eingeprägtem Verbandsemblem sowie Tasse und Glas. Die Herren nahmen Platz, der Generalsekretär eröffnete die Sitzung und erteilte dem Ersten Vorsitzenden das Wort zum Tagesordnungspunkt »Sanktionierung der Notgemeinschaft«. Der Erste Vorsitzende saß an der Kopfseite des Tisches direkt vor den an der Wand angebrachten Fahnen mit den gekreuzten Schäften, links Deutschland, rechts Hakenkreuz. Zwischen den Fahnen, symmetrisch in der Mitte, hing das Emblem des Verbandes, es war ein kreisrundes Emailleschild, das von den leicht geschwungenen Buchstaben VDF ganz ausgefüllt wurde. Der Erste Vorsitzende erhob sich. Das Verbandsemblem schwebte wie ein Heiligenschein über seinem Haupt. Er räusperte sich. Er verwies auf das Exposé in der letzten Ausgabe des *Box-Sport*. Alle nickten. Alle hatten es gelesen. Der Schatzmeister klopfte auf den Tisch, einige folgten, dann klopften alle. Der Erste Vorsitzende fuhr fort. Er sagte zwei, drei Sätze zur Kaltstellung der jüdischen Filzköpfe und zur Sauberkeit im deutschen Berufsboxen im Sinne der nationalen Revolution, die er zu Hause vor dem Spiegel geübt hatte, und dann imaginierte er Kampftage. Kampftage in München, Köln, Bochum, Leipzig, Dresden, Berlin, Hamburg, und nannte Namen von Boxern und Technischen Leitern, die allesamt etwa in Frage kämen. So habe man sich die Notgemeinschaft vorzustellen. Dann setzte er sich. Applaus brauste auf. Indessen protokollierte Schriftführer Funke: *Exposé, Filzköpfe, Revolution, Kampftage.*

Der Generalsekretär, nachdem der Applaus verklungen war: »Der Dritte Vorsitzende hat das Wort.«

Der Dritte Vorsitzende blieb sitzen, wie es üblich war: »Liebe Freunde, meine Herren, ich möchte einen Antrag stellen, ich mache es kurz, und zwar möchte ich, also, erstens«, und nun las er von einem Blatt ab: »Das vom Ersten Vorsitzenden im *Box-Sport* veröffentliche Exposé über das Aufziehen von Kampftagen der Nationalen Notgemeinschaft wird vollinhaltlich genehmigt. Also, dass wir das beschließen, und dann weiter«, und las wieder ab: »Der Vorstand spricht dem Ersten Vorsitzenden seinen Dank für die bisher geleistete Arbeit aus und bittet ihn, seine Arbeit in dem angefangenen Sinne fortzusetzen. So, das ist also mein Antrag, und ich glaube, dass alle dem zustimmen können.«

Der Generalsekretär: »Wortmeldungen zum Antrag des Dritten Vorsitzenden?«

Breitensträter: »Der Antrag muss dahingehend geändert werden, dass nicht nur der Vorstand dankt, sondern auch der gesamte Verband.«

Der dahin geänderte Antrag wurde einstimmig angenommen. Wiewohl er nichts anderes erwartet hatte, durchströmte den Ersten Vorsitzenden nun doch eine Woge des Stolzes und der inneren Größe. Vollinhaltlich genehmigt! Und dass ausgerechnet Breitensträter dem Dank des Vorstands noch den Dank des gesamten Verbands hinzugefügt hatte, versöhnte ihn mit dem stechenden Kernseifengeruch. Seit er kein Fleisch mehr aß, war seine Nase empfindlicher geworden.

Hierauf meldete sich Beisitzer und Ringrichter Griese zu Wort: »Noch ein Antrag«, sagte er und rieb seine Knollennase, »aber zuerst muss ich sagen, dass der Notgemeinschaftsplan wirklich ein ganz großer Wurf ist und dass wir nur so den Boxsport nationalsozialistisch aufbauen können, und dazu, und jetzt der Antrag, dazu müsste man festlegen, äh … in Punkt zwei heißt es ja: Alle Boxer sind aufgefordert, sich zur Verfügung zu stellen, und jetzt beantrage ich dazu: Auch alle Mitglieder des Verbandes, die Funktionen ausüben, sind verpflichtet, sich zur Verfügung zu stellen!«

Der Erste Vorsitzende errötete. Das hätte er selbst verfügen müssen! Er hatte es übersehen. Er hatte nur an die Boxer und Technischen Leiter gedacht, nicht an die Funktionäre. Eine Schlamperei. Dem Chefredakteur war es auch nicht aufgefallen. Oder war es ihm aufgefallen, und er hatte mit Absicht nichts gesagt?

Die Vorstandsmitglieder aber waren dankbar, dass sie auch etwas beitragen und nationale Gesinnung zeigen durften. Denn nach Punkt acht des Säuberungsplans, den sie selbst vor drei Wochen einstimmig beschlossen hatten, wurde aus dem Vorstand entfernt, wer keine nationale Gesinnung nachweisen konnte. Nun gab es Gelegenheit. Grieses Antrag wurde ohne Diskussion einstimmig angenommen.

Währenddessen besprachen sich Dirksen und Trollmann auf ihrer Turnhallenbank in der Boxschule. Mit der Frage nach dem Namen hatte Dirksen Trollmann für sich eingenommen. Es hatte nämlich der Presse gefallen, ihn Gipsy zu nennen, wogegen Trollmann vergeblich protestiert hatte, und nun zeigte Dirksen mit seiner Frage an, was er von solchen Zuschreibungen hielt. In dem so geschaffenen Vertrauen waren jene drei

Kämpfe erörtert worden, die Trollmann im letzten Jahr gegen Witt ausgefochten hatte. Es lag auf der Hand, dass es schwierig für ihn war, Witt in die Horizontale zu bringen oder ihn verteidigungsunfähig zu schlagen. In deutschen Ringen war Witt der König der Nehmer. Von Treffern, von denen andere gefallen und womöglich liegen geblieben wären, wurde ihm allenfalls etwas schwindelig.

Dirksen: »Wir müssen Punkte sammeln auf Teufel komm raus«, mit Nachdruck, »wir müssen glänzen. Wir müssen leuchten wie der Reichstag in Flammen.«

Trollmann lachte. Dann teilte er seine Stirn durch eine scharfe Senkrechtfalte und drohte mit rollendem R und schnarrender Stimme: »Wir wärdn Adolf onnnärrrbättlich austanzännn! Wir wärdn rrröcksächtslos Gäbrauch machn von onsäräm nääägärhaftn Zägeunärinstinkt!«

Dirksen war etwas unheimlich dabei. Der Junge riss Possen über Leute, die es auf ihn abgesehen hatten. Letztes Mal war von Hackfleisch die Rede gewesen. Mit ihm musste er jedenfalls nicht an dieser Angst arbeiten, die viele Boxer in den letzten Minuten vor dem ersten Gong nahezu lähmte. Und wenn er anständig mitmachte und wenn er ordentlich aß und halbwegs diszipliniert lebte, dann konnte Dirksen es ihnen allen einmal richtig zeigen, diesen Schwätzern von Behörde, Verband und Presse, die keine Ahnung vom Boxen hatten.

Dirksen: »Ausdauer, Schlaggenauigkeit, Abwehr in der Halbdistanz.«

Trollmann: »Top!«

Und dann schlugen sie ein, standen auf und fingen an. Was beide dachten, aber nicht aussprachen, war dies: dass man zum Glänzen auch einen guten Gegner brauchte.

Zugleich legte im Sitzungssaal der Zweite Vorsitzende, Ringrichter Koch, nach. Koch hatte sich vorbereitet, auf seiner Mappe lag ein liniertes, handschriftlich beschriebenes Blatt. Nachdem der Generalsekretär ihm das Wort erteilt hatte, las er seinen gesamten Redebeitrag ab. Er las: »Kameraden, ich will nicht Zeit verschwenden mit dem Lob der Notgemeinschaft. Das versteht sich von selbst. Wir alle haben die goldenen Glanzzeiten des deutschen Berufsboxens gesehen. Wir haben gesehen, wie es mit den ganz großen, mit Prenzel, Diener, Samson Körner und«, er nickte zu Breitensträter hin, »und mit unserem Breitensträter auf höchster Höhe stand«, Breitensträter hob das Kinn und fuhr sich mit der Hand durchs Haar, »und wir haben seinen Niedergang gesehen, wie es zersetzt wurde von raffgierigen Unternehmern und unlauteren Technischen Leitern, wie es zerfetzt wurde von jüdischer Korruption. Der Erste Vorsitzende hat es im Exposé gesagt: Wir stehen auf einem Trümmerfeld. Aber wir stehen nicht allein. Der ganze Staat steht auf einem Trümmerfeld. Und überall, wo das Führerprinzip eingeführt wird, folgt Besserung auf dem Fuße. Daher beantrage ich, dass der Vorstand, gemäß dem Führerprinzip, den Ersten Vorsitzenden mit der alleinigen Überwachung der Notgemeinschaftskampftage betrauen soll!« Anerkennende Blicke von allen Seiten. Koch sah aus lauter Bescheidenheit auf sein Papier herab. Einen besseren Nachweis seiner nationalen Gesinnung hätte er nicht liefern können. Der Antrag wurde ohne Diskussion einstimmig angenommen. Kaffee wurde nachgeschenkt.

Der Generalsekretär saß gegenüber dem Ersten Vorsitzenden am anderen Kopfende des Tisches. Er schaute mit dem Licht in die Gesichter des Vorstands, denn er hatte das Fenster im Rücken, und im Kopf hatte er die Sportlichen Regeln. Der Generalsekretär hatte seinen Antrag nicht vorbereitet, sondern legte ihn aus dem Stegreif vor. Wie immer, wenn er zu reden begann, wurde es still. Er sprach leise und platzierte Kunstpausen an den richtigen Stellen: »Ich fordere den Vorstand auf, folgendem Antrag zuzustimmen: Der Erste Vorsitzende ist ermächtigt, alle für die Durchführung des Notgemeinschaftsplans erforderlichen Maßnahmen von sich aus zu treffen.« In den Ohren des Ersten Vorsitzenden rauschten die Wörter »ermächtigt« und »von sich aus«. Sein Solarplexus weitete sich. Das Hochgefühl stieg ihm von der Brust in den Kopf. Es gab keine Wortmeldungen. Koch entfuhr ein geflüstertes »Donnerwetter!«, sonst war es still. Der Erste Vorsitzende lächelte würdevoll ins Gegenlicht. Fast scherenschnittartig sah er die Vorstandsköpfe nicken. Der Generalsekretär ließ abstimmen. Alle Hände schnellten wie durch ein unhörbares Kommando gleichzeitig hinauf. Nun war er der Hitler des deutschen Berufsboxens.

Schriftführer Funke holte ihn wieder runter. Funke war so national eingestellt, dass er nicht daran dachte, seine nationale Gesinnung zu beweisen. Vielmehr dachte Funke an die Arbeit, die er dem Ersten Vorsitzenden von Herzen gönnte. Er beantragte, dass der Erste Vorsitzende den Vorstandsmitgliedern wöchentliche Berichte über die abgerollten Kampftage zuzustellen habe. Der Antrag wurde ohne Diskussion einstimmig angenommen.

Trollmann indessen, auf Fäusten und Füßen im Liegestütz, riss die Knie nach vorn, das linke etwas weiter als das rechte, stellte die Füße unterm Hintern auf den Boden, schon in der Kampfstellung, wie er sie gleich brauchte, winkelte im Aufrichten die Arme an, warf stehend Kombinationen in Dirksens Pratzen und ließ sich wieder in den Liegestütz fallen, wo er fünfmal pumpen musste, bevor er wieder hochschnellen und schlagen durfte. Alles auf Zeit natürlich. Daran, wie Dirksen die Pratzen hielt, musste Trollmann erkennen, welche von den verabredeten Kombinationen er zu schlagen hatte. Dirksen schwieg. Nur wenn Trollmann es ganz besonders gut machte, nur wenn die Folge der Schläge als ein einziger, durchgehender Bewegungsablauf wie ein in der Luft geschwungenes Band durch den ganzen Körper floss, nur wenn die Fäuste mit besonderer Härte genau den markierten Punkt in der Pratze trafen, nur dann sagte Dirksen: »Ja.« Sonst sagte er nichts, schwieg und beobachtete Trollmann genau. Aber wenn es kam, kam das »Ja« aus der Tiefe seines dicken Bauchs, es klang warm, väterlich stolz, sodass Trollmann, genau wie alle Dirksen-Schüler vor ihm, sich anstrengte und quälte, allein um dieses »Ja« zu hören.

Er pumpte in Eile. Die Dielen, die eine breitere Fuge, die Härchen auf Dirksens großen Zehen, sein eigener Atem. Dirksen, vor ihm stehend, legte die Linke an die rechte Körperseite, nämlich an die Leber, und hielt die Rechte neben den Kopf. Trollmann, einatmend hoch, sah die Pratze auf der Leber noch in der gebeugten Haltung und winkelte den linken Arm gar nicht erst an den Körper an. Sondern: holte im Aufrichten mit einer Drehung aus der Hüfte nach hinten weg zum Haken aus. Ausholen, einholen, die Weltkugel unter der Achsel, die ganze Welt mit dem Arm umfahren – etwas zu weit, dachte Dirksen –, den Arm von der Fliehkraft beschleunigen lassen, rund rüberzischen und zack!, mit einem gegenläufigen Ruck in Hüfte und Schultern rein in die Leber-Pratze, genau neben den Mittelpunkt – siehste, dachte Dirksen. Trollmann zog den Arm zurück an den Körper und glitt mit dem Zurückziehen in den hinteren rechten Fuß, mit dem er sich gegen den Boden stemmte, und schoss die Rechte pfeilgrad ab. Die Rechte flog weg wie das Papierkügelchen von jenem Gummiband, das er als Schuljunge, elfjährig, um Daumen und Zeigefinger gespannt hatte, um den Rektor mit einem Streifschuss am Ohrläppchen zu ärgern. Damit hatte er eine weit über die Klasse hinaus beachtete Wette gewonnen und sich so die erste volle

Mark seines Lebens verdient. Dirksen zog die Pratze von der Leber weg und malte den Bogen nach vorne und oben in Richtung auf Trollmanns verschwitzten Lockenkopf, während Trollmanns Rechte ansatzlos wegflog, als käme sie aus dem Nichts. Von wegen. Sie kam aus dem hinteren rechten Fuß am Boden. Sie kam aus der Diagonale durch Bein und Körperseite und Arm, sie kam aus der Diagonale hinauf zu Dirksens neben den Kopf gehaltener Pratze – Dirksen frohlockte –, sie kam mit dem Atem aus der Brust und landete mit einem trockenen, sauberen Ton exakt auf dem markierten Punkt in der Mitte der Pratze und schnellte zurück an den Körper, den Trollmann hinunterschwang, hinunter unter Dirksens Bogen weg, der über seinen Kopf hin ins Leere fuhr und dann abfiel, während Trollmann auf der anderen Seite hochkam und mit der Linken eine Gerade in Dirksens rechte Pratze schlug.

So malten sie ihre Girlanden wieder und wieder und wieder und brannten die komplizierten Bewegungsabläufe verschiedener Schlagfolgen in den Körper ein. Und endlich kam nach dem letzten Schlag einer Kombination Dirksens »Ja«. Trollmann war glücklich. Flog zurück in den Liegestütz, stützte leichthin fünf Liegen, federte wieder hoch, und dann wollte Dirksen es wissen und zog mitten in der Kombination die Pratze woandershin, wo sie nicht hingehörte. Trollmann hinterher um den Bruchteil, hinterher um das zeitliche Nichts, auf das es ankam, und streifte sie gerade noch.

Der vierte Beisitzer war nicht vorbereitet gewesen, hatte auch während der ganzen Sitzung kein Wort gesagt, sondern mit zunehmendem Verlauf immer fieberhafter überlegt, was er noch beitragen und womit er sich ins rechte nationale Licht rücken könnte. Zu seinem Glück war ihm der Brief des Ersten Vorsitzenden eingefallen, in dem dieser die Presse darum gebeten hatte, die Notgemeinschaft nicht mit scharfer Kritik zu gefährden. Der vierte Beisitzer hatte auf Umwegen von dem Brief erfahren, nun beantragte er restlose Pressezensur für die Notgemeinschaft! Darauf riefen alle gleichzeitig durcheinander, dass so etwas keinen guten Eindruck mache, dass man es nicht nötig habe, dass die Presse überschätzt werde, dass im Gegenteil die Notgemeinschaft mit der Presse stehe und falle, dass man dazu gar nicht die rechtlichen Mittel habe, nur das Propagandaministerium könne Zensur verfügen, dass man es dann eben ohne rechtliche Mittel bewerkstelligen müsse und so weiter.

Der Generalsekretär klopfte mit dem Löffel gegen die Kaffeetasse, bat um Ruhe und erteilte dem Ersten Vorsitzenden das Wort. Der Erste Vorsitzende gab zu bedenken, dass besondere historische Situationen wie etwa die, in der man sich befinde, besondere Maßnahmen erforderten. Und wenn man der Presse keine Vorschriften machen könne, so könne man immerhin mit gutem Beispiel vorausgehen und wenigstens für den Verband Regelungen treffen. Die Miesmacherei gewisser Mitglieder müsse rigoros unterbunden werden. Hier zuckte der Generalsekretär innerlich zusammen, und zwar nicht, weil er etwa schlecht über den Verband geredet hätte, sondern weil er nicht wusste, wer gemeint war, obwohl er sonst immer alles wusste. Er beeilte sich, das Verlangen des Ersten Vorsitzenden in Worte zu fassen, und schlug vor: »Jedes Mitglied des VDF, das beabsichtigt, eine Bekanntmachung für die Öffentlichkeit, mündlich oder schriftlich, der Presse zu übergeben, ist verpflichtet, diese vorher dem Ersten Vorsitzenden vorzutragen.« Der Antrag wurde einstimmig angenommen.

10

Die Herren waren gegangen oder am Gehen, und der Erste Vorsitzende war mit dem Generalsekretär auf dem Weg durch die Lindenpassage zurück zum Büro. Der Generalsekretär trug die Mappen unter dem einen Arm und unter dem anderen seine Aktenordner. Der Erste Vorsitzende trug im Herzen seine Erhobenheit und in den Händen seine Unterlagen.

Der Generalsekretär, in der Mitte der Passage, unvermittelt, übergangslos und als ob er vom Wetter spräche: »Übrigens, ich habe es auf der Sitzung nicht angesprochen, aber ich hoffe, Sie sind sich im Klaren darüber, dass der Punkt sechs Ihres Notgemeinschaftsplans gegen die Sportlichen Regeln verstößt. Unser Artikel achtundzwanzig besagt, dass die Behörde die Oberaufsicht am Ring führt, indem sie den Delegierten bestimmt, der sie vor Ort ausübt. Ihr Punkt sechs besagt, dass der Verband die Oberaufsicht am Ring führt. Damit entsprechen Ihre Kampftage nicht den Sportlichen Regeln. Unser Artikel neun besagt, dass Kampftage, die nicht den Sportlichen Regeln entsprechen, nicht lizensiert werden. Ich rate Ihnen dringend, lassen Sie bei der Ausrichtung Ihrer Notgemeinschaftskampftage den Punkt sechs stillschweigend fallen. Wenn Sie die Oberaufsicht am Ring führen möchten, müssen Sie Delegierter sein. Eine andere Möglichkeit gibt es nicht.«

Heißhunger auf ein saftiges Kassler überfiel den Ersten Vorsitzenden. Schlagartig wurde ihm bewusst, dass er nicht der Hitler des deutschen Berufsboxens war, sondern bloß der

Hitler der Notgemeinschaft, einer beabsichtigten Veranstaltungsreihe, für die es kein Geld gab, bei der aber immerhin alle mitmachen mussten. Auch zu diesem Fehler hatte der Chefredakteur nichts gesagt! Nun galt es, das Gesicht zu wahren, und so gab er patzig zur Antwort, dass die Sportlichen Regeln auch einmal auf den Prüfstand gehörten.

Der Transfer von Johnny Bishops Kapital und Geschäften nach England war in vollem Gange, das Gesicht seines Chauffeurs wurde immer länger. Es war absehbar, dass Bishop bis ungefähr Mitte Juni im Lande bleiben musste, aber danach hatte er hier nichts mehr verloren, außer der Berliner Luft. Er spazierte zweimal die Woche über den Kurfürstendamm, als wäre es das letzte Mal. Lächelte wildfremden Menschen zu, gab großzügige Trinkgelder, hörte auf das Klingeln der Straßenbahn und ihr Knarzen auf den Schienen, besuchte auch einmal die charmanten *Teestunden am Ring* bei Sabri Mahir und ließ keine Premiere aus.

Auf dem Empfang eines Kulturattachés geriet Bishop ins Gespräch mit der Langstreckenfliegerin Elly Beinhorn, jener Beinhorn, die von Plaschnikow und Kurzbein im gleichen Maße verehrt wurde wie Trollmann. Bishop und Beinhorn standen im Salon an der Balkontür. Sie trank Mineralwasser und erzählte von den Vorbereitungen für ihren zweiten Afrikaflug, er trank Bier. Umgeben von Zigarrenrauch, Canapés, alkoholischen Getränken und vornehmen Garderoben, gesellten sich andere Gäste zu ihnen und gingen weiter, wie auch ihre Unterhaltung zwanglos von diesem zu jenem mäanderte, und so kamen Bishop und Beinhorn unvermeidlich aufs Boxen zu sprechen. Es redete ja doch jeder darüber. Max Schmeling bereitete sich drüben auf seinen Kampf gegen Max Baer vor. Das Gerücht, Baer sei Jude, war heftig umstritten. Bishop referierte die Fakten: Katholische Mutter, jüdischer Vater, und es war nicht bekannt, ob Baer getauft oder beschnitten war, ob er überhaupt eine religiöse Erziehung genossen hatte.

»Baers Judentum«, sagte Bishop, »ist aus der jüdischen Perspektive, nun, sagen wir: diskutabel, und aus der rassischen Perspektive: ein halbes. Fest steht nur, dass er eine ausgezeichnete Kampfbilanz hat, zuletzt hat er Griffiths geschlagen, und dass er ein harter Bursche und überaus gefährlich ist. Schmeling wird sich doppelt anstrengen müssen.«

Darüber freilich herrschte vollkommene Einigkeit, und dann gab Beinhorn ihre Wette mit Schmeling zum Besten, die sie vor einigen Wochen auf einem anderen Empfang eines anderen Kulturattachés abgeschlossen hatte. Beinhorn war von ungeheurer sportlicher Eleganz und erweckte den Eindruck, als könne sie jederzeit aus dem Stand einen Aufschwung am Reck absolvieren.

»Wissen Sie«, sagte sie zu Bishop, »es war folgendermaßen. Ich stand mit Schmeling, Professor Gruber und noch etlichen anderen zusammen, und Gruber sprach so gescheit und so über die Maßen anspruchsvoll philosophisch übers Boxen, dass wirklich niemand mehr folgen konnte. Stellen Sie sich das vor.« Bishop nickte, der englische Botschafter, Sir Horace Rumbold ging an ihnen vorbei: »... Graf Kessler is in Paris, too ...«, Beinhorn fuhr fort: »Als Gruber über die Ästhetik des Niederschlags sprach, warf ich ein, dass ich mich fürs Boxen überhaupt nicht erwärmen kann. Hierauf ging Gruber k.o., und Schmeling sprang in die Bresche. Schmeling mit seinem steinerweichenden Lächeln! Sie wissen, wovon ich rede. Schmeling lächelt also und sagt: ›Ooch, liebes Fräulein Beinhorn, da müssense bloß mal den Trollmann kämpfen sehen, da werdense ganz schnell warm mit dem Boxen. Das versprech ich Ihnen, und ich wettn Kasten Schampus drauf! Abgemacht?‹ – Ich kann Ihnen sagen, Herr Bishop, wenn Schmeling Sie angelächelt hätte, Sie hätten auch nicht nein sagen können!«

Bishop: »Niemals. Und Schmeling hat recht!«

Hier war Beinhorn bei Bishop an den Richtigen geraten. Bishop klärte Beinhorn über Trollmann auf. Dass er in deutschen Ringen nur noch wenige Gegner habe, dass Schmelings Management sich bemüht habe, ihn nach Amerika zu holen, er aber nicht wollte. Dass er etwas Besonderes sei, man müsse ihn sehen, er bewege sich wie sonst keiner, und wenn er bei Laune sei, mache er ein Spiel aus dem Kampf. Beinhorn war überrascht, Sir Horace Rumbold kam retour, Bishop fuhr fort: »nämlich Anfang letzten Jahres gegen Beasley. Denken Sie nur, von der zweiten Runde bis zum Schluss wurde pausenlos durchgelacht! Beasley und Trollmann machten Faxen miteinander, da hatten sich zwei gefunden, und es war so arg, dass nicht nur das Publikum lachte, sondern auch das Kampfgericht und die Offiziellen nicht aus dem Lachen herauskamen, und selbst die Kontrahenten lachten noch beim Prügeln.« Bishop kicherte.

Beinhorn: »Ich wusste gar nicht, dass beim Boxen gelacht wird.«

Bishop: »Natürlich nicht. Es war eine Ausnahme. Zum Schluss stieß der Ringsprecher das Unentschieden nur mit Mühe zwischen regelrechten Lachkrämpfen heraus, und dann brach ein letztes großes Gelächter los und brauste wie eine Meereswelle durch den Saal und verklang erst spät in heiteren Seufzern und lag auch nach seinem Ende noch in der Luft, und alles war erfüllt von einer glücklichen Gelöstheit, und …«

Beinhorn: »Gott, Herr Bishop, wie schön Sie erzählen! Aber wissen Sie was, Schmeling will mir Karten schicken lassen, damit ich mir diese Barbarei einmal aus der Nähe ansehen kann. Er sagte, Trollmann habe einen Titelkampf in Aussicht?«

Bishop: »Jawohl, ganz recht, der Termin steht noch nicht fest, der Gegner ist Adolf Witt, und ich stehe selbstverständlich als Begleitung zur Verfügung. Wenn Sie mich vorerst entschuldigen …« Damit verneigte sich Bishop und ging anderen Gästen entgegen, die er begrüßen musste, indes Beinhorn begann, sich mit einem Luftfahrtingenieur zu unterhalten.

Fernab von diesem Kulturattaché-Empfang südlich des Tiergartens hatte an der staubigen Warschauer Straße Willi Radzuweit mit seinen sauberen Fingernägeln die Konkurrenz erfolgreich geschlagen. Osram hatte ihn genommen, und er arbeitete und ließ das Fingernägelputzen sein. Durch eine Verbindung innerhalb der SA hatte er schon ein Zimmer in Aussicht, anders hätte er auch keins bekommen, er wartete nur noch auf den ersten Zahltag, damit er die Miete bezahlen und dort einziehen konnte, namentlich in der Charlottenburger Christstraße, Hinterhaus möbliert. Nun trieb er sich nächtens etwas weniger herum als vorher, aber herumtreiben tat er sich immer noch und ging auch weiter zur SA und zum Boxen. Er hätte sonst nicht gewusst, wohin mit seiner Kraft und seinem Übermut, die von der SA und vom Boxen kultiviert wurden und wuchsen. Radzuweit wurde jeden Tag kräftiger und übermütiger.

Der Höhenflug des Ersten Vorsitzenden nahm nach der Punkt-sechs-Niederlage wieder Fahrt auf. Sohn Hans war mit der *Box-Sport*-Redaktion warmgeworden, und am Tag nach der Vorstandssitzung winkte die Behörde seinen Heyl als Präsidenten durch und ließ die Notgemeinschaft hochleben. Applaus, Applaus. Der Erste Vorsitzende begann, sich an den Applaus zu gewöhnen. Und endlich war im Büro die Systemzeit besiegt. Drei von den vielen Berliner Berufsboxern, die nur selten und nur in Rahmenprogrammen gegen geringe Gagen zum Zuge kamen, hatten es für ein kleines Entgelt bar auf die Hand frisch gestrichen. Nun lächelte Breitensträter von seinem Siegerfoto an der makellos weißen Wand auf den Ersten Vorsitzenden herab, während der rücksichtslos durchgriff und mit eisernem Besen auskehrte, indem er am Funke-Exempel feilte: Ausschluss aus dem Vorstand wegen mangelnder nationaler Gesinnung. Es klopfte, er rief: »Herein!«, die Tür sprang auf. In der Tür aber stand Ludwig Haymann, ehemaliger Schwergewichtsmeister und Schöpfer des Werkes *Deutscher Faustkampf, nicht pricefight – Boxen als Rasseproblem*.

»Ludwig!« Der Erste Vorsitzende sprang auf, Haymann kam ihm schweren Schritts entgegen, und dann begrüßten sie einander mit verständnisinnigen Schulterschlägen.

Haymann war zu Besuch aus München. Er sollte für den *Völkischen Beobachter*, auch im Hinblick auf die Olympischen Spiele, eine Sportredaktion im Berliner Büro aufbauen. Er komme nach Berlin. Aber das nur am Rande. Das Buch! Das Buch! Der Erste Vorsitzende hatte es immer noch nicht gelesen. Nun lag er mit Haymann ohnehin in der Frage des großen rassischen Wollens ganz auf einer Linie, sodass er dunkel ahnte, was in dem Buch geschrieben stand. Es musste von der arischen Überlegenheit handeln. Haymann erwähnte brandneue wissenschaftliche Studien über den inneren Zusammenhang zwischen Rasse und Sport und untermalte seine Rede mit wohldosierten, vom Schattenboxen geprägten Gesten. Zwei Jahre Ringabstinenz hatten seiner inneren Athletik nichts anhaben können. Allein wie er auf dem Stuhl saß! Und wie er vom Blut sprach und solche aus der Schulter kommenden Armbewegungen machte, bei denen er die Fäuste vor dem Brustkorb umeinander kreisen ließ. Oder wie seine Ohren beim alten Sparta glühten, das er im Buch in Front gebracht hatte. Sparta, Blüte des Faustkampfs! Wo die Jugenderziehung rücksichtslos streng war und kranke Säuglinge getötet wurden. Wie er *grausam segensreiche Auslese* sagte und dazu mit dem ganzen Oberkörper vorschnellte! Es war großartig. Mit jedem Satz und jeder Geste wurde dem Ersten Vorsitzenden immer deutlicher bewusst, dass hier der Mann vor ihm saß, der die arische Überlegenheit aufs Boxen anzuwenden wusste. Und er war Deutscher Meister gewesen. Nun kam Haymann auf die Rezensionen seines Werks zu sprechen, doch der Erste Vorsitzende schnitt ihm das Wort ab: »Ludwig, ich habe eine einmalige Gelegenheit für dich und dein Buch. Du kannst dein Buch Wirklichkeit werden lassen. Du trainierst Witt für den Titelkampf gegen den Zigeuner.«

Haymann ließ sich bitten und bauchpinseln, bevor er zusagte, aber er sagte zu. Es war ein reizvolles Angebot, denn er hatte noch nie als Trainer gearbeitet. Sie vereinbarten Geheimhaltung, darauf bestand Haymann, um nicht seine Stellung beim *Völkischen Beobachter* zu gefährden. Der Erste Vorsitzende musste Witt instruieren. Witt und Haymann mussten die finanzielle Seite miteinander aushandeln. In der größten Not musste der Verband einspringen. Wenn jetzt der alte Herzfelde noch da wäre, der wüsste genau, wie man das verbuchen könnte.

Der Erste Vorsitzende, zum Abschied an der Tür: »Sehen wir uns morgen Abend auf der Bücherverbrennung?«

Haymann: »Ach so, ja, natürlich. Aber nur zum Verbrennungsakt, für den Fackelzug hab ich keine Zeit.«

Der Erste Vorsitzende: »Dann am Eingang Hedwigskathedrale, sagen wir um elf, der Fackelzug geht ja um zehn los, dann braucht er etwa eine Stunde, bis er da ist, Goebbels spricht um Mitternacht.«

Haymann: »Elf Uhr Hedwigskathedrale. Heil Hitler!«

Der Erste Vorsitzende: »Heil Hitler!«

Er schloss die Tür hinter Haymann und war im Laufschritt wieder am Schreibtisch. Nun konnte er das Funke-Exempel erweitern um die Auflösung des Managervertrags mit Witt. Witt war die deutsche Hoffnung im Halbschwergewicht, und Funke war die mangelnde nationale Gesinnung. Dem Funke den Witt wegnehmen. Wäre ohne Haymann nicht möglich gewesen. Der Erste Vorsitzende füllte das Formular für die Vertragsauflösung aus, dann lehnte er sich auf seinem Schreibtischstuhl zurück und seufzte. Er fühlte sich leicht, das Leben war schön. Witt würde mit Hilfe der arischen Überlegenheit den Zigeuner besiegen. Er war gerettet. Ludwig, der edle Recke, hatte die arische Kraft in den Knochen. Es war geradezu ansteckend.

Der Erste Vorsitzende war selig und konnte es nur sein, weil er Haymanns Buch nicht gelesen hatte. Darin stand kein einziges Wort über die arische Überlegenheit, denn vier von den fünf schwarzen Boxern, gegen die Haymann gekämpft hatte, hatten ihn niedergeschlagen. Und ihm war klar, dass sie ihn nur hatten niederschlagen können, weil sie in ihrer Instinkthaftigkeit so kämpften, wie es ihrer Rasse am besten entsprach. Dagegen war eine deutsche, eine arische Kampfesweise noch gar nicht bekannt, und das Buch war ein flammendes Pamphlet, sie zu finden, zu entwickeln, und zeigte zugleich den Weg. Beispielsweise konnte Ausdauer keinesfalls durch langandauerndes Laufen trainiert werden, da dieses entkräfte. Überhaupt solle jeder so üben, wie es ihm am besten behage. Keine Spur von spartakistischer Strenge, stattdessen: rassisches Fühlen und mehr Instinkt. Ferner riet er strikt von kalten Duschen ab und plädierte unbedingt für warme Bäder.

In New York aber erklärte Baer auf einer Pressekonferenz sein kompliziertes Judentum. Es war ganz einfach. Klar und deutlich und für jedermann verständlich sprach Baer wie folgt in die Mikrophone: »Ich bin Jude, und jede Rechte, die ich Schmeling ins Gesicht haue, ist eine für Hitler.« Infolgedessen wies das Reichsministerium für Volksaufklärung und Propaganda umgehend alle deutschen Zeitungsredaktionen an, Baers Äußerung nicht zu bringen und in zukünftigen Artikeln Baers Judentum nicht allzu sehr zu betonen, Heil Hitler.

Witt machte mit, es kam ihm gelegen. Er wusste, dass Funke im Verband nicht mehr so einen guten Stand hatte wie früher. Und dann war ihm seit der missratenen Titelgeschichte mit Seelig mehr und mehr aufgefallen, dass Funkes Training viel zu penibel und pedantisch und furchtbar mühsam war. Den Titelkampf gegen Hartkopp hatte er damit jedenfalls nicht gewonnen.

Schlachter: »Dolles Ding, wie se dich jetzt broddeschiern. Da kann ja mitm Titel nix mehr schiefgehen, wa?« Die beiden waren auf dem Weg zur Bücherverbrennung, wohin der Erste Vorsitzende Witt einbestellt hatte, um ihn mit Haymann zusammenzubringen. Sie kamen mit der U-Bahn, denn es regnete in Strömen, und waren zehn Minuten zu früh vor Ort. Alles war voller Menschen, und noch mehr Menschen strömten herbei. Sie stiegen die nassen Stufen zum Eingang der Hedwigskathedrale hinauf. Der Regen ließ nach. Der Erste Vorsitzende und Haymann waren noch nicht eingetroffen. Scheinwerfer erhellten den Platz. Ein riesiger Holzstoß stand in der Mitte, umringt von deutschem Volk. Fotografen und Filmoperateure trugen ihre Geräte umher. Lautsprecher waren aufgestellt. Von den Dächern der Oper, des Aulagebäudes und der Dresdner Bank sahen Leute herab. Bis zum Brandenburger Tor hinauf, woher der Fackelzug kam, standen Menschenmassen Spalier. Sprechchöre hallten. SA- und SS-Kapellen spielten auf.

Witt: »Ganz schön was los hier.«

Schlachter: »Da sind sie.«

Der Erste Vorsitzende und Haymann kamen durch die Behrenstraße. Witt winkte, der Erste Vorsitzende grüßte deutsch, Haymann trug ein überlegenes Lächeln auf den Lippen. Witt und Schlachter gingen ihnen entgegen. Auf der anderen Seite des Platzes lief der Fackelzug ein. Menschenmassen rückten nach. Das Gedränge wurde enger. Der Erste Vorsitzende legte

Haymann die Rechte und Witt die Linke auf die Schulter. Haymann und Witt gaben einander die Hand. Daumenbeugen fuhren ineinander, Finger legten sich um Handkanten. Haymann griff zu. Das Feuer ging nicht an. Das Holz war nass. Studenten schrien nach Benzin. Witt sah Haymann in die Augen. Da dampften Badewannen. Da fielen Siegerkränze vom Himmel. Da lagen Gegner am Boden. Wie schön, dachte Witt, na dann, mal sehen. Feuerwehrmänner gossen aus Kanistern Benzin auf das Holz. Studenten steckten ihre Fackeln hinein.

Haymann zog sein Buch aus der Tasche: »Ich hab dir etwas mitgebracht.« Rasch wurden die Flammen größer. Haymann, verheißungsvoll: »Das sollst du lesen, du musst es geistig durchdringen, und wenn du so weit bist, fangen wir mit dem Training an.«

Witt schlug das Buch auf. Das Buch begann so: *Im Anfang war der Kampf!* Die Flammen spiegelten sich, die Flammen vervielfachten sich in den Fensterscheiben der Oper, des Aulagebäudes, der Dresdner Bank. Witt nickte. Es stank nach Benzin, verbranntem Papier und den Ausdünstungen der Menschen. Es wurde wärmer auf dem Platz. Es dröhnte aus Lautsprechern und brüllte aus Kehlen. Schlachter wurde schlecht. Feuersprüche wurden geschrien. Bücher wurden geworfen, zigtausend Stück. Die Bücher öffneten sich im Flug. Buchdeckel klappten auf, Seiten flatterten wie Vogelschwingen. Witt schlug Haymanns Buch zu und steckte es weg.

Schlachter neigte sich zu Witts Ohr: »Du, Adolf, mir is nich gut.«

11

Henriette Kurzbein und Maria Plaschnikow waren nicht bei der Bücherverbrennung gewesen. Sie waren aber recht gut im Bilde, denn die Bücherverbrennung war vier Wochen lang öffentlich vorbereitet und natürlich auch von der Kundschaft im Laden besprochen worden. Nun wollte Plaschnikow Kurzbein dazu überreden, ihren Else-Lasker-Schüler-Gedichtband aus der Wohnung zu schaffen.

Kurzbein: »Aus der Wohnung, ja wohin denn?«

Plaschnikow mochte nicht sagen »in den Müll« und sagte daher: »Egal, zur Not in die Spree.«

Kurzbein: »Gedichte wegwerfen, bei dir piepts wohl!« Sie besaß eine Bibel, den Gedichtband, einen Wanderführer für die Sächsische Schweiz und ihr Poesiealbum aus der Schulzeit. »Und überhaupt: Ich hab mir nie was zuschulden kommen lassen, die interessieren sich doch gar nicht für mich.«

Plaschnikow: »Aber die ganzen Razzien überall.«

Kurzbein: »Ich denke gar nicht daran.«

Nun mischte sich der alte Brätzke ein. Er hatte anno vierzehn aus Langemarck ein Rückenleiden mitgebracht und war eben dabei, den Hefebottich zu säubern. Er greinte: »Gute Güte, Fräulein Jette, nu machense nich son Zinnober. Hat doch niemand was davon, wennse deshalb Schwierigkeiten kriegen. Weg mit dem Buch, und hinterher kaufenses neu.«

Darauf Kurzbein: »Morgen bring ichs mit und les Ihnen was draus vor.«

Plaschnikow sah zur Decke. Die Ladentür ging. Kurzbein eilte nach vorn. Der Blockwart, nachdem er ein Bauernbrot gekauft hatte: »Heil Hitler, Fräulein! Sie müssen sich mal den deutschen Gruß angewöhnen, nicht wegen mir, mir ist es egal, bloß, na ja, man kann ja nie wissen ...«

Als Kurzbein wieder hinten war, schlug Plaschnikow vor, die Lasker-Schüler mit einem Schutzumschlag von Courths-Mahler zu tarnen. Könne man gebraucht besorgen. Damit war Kurzbein einverstanden, aber als sie am Abend nach der Arbeit nach Hause kam, hatte die Großtante den Gedichtband bereits entfernt. Lasker-Schüler war weg. Nicht ganz. Kurzbein wusste eins von den Liebesgedichten auswendig. Nun gewöhnte sie sich an, das Gedicht in Gedanken sich immer wieder vorzusagen, damit es nicht verschwand. Die letzte Zeile der vierten Strophe: *Niemand sieht uns*, die bisher nur die Liebenden meinte, schloss jetzt die Dichterin mit ein.

Anderntags sagte Sally Bowles in ihrem abgedunkelten Zimmer in Schöneberg zu Christopher Isherwood: »I'm sure that some day you'll write the most marvellous novel which'll sell simply millions of copies«, und als es in der Bäckerei Brätzke auf den Feierabend zuging, kam Bishop herein und kaufte zwei Stück Streuselkuchen. Danach begann Plaschnikow, die Brotschübe auszufegen, und Kurzbein wischte den Tresen. Sie war eben in Gedanken bei der Schlusszeile des Gedichts: *Nur unsere Schultern spielen noch wie Falter*, als Trollmann, Dirksen und Zirzow die Bäckerei betraten. Plaschnikow und Kurzbein schnappten nach Luft. Die drei Herren, von denen sie zweie völlig übersahen, waren auf dem Weg in die Bockbrauerei, wo in einer Stunde der erste Kampfabend der Nationalen Notgemeinschaft begann. Die Herren wollten Butterbrezeln und Zirzow auch einmal von den jungen Damen angesehen werden. Darum zog er zwei Autogrammkarten aus der Tasche und legte sie auf den Tresen: Trollmann im Brustbild, frisch gebügelt, mit Schlips und Kragen, todernst. Wieder die Ladentür. Bishops junger Begleiter kam ohne Bishop herein.

Trollmann, den Federhalter in der Hand, zu den Damen hinter dem Tresen: »Wie heißen Sie denn?«

»Maria Plaschnikow, mit w am Ende.«

»Henriette Kurzbein, aber Sie können ruhig Jette schreiben.«

Trollmann schrieb jeder eine Widmung, warf einen Schnörkel unter seinen Namen, blies die Tinte trocken und überreichte die Karten: »Für die schönsten Bäckereifräulein der Welt.«

Darauf aus der zweiten Reihe Bishops junger Begleiter, weich wie Schlagsahne: »Ich auch.«

Zirzow griff nach einer weiteren Karte, Trollmann drehte sich zu Bishops Begleiter um: »Sie möchten auch eine?« Zirzow reichte sie hin, Trollmann schrieb die Widmung, Bishops Begleiter ging in die Knie.

Plaschnikow: »Wann treten Sie denn mal wieder an?«

Trollmann: »Nächste Woche Dienstag, gegen Gustave Roth, aber nicht hier, sondern in Antwerpen.«

Plaschnikow und Kurzbein: »Oooch.«

Und dann bekamen die drei Herren ihre Butterbrezeln, und Bishops Begleiter kaufte die letzten zwei Stück Streuselkuchen, und die Damen hinter dem Tresen sagten ihm nicht, dass Bishop schon da gewesen war.

Auch die Markthalle auf dem Marheinekeplatz war im Schließen begriffen. Innen wurde aufgeräumt und dichtgemacht, außen gingen Händler zwischen Lieferwagen und dem Eingang hin und her. Dirksen, Trollmann und Zirzow gingen zur Bockbrauerei hinauf. Für den ersten Kampfabend der Notgemeinschaft galt eine gewisse Anwesenheitspflicht, aber sie wären auch ohne Anwesenheitspflicht gekommen. Witt trat gegen Vincenz Hower an. Sie wollten Witt kämpfen sehen, den

Gegner studieren. Witt, der Halbschwergewichtler, hatte sich bisher mit gleich schweren oder leichteren Gegnern geschlagen. Dagegen war Trollmann Mittelgewicht und hatte in der nächsthöheren Gewichtsklasse, im Halbschwergewicht, nahezu Tabula rasa gemacht. Nun boxte Witt mit Hower auch einmal einen schwereren Gegner.

Dirksen: »Ich habe gehört, Funke und der Erste Vorsitzende lassen Witt gegen Hower antreten, um zu beweisen, dass Witt auch kann, was wir können.«

Trollmann lachte.

Zirzow: »Ha! Nur zu! Aber Funke ist ja jetzt raus. Seit gestern. Vorstandssitzung. Nationale Gesinnung, obwohl PG. Er macht sowieso gerade ein Geschäft für Herren-Sportbekleidung auf, in der Reichenberger Straße, mit Rabatt für Verbandsmitglieder. Wird bestimmt pleitegehen.«

Trollmann: »Ich brauch neue Oberhemden.«

Zirzow: »Warte bis zum Räumungsverkauf. Und es soll so sein, dass Witt ab morgen bei absoluter Geheimhaltung vor der Presse von Haymann trainiert wird. Obscherningkat soll die Hände über dem Kopf zusammengeschlagen haben.«

Trollmann gähnte: »Von mir aus kann Adolf mit dem Führer, dem lieben Gott oder mit Max Schmeling persönlich trainieren. Ich werd ihm sowieso zeigen, wo der Hammer hängt.«

Die Herren waren in die Jüterboger Straße eingebogen. Die Jüterboger ging nach der Polizeikaserne in die Fidicin über und säumte die Tempelhofer Anhöhe. Kurz vor ihrem anderen Ende lag die Bockbrauerei.

Dort schlich der Erste Vorsitzende um den Ring herum und rekapitulierte seine Aufgaben als Delegierter. Der Verbandskasten! Den hätte er fast vergessen. Er musste sich davon überzeugen, dass ein Verbandskasten vorhanden war. Und er musste den Inhalt des Verbandskastens kontrollieren! Nicht, dass der Verbandskasten halb leer war und im Notfall etwas fehlte.

Indessen hatten Dirksen, Trollmann und Zirzow die rotklinkerne Polizeikaserne passiert und waren auf Antwerpen zu sprechen gekommen. Trollmann freute sich auf die Gage, denn er litt an jener unheilbaren Krankheit, die bares Geld in seinen Händen in blankes Nichts auflöste und die ihn darum zwang, es blitzschnell auszugeben. Dirksen hatte die letzten Trainingsstunden verändert, denn boxerisch war Roth in etwa das Gegenteil von Witt. Trollmann betrachtete die verschnörkelten Balkongitter an den Fassaden, Dirksen sah immer auf das Pflaster vor seinen Füßen, Zirzow sah verkaufte Billetts und schwärmte, obwohl es nicht einmal seine eigenen waren: »Die Belgier machen ein Pressetraining, genau wie es in Amerika schon immer üblich ist, und wir müssen …«

Dirksen und Trollmann warfen einander einen Blick zu. Sichtlich genoss es Dirksen, endlich einmal einen Schüler zu haben, mit dem er sich Blicke zuwerfen konnte, anstatt erklären zu müssen, was warum zu tun sei, während Zirzow davon überhaupt nichts verstand und weiter über die ausgezeichnete Werbemaßnahme sprach. Übermorgen, Sonntag, fuhren sie hin, Montag war das Pressetraining im Badhuis, Dienstag der Kampf, Mittwoch kamen sie zurück.

Für den ersten Kampfabend der Notgemeinschaft im Biergarten der Bockbrauerei hatte der Erste Vorsitzende ganz auf Pomp gesetzt. Die alte Garde aus den Glanzzeiten des deutschen Berufsboxens musste antreten und in der ersten Reihe repräsentieren, was sie ansonsten nur bei Titelkämpfen tat. Auch hohe Funktionäre des Amateurboxens hatten Flagge zu zeigen. Das war unerlässlich, um die neue Einigkeit unter der nationalsozialistischen Führung darzustellen, denn Profis und Amateure lagen traditionell im Clinch miteinander. Beliebte Persönlichkeiten von Bühne und Film waren überredet worden. Ein nicht unerhebliches Kontingent der Karten war zu einem Preisnachlass von 25 Prozent für SA reserviert. Am Ende lebte ein Kampfabend doch vom Publikum.

Der Biergarten der Bockbrauerei war schlechthin die Krönung aller Berliner Biergärten, zumindest nach Ansicht seiner Betreiber und Stammgäste. In den neunziger Jahren war ein Vergnügungspark auf dem Gelände gewesen. Unter Kastanienbäumen standen in langen Reihen Tische und Stühle, zwischen denen vom Eingang aus zur gegenüberliegenden Seite hin ein breiter Mittelgang frei gelassen war. Der Mittelgang führte unter anmutigen Lampenbögen geradewegs auf die Eingangstür der Ausschankhalle zu. Es waren sonst noch keine Gäste gekommen, als sich die Herren an einen Tisch setzten. Dirksen holte Bier, und zwar ein schwarzes für sich, für Trollmann ein helles, und Zirzow, der Alkohol nur in geringen Mengen vertrug, hatte um eine heiße Zitrone gebeten.

An die Ausschankhalle aus gelbem Backstein schloss ein langer Festsaal im rechten Winkel an und trennte den Garten von der Fidicinstraße. In diesem Festsaal hatte August Bebel im letzten Jahrhundert noch Arbeiterinnen und Arbeiter aufgewiegelt, und im Krieg waren darin zerschossene Beine amputiert und Granatsplitter aus Gedärmen gefischt worden, auch der alte Brätzke hatte für ein paar Tage darin gelegen. Noch aus den Zeiten des Vergnügungsparks war im oberen Teil des Gartens die Orchesterbühne erhalten, die nun zum Zentrum des Geschehens werden sollte, denn auf ihr war der Ring aufgestellt. Einfach zusammengezimmerte Holzbalken trugen seit je die Überdachung der Bühne, die später an den Seiten mit einer schlanken Glasstahlkonstruktion verlängert worden war, sodass man gleichwohl im Freien sitzen und doch bei Regen trocken bleiben konnte. Zirzow und sein Konkurrent Böcker stritten sich zu jedem Saisonbeginn um diese unter Berliner

Freiluftringen herausragende Kampfstätte, in der Trollmann bisher dreimal geboxt hatte. Das erste Mal vor drei Jahren, in den Anfangszeiten seiner Profikarriere, noch unter Veranstalter Damski, der mittlerweile säuberungsbedingt kaltgestellt worden war, in einer überaus bequemen Begegnung mit Paul Vogel; dann zwei Jahre später, im Sommer 1932, in der entsetzlichen Ringschlacht mit Erich Seelig. Schon beim Einlass war damals der ganze Garten wie elektrisch aufgeladen gewesen, denn zwischen Trollmann und Seelig war dicke Luft. Seelig wusste ganz genau, dass er, wenn denn der Verband korrekt gehandelt und Trollmann zum Titel zugelassen hätte, vielleicht gar nicht Deutscher Meister geworden wäre. Jedenfalls hatten an die dreitausend maßlos erregte Zuschauerinnen und Zuschauer sich zuerst in ein Trollmann- und ein Seelig-Lager gespalten und sich gegenseitig niedergeschrien, bis sie eins geworden waren und heiser, sich überschlagend, aus allen Rohren, abwechselnd bald Seelig, bald Trollmann anfeuerten, nämlich immer denjenigen, der gerade der Stärkere war. Die ausgezeichnete Akustik der Orchesterbühne, die sich vor allem ihrer Überdachung verdankte, hatte das Geschrei weit über die Grenzen Kreuzbergs hinausgetragen. Nach dem Kampf gab Ringrichter Pippow zu Protokoll, er habe genug, er wolle sein Ringrichteramt an den Nagel hängen, was er sich dann doch anders überlegte, um weiterhin zu ringrichtern und mit Kollegen im Café Hansen noch auf Jahre hinaus über diese eine Schlacht zu reden, auch noch, als die beiden Boxer längst vertrieben und verjagt worden waren. Und schließlich, zwei Monate nach der Schlacht mit Seelig, bei Trollmanns erster Begegnung mit dem schwedischen Meister Calle Ågren, hatte es derart aus allen Löchern des Himmels gegossen und geschüttet, dass ein Helfer mit einem Regenschirm und einer darübergeworfenen Plane die Kämpfer von den Kabinen zum Ring geleiten musste. Anders aber als die Boxer des Rahmenprogramms hatten sowohl Ågren als auch Trollmann dankend abgelehnt, hatten hierauf, die Abkühlung der Muskeln mit Todesverachtung in Kauf nehmend, ihre Mäntel ausgezogen und waren die fünfzig Meter gemessenen Schritts gegangen, ohne sich dabei von den herabstürzenden Wassermassen im mindesten antreiben zu lassen.

Längst waren die Tische weggetragen worden, die gewöhnlich um die Orchesterbühne herum aufgestellt waren. Geschäftige Kellner und Hilfskräfte ordneten die allerletzten Stühle und Bierbänke um den Ring herum an, die Stühle vorn, die Bänke hinten. Mit ermäßigten oder Freikarten und der Aura der Eingeweihten fanden sich Angehörige und Sportkameraden der auftretenden Boxer ein. Der Verbandskasten war wie immer in Ordnung und Walter Englert wegen der Notgemeinschaft am Rande eines Nervenzusammenbruchs. Die Presse marschierte auf und verteilte sich übers Gelände. Für sie war die Bitte, die Notgemeinschaft nicht mit scharfer Kritik zu gefährden, schon der erste Vorbehalt gegen den Kampfabend. Zwei Kellner öffneten das Buffet, wo es Bier und Bratwürste zu kaufen gab, und der Hausmeister am Eingang die Kasse, allmählich kamen die Gäste. Bekannte und Kollegen schlenderten bei Zirzow, Trollmann und Dirksen vorbei und sagten Guten Tag. Die einen Zuschauer setzten sich gleich an den Ring, die anderen holten sich Bier und blieben vorerst noch im unteren Teil des Gartens. Es war sehr viel SA darunter sowie Zuhälter und Prostituierte, Proleten, Kleinbürgerliche, sportbesessenes Spießertum und das obligatorische Dutzend wohlhabender Gebildeter, die die armen Schweine, die sich für ein paar Mark verprügeln ließen, direkt in die Kulisse griechischer Heldensagen phantasierten. Des kühlen Wetters wegen, aber vielleicht auch, weil die Paarungen des Abends nicht übermäßig vielversprechend waren, wurde es mit tausenddreihundert besetzten

Plätzen nicht einmal halb voll. Die begehrte Prominenz ließ auf sich warten und kam erst ganz zuletzt. Der Kampfabend begann mit einer kurzen Ansprache des Ersten Vorsitzenden über die Säuberung von den jüdischen Filzköpfen und den Aufbau des deutschen Berufsboxens im Sinne der nationalen Revolution. Alle müssten jetzt rücksichtslos an einem Strang ziehen, und dass die ersten Schritte in diese Richtung gemacht seien, zeige sich an der neuen Einigkeit zwischen dem professionalen Lager und den Amateuren, deren Funktionäre er an dieser Stelle besonders begrüßte, Heil Hitler.

Das Rahmenprogramm begann. Trollmann sekundierte als Freundschaftsdienst im zweiten Kampf, knetete angespannte Nackenmuskeln, sagte: »Hau mal so von unten in die Deckung, das schaffste schon«, und spülte den Mundschutz. Die Pause vor den zwei Hauptkämpfen wurde wegen der Kälte sehr kurz gehalten. Ein weiterer Schwung von Zuschauerinnen und Zuschauern fand sich ein, solche nämlich, die nicht bereit waren, sich bei mäßigen, wo nicht schlechten Rahmenkämpfen zu langweilen, auch nicht im Sinne der nationalen Revolution.

Bevor der Kampf begann, wurde ausgewählte Prominenz zum Händeschütteln in den Ring gebeten, als Erster der neue Präsident Heyl, dann Otto Flint, Richard Naujocks, Franz Diener, Paul Samson Körner, Hans Breitensträter, Fritz Rolauf, vom Film Hans Albers, Alfred Abel, Theo Lingen und Reinhold Schünzel, von den Amateuren Gerstmann, Schröder und Otto Nispel, der Breitensträter der Amateure, sowie zwei hochrangige SS-Führer, die aber kein Mensch kannte. Jeder Handschlag ein extra Applaus. Danach ging es los.

Witt und Hower kamen aus ihren Ecken, kreisten in der Mitte umeinander, beobachteten aufs Allerschärfste, wie sich der andere bewegte, wann und wie und wohin sie schlagen könnten, und da Hower nicht begann, eröffnete Witt klassisch, indem er mit der Linken etwas in Howers Gesichtsfeld herumstocherte. Man fror. Wie die Runden hingingen, stellten Dirksen und Trollmann übereinstimmend fest, dass Witt gar nicht mehr so oft danebenschlug wie noch im Hartkopp-Kampf und ungewöhnlich flink auf den Beinen war. Alle Achtung, Witt hatte sich deutlich verbessert. War Funkes Training doch nicht so schlecht gewesen. Allein, Hower war stärker, Witt musste einstecken. Eins bis vier griff er Hower immer wieder an und bezahlte für jede einzelne Attacke mit einer grausamen Körperserie des Schwergewichtlers. Hower traf ihn in die Seiten, auf die Rippen, um Leber, Milz und Magen herum, und in der Dritten landete er eine harte Linke direkt unters Herz. Witt wurde weich geklopft wie ein Schnitzel, bevor es in die Pfanne kommt. Hower war zehn Kilo schwerer als Witt, und Witt spürte jedes einzelne Kilo in Howers Körpertreffern. Der Aufschlag, die Schmerzexplosion, rein und klar, und erst danach die Erwärmung und die Entfaltung des Schmerzes zu seiner vollen Blüte. Das schneller fließende Blut. Die Ausdehnung vom Einschlag aus in alle Richtungen. Die Trübung. Das Gestauchtsein und in der Folge die Verschiebung der inneren Organe. Und gleich der nächste und noch einer und noch einer. Ein Schlag in den Magen löste Brechreiz aus. Witt, König der Nehmer, machte die Bauchdecke hart und schluckte. In der vierten Runde war er so weit. Er hörte mit den Angriffen auf, er spürte, dass er die Körperserien nicht mehr nehmen konnte. Und nun ging Hower zum Angriff über und Witt in den Rückwärtsgang. Hower marschierte los und trieb den fliehenden Witt vor sich her, immerzu angreifend oder zum Angriff ansetzend, trieb ihn von einer Ringecke in die andere, trieb ihn an den Seilen entlang, trieb ihn im Kreis. Er legte ein hohes Tempo vor, er war in ausgezeichneter Kondition. Dagegen konnte Witt, das weichgeklopfte Schnitzel, nichts anderes mehr tun, als die Hände vors Gesicht zu nehmen, zurückzuweichen, Schläge abzublocken, und ließ sich doch nicht in die Pfanne legen, sondern blieb auf den Beinen bis zum Schluss. Fünf bis acht: das gleiche Prozedere. Hower konnte Witt nicht bezwingen, wie sehr er sich auch mühte, er kriegte ihn nicht in die Knie. Witt blieb oben. Hower erhielt einen hohen Punktsieg, und Witt musste sich wirklich nicht schämen und bekam völlig zu Recht ebenfalls großen Applaus.

Trollmann und Dirksen verzichteten, wie etliche andere Gäste auch, auf den letzten Kampf des Abends. Am Ausgang nölte Dirksen: »Meine Güte, vier Runden so und vier Runden so. Nee, nee, nee, die hätten sich auch mal was anderes einfallen lassen können.«

Trollmann: »Wennse können hätten. Laufen um neun, oder?«

Dirksen: »Um acht, geh schlafen, du wirst es brauchen, Roth hat mehr Ideen im Kopf.«

Witt war in der Kabine und machte sich frisch. Beim Bier danach an einem Tisch beim Buffet priesen Schlachter und ihr Buxtehuder Cousin seine Zähigkeit, seine verbesserte Beinarbeit, und insbesondere bewunderten sie seine Angriffe der ersten vier Runden. Witt nickte und ließ sich loben. Kampf und Rampenlicht füllten ihn noch ganz aus, aber der Adrenalinpegel war gesunken und die Schmerzempfindlichkeit gestiegen.

Nun war allerdings auch amtlich, dass Witt nicht konnte, wozu Trollmann imstande war. Aus diesem Grunde beschloss der Erste Vorsitzende, den frechen Zigeuner gleich beim nächsten Kampftag der Notgemeinschaft ebenfalls gegen einen Schwergewichtler zu stellen. Klockemann! »Coming Man« Otto Klockemann würde dem Zigeuner das Mütchen kühlen, und der Zigeuner würde die Kasse klingeln lassen.

12

Am Sonntagabend saß Witt in Friedrichshain mit einem kalten Bier am Küchentisch und las Haymanns Buch. Es war ein sehr schmales Buch, aber für eine Broschüre war es doch zu umfangreich. Schlachter stand an der Spüle und machte den Abwasch. Sie hatten Rollmops und Bratkartoffeln gegessen, die Bratkartoffeln waren angebrannt, Schlachter kratzte das Schwarze aus der Pfanne.

Witt: »Hahaa, wasn das fürn Kleister?! Hör ma: Die morgendliche Muskeltoilette – weißte, so ne Dehnungsübungen, also – die morgendliche Muskeltoilette ist nackt und vor offenem Fenster durchzuführen! Da kann ich ja Eintritt nehmen, wenn ich das mach!«

Schlachter rollte die Augen: »Hätt auch gleich ins Feuer gekonnt, wa?«

Witt: »Ja, nee, weiß nich, muss ich erst ma zu Ende lesen.«

Zur selben Zeit saßen Trollmann und Dirksen in Antwerpen im Hotelzimmer und besprachen zum hundertsten Male den Kampf gegen Roth. Als dies geschehen war, gingen sie gemeinsam mit Zirzow, so hatte Dirksen es angeordnet, in die Oude Keuken van Antwerpen zum Biertrinken. Der Wirt dieses Lokals war bis vor wenigen Jahren aktiver Boxer gewesen, an den Wänden hingen signierte Fotografien von Weltmeistern und von Größen der Bühne und Leinwand. Nun galt es, als Auftakt für das Pressetraining, Flagge zu zeigen, das Terrain zu markieren und möglichst harmlos und leichtsinnig auf dicke Hose zu machen, aber dies bei streng kontrolliertem Alkoholkonsum, denn in dieser Frage ließ Dirksen nicht mit sich handeln. Zirzow knüpfte vier neue Geschäftskontakte, einen davon für einen befreundeten Import-Export-Händler in Berlin, und Dirksen schlürfte still an einem Whiskey, der aber nicht so gut war wie seine eigenen. Indessen scherzte Trollmann mit den Gästen, lernte dabei ein paar Brocken Niederländisch und Französisch, wie zum Beispiel: »Ik hou van alle vrouwen« – »J'aime toutes les femmes«, aber auch die acht Gewichtsklassen in beiden Sprachen, und musste höflichkeitshalber ein letztes, von Dirksen nicht erlaubtes Bier annehmen, da der Wirt selbst ihn dazu eingeladen hatte.

Auf dem Pressetraining im Badhuis am nächsten Tag war ein unglaublicher Rummel um Roth. Der Ring war etwas abseits vom Schwimmbecken auf der Liegewiese aufgestellt, die Fotografen hatten sofort diejenigen Seiten in Beschlag genommen, auf denen sie die Sonne im Rücken hatten, und an den anderen Seiten saßen die Reporter und beschirmten mit flachen Händen die Augen. Zirzow war nervös. Mit einem fröhlichen Lächeln bot Roth seine tödlichen Feinheiten dar, die Dirksen nicht gefielen und die Trollmann sich sehr genau ansah. Als er selbst an der Reihe war, schlug er langsam und hart in den Sandsack, bewegte seine Füße so wenig wie möglich, und beim Pratzentraining, bei dem sie nur die einfachsten Schlagfolgen zeigten, machte er ein bemühtes und arg angestrengtes Gesicht. Als Dirksen flüsterte, dass er nicht so dick auftragen solle, hielt Trollmann inne und wischte den Schweiß von der Stirn. Die belgischen Reporter waren erleichtert. Natürlich kannten sie seine Kampfbilanz und hatten in ihren Vorschauen besorgt gefragt, ob Trollmann Roth verdrängen werde. Roth selbst hatte auf den Pressetrainings vor gewissen Kämpfen genau das Gleiche getan und war deshalb nicht ganz so erleichtert wie die Reporter, aber er glaubte doch, der gefährliche Deutsche sei zumindest nicht in seiner allerbesten Form. Dirksen war davon überzeugt, dass Trollmann Roth schlagen könnte, und das, obwohl Roth bereits Domgörgen und Eder geschlagen hatte. Roth wurde allenthalben »le technicien élégant« genannt, auf Niederländisch »de elegante technicus«.

Das ganze Publikum, das am nächsten Tag ins frischrenovierte Rubenspaleis strömte, kam wegen Roth, das ganze Publikum – außer Bishop und seinem jungen Begleiter. Und das Publikum rieb die Hände in der Erwartung, dass Roth, wie er es meistens tat, seinen Gegner über die gesamte Distanz hinweg langsam, sorgfältig und säuberlich zerlegte. Der Kampf war auf zehn Runden angesetzt.

Mit dem ersten Gong ging Trollmann hin und knallte seinem Gegner eine, die offensichtlich nicht von Pappe war. Er ging auf ihn zu, wie man zum Gemüsehändler geht, wenns mit dem Einkaufen eilt, den letzten Schritt tat er schneller. Er brachte sich erst gar nicht in Kampfposition, weder stellte er die Beine richtig hin, noch hielt er die Arme, wie sichs gehört. Er suchte nicht nach einer Lücke in der Deckung, er sah sich Roth gar nicht erst prüfend an, er langte sofort hin, und zwar mit der Rechten an die Schläfe. Rangehen und hinlangen aus einem Guss. Der Schlag saß wie eine Eins, aber der Getroffene konterte schneller, als Trollmann aus seiner Reichweite kam. Roth, in den Knien einsackend, traf ihn, noch während Trollmann seine Rechte zurück an den Körper zog und zur Seite entglitt. Er traf ihn hart in die Rippen, er brachte die Atmung zum Stocken. Trollmann ließ im Zurücksinken Luft in die Lungen fließen und federte den Stoß in den Knien ab, um den eleganten Techniker mit einer pfeilgeraden Linken anzuspringen. Die

Linke streifte zuerst Roths hochgerissenen Unterarm und dann seine Nase.

Das Publikum sog hörbar die Luft ein. Nachdem er wieder ausgeatmet hatte, der Zuschauer neben Bishops Begleiter: »Redelijk onorthodox, deze duitse, nietwaar?«, worauf Bishops Begleiter: »Yes, to give Roth a hard time.«

In der Tat nagte Roth an dem Schlag gegen die Schläfe. Die Wirkung des Aufpralls hatte sich ausgedehnt, die weiße Haut sich gerötet, die Stelle brannte. Innen war ihm das Hirn gegen den Schädelknochen geschleudert worden, Nerven gezerrt, Zellen gequetscht, das Blut in Schlagrichtung geschossen, die Halswirbelsäule weggerissen. Nun musste sich das Hirn im hin und her schwappenden Liquor wieder in seine richtige Lage schaukeln. Roth sah Sterne. Trollmann sah die Sache nüchtern: Im Hause deines Gegners kannst du nicht nach Punkten siegen. Alte Boxerweisheit. Kaum war er nach seiner graden Linken aus Roths Reichweite weg, ging er ihn sofort wieder an. Roth wich zurück. Trollmann lauerte auf Roths Kinnspitze und Leber. Er trug Pokerface, er führte. Roth hatte Schwierigkeiten, seinen Gegner zu erkunden, und versuchte zweimal einen Angriff. Das erste Mal tauchte Trollmann darunter weg, das zweite Mal tat er einen kleinen Schritt zur Seite. Überhaupt bot der Deutsche nicht die geringste Möglichkeit, um Treffer zu landen, und alles, was er tat, kam völlig unerwartet, besonders die Angriffe, der Deutsche war schwierig.

Trotz des vielen Presserummels im Vorfeld war der Saal nicht voll geworden, aber dafür hatten die Rahmenkämpfe mehr gehalten als versprochen, und außerdem war die Renovierung des Hauses bildschön gelungen, die Stuckatur sah aus wie neu. Zirzow knetete seine Daumen. Dirksen war zufrieden, er hatte Roth zweimal kämpfen gesehen, einmal, wie er Gustav Eder über fünfzehn, und einmal, wie er René De Vos über zehn Runden souverän ausgeboxt hatte. Dem hatte Trollmann mit seinem unorthodoxen Angriff sofort einen Riegel vorgeschoben.

Roth seinerseits hatte schon mehr einstecken müssen als gewöhnlich und war daher etwas angespannt, als Trollmann gegen Ende der Runde in der Mitte des Ringes die Auslage wechselte. Um dem Gegner seine andere Körperseite zuzuwenden, drehte er sich mit großer Anmut in einem blitzraschen Fußwechsel auf der Stelle. Nun musste Roth auf seitenverkehrt umschalten und hatte, während er damit beschäftigt war, schon einen Handschuh am Kopf und brauchte infolgedessen einen Wimpernschlag zu lange, um den Auslagewechsel und den Schlag unter einen Hut zu bringen. Und Trollmann, dies sehen und nachsetzen war eins, schlug im Ansprung mit beiden Händen gleichzeitig lange Schwinger, Haken und kurze Gerade, kreuz und quer durcheinander, auf schnellen, federnden, sich abstützenden Füßen, schlug Dirksen'sche Girlandenfetzen haarscharf zwischen Roths Fäusten hindurch, einen Hagel, einen großen Tusch zum Ende der Runde, das Publikum stöhnte, Applaus brauste auf, der Zeitnehmer schlug den Gong, der Ringrichter trennte die Kämpfer.

Trollmann hatte Roth zweimal sehr ordentlich erwischt, und Roth hatte mit einem schmerzhaften Konter zurückgezahlt. Applaus, Applaus, wie warmer Regen. Auf dem Weg in seine Ecke schritt Trollmann provokant langsam einher, erhobenen Kinns, undurchdringlicher Miene, repräsentierend, kerzengerade, die Schultern leicht gespreizt.

Zirzow stellte den Hocker hin, Dirksen stieg durch die Seile, die Punktrichter schrieben Zahlen. Bis Trollmann auf dem Schemel saß, hatte sein Puls die Spitze abgegeben und war auf dem Weg, sich zu normalisieren. Gegenüber, in der anderen Ecke, Roth, schwer atmend und mit einem gelassenen Lächeln, zum Trainer: »Hij wil snel balsemen.«

Roth und Trollmann wurden von ihren Trainern gleichermaßen gelobt. Im Publikum wurden der Kampf debattiert und Sprüche geklopft. Zirzow wedelte, gab Trollmann zu trinken, drückte den Schwamm über seinem Kopf aus und riss sich fürchterlich zusammen, um nicht auf seinen Schützling einzureden, denn das hatte er Dirksen im Vorfeld versprechen müssen. Dirksen hatte Trollmann den Hosenbund vom Bauch weggezogen und ihm befohlen, tief zu atmen. Trollmann atmete tief. Indessen spülte ein junger Boxer namens Karel Sys den Mundschutz, massierte den Nacken, rieb die Oberarme, tupfte und knetete und war mit seinen Operationen nie jemandem im Weg. Bei Roth genau das gleiche Programm. Trollmann verlangte nach einem Eisbeutel. Es gab keinen Eisbeutel.

Mit dem Gong zur nächsten Runde rannte Zirzow los, um einen Eisbeutel zu organisieren. Er stürzte zum Ausgang, die Kasse war geschlossen, vor der Tür lungerten junge Männer. Er stürzte zurück. Die Tür an der Treppe! Richtung Kabinen, Eisbeutel, Eisbeutel, Eisbeutel, das Publikum schrie auf! Zirzow konnte nichts sehen, hielt inne, stürzte weiter, hier waren noch zwei andere Türen, und stürzte achtunddreißig Sekunden später mit einem Eisbeutel in der Hand zurück an den Ring.

Der Kampf wurde mit unerhörter Härte ausgetragen. Nach seinen zwei fehlgeschlagenen Angriffen hatte Roth sofort seine Angriffsaktivitäten eingestellt, um seine Konteraktivitäten zu forcieren. Er hatte Gelegenheit dazu, denn Trollmann griff an. Trollmann kämpfte riskant. Das war das größte Problem beim Boxen schlechthin, dass man in dem Augenblick, in dem man schlug, ungeschützt war. Roth nutzte es mit kurzen Haken, die lang anhaltend wirkten. In der Vierten zog Trollmann das Tempo an, neue Tonart, double time, Roth hinterher. Trollmann: federnd, pendelnd, Schultern rollend, Roth im Auge, Schläge antäuschend, Roth attackierend, Roth: sich deckend, Trollmann: treibend. Roth brauchte etwas, aber er holte auf, der Kampf geriet in Fahrt. Die Hälfte des Publikums begann zu Trollmann zu halten, und die Herren vom Verband schnalzten mit der Zunge.

Rein mental ging es zu wie beim Hörnerreiben von Stieren. In der Sechsten gelang es Roth, das gefährliche Tempo zu drosseln. Roth stellte sich, die Hände an den Schläfen, wie ein Fels in die Brandung in Trollmanns Angriffe hinein und wich nicht mehr zurück. Er blockte ausgezeichnet ab, mit schnellen Unterarmen und kleinen Meidbewegungen, und vor allem blieb er dabei stehen. Um stehen zu bleiben, steckte er auch ein. Die scharfe gerade Linke, die senkrecht auf sein Auge schlug; den Aufwärtshaken in den Körper, der von unten gegen den Solarplexus ging und von da bis in die Zehen- und Fingerspitzen strömte; den schmerzhaften Schwinger aufs Ohr, das klatschende Leder. Trollmann sammelte Punkte, und Roth absorbierte die Schläge und machte Terrain. Das Publikum ging mit wie ein Hund an der Leine. Es war fachkundig und laut. Es quittierte fast jeden Treffer mit Getöse, umso hysterischer, als man fühlte, wie Trollmanns Schläge unterminiert wurden durch Roths Widerstand. Es war phänomenal, wie Roth auf der Stelle stand und seine Bewegungen minimierte und wie lähmend es wirkte und wie er Oberhand gewann, indem er einsteckte. Bishop hielt es nicht mehr aus und warf einen kurzen Blick auf seine polierten Schuhspitzen, und just in diesem Augenblick jagte Roth Trollmann eine rechte Führhand exakt neben die Leber. Trollmann knickte ein, Applaus auf offener Szene, und dann sah Bishop, wie Trollmann zurückwich und sich dabei aufrichtete und wie Roth ihn verfolgte.

Der Treffer tat fürchterlich weh, er schwächte, er ging ihm in die Beine. Um die Beine zu lösen, federte Trollmann auf den Ballen, er hüpfte rückwärts und schützte den Körper, er nutzte den Ring ganz aus, ging Kreise, zog Bögen. Wie aus der Ferne meldeten sich die kurzen Roth'schen Haken der vergangenen Runden, in der Summe machten sie sich bemerkbar, sie fraßen Kraft. Auch an Roth in der Ringmitte zehrten die Treffer, die er hatte einstecken müssen, aber nun war er es, der die Pace diktierte. Für Roth war der Augenblick gekommen, Trollmanns Willen zu brechen. Es sollte ihm nicht gelingen, aber es führte dazu, dass das letzte Drittel der sechsten Runde praktisch pausenlos geschlagen wurde. Roth stach eine Gerade an Trollmanns Kopf, Trollmann konterte in die offene Seite, Roth tauchte unter Trollmanns anderer Hand weg und ging zwei Schritte weiter, Trollmann folgte, mied mit einem Hüftschwung Roths Haken, nahm Roths zweite Hand als Streifschuss am Kopf, schlug schwer in Roths Magen und ging weiter, Roth folgte, traf Trollmann in die Rippen, schlug auf die Deckung, die Luft war zum Schneiden. Sie maßen den Ring ganz aus, sie wurden begleitet vom Publikum. Mindestens jeder Fünfte schrie den Kämpfern unablässig Ratschläge und Anweisungen zu: La gauche! La droite! Nog eens! Handen hoog! En bas! Maintenant! Attention! Steek een Jab!

Da Roth alles in allem eher wenig foulte und Trollmann Roths Foulrate übernommen hatte, war auch der Ringrichter guter Dinge. Er stand an den Seilen und nickte aus seinem etwas zu engen Hemdkragen heraus zwei Herren an der Ringseite zu, und zwar dem Belgischen Halbschwergewichtsmeister Jack Etienne, dem »Löwen von Flandern«, und seinem stark pomadierten Manager. Die beiden waren gekommen, um Trollmann zu sehen, denn sie wollten gegen ihn kämpfen. Nachher würde man gemeinsam essen gehen, Roth und seine Leute sollten auch dabei sein, in der Oude Keuken van Antwerpen war ein Tisch reserviert. Unterdessen wurden in ihren Ecken die Kämpfer von vorne, von rechts und von links getupft, gerieben, gewischt, geschmiert, massiert und mit Wasser und technisch-taktischen Anweisungen ihrer Trainer übergossen. Trollmann aber, aufgepeitscht von dem vorherigen Schlagwechsel, stand vorzeitig auf, wedelte seine Sekundanten samt Eisbeutel weg, ging, finsteren, furchteinflößenden Blicks, etwas nach vorn und schwang drohend die erhobene Faust gegen Roth. Klassischer Publikumsanheizer. Gejohle und Jubel folgten auf dem Fuße, dann drohte Roth gleichermaßen zurück, und in dem erneut losbrechenden Geschrei ging der Gong zur Runde sieben fast unter.

Es kam Trollmann sehr entgegen, dass keine SA im Publikum war und der Kampf daher ganz ohne Hackfleischparolen vor sich ging. Andererseits machte Roth Schwierigkeiten dadurch, dass er deutlich klüger war als die meisten von Trollmanns bisherigen Gegnern. An solche Sperenzchen wie etwa mit Hölzel, den er in der Schlussrunde spaßeshalber nur noch mit Uppercuts geschlagen hatte, war hier nicht zu denken. Es war ein Kopf-an-Kopf-Rennen auf den Punktzetteln. In der achten Runde hatten sie die zweite Luft und drehten noch einmal etwas auf, und in der neunten schonten sie sich, um die Kräfte zu sparen für den Schluss. Beide Trainer erklärten ihren Boxern in der Pause vor der zehnten und letzten Runde, dass der Kampf sehr eng sei und jetzt gewonnen werden müsse. Dirksen tupfte mit dem Handtuch Trollmanns Gesicht und cremte es hierauf mit Vaseline ein: »Drei Minuten haste noch, um ihn fertigzumachen, drei Minuten, mehr nicht. Hörst du mich?« Ja, Trollmann hörte. Roths Trainer: »We hebben deze ronde nodig. Begrijp je me?«

Roth begriff.

Er kämpfte von der Ringmitte aus, Trollmann umkreiste ihn. Es war nicht einwandfrei auszumachen, ob Roth Trollmann vor sich hertrieb oder ob er ihm nachlief. Beider Bewegungen waren schwerer geworden, in den Fäusten flog neben der Schlagkraft auch die Erschöpfung mit, die Treffer taten mehr weh als zuvor. Roth hatte, eine Meisterleistung für sich, Trollmann die Fluchtwege abgeschnitten und ihn aus der Distanz in die Ecke gedrängt. Trollmann in der Ecke erwartete Roths Attacke. Roth, leicht vorgeneigt, nagelte Trollmann mit den Augen und ließ die Fäuste kreisen. Er war in ultimativer Angriffsbereitschaft, er war so gut wie im Ansatz zum Schlagen begriffen, er war nichts weniger als der Pfeil auf der durchgezogenen Sehne, als Trollmann das Becken schüttelte. Trollmann schüttelte Roths Anspannung ab, die belgische Damenwelt hinter ihm schrie, Roth schlug zu. Roth schnellte mit der Rechten nach Trollmanns Kinn, Trollmann hob den Oberkörper nach hinten und lehnte sich in die Seile. Vor seinem Kinn in dieser Reihenfolge: seine eigene Rechte, Roths Rechte, Roths durchgestreckter Arm, Roth. Trollmanns Kopf riss nach hinten weg, und Trollmann begann, sich in der Hüfte zu drehen, und schwang so den Oberkörper zur Seite herum, den Hals genau unter Roths Linker weg, holte die Beine nach und war aus der Ecke entwichen, und Roth lehnte vorwärts in den Seilen, wo eben noch Trollmann gewesen war. Zirzow atmete ein, Dirksen aus. Etiennes Manager: »Sainte Vierge Marie!«, Etienne: »Il est comme de gomme.« Trollmann ab, Roth hinterher, einmal im Kreis, und dann ging auf der Diagonalen des Rings Trollmann aus dem Rückwärtsgang einen Schritt nach vorn und schlug einen Uppercut, der vor Roths Brustbein senkrecht hochflog, Roths Rechte streifte und an Roths Unterkiefer mit einem satten Schnalzen landete. Der Schlag jagte dem Publikum den Puls hoch. Roth torkelte rückwärts, blieb aber auf den Beinen, Trollmann setzte nach, Roth klammerte sofort, hing mehr in Trollmanns Armen, als dass er stand, während Zirzow seine Daumen zu Brei knetete und wie am Spieß schrie.

Der Schlag hatte in den Kämpfern die letzten Notreserven geöffnet. Ihre Schläge verloren an Akkuratesse und gewannen an Wucht. Die Beine wurden schwerer. Beide setzten jetzt radikal auf Angriff, Trollmann wechselte zwischen geduckter und aufrechter Haltung, sie gingen weniger und schlugen mehr, das Publikum brüllte in einem fort seine Ratschläge und Anweisungen, und der ganze Saal vibrierte, als die Kämpfer vor Erschöpfung in den Clinch gingen. Nun standen sie, die Köpfe zum Schutz in die gegnerischen Halsbeugen gelegt, aneinander und schoben und zerrten. Roth hatte auf der einen Seite Trollmanns Handgelenk unter der Achsel festgeklemmt, und auf der anderen Seite versuchte er von unten Trollmanns Schläge in den Körper abzuhalten. Der Ringrichter trennte, und kurz darauf klopfte der Zeitnehmer dreimal mit dem Holz auf den Tisch, zum Zeichen, dass bis zum Ende der Runde noch zehn Sekunden verblieben.

Bishop war vollkommen fertig. Ihm kam Völkner in den Sinn. Völkner war im Spichernring von Sabottke k. o. geschlagen worden und auf dem Weg zum Krankenhaus an den Folgen des Niederschlags gestorben. Trollmann hatte auch auf dem Abend gekämpft. Nun stand er Fuß an Fuß mit Roth und lud seine legendären Hakenserien ab, und Roth tat genau das Gleiche. Beide wankten. Beide wollten den Kampf in den letzten zehn Sekunden für sich entscheiden. Bishops junger Begleiter zerrieb die Autogrammkarte zwischen Daumen und Zeigefinger. Es war grauenhaft, wie sie einander schlugen, und erhebend, wie sie über sich hinausgingen. Wie sie nicht mehr konnten und doch weitermachten und sich nicht bezwingen ließen, sondern zeigten, dass man sich wehren kann. Wie sie Schläge am Kopf nahmen, in Schlagrichtung schlingerten, sich wandten und wieder auf den Gegner warfen. Sich auf den Gegner warfen mit jenem letzten, aus dem Nichts geholten Quantum Kraft und böser Absicht, das ihn endlich in die Knie zwingen sollte. Und wie sie nicht in die Knie gingen, sondern aufrecht blieben und schließlich mit dem letzten Gong einander in die Arme fielen. Rasendes Getöse, Ovationen, Beifallsstürme. Von allen Seiten stiegen Offizielle und Presse in Windeseile durch die Seile. Der Ringrichter sammelte die Punktzettel ein, errechnete das Urteil, ließ es abnicken vom Delegierten und trug es zum Ringsprecher, und der Ringsprecher bat um Ruhe und trug es vor. Es wurde vom Publikum angenommen, nur Dirksen, Zirzow, Bishop und der junge Begleiter schüttelten ungläubig die Köpfe, während ein paar einzelne, aus den hinteren Reihen gerufene »Zwendel! Dat is zwendel!« im Applaus für Roths äußerst knappen Punktsieg untergingen. Jedoch war der hierauf folgende Applaus für Trollmann viel, viel lauter und hielt viel länger an als derjenige für Roth, und man war sich im Klaren darüber, dass es an einem anderen Ort als in Roths Heimatstadt für seinen Punktsieg nicht gereicht hätte.

»Punktniederlage! Sehr knappe Punktniederlage.« Kurzbein saß am Tisch in der Backstube und hatte den Sportteil vor sich.

Plaschnikow, am Spülbecken: »Pfff! Knappe Punktniederlage gegen Roth in Antwerpen! Nachtigall. Wers glaubt. Dann haben wir jetzt Hölzel eins, Tobeck zwei, Krüppel, Hölzel zwei, Witt zwei, Seyfried zwei und Roth.«

Kurzbein: »Du hast den ersten Seyfried-Kampf vergessen.« Der erste Seyfried-Kampf lag zwischen Hölzel und Witt, denn dies waren in chronologischer Folge die Namen jener Gegner, gegen die Trollmann nach Ansicht mancher Beobachter mit zweifelhaften Urteilen benachteiligt worden war.

Der alte Brätzke greinte: »Steht ja nirgends geschrieben, dass beim Boxen nicht betrogen wird«, und er hütete sich, diejenigen Kämpfe zu nennen, bei denen Trollmann nach Ansicht mancher Beobachter durch ein zweifelhaftes Urteil bevorzugt worden war, denn es waren nur vier gegen acht Benachteiligungen. Wieder einmal erklärte Plaschnikow, dass sie den ersten Seyfried-Kampf keineswegs vergessen habe, sondern dass sie ihn nicht anerkenne, weil er unter Vorspiegelung falscher Tatsachen stattgefunden habe: als angeblicher, aber tatsächlich nicht sanktionierter Ausscheidungskampf um das Recht, Seeligs Titel zu fordern. Worauf Kurzbein wieder einmal entgegnete, dass Plaschnikow damit auch Trollmanns Leistung nicht anerkenne, nach zwei erlittenen Niederschlägen in der ersten Runde, zwei schweren Niederschlägen!, den Kampf noch an sich gerissen zu haben. Der alte Brätzke hatte es oft genug hören müssen. Für ihn war etwas anderes viel wichtiger. In den drei Tagen, seit die Trollmann-Autogrammkarten »für die schönsten Bäckereifräulein der Welt« im Schaufenster lagen und er dem geschwätzigen Blockwart glaubhaft vorgelogen hatte, Trollmann esse vor seinen Kämpfen hier im Laden eine Schrippe mit Bulette, in diesen drei Tagen hatte sich der Umsatz mit Buletten bereits verdoppelt.

Währenddessen saßen Trollmann schlafend, Dirksen essend und Zirzow schweigend im Zug von Antwerpen nach Berlin. Dortselbst und zur gleichen Stunde lizensierte der Sportausschuss den Kampftag der Nationalen Notgemeinschaft, auf dem Trollmann und Witt sich um den Halbschwergewichtstitel schlagen sollten. Er setzte fest: als Termin den 9. Juni, als Bedingungen Fünf-Unzen-Handschuhe, weiche Bandagen und zwölf Runden, Zirzow als Technischen Leiter, Griese als Ringrichter, Koch und Pippow als Punktrichter. Und in der Krolloper, wohin das Parlament nach dem Reichstagsbrand ausgewichen war, hielt der Führer seine große Friedensrede.

Am Abend dieses Tages lag Trollmann im Bett und schlief die restlichen Kopfschmerzen weg, die zu einem kleinen Anteil auch vom belgischen Kirschbier herrührten, und Radzuweit saß in trauter SA-Runde im Garten des Sturmlokals Zur Altstadt in der Charlottenburger Hebbelstraße und soff. Innen war das Lokal etwas schäbig, aber nach hinten raus, umgeben von hohen Häuserwänden, wurde unter einer Linde Bier getrunken und Wurst gegessen. Einer der beiden Zuhälter in der Runde echauffierte sich wegen der Friedensrede über den Führer: »Nu würda zahm! Nu hatta Kreide jefressn!« Es sei eine unglaubliche Schweinerei. Dagegen hielten andere, so auch Radzuweits Scharführer, die Friedensrede für ein diplomatisches Glanzstück. Hin und her. Her und hin. Radzuweit hatte überhaupt keine Lust, an einen diplomatisch glänzenden Führer auch nur zu denken, geschweige denn, darüber zu reden. Er sagte nichts, trank schneller und bestellte ein Neues. Der Führer konnte ihm komplett gestohlen bleiben, wenn er zahm war, Kreide fraß und diplomatisch glänzte. Das konnten die Sozen besser. Die Männer wurden immer lauter. Es begann damit, dass der Zuhälter mit der Rechten auf den Tisch haute und dabei aus Versehen ein Bierglas erwischte. Das Bier lief dem Scharführer auf die Hose, direkt in den Schritt, und im selben Augenblick stieß der Zuhälter, nur um seinen Worten Nachdruck zu verleihen, dem Scharführer die Linke in den Oberarm, er schlug etwas kräftiger zu als beabsichtigt. Darauf langte der Scharführer dem Zuhälter eine, und Radzuweit, geradezu erlöst, sprang auf und drosch sicherheitshalber auf beide Kontrahenten gleichzeitig ein. Der Rest der Truppe machte sofort mit. Alle Gläser und Teller gingen zu Bruch, als der Tisch umgeworfen wurde. Zahlreiche Prellungen und Schürfungen waren die Folge, eine tiefe Schnittwunde an einem Ellenbogen durch die Scherben, ein Sehnenriss an einem Fußgelenk, zwei Platzwunden an Köpfen, gebrochen wurden ein Daumen, ein Nasenbein und sieben Rippenknochen, aber sonst gab es keine größeren Schäden. Radzuweit hatte bloß ein blaues Auge.

13

Trollmanns Kampf in Antwerpen hatte ein Nachspiel in Berlin. Der Chefredakteur war nicht in Antwerpen gewesen, er hatte einen belgischen Kollegen um ein kurzes Kampfresümee gebeten, das am nächsten Tag in der Redaktion eingetroffen war. Nun stand im *Box-Sport* zu lesen: *Trollmann hat in Anvers die deutschen Farben ehrenvoll vertreten.*

Der Erste Vorsitzende tobte, als er es las. Er schäumte. Er bestellte den Chefredakteur ein: »Wir müssen uns einmal ganz grundsätzlich über den Zigeuner unterhalten!« Und kaum kam am nächsten Abend der Chefredakteur ins frischgestrichene Büro, zeigte der Erste Vorsitzende auf die Kurznachricht und schrie. Er schrie wie der Führer bei seinen Reden, nur mit dem Unterschied, dass der Führer bei seinen Reden einen Anlauf zum Schreien nahm, der Erste Vorsitzende aber ohne Anlauf losschrie: »Das ehrenvolle Vertreten der deutschen Farben durch einen Zigeuner ist ein Skandaaal! Ich!«, und hierbei schlug er sich auf die Brust, »ich als nationaler Deutscher! lasse mich nicht! von einem Zigeuner vertreten! Und erst recht nicht von den deutschen Farben!!!«

Die Sache war dem Chefredakteur durch die Lappen gegangen. Er wusste nichts davon. Er schob den weißknöchligen Finger des Ersten Vorsitzenden von der Kurznachricht und las den Satz: *Trollmann hat in Anvers die deutschen Farben ehrenvoll vertreten.* Der Erste Vorsitzende schrie, der Zigeuner sei nicht würdig, die deutschen Farben zu vertreten, weil er ein

Zigeuner sei, auch führte er die nationale Revolution und die jüdischen Filzköpfe ins Feld, die inneren Werte, den eisernen Besen, mit dem ausgekehrt werden müsse, er wiederholte sich mehrfach, der Chefredakteur schrie mit: »Schweinerei!«

Der Erste Vorsitzende: »Die gesamte Sportpresse geht dem Zigeuner auf den Leim! Mit dieser Zigeuner-Propaganda muss ab sofort Schluss sein!«

Der Chefredakteur hatte Durst. Sie hatten sich nicht gesetzt. Sie standen am Schreibtisch, auf dem eine Handvoll *Box-Sport*-Ausgaben lag, und der Erste Vorsitzende zeigte dem Chefredakteur weitere Sätze und Absätze, die Trollmann in ein günstiges Licht rückten, ja, die ihn glänzen ließen. Er hatte die Stellen markiert. Es war schlimm, es war die reinste Zigeuner-Propaganda. Trollmann lieferte farbige Kämpfe und holte sich Runden in großer Manier, Trollmann war souverän, Trollmann erhielt rasenden Applaus, machte brillante Fußwechsel und landete schwer am Kinn. Wenn der Erste Vorsitzende gewusst hätte, was in der Belgischen *Sportswereld* über Trollmann geschrieben stand, er wäre auf der Stelle vor Wut gestorben. Dort stand schwarz auf weiß, Trollmann habe besser gekämpft als all die letzten Gegner Gustave Roths, einschließlich Domgörgen. Stattdessen ereiferte er sich über eine andere kurze Notiz im *Box-Sport*, in der es hieß, Trollmann falle durch seine Proportionen auf. Er sei sehr stark geworden und mache, besonders in den Schulterpartien, einen weitaus kräftigeren Eindruck als früher. Vielleicht war es die Schmächtigkeit seiner eigenen Schulterpartie, die den Ersten Vorsitzenden so allergisch auf die Notiz reagieren ließ: »Fällt auf durch seine Proportionen! Pro-por-tionen! Ihr habt ja nicht mal fürn Sechser Verstand! So reden verliebte Bäckereifräulein, aber doch nicht wir!«

Als er mit den markierten Stellen fertig war, zeigte ihm der Chefredakteur im Gegenzug jene Sätze und Absätze, die

Trollmann in ein schlechtes Licht rückten, ja, die ihn gewissermaßen moralisch vom Boxen disqualifizierten. Der Chefredakteur fand die Stellen auf Anhieb. Was Trollmann tat, hatte nichts mit Sport zu tun, er machte Mätzchen, war wankelmütig, war ein Angeber und Zirkusclown. Man sah ihn lieber als tapferen Verlierer, denn als allzu cleveren Sieger. »Und bitte, erinnere dich an meine Vorschauen zu seinen Kämpfen gegen Tobeck, Seelig, Sabottke und Witt!« Der Erste Vorsitzende erinnerte sich nicht, der Chefredakteur zeigte sie ihm. Er hatte sich der Mühe unterzogen, auf moralische Disqualifizierungen und beleidigende Ausdrücke zu verzichten, um sachlich, nüchtern und boxsportlich objektiv in seitenlangen Episteln Trollmanns Gegnern präzise Anweisungen zu geben, wie sie ihn besiegen könnten. Trollmann sei in den ersten beiden Runden nicht im Bilde! Die Niederschläge, die er bisher erlitten habe, seien in den ersten beiden Runden geschehen, in denen es darum gelingen müsse, ihn zu treffen und ihm das Herz und das Selbstvertrauen zu nehmen. Trollmann müsse in den Ringecken festgenagelt werden! Nahkampf müsse erzwungen und die schwachen Stellen des Zigeuners unter Sperrfeuer genommen werden! Am Magen sei Trollmann empfindlich! Mit Nerv müsse man in ihn hineinbohren und in jede Blöße schlagen! Trollmann müsse zermürbt werden! Was der Chefredakteur dann auch unternommen hatte, indem er ihn mit vielen Adjektiven restlos, überzeugend und eindrucksvoll auf dem Papier in Grund und Boden geboxt hatte. Er las dem Ersten Vorsitzenden daraus vor. Der atmete bald wieder normal, aber beruhigt war er erst, als der Chefredakteur, getrieben vom Durst, das Thema rücksichtslos und unerbittlich beendete: »Ich will dir was sagen, propagandistisch können wir ihn nicht k. o. schlagen, weil das dumme Publikum ihn liebt. Propagandistisch müssen wir über die volle Distanz gehen und ihn langsam, sorgfältig und säuberlich zerlegen. Und das tun wir sowieso seit seinem Debüt. Komm, wir gehen zu Mueck auf ein Bier.«

Auf dem Heimweg dachte der Chefredakteur wieder an den Satz, der ihm durch die Lappen gegangen war: *Trollmann hat in Anvers die deutschen Farben ehrenvoll vertreten.* Ein Standardsatz, eine übliche Phrase, verwendet auf diesen und jenen, wer eben im Ausland besonders gut kämpfte. Hätte er den Satz noch vor der Drucklegung gesehen, er hätte ihn stehenlassen. Im Übrigen war der Satz objektiv korrekt, denn Gipsy Trollmann hatte seine Staatsbürgerschaft bereits zweimal nachgewiesen. Einerseits. Andererseits aber hatten sich die Zeiten geändert. Der Chefredakteur ging zu Fuß, er brauchte Bewegung. Er ging die Friedrichstraße in Richtung Chausseestraße, und er war so sehr in Gedanken, dass er nichts von dem Leben um ihn herum wahrnahm, auch nicht die laue Abendluft, die seine vom Bier gerötete Nase umwehte.

So exzellent Gipsy Trollmann nämlich boxen konnte, so unhaltbar war er letzten Endes, weil er immerzu tat, worauf er gerade Lust hatte. Hatte er keine Lust zu kämpfen, hielt er sich mit seinen langen Armen eben noch den Gegner vom Leib; hatte er Lust, sich auszutoben, schlug er zu, dass die Fetzen flogen; hatte er keine Lust aufs Reglement, foulte er aufs Unverschämteste; hatte er Lust auf Angeberei, blamierte er seine Gegner mit technischer und taktischer Perfektion und unterhielt sich nebenher mit dem Publikum. Die deutschen Farben aber vertrat man nicht nach Lust und Laune! Diese zigeunerische Lust-und-Laune-Attitüde war überhaupt im deutschen Berufsboxen nicht hinnehmbar. Sie stand im schärfsten Gegensatz zu den inneren Werten des Boxens, umso mehr, als der Führer das Boxen favorisierte. Und als ob dies nicht genügte, verdarb Gipsy Trollmann obendrein den Nachwuchs! Der Nachwuchs bewunderte ihn und machte ihn nach, Pfitzner hatte es ihm abgeschaut, seinen Gegnern im Ring die Zunge herauszustrecken. Die deutschen Farben aber vertrat man nicht mit herausgestreckter Zunge! Der Chefredakteur hatte es kommen sehen und damals schon gesagt, Ende neunundzwanzig, beim Profi-Debüt dieses Rabauken, dass der Junge eine sehr harte Hand brauche, um zum Sportsmann erzogen zu werden.

Er hatte das Oranienburger Tor passiert. Von rechts wurde gehupt, von links zwitscherten Vögel in den Bäumen des Dorotheenstädtischen Friedhofs. Es war alles ein Elend. Die Glanzzeiten des deutschen Berufsboxens waren vorbei und würden so schnell nicht wiederkommen. Es war jammerschade, es war geradezu fatal, dass Gipsy ausgerechnet ein Zigeuner sein musste. Was für eine Verschwendung von Talent und Kämpferherz an der falschen Stelle. Müller, der abgetretene Pistulla, Domgörgen, Eder, Seelig, ach, Seelig war ja gar nicht mehr da, egal, einer wie der andere, sie glänzten doch am allermeisten mit der etwas zu sorgfältigen Wahl ihrer Gegner und mit den berühmten, vor gewissen Kämpfen plötzlich eintretenden Krankheiten und Trainingsverletzungen. Gipsy dagegen nahm jeden Kampf an und war nicht ein einziges Mal krank oder verletzt gewesen. Es war eine Schweinerei.

An der Schwartzkopfstraße taten dem Chefredakteur die Plattfüße weh, und er nahm die U-Bahn für die letzten zwei Stationen. Und wie er sich zur Presse verhielt, war eine bodenlose Frechheit. Allein die Sache mit dem Negerkampf gegen den Kuba-Neger Claude Bassin im Februar. In den Ankündigungen hatte es große Negerdiskussionen gegeben, und dann kam der Zigeuner mit einem kohlrabenschwarzen Sekundanten, bei dem man immer nur die weißen Zähne blitzen sah, und mit *Gibsy* in fetter Frakturschrift auf der gelben Hose in den Ring, und dieses gottverdammte, verfluchte, elende Publikum lachte den Pressetisch wegen der großen Negerdiskussionen aus. Die deutschen Farben aber vertrat man nicht mit theaterhaften Negerinszenierungen! Überhaupt, anstatt sich gutzustellen, anstatt dem *Box-Sport* Postkarten von Auslandskämpfen zu schicken, wie es die anderen taten, beschwerte sich der hochwohlgeborene Herr Gipsy darüber und protestierte dagegen, dass man ihn als das bezeichnete, was er war: *der Zigeuner, der wilde Mann, der wilde Urenkel der wilden Puszta, der Braune, der Halbwilde, der weiße Neger, der seltsame Derwisch, der schwarze Wuschelkopf, der Abkömmling der Nomaden, der Zigan*, und beschwerte sich auch darüber noch, dass man Gipsy anstatt Heinrich schrieb. Sich beschweren, statt sich gutzustellen, Mann, Mann, Mann, wie Graf Koks vonne Jasanstalt. Hier hätte Zirzow einschreiten und diese Protestaktionen des Zigeuners unterbinden müssen, wie gesagt, die fehlende harte Hand. Bahnhof Wedding. Er stieg aus. Mit der Zulassung zum Titel war Gipsy Trollmann angezählt. Wenn er nicht nach dem Titel gegriffen hätte, hätte man ihn noch ein paar Jahre machen lassen, aber so gings natürlich nicht.

Es war der Chefredakteur selbst, der Trollmann von Beginn seiner Profikarriere an Gipsy anstatt Heinrich nannte, so lange und immer wieder, bis der Beiname in der Tagespresse aufgegriffen worden war:

Neben ratternden Rotationsmaschinen, in der Druckerei des Ullstein Verlags, über einem Artikel der *Vossischen Zeitung*, der Lehrling zum Setzer: »Sangse ma, schreibt man *Gibsy* nicht mit p?«

Der Setzer: »Hastn da? Von wem isn …? Nee, nee, Finger weg, der macht grundsätzlich keine Fehler, das kannste dir merken. Und nu sach mir mal, wie die *Vossische* im Untertitel heißt.«

Der Lehrling: »*Berlinische Zeitung von Staats- und gelehrten Sachen.*«

Der Setzer: »Mit Betonung auf ›gelehrt‹. Das kannste dir auch merken.«

Später, in derselben Druckerei, über einem Artikel der *B. Z.*, ein anderer Setzer zu einem anderen Lehrling: »Bei *Gipsy* musste i am Ende setzen, y ist jetzt nämlich ein undeutscher Buchstabe.«

Der Lehrling: »Mach ich, aber sangse ma, schreibt man *Gipsi* nicht mit b?«

Und wieder später, in der Stickerei Propp bei Trollmann ums Eck in der Rosinenstraße, über der gelben Hose auf dem Tresen, die Stickerin: »Sie kriegens natürlich, wie Sies haben wollen, Herr Trollmann, aber schreibt man *Gipsy* nicht mit b?«

Trollmann: »Is mir völlig egal, machense, wies Ihnen am besten gefällt. Und hier, wollnse ne Freikarte? Ich lad Sie ein.«

Kurz darauf, in der Ullstein-Druckerei, über einem Artikel des *Tempo* noch ein anderer Lehrling zu noch einem anderen Setzer: »Also, ich würd jetzt nur noch b und y nehmen, so trägts nämlich der Troll auf der Hose.«

Der Setzer: »Und ich würd dir dringend raten, erstens: dich nicht dauernd so wichtigzumachen, zweitens: zu setzen, was geschrieben steht, und drittens: nicht dein ganzes Lehrgeld an den Boxring zu tragen.«

Und in der Druckerei Koenig, über einem Artikel des *Box-Sport*, der Setzer zum Lehrling: »Ab jetzt nur noch p, das b war ein Irrtum.«

Der Lehrling: »Aber die *Vossische* und der *Angriff* ...«

Und in der Druckerei des Scherl Verlags, über einem Artikel der *Nachtausgabe*, der Setzer zum Lehrling: »Da kannste sehen, dass es immer der Zigeuner ist, der Schwierigkeiten macht.«

14

Witt und Haymann trainierten bei Katter in der ehemaligen Seelig-Schule, denn Katter war dankbar und billig. Die Schule lief nicht, es gab keine Kurse mehr, und auch die Umbenennung von »Sportschule Katter« in »Sportschule Zentrum« hatte die Sache nicht besser gemacht. Immerhin funktionierte die Geheimhaltung. Die gesamte Presse, einschließlich des *Völkischen Beobachters*, hatte davon erfahren, noch bevor das Training tatsächlich begann, und schwieg darüber wie ein Grab.

Nun hatte am Vormittag Witt eine ausgezeichnete Figur am Sandsack gemacht, und am Nachmittag waren die Herren in den Grunewald gefahren, denn es gehörte zu Haymanns Methoden, das Auge im Hinblick auf die Reaktionsschnelligkeit in freier Natur durch Spähen und Pirschen zu schulen. Wie kein Zweiter hatte Haymann erkannt, dass man im Ring mit dem Auge stand oder fiel, siegte oder unterlag. Der Schlag, den man kommen sah, war so gut wie vermieden, und treffen konnte man nur, wenn man die Distanz zwischen Faust und Ziel richtig abzuschätzen wusste. Galt diese Erkenntnis durchaus für alle Rassen, so war es deutsch bis in die Knochen, sie in der Natur zu üben, und das Üben in der Natur führte zugleich zur rassisch höchsten Leistungsfähigkeit, weil in der Natur zwar die Vernunft irrte, aber nie das Gefühl! Und das Gefühl wurzelte in Blut und Rasse, und nur mit seiner Hilfe konnte man das rassisch-individuell richtige Boxen entwickeln. Witt erschien dieser Gedankengang Haymanns etwas verschlungen, ohnehin war er mehr für die Praxis als für die Theorie, und in der Praxis war es warm und strahlend blau, sie saßen auf einem Hochsitz und spähten drei Stunden lang die Umgebung aus, um das Auge zu schulen. Sie sahen Vögel, deren Namen sie nicht kannten, Wildschweine, Rehe, Spaziergänger, einen Schmetterling. Sobald sich etwas regte, stießen sie einander wortlos an, zeigten hin und folgten mit den Augen. Da! Dort drüben schlich ein Fuchs durchs Unterholz, blieb stehen, witterte, sah sich ratlos um, schlich weiter. Was machte der um diese Tageszeit? Füchse waren dämmerungs- und nachtaktiv!

Haymann, flüsternd: »Der wird sich nicht mehr lange halten.«

Das Tier war schwach, es schien verwirrt, es hinkte. Dann wieder eine Weile nichts. Dann landete, ungesehen von den beiden, eine junge, kerngesunde Mücke an Witts Hals und stach. Witt schlug nach. Haymann betupfte den Stich mit Nelkenöl und Sorgfalt. Witts Halsmuskulatur war phantastisch. Haymann stellte es im Stillen und nicht ohne Wohlgefallen fest. Alle Muskeln an Witt waren phantastisch. Sie waren kompakt, gedrungen, sich entladen wollende Kraft. Kaum hatte Haymann das Nelkenöl-Fläschchen wieder verschlossen, stieß ihn Witt mit der Schulter an und zeigte auf den Weg hinunter. Dort liefen Trollmann und Dirksen. Sie liefen auf leichten Füßen und schlugen alle acht Schritt eine Kombination in die Luft. Haymann lächelte überlegen, in seinen Augen wieder die dampfenden Badewannen, die vom Himmel fallenden Siegerkränze und am Boden liegenden Gegner: »Sie üben rhythmisch.« Sofort machte Witt eine wegwerfende Handbewegung und nickte, um bloß nicht über Rhythmus und Arhythmie sprechen zu müssen. Im Buch war von Pulsschlägen des Kosmos, von Wirbeln und Wirrnissen der Welt, von Impulsen der Menschheitsgeschichte und des Lebens die Rede, die allesamt unrhythmisch seien, weswegen man auch das Boxen unrhythmisch üben müsse. Witt hätte es beim besten Willen nicht wiedergeben können. Schlachter am Küchentisch: »Mitm unrhythmischen Puls biste am besten im Krankenhaus aufgehoben.«

Haymann schwieg. Er war befriedigt über Witts wegwerfende Handbewegung, da hatte ihn einmal einer richtig verstanden, und er wollte das Schauen nicht stören, ohnehin wurde man in der Natur ganz von selber still. Er hing seinen Gedanken nach, die Arhythmie war sein Lieblingsthema. Die Arhythmie des Universums, des Lebens und des Boxens. Die Natur war auch unrhythmisch, und zwar in ihren Katastrophen. Jahrelang hatte er darüber nachgedacht und mit Kollegen darüber geredet, bevor er das Buch geschrieben hatte. Unvergessen das Gespräch mit Larry Gains!

Larry Gains, der schwarze Kanadier, dem er nach Punkten unterlegen war, damals beim Bier nach dem Kampf: »Of course you can't box like you play a German march, but you won't win if you don't swing.« Und da war es Haymann wie Schuppen von den Augen gefallen: Wenn der Neger mit seiner Negermusik im Blut gewinnen konnte, so musste man für den Arier das ihm gemäße rassisch richtige Boxen entwickeln! Unten auf dem Weg bogen Dirksen und Trollmann links ab, und dann rührte sich wieder eine Weile nichts.

Auch diese beiden trainierten das Auge im Hinblick auf die Reaktionsschnelligkeit, aber sie trainierten es nicht im Grunewald, sondern in der Boxschule Charlottenburg. Trollmann stand dann mit dem Rücken und etwa einem Meter Abstand zur Wand und Dirksen zwei Schritt vor ihm. Dirksen warf Tennisbälle an Trollmann vorbei gegen die Wand, und Trollmann musste sich umdrehen und die Bälle fangen. Er griff sie aber mit solch schlafwandlerischer Sicherheit aus der Luft, dass Dirksen die Übung vorzeitig abbrach.

Der Erste Vorsitzende war inzwischen ungeheuer beschäftigt. Zwar hatte Präsident Heyl ihm das Amt des Obmanns des Sportausschusses entzogen, und er war nur noch Erster Vorsitzender des Vorstands und Schriftführer der Behörde, jedoch hatten SA-Freunde ihm eine Anstellung verschafft, sodass er neben seinen nach wie vor aufreibenden Aktivitäten für das deutsche Berufsboxen auch noch einer ordentlichen Erwerbstätigkeit nachgehen musste. Er tat es nicht gern, er störte sich am Geruch, an der Tätigkeit selbst, an seiner Stellung in der Betriebshierarchie und an manchen seiner Kollegen: Er arbeitete in der Verwaltung des Zentralvieh- und Schlachthofs in der Eldenaer Straße in Friedrichshain. Er betrachtete die Tätigkeit als Übergangslösung, denn er fühlte sich zu Höherem berufen, namentlich zur Führerschaft. Die Notgemeinschaft musste jetzt richtig ins Rollen kommen. Sie kam ins Rollen mit dem Titelkampf zwischen Trollmann und Witt.

Dieser ging anderntags in den Schlesischen Bahnhof, dem gegenüber er wohnte, und rief dort von einer Telefonkabine aus seine Eltern an.

Witts Mutter: »Wie gehts dir? Wie gehts Gerlinde? Ihr seid schon so lange verlobt, wollt ihr nicht mal heiraten?«

Witt: »Erst will ich Deutscher Meister werden, und das kommt jetzt. Der Kampf ist am 9. Juni gegen Trollmann.«

Witts Mutter: »Willst du dir nicht mal eine reelle Arbeit suchen? Wenn du wenigstens gegen einen Deutschen kämpfen würdest.«

Witt: »Trollmann ist Deutscher.«

Witts Mutter: »Ich denk, der ist Zigeuner.«

Witt: »Eben. Deshalb hat er ja seine Staatsbürgerschaft nachweisen müssen, und er hat sie auch nachgewiesen.«

Witts Mutter: »Ich mein ja nur, gegen einen richtigen Deutschen.«

Kurz darauf Witts Vater: »Junge, hau rein.«

Witts Eltern konnten aber nicht zum Titelkampf nach Berlin kommen, denn sie konnten ihren Hof nicht alleine lassen.

Trollmann seinerseits rief in Hannover in der Kneipe schräg gegenüber der elterlichen Wohnung an und bat den Wirt, herzuholen, wen er drüben eben antreffe. Er durfte das Telefon seiner Hauswirtin benutzen, es war in dem schlauchartigen Wohnungsflur an der Wand angebracht. Eine halbe Stunde später stellte er sich einen Stuhl zum Telefon, rief erneut an und setzte sich. In der Kneipe in Hannover hatten sich die Mutter, Carlo und Lämmchen ums Telefon versammelt, und als es klingelte, hob Carlo ab und reichte der Mutter den Hörer.

Die Mutter: »Wie gehts dir? Isst du auch genug? Warum hast du gegen Roth verloren? Wirst du den Titel gewinnen? Wann heiratest du endlich? Ist deine Wäsche in Ordnung? Wann kommst du am Donnerstag an? Ist deine Nase noch heil? Und die Ohren? Bist du noch ganz recht im Kopf?«

Trollmann: »Mach dir überhaupt keine Sorgen! Ich habe schon die Fahrkarten für euch gekauft, zu wievielt kommt ihr denn?«

Hin und her. Nach einer Weile wollte Carlo zum Hörer greifen, aber die Mutter gab ihn nicht aus der Hand, sondern redete weiter, und als sie fertig war, gab sie ihn Lämmchen.

Lämmchen, leise: »Pass bloß auf, nachher fällt es ihnen ein, dass sie ausnahmsweise ihr Versprechen halten wollen, und der Kampf geht wirklich um den Titel.«

Trollmann: »Natürlich, Zirzow hat es klargemacht, mach dir überhaupt keine Sorgen, ich hol ihn nur für dich.«

Kurz darauf Carlo: »Rukelie, hör zu. Hör mir jetzt gut zu. Hörst du mich?«

Trollmann: »Was?«

Carlo: »Ob du mich hörst?!«

Trollmann: »Ach so. Ja, klar hör ich dich.«

Carlo: »Rukelie, bist du dir deiner Verantwortung bewusst? Du hast in diesem Kampf eine ungeheure Verantwortung! Alle Sinti im ganzen Deutschen Reich schauen auf dich. Gerade jetzt in diesen Zeiten. Du kämpfst für uns alle! Du musst noch härter trainieren, und vor allem musst du höflich mit der Presse sein, und …«

Trollmann: »Carlo?«

Carlo: »Was denn!?«

Trollmann: »Was hast du gesagt? Da war so ein Knacken in der Leitung.«

Carlo: »Du sollst höflich mit der Presse sein! Und Disziplin, du musst …«

Trollmann: »Mach dir wegen der Disziplin überhaupt keine Sorgen! Dirksen ist vollkommen zufrieden mit mir. Ich gewinne den Titel. Für alle Sinti, ich schwörs dir!«

Unterdessen die Mutter: »Ich habe ihm noch etwas zu sagen, Carlo, gib mir den Hörer.«

Carlo, ins Telefon: »Du musst dir auf jeden Fall dieser Verantwortung bewusst sein, und jetzt will dir Pessi noch etwas sagen … und, Rukelie, wir bauen auf dich.« Er reichte den Hörer weiter.

Die Mutter: »Denk an deinen Vater!« Tränen stiegen ihr in die Augen, Lämmchen ging hinaus, und Carlo legte ihr die Hand auf die Schulter.

Johnny Bishop benachrichtigte Elly Beinhorn. Er ließ ihr eine Karte schicken. Die Karte war aus Büttenpapier und hatte in geschwungenen Lettern seine Adresse aufgedruckt. Er schrieb: *Sehr verehrtes, gnädiges Fräulein Beinhorn, wie Sie vielleicht bereits gehört haben, wird der Titelkampf zwischen Trollmann und Witt am 9. Juni, 8½ Uhr in der Bockbrauerei, Fidicinstraße, stattfinden. Darf ich mir erlauben, Sie 7¾ Uhr abzuholen? Hochachtungsvoll, Ihr Bishop.*

Haymann und Dirksen verpflichteten Sparringspartner für ihre Titelanwärter. Dirksen kontraktierte per Handschlag zwei Russen, die ohne gültige Papiere in einem Keller in der Elsässer Straße wohnten, namentlich Iwan Jewgenjewitsch Kowaljow und Arkadij Iljitsch Smirnow. Dirksen hatte schon einmal mit ihnen gearbeitet, sie konnten boxen und hatten ungefähr Witts Gewicht. Er hatte sie in ihrem Keller aufgesucht, wo der scharfe Rauch russischer Zigaretten den modrigen Geruch nicht ganz überdecken konnte.

Haymann kontraktierte, ebenfalls per Handschlag, zwei Amateure, nämlich Hermann Wegener und Otto Eggebrecht, zwei Schwergewichtler ungefähr von Howers Kaliber, also beinah zehn Kilo schwerer als Witt. Haymann wählte Schwergewichtler, weil das gemeinschaftliche rassische Fühlen mit seinem Schüler ergeben hatte, dass Witt in erster Linie auf seine Kraft setzen musste. Haymann sah sich die beiden beim Training an, und ihm gefiel, was er sah.

Und schließlich bestellte der Erste Vorsitzende Zirzow ins Büro, wo er ihn zusammen mit einem gewissen Horst Walter erwartete. Walter machte einen etwas ausgezehrten Eindruck, aber seine SA-Uniform war brandneu.

Der Erste Vorsitzende: »Darf ich bekannt machen, Horst Walter, ab sofort Pressechef für die gesamte Notgemeinschaft! Ernst Zirzow, einer unserer besten Veranstalter!« Zirzow und Walter schüttelten Hände, Walter hatte zu den Wörtern Pressechef und gesamt bestätigend genickt. Zirzow kannte niemanden, der von diesem Walter auch nur entfernt einmal etwas gehört hätte, aber seine Stimme war frei von jedem Unterton, als er sagte: »Ich bin sicher, Sie verfügen über profunde Kenntnisse in der Presse und im Boxen und haben vielfältige Kontakte und ausgezeichnete Erfahrungen in beiden Lagern.«

Walter: »Selbstverständlich!«

Der Erste Vorsitzende: »Also, sorgen Sie dafür, dass der 9. Juni in die Geschichte eingeht. Heil Hitler!«

Wird gemacht. Die Herren tauschten Visitenkarten. Wenn dieser Walter der Presse gegenüber mit der gleichen Unverschämtheit auftrat wie ihm gegenüber, dachte Zirzow, dann konnte etwas daraus werden.

Der Erste Vorsitzende hatte zunächst aber einen Kampftag der Nationalen Notgemeinschaft in Hannover verfügt, wo Trollmann für Umsatz sorgen und sich vor dem Titelkampf das Mütchen an Schwergewichtler Klockemann kühlen sollte. Zirzow hatte sich als Technischer Leiter angedient, »Mein Boxer und meine Arbeit für die nationale Sache!«, wiewohl der Termin sehr kurzfristig angesetzt war, der Kampftag fand schon in der nächsten Woche statt, am 26. Mai.

Die Hannoveraner Boxsportgemeinde, mit Ausnahme derjenigen, die Trollmann noch nie hatten leiden können, war glücklich und freute sich, »unsern Troll« einmal wieder in der Stadt zu haben. Die letzte Eintrittskarte ging drei Tage vor dem Kampfabend über den Tresen der Theater- und Konzertkasse am Kröpcke, und auch diejenigen, die Trollmann nicht leiden konnten, hatten Karten gekauft, weil man solches Boxen eben sonst nicht zu sehen bekam und weil sie hofften, der schwere Klockemann werde ihm eine ordentliche Abreibung verpassen. Zur gleichen Zeit bereiteten zahllose Mitglieder verschiedener nationalsozialistischer Organisationen das Schlageter-Gedächtnis vor, die Regierung präparierte das Gesetz über die Einziehung kommunistischen Vermögens, und nach Feierabend saßen Kurzbein und Plaschnikow auf einer Picknickdecke in der Hasenheide und sprachen darüber, ob es nicht doch sicherer wäre, zu heiraten. Sie erörterten Möglichkeiten und Konsequenzen und was sie über Bekannte wussten, die es getan hatten, aber für sich selbst kamen sie zu keinem Ergebnis. Radzuweit marschierte über die Wiese und wollte die zwei Weiber da drüben auf ihrer Picknickdecke ansprechen, unterließ es aber und marschierte weiter. Er hatte andere Sorgen. Bei Osram hatte er sich mittlerweile zwei offizielle Rügen von der Betriebsleitung eingefangen, einmal, weil er betrunken zur Arbeit erschienen war, und einmal aus reiner Schikane. Nun musste er aufpassen, dass sie ihn nicht feuerten. In Amerika aber trainierten Schmeling und Baer so hart wie nie zuvor. Es gab ein eindrucksvolles Foto von Schmelings Trainingsquartier in Lake Swannanoa, das von Hans in der *Box-Sport*-Redaktion bestaunt wurde. Der Sohn des Ersten Vorsitzenden verbrachte inzwischen jede freie Minute in der Redaktion, wo ihm der Chefredakteur von den alten Glanzzeiten des deutschen Berufsboxens erzählte. An diesem Tage sprach er über die entscheidende Schlacht zwischen Domgörgen und Schmeling (Kölner Schule!) vom 6. November 1927 in Leipzig, der ein nie dagewesener Nervenkrieg vorausgegangen war, und er erklärte ihm auch, warum eine Niederlage in diesem Kampf für Schmeling das Ende seiner Karriere bedeutet hätte und wie dessen linkes Auge vollständig zugeschwollen war, als er Domgörgen in der siebten Runde mit einer kurzen rechten Geraden an die Halsschlagader den ersten K.o. seiner Laufbahn zugefügt hatte. Hans verging vor Ehrfurcht, was ihm viel lieber war, als sich draußen von schlankeren Jungs hänseln und piesacken zu lassen.

Zwei Tage später, am 25. Mai, war Himmelfahrt und Vatertag. Im ganzen Reich, und in Berlin noch viel mehr als an jedem anderen Ort, zogen Gruppen von Männern aller Altersklassen und sozialen Schichten mit Bollerwagen voller Bier und

Schnaps grölend und trinkend durch die Straßen, verursachten Verkehrsunfälle, belästigten Frauen und Mädchen, und einander wildfremde Männer lagen sich in den Armen und tranken Brüderschaft. Auf seinem Weg zum Lehrter Bahnhof wurde Trollmann von einer Gruppe junger Proleten inkorporiert, von denen einer ihn sogleich zum Trinken einlud, während die anderen auf ihn zeigten und dazu den beliebten Berliner Vatertags-Gassenhauer johlten: »Da stehste nu mit deiner Schlange, und keiner ist so lange und kann so gut und lange wie du mit deiner Schlange.«

Trollmann trank, lachte, klopfte Schultern und eilte dann im Laufschritt zum Bahnhof, wo er mit Else Heitmeier zusammenstieß.

Heitmeier: »Tröllchen, wat nee, lebste ooch noch, siehste, mir jehts ähnlich.«

Trollmann, im Laufen: »Else, ich muss rennen, mein Zug, wann sehn wir uns mal wieder?«

Heitmeier lief mit: »Na, jetzt biste ja wohl erst mal weg.«

Trollmann, an der Wagentür: »Montag bin ich wieder da«, laufend, mit einer Hand am Griff: »ich komm am Abend vorbei«, der Zug und Trollmann beschleunigten.

Heitmeier blieb stehen: »Nee, Dienstag!«

Trollmann sprang auf: »Dienstag!«, warf seine Tasche hinein, winkte zurück, und dann suchte er sich einen Sitzplatz und machte sichs bequem.

In Hannover angekommen, feierte er den Abend und die halbe Nacht durch, und während er den nächsten Tag, den Tag des Kampfes, gepflegt unter Freunden und Familie verbummelte, fand die größte Schlageter-Gedenkfeier auf der Zugspitze statt. Drei Sonderzüge der Bayrischen Zugspitzbahn brachten SA, SS, das 3. Gebirgsjägerbataillon sowie ganze Schulen und zivile Vereine zur Bergstation. Eine neue Gedenktafel aus schwarzem

Marmor wurde enthüllt, Bergfeuer entzündet, Beethoven gespielt, und Gauleiter Adolf Wagner formulierte in seiner Gedenkrede das Schlageter-Vermächtnis wie folgt: *Darum wollen wir nicht ruhen, bis all das ausgerottet ist, was nicht zu unserem Deutschtum gehört.* Überall im Reich wurden mittlere und kleinere Schlageter-Gedenkfeiern abgerollt, alles lief nach Plan, auch die Verabschiedung des Gesetzes zur Einziehung kommunistischen Vermögens.

Zirzow und der Hannoveraner Veranstalter Eichenberg hatten, ohne ein Wort darüber zu verlieren, den vorgeschriebenen Preisnachlass für SA nicht in Anschlag gebracht. Sie hatten das Konzerthaus gebucht und nicht das Burghaus, wo sonst die Kampftage stattfanden, denn das Konzerthaus war größer. An der Abendkasse gab es offiziell nur noch die reservierten Billetts, aber die Leute standen Schlange und feilschten. Es wurden über zweihundert Karten mehr verkauft, als Plätze vorhanden waren. Der Kampfabend begann, das verstand sich von selbst, mit einer Schweigeminute für Schlageter. Der Ringsprecher forderte auf, sich zu erheben, und nachdem auf diese Weise des nationalen Helden gedacht war, rollte das nicht herausragende, aber absolut anständige Rahmenprogramm ab, und mit allerlei Zwischenrufen und Geklatsche machte sich das Publikum warm für den Hauptkampf.

Als Trollmann auf dem Weg von der Kabine zum Ring den Saal betrat, blieb er stehen und ließ die Augen durchs Publikum schweifen. Jubel. Der Sohn der Stadt war ausgezogen, hatte sich einen Namen gemacht und brachte nun seinen Glanz nach Hause.

Zahlreiche Zuschauer und Zuschauerinnen hätte er mit Namen begrüßen können. Seine Familie und die ganze hannoversche Sintigemeinde waren da; Sportkameraden von Heros und Sparta, seinen ehemaligen Vereinen, darunter auch Ringrichter Haase; jeder, mit dem er mal gesoffen, und alle Mädchen und Frauen, mit denen er angebändelt oder denen er auch nur vom Ring aus zugezwinkert hatte; alte Schulkameraden von früher; der Bäcker, bei dem er sein Brot gekauft hatte; Kellner, die ihm Grünkohl mit Kassler an den Tisch getragen und Trinkgeld kassiert hatten; Leyendecker, sein wichtigster Trainer aus Amateurzeiten; der Straßenbahnkontrolleur, der ihn viele Male ohne Fahrschein gesichtet und nur einmal zu fassen bekommen hatte; der Schlorumpfsweg-Briefträger mit seinen fünf erwachsenen Söhnen; der Schlachter, in dessen Geschäft er einen herrenlosen Hund eingelassen hatte, als der Schlachter gerade im Keller und der Laden unbewacht gewesen war; Beamte vom Finanzamt, wo er Schulden hatte, und mit wem er sonst noch zu tun gehabt hatte: Alle, alle waren sie gekommen. Sie saßen zwischen den Boxsportinteressierten der Leinestadt, die ihn nicht persönlich kannten, sondern aus der Ferne und in der Zeitung bewunderten, nicht wenige davon waren überhaupt erst durch ihn aufs Boxen gekommen. Aus umliegenden Dörfern und Gemeinden hatten junge Leute lange Fahrradfahrten auf sich genommen, um ihn kämpfen zu sehen. Die zwei Dutzend SA-Männer, die auch gekommen waren, gingen in der Masse unter, der Saal platzte aus allen Nähten. Nur der Vater fehlte. Zu Lebzeiten war er auf fast allen Kämpfen seines Sohnes in Hannover gewesen, immer vorne am Ring, und hatte ihn angefeuert, als könnte er damit den Kampf für seinen Sohn gewinnen.

Trollmann nickte und lächelte. Er nahm sich Zeit für sein Publikum. Er breitete die Arme aus, als umarmte er alle, dann setzte er sich in Bewegung. Er tänzelte etwas, schattenboxte, ging in die Sitzreihen hinein, begrüßte einzelne Leute, ging zurück in den Gang zwischen den Stuhlreihen, schlug blitzschnelle Kombinationen, sidesteppte, entdeckte und begrüßte Leyendecker, Applaus von den Sportkameraden für Leyendecker, Trollmann weiter, tänzelnd, federnd, winkend, Kussfäuste werfend, einzelne Schläge vorführend, und, ah, dort drüben saß diese ältere Berliner Melone mit dem jungen Mann, die beiden waren sogar in Wien und in Antwerpen gewesen, das waren die treuesten Verehrer der Welt, er dankte es ihnen, indem er ihnen zunickte, die behandschuhte Faust aufs Herz legte und sich gegen sie verbeugte, und Bishop und sein junger Begleiter zerflossen vor Seligkeit und lüpften die Hüte, dann warf er wieder Kussfäuste ins Publikum und ging weiter, das Bad in der Menge ganz auszukosten, er wurde gefeiert, man wollte seine geschmeidigen Bewegungen sehen, er führte sie vor, ließ sich beklatschen, Zirzow aalte sich darin, als gelte es ihm, Eichenberg strahlte, der Applaus wollte kein Ende nehmen und schwoll noch einmal an mit seiner berühmten Flanke über die Seile in den Ring.

Hier musste Klockemann die ganze Zeit warten und das endlose Prozedere hinnehmen, das jetzt mit der Runde an den Seilen den wichtigsten Part erreichte, denn von hier aus begrüßte Trollmann die Galerie, die billigen Plätze, wo die einzig wahren und wirklichen Enthusiasten nicht etwa saßen, sondern standen, sie gaben ihr letztes Hemd, um Boxkämpfe zu sehen, sie waren unbestechlich und gnadenlos, sie schrien Ungerechtigkeiten des Ringrichters nieder, sie buhten jede Schwäche und am lautesten diejenigen ihrer Lieblingsboxer aus, sie wussten boxerische Leistung und Kunststücke zu schätzen und belohnten sie mit umso größerem Getöse, ja, die Galerie war das Publikum, für das man eigentlich kämpfte, und er federte an den Seilen entlang, zwei Schritt vor, einen zurück, immer im Blickkontakt mit der jubelnden Galerie, ihr führte er seinen gefürchteten Uppercut vor, indes Zwischenrufe aus dem Parkett laut wurden: »Wirds bald!« und »Jetzt reichts aber!«, und Trollmann zeigte den Schlag an der dritten Ringseite in Zeitlupe, und als er an der vierten Seite war, dröhnte eine ziemlich gereizte Bassstimme durch den Saal: »Ist der Zigeuner gekommen, um zu kämpfen oder um sich die Eier kraulen zu lassen!?«, und Lämmchen feixte.

15

Vom ersten Gongschlag an strebte Klockemann danach, Trollmann entscheidend zu treffen, den schwierigen Gegner mit Hilfe seines Mehrgewichts von acht Kilo niederzuschlagen, und etwas anderes blieb ihm auch gar nicht übrig. Es bedurfte keiner Expertise, um genau dies zu erwarten, und Trollmann hatte wenig Mühe, Klockemanns Schlägen auszuweichen, die harten Fäuste ins Leere gehen zu lassen und den vielgelobten, ungeschlagenen »Coming Man« zu treffen, wie er wollte. So verlief die erste Runde, und in der zweiten schlug Trollmann seinen Gegner mit einem perfekt gezeiteten, auf den Millimeter distanzierten, im optimalen Winkel angesetzten, vom Anfang zum Ziel sich beschleunigenden, nichts weniger als makellosen Kinnhaken nieder.

Das war eine ungeheure Sensation, es war geradezu ein Schock. Für den Bruchteil einer Sekunde, als Klockemann gefallen war und liegen blieb, wurde die Luft angehalten, hätte man eine Stecknadel fallen hören, stand die Zeit still. Das Auge des Orkans. Das Sehen und Noch-nicht-Begreifen. Das Fühlen und die fehlenden Synapsen. Dann zog Klockemann ein Knie an den Körper, und infernalischer Lärm brach los. Ringrichter Grimm atmete tief ein, überlaut hörte er gegen das Getöse des Publikums seinen eigenen Puls in den Ohren pochen. Er wies Trollmann in die neutrale Ecke. Er ging zu Klockemann. Er beugte sich über ihn und begann zu zählen. In der neutralen Ecke sprang Trollmann mit beiden Füßen auf die mittleren

Seile am Ringpfosten, an dem er sich mit der Linken hielt, schlug mehrfach mit voller Härte die Rechte nach oben in die Luft, sprang wieder herunter, rannte ein paar Schritte hin und her, stampfte auf, wusste nicht, wohin mit sich. Indessen ging Ringrichter Grimms Hand mit jeder Zahl über dem liegenden Klockemann auf und nieder, die abgespreizten Finger zeigten die gezählten Sekunden an, er schrie die Zahlen aus Leibeskräften in den ohrenbetäubenden Lärm hinein. Bei sechs begann Klockemann sich hochzukämpfen, bei acht war er auf den Beinen, aber er wankte, und sein Blick war diffus.

Grimm: »Otto, wie heißte mit Vornamen?«

Klockemann: »Alles in Ordnung, ich mach weiter.«

Grimm winkte ab und schüttelte verneinend den Kopf. Der Kampf war aus. Dann legte er schützend und haltend seine Arme um Klockemann und brachte ihn so in seine Ecke, wo schon die Sekundanten durch die Seile gestiegen waren.

Es war auch deshalb ein solcher Schock, weil es vollkommen abwegig war. Hatte je in der Geschichte des Boxens ein Mittelgewichtler einen Schwergewichtler mit einem einzigen Schlage niedergestreckt? So etwas hatte man noch nie gesehen. Und ausgerechnet Trollmann, der kein besonders harter Puncher war, ausgerechnet Trollmann war es gelungen. Man war außer sich. Da war sie, die ewig besungene »glorious uncertainty«, das Risiko, der Kitzel, die Verheißung, dass im Kampfe jederzeit alles und vor allen Dingen das Unwahrscheinliche möglich war. Stets und ständig wurde sie ins Feld geführt, so gut wie nie trat sie ein, aber jetzt, völlig unerwartet, war sie Wirklichkeit geworden. Magischer Augenblick, Sternstunde des Boxens! Aufleben der alten Glanzzeiten! Sportpalast! Größe! Was für ein Schlag! Welche Symbiose von Grazie, Dynamik und Kraft!

Zirzow war mit einem Satz im Ring. Trollmann hob ihn hoch, drehte sich um seine eigene Achse, setzte ihn wieder ab. Darauf rannte Zirzow ziellos zwischen Offiziellen und Reportern hin und her, völlig aus dem Häuschen, manisch Schultern klopfend und Hände schüttelnd, und Trollmann sprang zu Klockemann hinüber, umarmte und küsste ihn, sprang hierauf zu seiner Familie hinunter, küsste alle der Reihe nach so schnell, wie er boxte, war mit seiner achtjährigen Nichte Goldi zusammen in null Komma nichts wieder oben, setzte sie auf seine Schultern und tanzte mit ihr durch den Ring, und Goldi auf ihrem schaukelnden Thron hob huldvoll wie die Königin von Saba ihre Mädchenhand zur Galerie.

Es war eine lange, fröhliche Nacht geworden. Am nächsten Mittag stolperte Trollmann schlaftrunken in die Kneipe hinüber, denn Dirksen telefonierte aus Berlin, um seinem Schüler zu gratulieren. Zirzow hatte Dirksen sofort am frühen Morgen von dem spektakulären Kinnhaken in Kenntnis gesetzt. Tatsächlich hatte er den Schlag gar nicht gesehen, sondern bloß Klockemanns breites Kreuz von hinten, und plötzlich lag Klockemann am Boden. Aber mit seinem feinfühligen, untrüglichen Gespür für die Regungen des Publikums, tief in seiner Impresario-Seele, hatte Zirzow, schon als Grimm noch zählte, nämlich bei drei, das ganze Ausmaß dieser ungeheuren Sensation erfasst. Trollmann hatte das Zeug zum Weltmeister! Dann hatte er Leute über den Schlag reden hören, wobei in der Hauptsache von Präzision und Perfektion die Rede war und einmal sogar von einem Jahrhundertschlag. Er hatte es Dirksen, so nüchtern er konnte, berichtet. Wunderbar. Dirksen war stolz. Nun musste man nur noch zusehen, dass der Kinnhakenheld Bodenhaftung behielt. Dirksen lobte ihn, lobte ausführlich, das Lob kam von Herzen, es machte Trollmann recht schnell wach. Und dann wollte Dirksen wissen, wann er eigentlich nach Berlin zurückkommen und das Training für den Titelkampf fortführen wolle, immerhin blieben nur noch zwölf Tage.

Trollmann: »Montag.«

Dirksen: »Heute.«

Trollmann: »Gut, dann halt morgen.«

Drei Stunden später saß er im Zug und sparrte am nächsten Tag, am Sonntag, mit Kowaljow und Smirnow. Die Russen brachten ihn rechtschaffen ins Schwitzen.

Auch Witt schwitzte. Er genoss es. Es war zu schön, mit Wegener und Eggebrecht zu sparren, es war wie kämpfen ohne Sorge um Niederlage oder Sieg, es war wie Bier trinken, ohne dick zu werden. Witt blühte auf. Die zwar nicht ganz ausgeschaltete, aber doch minimierte Verletzungsgefahr wirkte entspannend, und besser als im entspannten Zustand ließ sich ohnehin nicht kämpfen. Sein Behagen wurde gesteigert dadurch, dass er, gewichtsbedingt, schneller war als seine Sparringspartner. So mussten sich Kollegen wie Trollmann oder Seelig im Kampfe fühlen, so konnte man siegen. Es machte ihm solches Vergnügen, dass er mehr als alles gab. Er rackerte sich an den Schwergewichtlern ab. Er teilte aus, er steckte ein, er schuftete, er quälte sich mit Lust, er paukte Runde um Runde: erst Eggebrecht, dann Wegener, dann den mit fünf Minuten Pause gut erholten Eggebrecht und wieder Wegener, gleichfalls neu erfrischt, und immer so weiter. Das Erhebende und Beglückende körperlicher Ertüchtigung, das mit den Seeligs ins Exil gegangen war, erfüllte wieder die Räume. Haymann stand an den Seilen und sah zu. Er war zufrieden. Hier kam die Rasse zur vollen Entfaltung, er fühlte es deutlich, sogar in der ehemaligen Judenschule und ohne Natur. Die Rasse war eine Urkraft, die Rasse war stärker als ehemalige Judenschulen: Witt, Wegener und Eggebrecht waren der schlagende Beweis. In den Pausen zwischen den Runden legte er seinem Schüler die Hand auf den auf und nieder gehenden Brustkorb, und zwar aufs Herz: »Adolf, fühlst du es?«

Witt, keuchend: »Wasn?«

Haymann: »Die Rasse, mein Junge, die Rasse.«

Witt: »Ja, ja.«

Und nebenbei wies er ihn an, sich auch mal was von dem technisch überlegenen Wegener abzuschauen.

Dienstagabend fuhr Trollmann nach dem Training mit dem Fahrrad nach Neukölln. Es war über zwei Monate her, seit er Else Heitmeier zuletzt besucht hatte. Nun war sie trotz der Verabredung nicht da. Trollmann läutete dreimal vergeblich, dann fuhr er weiter. Heitmeier lebte auf Stütze, war vom Scheitel bis zur Sohle auf Krawall gebürstet und gegen alles, was sich denken ließ. Augenblicklich war sie nicht zu Hause, sondern in der Prinz-Albrecht-Straße 8, wo seit kurzem die Geheime Staatspolizei residierte. Die Herren hatten ein paar Fragen an sie, nur ein paar Fragen, aber es dauerte doch drei Stunden, bis sie wieder gehen konnte, denn es gehörte zu den Fragen, dass man auf sie warten musste, und zwar in einer Zelle unten im Keller. Was dort durch die Wände an ihre Ohren drang, war solcherart, dass Heitmeier ihre generelle Haltung überdachte. Sie besann sich darauf, für die Herren mit den Fragen lieber ein ahnungsloses Dummerchen zu sein, als unverschämt zu werden, wie sie es ohne die Wartezeit in der Kellerzelle gewiss getan hätte. Sie verließ das Gebäude körperlich unversehrt und ging zum Potsdamer Platz hinüber.

Es war kurz nach neun und taghell. Im unübersichtlichen Gewühle sich frei bewegender Menschen wurde ihr wohler, sie nahm die Straßenbahn zur Friedrichstraße, stieg um in die U-Bahn und wechselte in Tempelhof auf den Ring. Sie fuhr nicht nach Neukölln, sondern Richtung Westen. Sie sah aus dem Fenster, als wäre das Fenster eine Kinoleinwand, die eine endlose Kamerafahrt auf endlose Häuser und Bäume zeigt. Zehn Jahre alte genossenschaftliche Wohnbaukomplexe, fünfgeschossige Gründerzeitbauten mit Schmuckelementen, Linden, Kastanien, Villen, Schrebergartenkolonien, Industrieanlagen, Werkssiedlungen, Mietskasernen, der Großmarkt, sich im Abendlicht rötende Fassaden. Sie fuhr durch Gegenden, durch die sie sonst nie kam, allein das feine Schmargendorf, wo diese Leute saßen, die ihr die Butter vom Brot fraßen, aber die Gegenden waren ihr doch nicht fremd, sondern gehörten zu ihrer Stadt und ihrem Leben wie der Husten zum Atmen. Im Westend war die Sonne weg, an der Jungfernheide dachte sie an ihre Eltern, und in der Beusselstraße nickte sie vor Erschöpfung ein, während zwei Häuser neben der Ringbahnstation bei den Franzens am Küchentisch die Postkarte von den Trollmanns aus Hannover herumgereicht wurde. Die Trollmanns kamen am Achten. Sie mussten untergebracht werden, sie kamen mit elf Erwachsenen und vier Kindern, und dann galt es auch, das Fest für den Titelkampf vorzubereiten. Als Erstes musste man sich mit den Segers besprechen.

Im Wedding wachte Heitmeier wieder auf und sah hinaus, die Stirn gegen das Fenster gelehnt. An der nächsten Station stiegen zwischen den anderen Fahrgästen Kaul von der *Volkszeitung* und Notgemeinschafts-Pressechef Walter zu, sie setzten sich am anderen Ende des Wagens. Walter erzählte Kaul, dass er jetzt Pressechef der Notgemeinschaft sei, und gebrauchte dabei das Wort Pressechef mindestens drei Mal. Die Bahn trieb in der Schneise durch Mietskasernen dahin. Schmales, wildwachsendes Buschwerk am Rande, farblose Rückseiten von Häusern mit mehreren engstehenden Seitenflügeln, Wäscheleinen unter Fensterbänken, ein Mann im Unterhemd mit Zigarette, ein Streifen Himmel, das Blau zwischen Tag und Nacht. Walter stieg aus, Kaul eine später; Walter ging ins Kino, Kaul in eine Sportvereinsgaststätte wegen einer zu schreibenden Reportage. Heitmeier blieb sitzen. Die Kellerzelle und die Fragen der Herren aus der Prinz-Albrecht-Straße kamen zurück. Dreckiges Pack. Sie hielt sich die Nase zu, als am Zentralviehhof die Wagentüren geöffnet wurden. Später stand schwarz der Rummelsburger Wasserturm gegen den Himmel, das Dach wie eine riesige Pickelhaube, der Krawall wuchs nach, müde glitt sie über die Spree, nickte noch einmal weg, döste zwischen weitflächigen Laubenkolonien und vierstöckigen Häusern, während gelbes Gaslaternenlicht sich nach oben verlor, und stieg endlich in Tempelhof wieder aus. Es war dunkel geworden.

In den folgenden Tagen schlugen sich sowohl Witt als auch Trollmann mit ihren Sparringspartnern, und Bishop unterzeichnete im Bankhaus Bleichröder Unter den Linden den letzten Transaktionsvertrag. Hierauf begab er sich zu Fuß an den Potsdamer Platz ins Haus Vaterland, wo er mit Maximilian Beaujean, dem jungen Begleiter, zum Mittagessen in der Rheinterrasse verabredet war. Beaujean trug Sorge, dass Bishop mit Blick aufs Panorama saß. »Loreley«, dachte dieser, wie er Beaujeans Kopf vor der kunstvoll gemalten Rheinlandschaft ansah, vor dem sich über die halbkreisförmige Stirnwand des Saals zwischen Weinhängen hinschlängelnden Fluss. Er bestellte Zander, Beaujean Kalbsmedaillon. Nachdem der Kellner sich entfernt hatte, kam Bishop auf den Fünf-Uhr-Tee zu sprechen. Er hielt jeden Tag Fünf-Uhr-Tee, und manchmal lud er dazu ein. Nun wollte er vor der Übersiedelung noch einmal eine größere Runde in seinem Hause versammeln. Beaujean schlug Pastetchen vor und fand, ein leichter Weißwein wäre passend. Bishop fiel ein, dass Zinner und Durieux noch auf die Gästeliste mussten, aber diese beiden waren auch schon weg, Durieux in der Schweiz, Zinner in der Sowjetunion. Das Essen kam. Beaujean wechselte das Thema, denn es tat Bishop nicht gut, beim Essen über Abschiede zu sprechen. Viel erfreulicher war Trollmanns Kampf in Hannover. Sie rekapitulierten die anderthalb Runden und schwärmten, aber dann Bishop: »Hast du übrigens gesehen, wie die Presse den K.o. herunterspielt? Nun haben sie Angst, dass er Meister wird, und reden ihn klein. Erinnere dich daran, wie der Sabottke-K.-o. letztes Jahr überschätzt wurde.«

Beaujean: »Letztes Jahr, das ist doch schon gar nicht mehr wahr … Du musst aber zugeben, dass es nicht ganz unberechtigt gewesen ist. Ich will nicht leugnen, dass Sabottke geschwächt in den Kampf ging, aber denk an die Körper-Kinn-Doublette, mit der Trollmann ihn niederschlug, und nenn mir nur einen deutschen Boxer, der solche Doubletten schlägt, nicht irgendwelche Doubletten, sondern solche, und zwar mit der Linken.«

Bishop: »Seelig.«

Beaujean: »Ist nicht mehr da.«

Bishop: »Stein – ist auch nicht mehr da. Metzner, als er noch etwas jünger war. Ob Pistulla es wieder können wird, falls er sich noch einmal von seiner Krankheit erholt, ist fraglich. Eder, Eder natürlich, nur tut er es viel zu selten, aber sonst fällt mir auch keiner ein.«

Anderntags las Zirzow in Bezug auf den Titel-Kampfabend in der Zeitung, er, Zirzow, vernachlässige seine Pflicht als Technischer Leiter. Für das Geld, das er verdiene, müsse er sich sorgfältigst um die Benachrichtigung der Presse bemühen, anstatt sich ein paar Tage vor der Veranstaltung darauf zu besinnen, dass es auch noch Zeitungen gebe. Das war eine Frechheit, sie schrieben ohnehin über nichts anderes mehr als über den bevorstehenden Kampf zwischen Schmeling und Baer, und dieser Lümmel von Pressechef, wie hieß er gleich, Walter, dieser Walter war offensichtlich ein Totalversager. Kaum hatte Zirzow den Artikel zu Ende gelesen, klingelte das Telefon und Schink sagte ab. Nichts wie Ärger. Auf dem Kampfabend sollte außer der Halbschwergewichtsmeisterschaft zwischen Trollmann und Witt auch die Leichtgewichts-Meisterschaft zwischen Schink und Heinisch ausgetragen werden. Im Übrigen waren die Verträge für die Rahmenkämpfe noch nicht unterschrieben, denn die Rahmenboxer forderten mehr Gage mit der Begründung, ein Notgemeinschaftskampfabend, auf dem gleich zwei Titelkämpfe bestritten würden, sei etwas ganz Besonderes und erfordere auch eine besondere Gage. Nun ließ sich ein Rahmenprogramm immer irgendwie improvisieren, aber zu einem Meisterschaftskampf konnte man nicht jeden hergelaufenen Faustkampf-Hanswurst antreten lassen. Schink war krank, Trainingsverletzung, irgendetwas an den Rippen, gute Besserung, und kaum hatte Zirzow den Hörer aufgelegt, klingelte es an der Tür, und Trollmann trat ein und verlangte Geld.

Zirzow wütete. In einem großen, zornesroten Monolog, während dessen er hin und her ging und messerscharf gestikulierte, beschuldigte er Trollmann, den Verband, die Behörde, den Sportausschuss, Böcker, die Presse, den Ersten Vorsitzenden, Walter, das Publikum, Schmeling, die New Yorker Boxkommission sowie Schink und erst recht die Rahmenboxer, sie alle beschuldigte er, den Kampfabend, den wichtigsten Kampfabend aller Zeiten aus reiner Niedertracht und Dummheit vorsätzlich zu ruinieren, und er machte auch vor Hitler nicht halt, seit dessen Kanzlerschaft die Geschäfte bergab gingen.

Trollmann: »Wird schon.«

Zirzow atmete durch, ging in die Küche, holte sich ein Glas Wasser, kam zurück, und dann, mit einem Blick auf die Rötung unter Trollmanns linkem Auge, böse knurrend: »Wie läuft das Sparring?«

Trollmann: »Könnte nicht besser laufen. Aber du glaubst mir ja sowieso nicht. Frag Dirksen. Er wird dir sagen, dass

Smirnow morgen Pause machen muss, weil ich ihn in jeder Runde mit jedem Schlag getroffen habe, obwohl er fast so schnell ist wie ich.«

Als Trollmann mit Geld in der Tasche, wenn auch mit weniger, als er gefordert hatte, wieder draußen war, setzte sich Zirzow an den Schreibtisch. Er nahm einen Briefbogen heraus, schrieb: *Sehr geehrte Herren, macht doch Euern Scheiß alleine!*, zerknüllte den Briefbogen und nahm einen neuen. Obwohl nur noch acht, genau genommen siebeneinhalb Tage bis zum Kampfabend blieben, machte er sich noch die Mühe, der Presse schriftlich mitzuteilen, dass nicht er, sondern Walter verantwortlich zeichne. Er tat es auch deshalb, weil er über die Maßen frustriert davon war, wie die nationalsozialistische Umstrukturierung das deutsche Berufsboxen fertigmachte, erledigte, in den Staub schickte. Der Ausschluss der Juden war ein Debakel, die Notgemeinschaft setzte dem Debakel die Krone auf. Nun waren ihm auch noch die Hände gebunden, es war nicht sein eigener Kampfabend, es war der Kampfabend der Notgemeinschaft. Erst musste der Erste Vorsitzende, der unfähigste Führer aller Zeiten, die Suspendierung Walters, des unfähigsten Pressechefs aller Zeiten, genehmigen, dann konnte Zirzow die Pressearbeit selbst in die Hand nehmen. Vorsorglich rief er im Pavillon des Europahauses in der Stresemannstraße an und reservierte den Garten für Mittwoch, den 7. Juni, um ein Pressetraining für die zwei Titelkämpfe zu veranstalten. Dann konnten sich die Herren Sportjournalisten, die zu allem eine Meinung hatten, aber nichts recherchierten, die konnten sich dann überlegen, über wen sie sich das nächste Mal beschweren wollten.

Da Smirnow pausieren musste, hatte Dirksen auf die Schnelle zwei Amateure dazugeholt, nämlich einen Schwer- und einen Weltergewichtler. Der Weltergewichtler weigerte sich nach seiner ersten Runde weiterzumachen, und den Schwergewichtler schickte Dirksen nach seiner dritten Runde nach Hause. Dann ließ er Trollmann und Kowaljow ein paar Abwärmübungen exerzieren, unterbrach das Training, und am Nachmittag musste Kowaljow allein mit Trollmann sparren. Wenn Kowaljow gültige Papiere gehabt hätte, hätte er sich eine Lizenz besorgen und das deutsche Halbschwergewicht aufmischen können. Jedenfalls hatte er nun die Aufgabe, ohne Unterlass zu attackieren, während Trollmann nicht initiativ angreifen durfte, denn Dirksen wollte Trollmanns Verteidigung optimieren. Und Kowaljow, der nichts auf der Welt fürchtete außer dem Sowjetischen Geheimdienst, griff an. Er griff pausenlos an, als ob Trollmann nicht kontern würde, er schluckte die Konter mit zusammengebissenen Zähnen, und er mobilisierte seine Kräfte, um Smirnow zu ersetzen, er sparrte für zwei, er kämpfte um weitere Engagements von Dirksen. Er und Smirnow hatten es nötig, und Trollmann bekam die Not in Kowaljows Fäusten zu spüren. Trollmann war gezwungen, alle Regeln der Kunst in Anwendung zu bringen. Er sidesteppte, er warf den Oberkörper herum, er wich mit dem Kopf zurück, er riss die Unterarme hoch, er wechselte zwischen aufrechter und geduckter Haltung, und er flitzte.

Die Flitzerei, das Laufen, war ein probates Mittel, um den Gegner zu frustrieren und die Führung zu übernehmen, aber es haftete ihm etwas Anrüchiges an, denn wer flitzte, lief vor dem Gegner weg, anstatt sich dem Gegner wie ein Mann zu stellen. Das roch nach Feigheit und unterminierte die inneren Werte des Boxens! Aber die inneren Werte und das Flitzen waren eine hochkomplizierte Angelegenheit. Bis nämlich die inneren Werte im Niederschlag ihre Vollendung fanden, während des ganzen Kampfes also, war der äußere Ausdruck der inneren Werte das Dominieren, das Beherrschen des Gegners, und gerade dies ließ sich durch fachkundiges Flitzen aufs Trefflichste erreichen.

Manch einer vom Verband und von der Presse träumte davon, der quirlige Zigeuner müsste einmal stillhalten, dass man ihn treffen könne. Das träumten sie in der Tat, obwohl es vollkommen unsportlich war und ganz und gar gegen die inneren Werte verstieß, und dann hatte Bötticher von der *B. Z.* aus diesem nach Feigheit riechenden Traum einen Scherz gemacht, nämlich seinen allerorten herzlich belachten Aprilscherz, bei dem jeder wusste, wer gemeint war, ohne dass der Name fallen musste: *Strafstoß beim Boxen eingeführt – In Zukunft kann der Ringrichter nach jedem Foul Strafstöße verhängen, bei denen der Sünder stillhalten muß.*

16

Am Sonntag vor dem Kampf warf in Buxtehude Schlachters Cousin eine Postkarte mit der schlichten Botschaft »Ankunft: 9. Juni, 18.42 Uhr, Lehrter Bhf.« in den Briefkasten, woraus Schlachter und Witt gewohnheitsgemäß entnehmen konnten, dass er zum Kampf kam und für die Übernachtung ihr Sofa in Anspruch nehmen wollte, und Witt telefonierte nach Buxtehude und bat den Cousin, ihm im Kampf zu sekundieren. Der Cousin sagte ja. Derweil fuhren Plaschnikow und Kurzbein mit den Rädern durch den Treptower Park und die Wuhlheide an den Müggelsee. Plaschnikow pfiff, Kurzbein sang, *Wochenend und Sonnenschein.* Sie hatten Badesachen, belegte Brote, Salate, Kuchen und Limonade dabei und fuhren nicht an den Strand, sondern an die Südseite des Sees. Diese war bewaldet, und an manchen Stellen stand Schilf. Sie ließen sich nieder im Halbschatten zwischen den Bäumen, badeten hin und wieder, waren den ganzen Tag lang faul und machten unanständige Sachen.

Am Montag vor dem Kampf entließ der Erste Vorsitzende den bis dahin tatenlos gebliebenen Walter aus seinem Amt als Pressechef der Notgemeinschaft, worauf Zirzow umgehend die Presse und Witt über das Pressetraining am Mittwoch informierte. Witt war um zwei dran, Trollmann um drei. Dann suchte er die Rahmenboxer in drei verschiedenen Boxschulen auf und setzte ihnen auseinander, dass erstens für die Gage nicht er, sondern die Notgemeinschaft zuständig sei, was nicht ganz korrekt war, und sie möchten sich bitte gern an den Ersten Vorsitzenden wenden, aber wenn sie jetzt den Vertrag nicht auf der Stelle unterschrieben, dann sei er, Zirzow, gezwungen, andere Boxer zu engagieren, er könne sich fünf Tage vor dem Kampfabend nicht länger hinhalten lassen und habe Stücker zehn auf der Warteliste stehen, die auch für die Hälfte der Gage boxen würden. Das war glatt gelogen. Dennoch unterschrieben die Rahmenboxer, denn sie hatten nicht genug Kämpfe. Dies erledigt, eilte Zirzow mit dem Taxi zur Druckerei Koenig, wo er die Eintrittskarten und Programmzettel abholte, auf denen noch *Heinisch gegen Schink* geschrieben stand, und nachdem der Chauffeur auf dem Weg von Koenig beim Alexanderplatz nach Charlottenburg zu Zirzow keine einzige Baustelle ausgelassen hatte, warf sich dieser zu Hause sogleich wieder ans Telefon für den Schink-Ersatz. Den Verfügungen der Behörde nach war Willy Seisler dran, Seisler sagte ja, Zirzow atmete auf. Hierauf arrangierte er mit dem Chef der Boxschule Charlottenburg, dass er am Mittwoch Springseile, Hanteln, Medizinbälle, Sandsack und Plattformball für das Pressetraining mitnehmen konnte, und dann ging er hinunter zum Gemüsehändler an der Ecke, der Stammgast auf seinen Kampfabenden war und gerade eben den Laden schloss, um mit ihm ein Feierabendbier zu zischen.

Inzwischen redete außer dem Gemüsehändler auch das ganze übrige Deutsche Reich nur noch über Schmelings Kampf gegen Baer. Selbst wer mit Sport überhaupt nichts zu schaffen hatte und mit Boxen umso weniger, redete über Schmeling und Baer, denn Schmeling sprang einen aus jeder Zeitung an, und zwar nicht mehr nur aus dem Sportteil, sondern jetzt auch aus den ersten drei Seiten. Gegen wen Schmeling bisher gesiegt hatte, wie Schmeling trainierte, was Schmeling aß, dass Schmeling für Deutschland kämpfte, Schmelings Brustumfang eingeatmet, Schmelings Brustumfang ausgeatmet, Schmelings Reichweite in Zentimetern im Vergleich zu jener von Baer, dass Baer ein furchtbar harter Brocken, jedoch für Schmelings brillante Technik viel zu plump sei, dieser Metzgersohn, dieser Schläger, der nichts könne. Es wurde gedreht und gewendet, und am Ende war immer Schmeling der Favorit und der Kampf ungeheuer gefährlich, und Bishop war bei weitem nicht der Einzige, der englische Zeitungen las und wusste und auch weitererzählte, was Baer auf jener Pressekonferenz über sein Judentum ausgesagt hatte. Der Kampf fand am 8. Juni im Yankee Stadium in New York statt, zu deutscher Zeit um drei Uhr morgens am 9. Juni, zwanzig Stunden vor Trollmanns Titelkampf. Schmelings Training in Lake Swannanoa war gut gelaufen, und nun war Schmeling in New York eingetroffen, wo die Hitze den Asphalt weich werden ließ. In ihren Wohnzimmern unter Ventilatoren bereiteten Leute Pappschilder vor, sie schrieben *Boycott Nazi Schmeling!* und ähnliche Parolen darauf, und eine Stickerin in Hell's Kitchen stickte mit Inbrunst den Davidstern auf die neue weiße Hose, die Baer für den Kampf gekauft hatte.

Am Dienstag vor dem Titelkampf meldete sich ein einsamer Rufer in der Wüste zu Wort. Es war Peter Ejk, der ehemalige Präsident der Behörde, der im Rahmen der Säuberung lautlos zurückgetreten war und seine Ehrenmitgliedschaft ebenso lautlos niedergelegt hatte. Der Ausschluss der Juden, sein eigener Ausschluss mithin, hatte seine Liebe fürs Boxen aber nicht mindern können, und nun schrieb auch er in der Zeitung über Schmeling gegen Baer und Trollmann gegen Witt. Peter Ejk, ausgestoßen von der sich zerfleddernden Karawane in der Wüste des deutschen Berufsboxens: *Dieses Programm in der Bockbrauerei, das um 8.30 Uhr seinen Anfang nimmt*, und hier legte er die Hände trichterförmig an den Mund und hob die Stimme, *bringt hoffentlich auch ein Publikum, das sich seiner Verpflichtung bewußt ist, sportliches Publikum zu sein*, worauf ihm schon die Luft ausging und seine Stimme schwächer wurde, *zu einer Zeit, bei der es auf jeden einzelnen ankommt, denn das ist notwendig: Feinde ringsum …* Der Wind verwehte die Worte, die Wortfetzen zerrieben im Sand, er ließ die Hände sinken, Stille, ein Schakal heulte auf. Ejk ab.

Davon vollkommen unberührt wachte Trollmann nach tiefem, traumlosem Schlaf am Mittwochmorgen auf, blinzelte ins Tageslicht, sprang aus dem Bett, vollführte zwei Kniebeugen und fünf Liegestütze und hüpfte auf einem Bein ins Bad, wo er duschte und Haare wusch. Dann drehte er das warme Wasser ab und blieb kurz unter eiskaltem stehen, rieb sich mit Öl ein, schnitt und feilte Zehen- und Fingernägel und rasierte sich mit größter Sorgfalt, und erst als ein Zimmernachbar, der auch ins Bad wollte, zum dritten Mal an die Tür klopfte, beendete er seine Betrachtungen im Spiegel, zog den Bademantel an, spülte die Rasierreste im Waschbecken hinunter und gab endlich das Badezimmer frei, um sich anzukleiden, Croissants und Zeitungen zu holen und dann groß zu frühstücken mit Rührei, Bohnen und Speck, mit Wurst, Quark und Marmelade, mit Käse und Apfelsine und mit viel Milch im Kaffee.

Zur selben Zeit stand in Hannover die Mutter in der Küche und kochte vor, sie präparierte den Proviant für die Reise, während Lämmchen die Koffer vom Dachboden holte. Nachdem sie den letzten abgestellt hatte, entnahm sie der untersten hintersten Ecke des Kleiderschranks die Schmuckschatulle und dieser das ausladende Ohrgehänge, das sie von der Urgroßmutter geerbt hatte und, wie es sich gehörte, nur bei Taufen, Hochzeiten und an Weihnachten trug. Sie wickelte es in zwei Geschirrtücher und legte es in eine Schachtel, um es nach Berlin mitzunehmen und anzulegen zum Kampf ihres Bruders um den Titel des Deutschen Meisters, das glänzende Geschmeide, an das eine Ohr die Wut, an das andere den Stolz. Ihr verdammter kleiner Bruder, der Ring-Clown und Mätzchenmacher, der den Schwergewichtler mit einem einzigen Schlage niedergestreckt hatte, ihr kleiner Bruder, die größte Nervensäge der ganzen Welt, der jeden zum Lachen bringen konnte: Ihr Bruder war der Erste seit über fünfhundert Jahren, der, obwohl er seine Herkunft nicht verheimlichen konnte, es trotzdem nach oben geschafft hatte. Er musste gewinnen, er musste siegen um jeden Preis, er musste dem Gadžo die Knochen brechen mit fünfhundert Schlägen, für jedes Jahr Drangsalierung, Schikane, verschlossene Türen und Blicke auf der Straße eine harte, krachende Hand ins Gesicht, an die Schläfe, aufs Ohr, in den Magen, in die Leber, er musste ihn niederschlagen, auf den Boden zwingen, er musste ihn Staub fressen und Blut schlucken lassen, den armen Wicht, der nichts dafürkonnte, ihr verdammter kleiner Bruder musste Deutscher Meister werden nach fünfhundert Jahren.

»Lämmchen?«

»Ja«, Lämmchen ging in die Küche.

Die Mutter: »Ich komme nicht mit. Ihr müsst ohne mich fahren. Ich kann es nicht aushalten.« Zwiebeln trieben ihr Tränen in die Augen.

Lämmchen: »Das wird er dir nie verzeihen, sein größter Tag, und du bist nicht da, und er ist doch so ein Sensibelchen. Und was sollen die anderen denken? Sollen sie denken: Die Mutter glaubt nicht an ihren eigenen Sohn? Sollen sie denken: Die Mutter hält ihren Sohn für zu schwach, um einen hergelaufenen Gadžo fertigzumachen?«

Die Mutter rieb mit dem Handrücken die Augen: »Hör auf, mir ist jetzt schon schlecht. Ich kann es nicht ertragen, wenn sie sich wehtun. Sie sollen sich überhaupt nicht schlagen! Sie sollen gut zueinander sein!«, und in diesem Augenblick kam Carlo herein.

Indessen kaufte in Berlin eine Abordnung von den Franzens und den Segers Unmengen von Getränken, Gemüse, Reis, Kartoffeln und Brot bei Lehmann und anderen Lebensmittelgeschäften und auf dem Großmarkt. In der Sportschule Zentrum erhielt Witt als Vorbereitung für das Pressetraining eine muskellockernde Massage von Haymann, der wegen der Geheimhaltung nicht mitkommen konnte. Bishop schrieb Einladungskarten für den Fünf-Uhr-Tee. Im Büro des Verbands Deutscher Faustkämpfer in der Behrenstraße nahm der Generalsekretär vier Pakete entgegen, die Handschuhe für die zwei Titelkämpfe, jedes Paar separat verpackt, und er gab dem Postboten einen ganzen Groschen Trinkgeld, während Zirzow die Geräte von der Boxschule Charlottenburg in den Europagarten brachte. Wegener und Eggebrecht packten ihre Sportsachen ein und fuhren mit den Rädern los. Kowaljow und Smirnow saßen in ihrem Keller. In Ermangelung gültiger Papiere scheuten sie das Rampenlicht und waren froh, dass Dirksen sie für das Pressetraining nicht brauchte. Dirksen bügelte einen grauen Wollsweater. Trollmann lag im Tiergarten auf einer Wiese, sah in den Himmel und übte mit einer Zigarette Rauchkringel. Gestern Abend hatte Dirksen ihn gefragt, wen er eigentlich – außer ihm selbst und Zirzow – als dritten Sekundanten nehmen wolle. Trollmann: »Weiß nich«, Dirksen: »Wir nehmen Fritz, Neffe von mir, ist wach und macht, was ich sag.« Was das Pressetraining betraf, waren sie sich einig darin, Witt, und nebenbei der Presse, haargenau vorzuführen, wie sie ihn besiegen würden.

»Wer hat sich schon wieder geprügelt?«, fragte Carlo, als er in die Küche kam. Er hatte Benny im Verdacht. Es war zum Verrücktwerden. Die Verantwortung, die Carlo als Ältester der Söhne schon vorher zu tragen hatte, wog seit dem Tode des Vaters immer schwerer, und manchmal kam es ihm vor, als ob die Brüder, je schwieriger die Zeiten wurden, umso mehr Ärger machten, obwohl es in Wirklichkeit genau umgekehrt war. Man mochte seiner Arbeit aufs Peinlichste nachgehen und praktisch nur noch flüstern, es blieb doch nicht aus, dass irgendein Gadžo einen Stunk vom Zaun brach, und dann hatte man immer das Nachsehen. Die Mutter und Lämmchen klärten ihn auf. Gott sei Dank kein Krach. Aber nun wieder die Mutter. Die Mutter wurde nicht jünger. Auch Carlo war entschieden der Meinung, dass sie dem Titelkampf auf gar keinen Fall fernbleiben könne: »Du musst schon deshalb mitkommen, weil er sich besser benimmt, wenn du dabei bist, und sollen wir dich etwa alleine hierlassen? Das kommt überhaupt nicht in Frage. Und sag mal, der Klockemann-Kampf hat dir doch auch gefallen!«

Die Mutter: »Die Siegerehrung war schön«, und dann wurde sie laut, »aber vorher hab ich die ganze Zeit die Augen zumachen müssen, weil ich es nicht ertragen kann! Und was ich gehört habe, war entsetzlich!«

Carlo: »Na also, dann machste in Berlin auch wieder die Augen zu, und dann tuste dir noch Watte in die Ohren, und ich sage dir, in Berlin wird die Siegerehrung noch viel schöner.«

Um zehn Minuten nach zwei war im Garten des Europahauses der Ring samt Geräten fertig aufgebaut, aber man wartete noch ein wenig, weil von der Presse noch nicht einmal die Hälfte eingetroffen war. Der Erste Vorsitzende wäre sehr gerne gekommen, aber er war an seinen neuen Arbeitsplatz gefesselt, und der Chefredakteur fand es unnötig, denn er kannte ja die

Kämpfer, und bis nächste Woche der *Box-Sport* erschien, war das Pressetraining Schnee von gestern. Etwas Laufpublikum saß an den Tischen im Schatten des modernen Hochhauses, und ein Dutzend Leute war aufgrund der Ankündigung in der Zeitung kurz vor zwei Uhr eingetroffen. Zirzow stieg in den Ring. Er lächelte die Leute und die Lücken zwischen den Leuten an, rieb die Hände, begrüßte das Publikum und dankte der Presse für ihr zahlreiches Erscheinen. Dann kündigte er den sensationellsten Kampfabend aller Zeiten an, wenn man von Schmeling gegen Baer einmal absehe, von dem man schon deshalb absehen müsse, weil man ihn hier nicht sehen könne, ganz im Gegensatz zu den beiden Meisterschaften am Freitag in der Bockbrauerei, der Ring in der Bockbrauerei sei überdacht, auch bei Regen sei man dort gut aufgehoben, und dann erwähnte er noch kurz die Notgemeinschaft und erklärte schließlich, dass man jetzt die einmalige Gelegenheit habe, sich ein Bild von den Kämpfern zu machen. »Ring frei für Adolf Witt!«

Zuerst zeigte Witt ein paar Rumpfbeugen und Liegestütze und ließ sich von Eggebrecht mit voller Wucht Medizinbälle gegen den Bauch werfen. Das machte Eindruck beim Publikum. Im Anschluss daran verprügelte er den Sandsack nach Strich und Faden.

Eine von zwei Damen mit weißen Hüten, die an einem der hintersten Tische saßen, zur anderen: »Man sollte so etwas öfter bringen. Es ist überaus amüsant«, worauf die andere: »Und man sollte sie ohne diese Turnhosen boxen lassen, nackt, wie bei den alten Griechen … Würdest du den da mitnehmen?«, und wieder die eine: »Warum nicht? So etwas Rustikales wäre einmal eine Abwechslung.«

Als der Sandsack nicht mehr konnte, kam das Sparring dran. Nicht bedingtes Sparring, sondern schweres Sparring.

Haymann und Witt gedachten, Trollmann auf diese Weise einzuschüchtern. Die Kämpfer zogen Kopf- und Mundschutz an, Wegener hüpfte etwas, schüttelte dabei die Beine aus und rollte die Schultern hin und her, Witt warf einen Blick ins Publikum. Nun waren doch ein paar Gäste mehr gekommen, und *Volkszeitungs*-Kaul war auch da. Funke fehlte ihm, der konnte so gut mit der Presse. Trollmann und Dirksen standen mit Zirzow am Rande.

Eggebrecht gab das Kommando, und nach einigem Hin und Her im Ring Bötticher: »Wegener ist ja in herausragender Form!«

Biewer: »Außergewöhnlich! Wirklich außergewöhnlich.«

Kaul: »So hat man Wegener noch nie gesehen, den Mann muss man sich merk... ohh, ahh, das sieht nicht gut aus für Witt.«

Biewer und Bötticher hatten Luft durch die Zähne gezogen. Alle drei dachten das Gleiche, sprachen es aber nicht aus, sondern schwiegen.

Die eine von den Damen mit den weißen Hüten: »Tja, das reicht nicht einmal für eine Abwechslung, tststs«, die andere: »Der Gegner ist interessant, aus dem könnte was werden«, die eine: »Besser gebaut ist er auch«, die andere: »Gehst du am Freitag hin?«, die eine: »Ich würde ja gern, aber ich bin bei Heinrich zum Geburtstag, das kann ich nicht absagen.«

Witt sparrte zwei Runden schwer mit Wegener und danach zwei Runden schwer mit Eggebrecht. Indessen war die Uhr über drei, und Publikum strömte herein, allerdings keine zusätzliche Presse. Immerhin gings mit Eggebrecht glatt. Trollmann und Dirksen nickten anerkennend und applaudierten lautstark. Dann gab es eine Pause, und als Trollmann wie stets per Flanke den Ring eingenommen hatte, seufzten die Damen mit den weißen Hüten und tupften sich mit Spitzentaschentüchern die Schläfen.

Die eine: »Den würd ich aber nicht mitnehmen. Die Umschwärmten sind oft, wenns drauf ankommt, eine Enttäuschung«, die andere: »Aber wenn mans nicht drauf ankommen lässt, erlebt man auch wieder nichts.« Und hierauf seufzten sie von neuem, und die eine klappte einen japanischen Fächer auf und fächelte sich mit raschen Bewegungen Luft aufs Dekolleté.

Wie Witt begann auch Trollmann mit Gymnastik, nur dass er es viel ausführlicher tat. Zuletzt nahm er das Springseil, warf es zum Abschluss der Übungen unter bereits anhaltendem Applaus hoch, fing es wieder auf, und gab eine regelrechte Zugabe.

Einer von zwei Lehrlingen aus der Ullstein-Druckerei: »Siehste, bissken Jümnastik un Seil, un denn weißte, et würd filijraner Faustkampf vom Feinstn. Witt hat keene Schangse«, der andere: »Die janze schöne Fülijranität liegt aba flach, wennern erwischt. Witt hat zwölf Rundn, dit sin sechsndreißich Minutn, un muss Troll nur eenmal erwischen. Eenmal reicht völlich. Eenmal in sechsndreißich Minutn. Ick sare: Witt machts«, der eine: »Wenn Witt jewinnt, fress ickn Besen, aba den Stiel vaquer.« Und hierauf schlossen sie eine Wette ab, und zwar um eine halbe Ullstein-Schicht, um vier Stunden Druckerschwärze-Atmen, statt in der Sonne zu liegen oder auf den Rummel zu gehen.

Trollmann warf Dirksen das Springseil und einem jungen Mann ein Lächeln zu und ging in die Ecke mit dem Plattformball, der tatsächlich kein Ball war, sondern ein birnenförmiger Sack. Er hing auf Kopfhöhe, und wenn man ihn vorschriftsmäßig schlug, und zwar mit der lockeren Handkante so, dass er dreimal gegen die Plattform stieß, bevor man ihn wieder traf, und wenn man das Tempo hielt, sodass er unaufhörlich gegen die Plattform stieß, dann klang es wie eine Eisenbahn im Spielfilm oder wie eine Rotationsmaschine bei Ullstein, und die Kunst bestand darin, die Eisenbahn am Fahren oder die Rotationsmaschine am Rotieren zu halten. Keine Frage, dass Haymann den Plattformball ablehnte, denn dieses Üben war rhythmisch! Dirksen aber hatte fürs Pressetraining angeraten, gerade die Arbeit am Plattformball möglichst in die Länge zu ziehen und Witt damit Bauchschmerzen zu machen, denn der Plattformball erforderte höchst präzise zeit-räumliche Koordination und Schnelligkeit, die man sehr schön zur Schau stellen konnte, und außerdem wusste Dirksen um den Sog, der sich beim Betrachten des Plattformballtrainings unweigerlich einstellte. Man wartete jeden Augenblick darauf, dass diese fragile Balance zusammenbrach, dass ein Schlag auch nur einen Hauch zu stark, zu früh, zu spät käme und das gleichmäßige Knattern unterbrochen wäre.

Trollmann begann mit der Linken, mit den Füßen ging er auf der Stelle, die Rechte hielt er lehrbuchmäßig am Kinn, das Leder knallte gegen das Holz, wie es sollte, dann ging er den Kreis unter der Plattform, dann ließ er die Rechte hängen, dann wandte er sich, mit der Linken immer weiterschlagend, nach hinten zu den Damen mit den weißen Hüten und winkte ihnen mit der Rechten, dann nahm er die Rechte dazu und schlug abwechselnd mit beiden Händen, dann ließ er das Tempo anschwellen und sinken, als ob gar nichts dabei und der Plattformball ein Körperteil von ihm wäre, dann nahm er die Linke heraus und schlug nur mit der Rechten, zeigte die Rechte so lange wie anfangs die Linke, konnte es hierauf nicht lassen und drehte eine Pirouette, ohne dass der Sack mit dem Knattern aufgehört hätte, nahm ihn auf mit der Linken, wechselte bald darauf die Hände in verschiedenen Intervallen, musste unbedingt, der Vollständigkeit wegen, auch noch die Pirouette in die andere Richtung zeigen, ging, wie um Dogmatiker gnädig zu stimmen, sofort wieder zu vorschriftsmäßigem Praktizieren über, wiederholte alle möglichen Variationen, konnte gar nicht genug davon kriegen, wie das Gerät ihm gehorchte, und hielt mittendrin, als niemand damit rechnete, den Sack mit beiden Händen fest. Das wars. Wieder Applaus.

Dirksen zu Zirzow: »Siehste.«

Zirzow: »Ich bin ja nicht blind.«

Kellner trugen Getränke auf, manche Gäste gingen, aber die meisten blieben, und neue kamen. Zirzow war hin- und hergerissen zwischen dem Stolz auf seinen Boxer und dem Ärger über das Ausbleiben des größten Teils der Presse.

Am Pressetisch Bötticher: »So ordentlich hat sich Trollmann noch nie vorbereitet.«

Kaul: »Ich habe ja schon immer gesagt, dass er mehr kann, als man bisher zu sehen bekam.«

Biewer schwieg.

Der Ullstein-Lehrling, der auf Trollmann wettete, gab seinem Kameraden ein Bier aus zum Trost, dass der die Wette verlieren würde. Boxerkollegen von Trollmann und Witt beurteilten alles, was sie sahen, nach allerstrengsten Kriterien, stellten Spekulationen über den Ausgang des bevorstehenden Kampfes an und rissen Witze, während Trollmann mit dem Sandsack begann. Er schlug nicht besonders hart, aber er zeigte viele Kombinationen und spielte mit den Schwingungen des Sandsacks, unter dem er gelegentlich wegtauchte, und nachdem auch dies vorgeführt war, boxte er vier Runden lang Schatten.

Er schlug, federte vor und zurück, schlug, tauchte ab und schlug, rannte hin, schlug dort, rannte her, schlug hier, einzelne Schläge, schlichte Kombinationen und komplizierte, und bald gesellte sich ein unsichtbarer Gegner dazu, ein idealer Gegner, der ihm alles abforderte und der ihm Gelegenheit gab, zu zeigen, was er konnte. Vier Runden lang jagte Trollmann pfeilgeschwind durch den Ring und teilte Schläge aus, mal während des Laufens, mal im Stehen, und die Schläge waren so schnell, dass man nur ein weißes Flirren sah, nämlich die Bandagen an den fliegenden Fäusten.

Biewer überlegte, was er schreiben würde, und wie er Trollmann betrachtete, fiel ihm plötzlich Windhund ein. Das war neu, das hatte noch niemand geschrieben. Ha, dachte Biewer, dieser Bötticher immer mit seinem unentwegten Panther, ich aber werde schreiben: *Mit der Schnelligkeit eines Windhundes raste Trollmann durch den Ring.*

Bötticher hingegen dachte nicht an den Panther, sondern an die Rollschuhe. Der Rollschuhvergleich war seit seiner Erfindung vor anderthalb Jahren der einzige Vergleich in der gesamten Box-Berichterstattung, der kein Tiervergleich war. Bötticher selbst hatte ihn erfunden, er dankte ihn Trollmanns ungewöhnlicher Beinarbeit, und Trollmann dankte ihn der Namensgleichheit des Sportjournalisten mit dem Dichter Hans Bötticher, der unter dem Pseudonym Ringelnatz Gedichte schrieb. Außer dem Namen hatten die beiden Hans Böttichers absolut nichts gemeinsam, aber der Sportjournalist fühlte sich aufgrund der Namensgleichheit mit dem Dichter berufen, nach der Poesie zu streben, und hatte darum geschrieben: *Trollmann glitt durch den Ring wie auf Rollschuhen!* Allerdings tat Trollmann es jetzt nur ab und zu, nur zwischendurch, vor allem federte er viel, sodass Bötticher von den Rollschuhen doch wieder Abstand nahm.

Gegen Ende der dritten Runde hatte Trollmann seinen unsichtbaren Gegner so liebgewonnen, dass er sich von ihm treffen ließ. Er nahm eine harte Gerade an die Stirn, und die Leute glaubten, den Gegner zu sehen, und machten Oh und Ah. Kaul schüttelte den Kopf, Bötticher lachte, die Damen mit den weißen Hüten applaudierten, und Trollmann hatte wieder einmal, mit einer kleinen Kopfbewegung nur, das ganze Publikum in der Tasche, obwohl er es, anders als mit den Pirouetten unter dem Plattformball, gar nicht darauf angelegt hatte. Bötticher in Gedanken:

»Vergleiche, was wollt ihr hier! Ich werde schreiben: *Trollmann in seiner verspielten Art*, sonst nichts! Und jetzt will ich ein Bier.«

In der Pause zur vierten Runde, in der Ecke an den Seilen, Dirksen: »So, Rukelie, großartig, sehr schön, und die letzte Runde machste auf todernst, ja, Biewer schielt schon, nicht dass sich dem noch die Augen verkanten.«

Trollmann nickte und schickte seinen unsichtbaren Gegner nach Hause. Tatsächlich war Biewer der Einzige, dem nicht entging, dass Trollmann in seiner letzten Runde geradezu einen komprimierten Box-Grundkurs absolvierte. Es war eine Demonstration für Anfänger, beginnend mit der linken Geraden, endend mit einer Kombination aus fünf Schlägen, und alles in der Reihenfolge, wie man es lehrte. Das galt natürlich Witt und war ein starkes Stück, es war eine bodenlose Frechheit. Biewer behielt seine Beobachtung für sich.

17

Nach Trollmann präsentierte sich Heinisch, und dann trat Seisler an. Als Zirzow zum Abschluss noch einmal den Kampfabend ansagte und zweimal wiederholte, dass der Ring in der Bockbrauerei überdacht und man dort bei jedem Wetter gut aufgehoben sei, betrat in seiner Seitenflügelwohnung in der Thomasiusstraße der Erste Vorsitzende mit einem Glas Kognak in der einen und Haymanns Buch in der anderen Hand das Wohnzimmer. Die moralische Erbauungslektüre sollte ihn dafür entschädigen, dass er dem Pressetraining nicht hatte beiwohnen können. Er setzte sich aufs Sofa, zog die Füße aus den Schlappen, legte sie auf den Couchtisch und begann zu lesen.

Es begann ganz ausgezeichnet. Gleich auf der ersten Seite wärmte sich der Erste Vorsitzende an dem Satz: *Das boxsportliche Wollen marschiert und wird bald nationalsozialistisches Volksgut sein.* An diesem Satz ließen besonders das Wollen, das Marschieren und das Nationalsozialistische sein Herz höherschlagen. Das marschierende Wollen, das Wollen, das durchs Marschieren nationalsozialistisch wurde. Praktisch marschierte das Wollen in den Nationalsozialismus hinein, er sah es vor sich, und löste sich darin auf, nein, besser noch, das marschierende Wollen wurde Nationalsozialismus selbst. Der Wille, der Marsch, der Nationalsozialismus, der nationalsozialistisch wollende Marsch! Der Satz gefiel ihm so gut, dass er ihn noch ein zweites Mal las. Hierauf einen Schluck Kognak. Wenn er gewusst hätte, dass das Buch so großartig war, er hätte es schon viel früher gelesen.

Auch Haymanns Ausfälle gegen die Juden waren erstklassig und wärmten dem Ersten Vorsitzenden das Herz, und im Übrigen spannte der Autor seinen Leser mächtig auf die Folter. Zwei Stunden später war die arische Überlegenheit immer noch nicht zur Sprache gekommen und die Euphorie des Anfangs abgekühlt, ja, regelrecht zerlesen. Nun begannen Haymanns detailliert beschriebene Trainingsmethoden zusammen mit dem Kognak ein unerbittliches Gefecht gegen die Eingeweide des Ersten Vorsitzenden. Sie begannen im Magen, der auf einmal übersäuert war und von wo ihm ein Würgereiz das Zwerchfell zusammenzog. Er musste mehrmals leer schlucken, und gleichzeitig brach ihm kalter Schweiß aus: kein Dauerlauf, keine Schlagbälle, Augenschulung durch Naturbeobachtung, Üben nach Behagen, warme Bäder statt kalter Duschen. Witt war verloren, der Erste Vorsitzende wie ans Sofa angeschraubt. Er musste etwas tun, er musste sofort etwas tun, er saß und konnte nicht. Wiewohl seine Atmung sich objektiv kaum veränderte, war ihm doch, als bekomme er nicht genug Luft, und tatsächlich überfiel ihn einwandfreies Herzrasen, es schlug ihm bis zum Hals, er hörte es in der Stille des Wohnzimmers schlagen. Der Zigeuner Deutscher Meister. Plötzlicher Stuhlgangdrang zog reflexartig den Schließmuskel zusammen, Heißhunger auf Kassler überfiel ihn vom Kopf her, sank in den Bauch und stieg wie Dampf aus der Badewanne als Übelkeit wieder auf. Üben nach Behagen! Wie oft hatte Funke geklagt, dass Witt immer nur gerade das trainieren wolle, was er ohnehin konnte! Schmeling müsste kommen und den Zigeuner zerschmettern.

Der Erste Vorsitzende legte das Buch weg und die Hände auf den Bauch. So saß er eine Weile, dann hob er die Beine vom Couchtisch, stellte sie in die Schlappen, schleppte sich zum

Fenster und schnappte nach frischer Luft. Er versuchte zu denken. Er musste sich besprechen mit dem Chefredakteur und dem Generalsekretär, wie diese Katastrophe zu verhindern war. Nein, auf gar keinen Fall konnte er sich mit dem Chefredakteur und dem Generalsekretär besprechen. Die Aussicht, überhaupt darüber sprechen zu müssen, war schlimm genug, und wie sollte er erklären, dass Witts Niederlage bevorstand, ohne sich und Haymann zu verraten? Die Zeit lief. Er konnte es alleine nicht bewältigen. Er musste sich doch besprechen. Sofort! Lieber morgen früh. Er musste hinaus, einmal um den Block.

Draußen war es warm. Nachdem er eine Runde gegangen war, blieb er auf dem Gerickesteg stehen und sah gegen die Sonne aufs Wasser. Da floss sie hin, die Spree, in aller Unschuld. Wenn er Selbstmörder wäre, dachte der Erste Vorsitzende bei sich, würde er springen, aber besser wäre, der Zigeuner spränge. Und dann wunderte er sich, warum er erst jetzt darauf kam und nicht schon lange die Seelig-Lösung auf den Zigeuner angewandt hatte. Die Seelig-Lösung! Seine Eingeweide fanden wieder ins Gleichgewicht und gingen über zu ordnungsgemäßer Verdauung. So konnte man es machen. Die Frage war bloß, wie man es dem Publikum erklärte. Man musste es überzeugend darstellen. Das war schwierig, aber der Chefredakteur, der alte raffinierte Journalist, der würde schon wissen, wie man es darstellen konnte, und der Generalsekretär, der alte penible Paragraphenreiter, der würde wissen, worauf man bei den Statuten achten musste. Zurück in der Wohnung, ging er zum Kühlschrank, nahm die Wurst heraus, schnitt ein Stück ab und aß es, und in New York versicherte Schmeling den Funktionären des Olympischen Komitees der Vereinigten Staaten, er persönlich kenne in Deutschland keinen einzigen Juden, dem etwas angetan worden wäre, und habe auch nirgendwo etwas Derartiges beobachten können, auf den Straßen sei es ruhig und friedlich. Und in Hannover setzte sich die Mutter auf den letzten Koffer und drückte mit ihrem Gewicht den Deckel herunter, während Carlo die linke und Benny die rechte Schnalle schloss.

Der Erste Vorsitzende tat die ganze Nacht lang kein Auge zu. Pausenlos stellte er sich vor, wie Trollmann in der Kabine Besuch bekam. »Entweder du verschwindest, oder wir lassen deine Familie verschwinden«, und dann musste er in seiner Vorstellung den Besuch in der Kabine unverhältnismäßig in die Länge ziehen, weil er sich nicht vorstellen konnte, wie es weiterging, und er wollte partout nicht an den Ring zurückgehen in seiner Vorstellung, er wollte sich dem Publikum nicht stellen und Zirzow erst recht nicht. Wieder und wieder sagte der Besuch in der Kabine zu Trollmann: »Entweder du verschwindest, oder wir lassen deine Familie verschwinden.« Wieder und wieder gab es hierauf zeitverzögerndes Geplänkel, wieder und wieder packte Trollmann seine Sachen, wieder und wieder ging Trollmann zur Tür, und dann hörte jedes Mal die Vorstellung des Ersten Vorsitzenden auf, denn sobald Trollmann draußen gewesen wäre, hätte er zum Ring zurückgehen müssen, zum Publikum, zu Zirzow. Und so kam es, dass der Erste Vorsitzende die ganze Nacht mit Trollmann in der Kabine verbrachte. Das war unerhört anstrengend, und am Donnerstagmorgen war er fürchterlich zerschlagen und hetzte im Laufschritt ins Verbandsbüro, während Trollmann selbst noch in den Federn lag und vom Siegerkranz träumte.

Die Trollmanns saßen im Zug nach Berlin, sie saßen zwischen anderen Fahrgästen auf fünf Abteile verteilt. Bei Fallersleben fing sich Goldi eine schwere Verwarnung wegen pausenlosen Herumzappelns ein, und erst die geflüsterte Drohung, sie dürfe, wenn sie so weitermache, nicht mitkommen zum

Kampf, ließ sie bis Wustermark einigermaßen still sitzen, wonach sie aber noch zweimal daran erinnert werden musste.

Unterdessen platzte im Verbandsbüro die Seelig-Lösung wie eine Seifenblase. Der Chefredakteur und der Generalsekretär hatten sich im Büro eingefunden. Der Erste Vorsitzende: »Meine Herrn, um einen möglichen Sieg des Zigeuners zu verhindern, habe ich mich entschlossen, die Seelig-Lösung zum Einsatz zu bringen. Ihre Aufgaben dabei ...«

Der Generalsekretär und der Chefredakteur schüttelten die Köpfe. Ausgeschlossen.

Der Generalsekretär verwies auf die fehlende rechtliche Grundlage, die im Fall Seelig mit dem Vorstandsbeschluss zur Säuberung gegeben gewesen sei, aber gegen den Zigeuner habe man keinerlei Handhabe.

Der Chefredakteur fragte, ob der Erste Vorsitzende das deutsche Berufsboxen zum Erliegen bringen wolle, gerade jetzt, wo der Führer das Boxen favorisiere? Zirzow bestreite etwa die Hälfte der Berliner Kampfabende, die Berliner Kampfabende machten etwa die Hälfte der deutschen Kampfabende aus, und nachdem ihm säuberungsbedingt schon Harry Stein genommen worden sei, werde sich Zirzow nach einer anderen Erwerbstätigkeit umsehen müssen, wenn man ihm auch noch den Gipsy wegnehme. Auf Zirzow könne man aber nicht verzichten, und im Übrigen habe Witt gute Chancen, letztes Jahr habe er Gipsy am Rande des K.o. gehabt, er müsse nur ...

Der Generalsekretär fand, dass der Chefredakteur die Bedeutung Zirzows für das deutsche Berufsboxen übertrieb, äußerte sich aber nicht dazu. Er hatte sich von dem Geplapper abgewandt, er sah aus dem Fenster, und an dieser Stelle fiel er dem Chefredakteur ins Wort. Er sprach, ohne die Herren anzusehen: »Denken Sie auch an die Popularität des Zigeuners. Denken Sie an das Publikum und an die Presse. Die Seelig-Lösung würde die Boxsportgemeinde gegen uns aufbringen und umso mehr Sympathien für den Zigeuner schaffen, auch da, wo bisher noch gar keine sind. Wenn wir ihn eliminieren wollen, muss es im Ring geschehen. Alles andere ist sinnlos.«

Nachdem die Herren draußen waren, verlor der Erste Vorsitzende die Fassung, er sackte auf seinem Schreibtischstuhl zusammen und weinte, und im Lehrter Bahnhof kam der Zug aus Hannover unter ohrenbetäubendem Bremsenquietschen zum Halten. Die Franzens hatten generalstabsmäßig geplant. Vier junge Männer holten die Trollmanns ab und brachten sie zu den Franzens, den Segers und den anderen Wohnungen, wo sie beherbergt wurden. Die Mutter und Carlo waren bei den Franzens untergebracht. Derweil wurden in mehreren Haushalten die Speisen für das Fest vorbereitet. Reis wurde gekocht, Soßen angerührt, Gemüse geputzt und geschnitten, Bohnen und Kartoffeln gegart, Speck gebraten, Salate gezaubert, Kuchen gebacken. Selbst das Wetter hielt sich an die Planung der Franzens, es hätte für eine abendliche Feier im Volkspark Rehberge nicht besser sein können.

In New York war es neun Uhr morgens. Schmeling stieg aus dem Bett, wäre dabei fast umgeknickt und hätte sich beinah den Knöchel verstaucht. Er hatte nur zwei Stunden geschlafen. Die Hitze war unerträglich, nie hatte sich Schmeling mehr nach seiner Heimat gesehnt als in dieser Nacht. Er fühlte sich unwohl in dem Hotelzimmer, wo er nackt und ohne Decke auf dem Bett gelegen und wie ein Walross geschwitzt hatte, und in den zwei Stunden flachen Schlafs hatte er geträumt, er stände in Lackschuhen, Sockenhaltern und Turnhose, aber ohne Handschuhe und ohne Mund- und Tiefschutz im Ring und müsste so kämpfen.

Trollmann fuhr mit dem Fahrrad los, um auf dem Weg zu den Franzens ein paar Leute, die kein Telefon hatten, zum Fest einzuladen. Bishop trug die Einladungen zum letzten Berliner Fünf-Uhr-Tee auf die Post. Beaujean stand vor dem Spiegel und applizierte sich ein Bärtchen auf die Oberlippe. Witt lag mit Schlachter im Strandbad am Wannsee. Dort war es herrlich, weil es nicht voll war, und Witt machte Schlachter beim Baden im Wasser den Heiratsantrag. Sie ließen sich rücklings treiben, und Witt schwamm an ihre Seite und fasste sie unter. Wie sie nebeneinander in den Himmel schauten, Witt: »Gerlinde, ma ernsthaft jetzt, willste, wenn ick … ick meine, wolln wa …?«

Schlachter, seufzend: »Hmm … und ich werde ein Kleid tragen, das so weiß ist wie die Wolke da oben. Die ist ungeheuer hoch, was?«

Am frühen Abend trafen die ersten im Volkspark Rehberge ein. Sie breiteten Decken und packten die Speisen aus, stellten die Getränke ins Gras, und manche brachten auch Stühle für die älteren Damen mit. Als drei Stunden später Trollmann eintraf, hatten sich bereits über hundert Leute versammelt und waren alle übereingekommen, dass man eigentlich gar nicht auf Trollmanns Titelkampf hätte warten sollen und in Zukunft ein solches Fest ganz ohne Titelkämpfe veranstalten wolle. Verwandte, von denen die einen in Neukölln und die anderen in Spandau lebten und die sich daher nie sahen, tauschten sich über familiäre Ereignisse aus, hier und dort wurde politisiert, für und gegen Hitler gestritten, und jemand hatte sogar einen Fußball mitgebracht, der von Jung und Alt mit Lust getreten wurde.

In der Potsdamer Straße betrat Ringrichter Griese mit seiner Knollennase das Café Hansen. Obgleich der Abend so wunderbar warm war und Tische auf dem Trottoir standen, ging er hinein. Er setzte sich zu den Ringrichtern Koch und Pippow an den Tisch vorne am Fenster, und kaum saß er, kam Ringrichter Grimm dazu und trug der Wirt vier Pils auf und machte sich sogleich daran, die nächste Runde zu zapfen. Die erste Runde leerten die Herren im Nu, und als Koch, der Langsamste von den vieren, das Glas nach dem letzten Schluck absetzte, stand wieder der Wirt am Tisch, stellte die zweite Runde hin und nahm die leeren Gläser mit. Die Schankstube war ansonsten verwaist, alle anderen Gäste saßen draußen, und der Wirt stellte sich in die Tür und rauchte eine Zigarette.

Zuerst beklagten die Herren Ringrichter rituell den schweren Stand, den sie hatten. Sie hatten beim Boxen den schwersten Stand überhaupt. Leben und Gesundheit der Kämpfer hingen von ihren Entscheidungen ab, und wie immer sie entschieden, man nahm es ihnen übel. Man nahm es ihnen übel, auch wo es nicht um Leben und Gesundheit der Kämpfer ging, sondern bloß um Fouls, um den richtigen Zeitpunkt zum Eingreifen beim Clinchen, um Verwarnungen. Sie wurden von der Galerie ausgepfiffen und von der Presse bösartig kritisiert. Sie wurden manchmal, beim Eingreifen ins Kampfgeschehen, von Schlägen getroffen, die, bloß weil sie nicht ihnen galten, kein bisschen weniger wehtaten. Sie bekamen am wenigsten Geld von allen für die härteste und schwierigste Arbeit. Koch sagte die alte Ringrichterleier auf, dass nämlich sie die Einzigen seien, die alles sahen, die die Kämpfe sowohl von innerhalb des Ringes als auch von außerhalb kannten, wogegen das ungebildete Publikum und die klugscheißerische Presse …

Grimm: »Ach komm, hör auf.«

Koch: »Jedenfalls wird unsere Arbeit nicht korrekt gewürdigt, so viel steht fest.«

Im Volkspark Rehberge war die Feier in vollem Schwung und machte die schlechten Zeiten vergessen. Es war wunderbar, da man im Alltag immer die Minderheit war, einmal die Mehrheit zu sein für ein paar glückliche Stunden in einer warmen Sommernacht im Park. Zwei Herren, die einander vorher gar nicht gekannt hatten, hatten ihre Gitarren mitgebracht und spielten auf, und obgleich das Gras kein Tanzboden war, schwoften, swingten, schoben, drehten doch zwei gute Dutzend Leute, und manche sangen mit. Carlo tanzte nicht. Er legte den Arm um seines Bruders Schultern und lenkte ihn aus den Leuten heraus: »Ich will mal was mit dir besprechen.« Dann wies er ihn wieder auf die Verantwortung hin, die er beim Titelkampf trage und die ihn nicht nur verpflichte zu siegen, sondern auch, sich entsprechend zu benehmen, er müsse sich darüber klar sein, dass er die deutschen Sinti repräsentiere, im Besonderen wegen der Presse, die Presse reiche das Bild, das er abgebe, an ihre Millionen Leser weiter, und er solle auch an die Mutter denken, es gehe der Mutter nicht gut.

Carlo war deshalb so besorgt, weil es Beschwerden über Trollmanns Benehmen nach dem Klockemann-Kampf gegeben hatte, und zwar über den Tanz mit Goldi auf den Schultern. Der Zigeuner, hatte es geheißen, habe wieder einmal einen unschönen Indianertanz aufgeführt, das zieme sich nicht, Indianertänze gehörten allenfalls ins Varieté und hätten in deutschen Ringen nichts verloren, und Indianertänze mit Kindern auf den Schultern schon dreimal nicht. »Du musst mir versprechen, dass du im Falle eines Sieges nicht wieder mit Goldi durch den Ring tanzt und auch nicht ohne sie. Versprich mir das, ich will dein Sinto-Ehrenwort.«

Trollmanns Atem roch nach Alkohol: »Was heißt hier im Falle, red doch nicht so einen Quatsch, ich siege und sonst nichts, ich mach ihn fertig, ich bin tipptopp vorbereitet, haha, Disziplin! Disziplin! Disziplin! Wie kommst du überhaupt dazu, an meinem Sieg zu zweifeln! Kann man sich nicht mal mehr auf den eigenen Bruder verlassen?« Carlo brauste auf, Trollmann, plötzlich wie ein umgedrehter Handschuh: »Ich gelobe, ich werde nicht mit Goldi durch den Ring tanzen, ich werde keine Indianertänze aufführen, ich werde der Presse in den Arsch kriechen, Ehrenwort, Zigeuner-Ehrenwort, Indianer-Ehrenwort, Weißer-Neger-Ehrenwort, ich werde mir ruhig den Kranz umlegen und den Arm heben lassen, ich schwörs dir, ich tu es für Mutter und für dich, ich versprechs dir«, und er hielt ihm die Hand hin, und Carlo schlug ein, auch wenn ihm nicht wohl dabei war.

Sie gingen zurück. Sie mischten sich unter die Feiernden, sie tauchten ein in die Ausgelassenheit, sie schäkerten hier und scherzten dort und besorgten sich neue Getränke, Prost.

Trollmann, nun seinerseits den Arm um seines Bruders Schultern legend und etwas zu freundlich: »Carlo, Bruderherz, du musst dir überhaupt keine Sorgen um mein Benehmen machen. Weißt du, die Presseleute, die schreiben und schreiben, es ist ganz egal, wie ich mich benehme und wie ich kämpfe, sie schreiben, was ihnen gerade so einfällt, zum Beispiel schreiben sie«, er stieß auf, entließ galligen Atem, und der Plauderton, in dem er eben noch gesprochen hatte, nahm eine ätzende Färbung an: »Zum Beispiel schreiben sie über ein und denselben Kampf, ich hätte nur gefoult, getrickst und Clownereien geboten, und nie hätte ich so sauber und fair gekämpft wie dieses Mal«, Carlo zuckte mit den Schultern, Trollmann wurde ärgerlich: »Wenn ich flitze, werfen sie mir vor, dass ich geflitzt bin, und wenn ich nicht flitze, werfen sie mir erst recht vor, dass ich geflitzt bin, und dazu werfen sie mir vor, dass ich nicht geflitzt bin, dass ich aber unbedingt hätte flitzen müssen!« Hoffentlich steigert er sich da jetzt nicht hinein, dachte Carlo, Trollmann aber, schneidend wie ein Peitschenhieb: »Na, merkste was?« Die Unterhaltungen rundherum erstarben, alle drehten sich nach den Brüdern um und sahen hin, plötzlich war es still, wie ein Summen das Reden und Lachen der anderen, von fern die Gitarren und der Gesang, und Carlo merkte, dass sich ein Kreis um sie bildete, dass er in der Falle war, und er wappnete sich. Benny stand auch da, erwartungsvollen Blicks, und Trollmann wurde immer böser: »Was machst du, wenn du nach dem Kampf wieder zurück in der Kabine bist und die Leute hören nicht auf zu klatschen? Du gehst noch mal kurz raus in den Ring und verbeugst dich, und fertig ist die Laube. Und wenn die Kollegen es machen, ist es in Ordnung, und wenn ich es mache, trompetet die Presse, dass das aber zu unterbleiben hat! Und dass ich unverbesserlich bin! Und dass der Verband einschreiten muss! Der Verband muss einschreiten, weil es nicht angeht, dass der Zigeuner eine Verbeugung macht! Und wenn ich nicht hinausgegangen wäre und mich nicht verbeugt hätte, hätten sie gesagt, es wäre unverschämt und arrogant, ich wäre dem Publikum die Verbeugung schuldig und …«

Carlo bohrte den Zeigefinger in seines Bruders Brustbein: »Eben! Und weil es so ist, darfst du dir absolut nichts zuschulden kommen lassen!« Der Kreis um die Brüder hatte sich geschlossen.

Trollmann: »Ich?! Zuschulden!!! Sie machen sich in ihren Artikeln über meinen Tiefschutz her, als ob sie keine Frauen hätten! Sie verschimpfieren meinen Namen! Sie nennen mich Zigeuner, obwohl ich ihnen hundertmal gesagt habe, dass ich kein Zigeuner bin! Sie unterstellen mir Charakterveranlagung zum Rummelplatz! Charakterveranlagung zum Rummelplatz! Sie nennen mich Gipsy! Sie nennen mich Untenrum-Neger! Sie behaupten, dass ich kein Christ bin! Sie behaupten, dass ich kein Deutscher bin! Diese Bleistiftathleten, die nicht imstande sind, auf ihren Plattfüßen auch nur eine einzige Kniebeuge zu machen!« (Das war nicht zutreffend. Zwar war Biewer etwas dicklich, aber Bötticher war eine ungeheuer drahtige Sportskanone und hatte keineswegs Plattfüße, sondern lediglich ein Hühnerauge zu beklagen), »Diese Analphabeten, die nicht einmal Gipsy buchstabieren können! Dieses korrupte Gesindel von deutschen Sportjournalisten! Diese elenden Kretins!«, und er packte seinen Bruder bei den Jackettaufschlägen und schüttelte und schüttelte ihn: »Die Presse kann mich am Arsch lecken!!!«

Die Mutter drängelte sich durch die Leute und rief und fragte, was die Söhne wieder machten, aber Benny hielt sie auf: »Lass stecken, Rukelie hat Publikum und sägt Nerven, und Carlo hilft ihm dabei.«

Carlo hatte Trollmanns Handgelenke an seinen Jackettaufschlägen gepackt und versucht, sie mit einem Ruck davon wegzureißen, vergeblich, die Hände blieben da wie festgezogene Schraubzwingen: »Die Presse schreibt seit fast drei Jahren, man soll mich um den Titel boxen lassen, seit zweieinhalb Jahren: Trollmann soll um den Titel boxen! Hahaa! Und kein Einziger fragt danach, warum eigentlich Seelig seinen Titel über ein Jahr lang nicht verteidigen muss! Ich darf nicht um den Titel boxen, weil Seelig ihn nicht verteidigen muss! Seelig muss ihn nicht verteidigen, weil ich nicht um ihn boxen darf! Erklär mir, warum diese Dreckschleudern von der Presse genau darüber schweigen! Erklär mir, warum sie zweieinhalb Jahre lang fordern, dass ich um den Titel boxen soll, aber dann, wenn es so weit ist, wollen sie nicht die fünf Minuten von der Kochstraße zum Europagarten gehen, zum Pressetraining, das wir extra für sie veranstaltet haben! Ich kanns dir genau erklären, und ich kann dir auch ihre Zigeuner- und Tiefschutz- und Untenrum-Neger- und Indianertanz-Schweinereien erklären: Das ist die Charakterveranlagung der Presse zum Rummelplatz, und ich sags dir noch mal: Die Presse kann mich am Arsch lecken!!!«

18

Im Café Hansen war die fünfte Runde im Gange. Schmeling gegen Baer war besprochen und einige der letzten nationalen und internationalen Kämpfe durchgehechelt worden. Draußen waren inzwischen alle Tische besetzt und das lichterglänzende, parfümierte Nachtleben auf der Straße in Fahrt gekommen, wovon die Herren Ringrichter allerdings völlig unberührt blieben. Sie konnten noch klar artikulieren, denn sie waren trainierte Trinker, aber die Konsonanten wurden weicher, und der Wortwechsel hatte sich verlangsamt.

Grimm: »So ein schöner Niederschlag, ihr macht euch keine Vorstellung. Ich hab nachher an 1897 Fitzsimmons Corbett gedacht.«

Griese: »Fitz war damals aber schon Halbschwer.«

Koch: »Damals gabs doch noch gar kein Halbschwer, Fitz war Mittel.«

Grimm: »Das spielt überhaupt keine Rolle. Corbett und Fitz waren acht Kilo auseinander, und Troll und Klockemann auch.« Darauf trank er.

Pippow: »Aber Corbett ist für die Zeit unten geblieben, und Klockemann ist vor der Zeit hochgekommen.«

Koch: »Du kannst doch nicht Corbett mit Klockemann vergleichen. Das kann man sowieso überhaupt nicht, und außerdem hat Corbett turmhoch nach Punkten geführt, als er ausgeknockt wurde.«

Alle vier tranken, darauf Grimm: »Troll hat auch turmhoch nach Punkten geführt.«

Griese: »Aber Troll ist doch nicht ausgeknockt worden.«

Pippow: »Fitz ist ja auch nicht ausgeknockt worden.«

Koch: »Fitz hat auch nicht nach Punkten geführt.«

Grimm: »Aber Troll.«

Pippow: »Du kannst doch aber nicht Troll mit Fitz vergleichen, Fitz war seinerzeit der härteste Puncher, den es gab.«

Griese: »Aber Fitz hat genauso dünne Beine gehabt wie Troll.«

Pippow und Grimm tranken, Koch: »Aber Fitz und Corbett waren Weltmeister, das waren echte Champions von altem Schrot und Korn, und Klockemann und Troll sind keine Weltmeister und werden auch keine.«

Pippow: »Zirzow glaubt ja jetzt allen Ernstes, dass Troll Weltmeister wird.«

Grimm: »Ja, ja, aber nicht mit Zirzow als Manager.«

Griese, Koch und Pippow: »Nee, nicht mit Zirzow.«

Koch: »Und nicht so ohne Disziplin.«

Pippow, Grimm und Griese: »Nee, nicht ohne Disziplin.«

Griese: »Das ist das Zigeunerblut.«

Alle vier tranken, darauf Koch: »Das Zigeunerblut ist besser als alle anderen, aber Weltmeister wirds nicht. Das sieht man an seinen Domgörgen-Kämpfen.«

Grimm: »Wieso Domgörgen?«

Pippow: »Wieso besser als alle anderen?«

Sechste Runde. Der Wirt kam und tauschte lautlos die leeren Gläser gegen volle. Er wusste, dass er umso mehr Bier verkaufen konnte, je ungestörter er die Herren in ihrem gedanklichen Seilgeviert beließ. Griese, Grimm und Koch rauchten. Die vier Zungen waren nun vollends gelöst, waren aber auch schwerer geworden. Koch vertrat die Ansicht, das Zigeunerblut sei zwar wankelmütig, schauspielerhaft und disziplinlos, aber es habe den Urwaldinstinkt des Negers, mit dem man im Ring natürlich besser dastehe als mit der Asphaltkultur der Zivilisation, und es habe eine Zähigkeit, die das natürliche Maß übersteige. In alldem gingen die Kollegen konform, »Harter Hund, ganz harter Hund, das ist das Zigeunerische«, aber dann stritten sie über Trollmanns drei Kämpfe gegen Hein Domgörgen, den größten Feldherrn deutscher Ringe. Während für Pippow und Koch feststand, dass Trollmann in Domgörgen seinen Meister gefunden habe und das Zigeunerblut eben nicht gut genug sei, um gegen den Feldherrn anzukommen, stand für Griese und Grimm ebenso fest, dass das Zigeunerblut den Feldherrn in seine Schranken verwiesen und ihn gründlich daran gehindert habe, seine ganze schöne Feldherrnherrlichkeit zu entfalten. Und nachdem auch dies unter einigen Wiederholungen und noch weicher gewordenen Konsonanten abgehandelt war, kamen sie auf den bevorstehenden Titelkampf zu sprechen.

Koch: »Fast drei Jahre, das muss man sich mal überlegen, fast drei Jahre lang hat man alles getan, um den Zigeuner vom Titel fernzuhalten, und jetzt kriegt er den Titelkampf ausgerechnet durch die Säuberungsaktion.«

Sie schüttelten gemeinschaftlich die Köpfe.

Griese: »Sachen gibts …«

Pippow: »… die gibts gar nicht: Kuck mal, wer da kommt.«

Unterdessen hatte im Volkspark Rehberge die Mutter interveniert, hatte Benny blitzrasch am Ohr gezogen und schweigen geheißen, hatte den beiden Streithälsen prophylaktisch je eine Ohrfeige verpasst (die schnellen Hände!) und befohlen, augenblicklich aufzuhören. Augenblicklich! Um das Gesicht und die Ordnung zu wahren, hatte Carlo seinen Bruder noch einmal ermahnt, aber es war eine schwache, eine wachsweiche Ermahnung gewesen, denn es hatte Carlo schwer getroffen, dass man seinem Bruder und damit natürlich der ganzen Familie ihr Christentum und ihr Deutschtum absprach. Das war eine Verstoßung. Dagegen half auch gutes Benehmen nicht mehr. Carlo spürte es in den Knien, die Knie wurden wie Watte, und er lehnte sich gegen seinen Bruder, der ihn hielt, als sie sich zur Versöhnung umarmten.

Trollmann: »Mensch, Carlo, mach dir nicht so viele Gedanken.« Und er zog ihn zur Musik hinüber, und Carlo machte mit, denn es tat gut, es half, es löste die Seele, und beim Tanzen kamen die Beine wieder.

Ins Café Hansen kam Amateur-Ringrichter Haase vom BC Heros Hannover. Auch seine Beine waren weich, denn er hatte schon getrunken, er war in dieser Hinsicht mit den Professionalen gleichauf. Griese und Koch wandten die Köpfe, und Grimm, der mit dem Rücken zur Tür saß, drehte sich um, er drehte sich langsam, damit sich der Raum nicht so schnell bewegte. Sanft verschleiert von Alkohol und Rauch stand Haase in der Tür und wurde rot angeblitzt von den aufleuchtenden Bremslichtern eines Wagens draußen auf der Straße. Pippow, Griese, Grimm und Koch hoben die Gläser: »Haase!« Ein Stuhl wurde herangezogen, ein zusätzliches Bier für Runde sieben bestellt, Hände zur Begrüßung eingeschlagen, die letzten Gerüchte zwischen Hannover und Berlin ausgetauscht, und dann bedauerte Haase Griese, dass er Trollmann ringrichtern musste. Pippow, Grimm und Koch fielen ein und bedauerten Griese ebenfalls, denn Trollmann war ungeheuer schwierig zu ringrichtern. Immer diese Unberechenbarkeit und oft auf der Grenze zwischen legal und nicht erlaubt, und eh man erwogen hatte, was gerade geschah, war es zu spät, um zu reagieren. Die vier Professionalen erzählten abwechselnd und durcheinander ihre schwierigsten Situationen mit Trollmann, Pippow ließ noch einmal den Seelig-Kampf aufleben, und dann Amateur

Haase: »Habt euch nicht so. Immerhin macht er bei euch nicht mehr solche Sachen wie früher bei uns.«

Griese und Grimm: »Hör bloß auf.«

Koch: »Wenn ers nur mal machen würde, dann könnten wir ihn endlich auch auf Lebenszeit sperren.«

Pippow: »Dann soll ers aber mit dir machen. Ich verzichte freiwillig.«

Grimm und Griese: »Ich auch.«

Dagegen Haase, mit stolzgeschwellter Brust: »Ich hab ja damals ordentlich zurückgegeben. Ich hab ihn richtig erwischt. – Und ich sag euch was, ich sage, irgendwann kommt für jeden Ringrichter der Tag, wo er von einem Boxer im Ring …«

Grimm: »Quatsch.«

Koch: »Der Führer wird durchgreifen.«

Haase: »Und ich sag euch was, ich sage, lieber schlag ich mich mit einem, der Eier und Ehre hat, auch wenn er ein Zigeuner ist, als wie mit solchen Versagern, wie Karl Bähmer den Eilmann angegriffen hat und später Hans Holz den Knackstedt. Die haben ja noch nicht mal richtig getroffen, weil sie nicht boxen können, und kaum haben sie danebengelangt, geht ihnen gleich der Arsch auf Grundeis, und sie winseln um Vergebung. Das ist doch erbärmlich!«

Pippow: »Du hast doch nicht mehr alle Tassen im Schrank.«

Haase: »Klar hab ich alle, ich hab sogar Sammeltassen. Und wenn die nicht alle in den Ring gestürmt wären und uns auseinandergerissen hätten, dann hätte ich den Trollmann fertiggemacht. Ich hätte ihn niedergeschlagen, ich hab ihn erwischt gehabt, und dann haben sie sich auf uns gestürzt, der ganze Ring in null Komma nix brechend voll, und der Zigeuner war weg, ein Lärm war das, so einen Lärm habt ihr im Leben noch nicht gehört, die Galerie am Explodieren, und ich in diesem Lärm die Linke grade raus, ich hab ihn am Hals erwischt, er hat mich ja vorher auch, hier, ich hab noch ein Souvenir«, und

Haase schob den Kopf nach vorn in den Lichtkegel über dem Tisch und fuhr mit dem Zeigefinger gegen den Strich über die rechte Augenbraue, in der eine fast verheilte Narbe sichtbar wurde, »rechter Cross aus dem Nichts, und ich ihm meine Linke an den Hals, und dann Polizei, Polizei noch und nöcher, im Ring und in den ersten Reihen, und ich am Boden.«

Koch: »Aber du wolltest ihn doch niederschlagen.«

Haase: »Hätte ich auch, aber der Arzt dreht meinen Kopf zur Seite, und was seh ich?«

Griese: »Sammeltassen.«

Haase: »Hosenbeine. Und zwischen den Hosenbeinen ein Stück Balustrade von der Galerie, und da auf Kniehöhe solche schwarze Locken durchs Geländer, und die Polizei sucht den Täter, und der Arzt macht mir an der Augenbraue rum, und ich sag euch was, lieber schlag ich mich, weil für jeden kommt der Tag, mit Eiern und Ehre ...«

Eine Stunde später torkelten die nunmehr volltrunkenen Herren Ringrichter als letzte Gäste aus dem Café Hansen heraus.

Haase: »Jetzt isses so weit! Wisst ihr schon das Neuste?«

Pippow, Griese, Grimm und Koch: »Schmeling kämpft mit Fäuste!«

Und Schmeling kletterte im Yankee Stadium in New York durch die Seile, durchaus mit Fäusten, Eiern und Ehre, aber ohne Reflexe. Die Hitze war schuld, das Arierblut nicht für diese Temperaturen geschaffen, Schmeling war matt, schwer und schwach, sturzbachartig lief ihm der Schweiß am Körper herab.

Am Stadion hatte er im Schritttempo an den Leuten mit den *Boycott Nazi Schmeling*-Schildern vorbeifahren müssen. Es war ihm aufs Gemüt geschlagen, vielleicht nicht ganz so schwer, wie der deutsche Boykott den deutschen Juden am 1. April aufs Gemüt geschlagen war, denn New York war nicht seine Heimat, und die amerikanischen Demonstranten waren eine friedliche Minderheit und hielten bloß ihre Schilder hoch. Sie tummelten sich am Eingang und legten es nicht einmal darauf an, dem hereinströmenden Publikum im Weg zu stehen, und tatsächlich hatte sich keine einzige Menschenseele davon abhalten lassen, ein Billett zu kaufen und dem Kampf beizuwohnen. Und ihr Anblick kostete doch Nerven.

Der Kampf war auf fünfzehn Runden angesetzt, das Stadion zu drei Vierteln gefüllt. Fast sechzigtausend Leute, die Schmeling als Boxer verehrten, wollten jetzt sehen, wie Baer ihn zusammenschlug. Sie kamen auf ihre Kosten. In den ersten Runden war er regelrecht gelähmt, Baer verprügelte ihn wie einen Hund. Dann löste sich die Lähmung, und er vermochte Baers Schlägen auszuweichen und selbst ein paar saubere Treffer ins Ziel zu bringen. Während Baer Mätzchen machte, kämpfte Schmeling mit Ernst und technischem Können, er kämpfte an gegen seine eigene fürchterliche Verfassung und gegen Baers vernichtende Frische.

So fraglos sein technisches Können war, so ausschließlich war Schmelings Ehre rein sportlicher Natur. Auf Baers Kampfansage, jede Rechte, die er ihm ins Gesicht haue, sei eine für Hitler, hatte Schmeling erst gar nicht reagiert. Ohnehin wollte er nicht verstehen, was seine Gugelhupf-Kaffeekränzchen beim Führer zu tun haben sollten mit seinen Kämpfen. Baer erklärte es ihm in der zehnten Runde. Baer zeigte es ihm mit siebenunddreißig Schlägen in vierundfünfzig Sekunden, von denen Schmeling nicht einen einzigen vermeiden, geschweige denn beantworten konnte. Der erste jener siebenunddreißig Schläge war eine Rechte, zu der Baer sehr sorgfältig ausholte und die Schmelings Kopf wegriss und ihn in die Seile schleuderte wie einen nassen Lappen. Nahezu im Sekundentakt schlug Baer hierauf, einen nach dem anderen, siebzehn harte Schwinger an Schmelings ungedeckten Kopf und zwischendurch zwei Aufwärtshaken in den Körper. Schmeling hing in den Seilen. Zweiundzwanzig Sekunden und neunzehn Schläge nach dem ersten Schlag hub Baer zum einundzwanzigsten Mal an, schöne Grüße an Hitler, und schlug abermals eine sorgfältig ausgeholte Rechte, die Schmeling ebenso vernichtend traf wie die erste. Noch stand er, zwei weitere Schläge nahm er noch hin, dann sank sein Oberkörper vornüber, und er versuchte, sich an Baer zu klammern. Der Ringrichter trennte, Schmeling kam von den Seilen weg und taumelte in die Ringmitte, und Baer ging nach und langte ihm noch dreimal an den Kopf. Dann holte er zum dritten Mal so sorgfältig mit seiner Rechten aus, an deren Schlägen bereits einer seiner bisherigen Gegner gestorben war, holte aus und traf Schmeling ungehindert in die linke Gesichtshälfte, und Schmeling fiel und vollendete den Bogen, den Baer mit dem Ausholen seiner Rechten begonnen hatte, am Boden.

Niemand hätte es ihm übelgenommen, wenn er liegen geblieben wäre und sich hätte auszählen lassen. Es wäre korrekt gewesen, der Tatsache Rechnung zu tragen, dass er geschlagen war, besiegt, dass er nicht mehr konnte. Bei neun war er wieder auf den Beinen, nicht für Hitler, sondern um der sportlichen Ehre willen, er war auf Beinen aus Luft, Watte und Blei, und Baer war zur Stelle und machte da weiter, wo er durch den Niederschlag hatte aufhören müssen. Nach neun Treffern am Kopf wankte Schmeling aus Baers Reichweite heraus an die Seile, um sich zu halten, Baer folgte, der Ringrichter folgte, Baer schlug noch einmal zu, und endlich hob der Ringrichter die Hand.

Der Triumph im Getöse des Publikums war ungewöhnlich erhebend, denn es triumphierte nicht nur mit Baer über Schmeling, sondern geradeheraus mit dem Davidstern über Nazi-Deutschland, und die Offiziellen an der Ringseite, die

Baer die Stickerei auf der Hose erlaubt hatten, obwohl politische und religiöse Symbole im Ring eigentlich verboten waren, nickten einander erleichtert zu. In den Straßen der Stadt kamen die Leute aus Kneipen und Clubs und aus ihren Wohnungen herausgeschossen und tanzten vor Freude und fielen einander in die Arme und reckten die Fäuste, und am lautesten von allen jubelten die Demonstranten, die den Boykott dieses Kampfes gefordert hatten, und trampelten auf den fallengelassenen Pappschildern herum, und dann ging in Berlin die Sonne auf und beschien durch einen Wolkenschleier hindurch den 9. Juni 1933, Trollmanns Titelkampftag, der mit der Nachricht von Schmelings verheerender Niederlage begann.

19

In der Reichshauptstadt war große Betretenheit, die Niederlage wog so schwer wie vorher Schmelings Glanz. Es war schlimm, dass er so furchtbar verprügelt worden war, eine etwas ehrenvollere Niederlage hätte nicht ganz so schwer auf die Stimmung gedrückt. Die allerorten bemühte Hitze wurde stets mit dem Hinweis versehen, dass – sosehr sie Schmeling objektiv geschadet habe – man aber nicht nach Ausreden suchen wolle. In Berlin war es bei weitem nicht so heiß wie in New York, aber das Quecksilber im Thermometer stieg, die Wolken lösten sich auf, und es wurde diesig.

Das offizielle Wiegen begann um zwölf. Boxer, Manager, Sportjournalisten und Freikartenliebhaber bevölkerten das Treppenhaus und den Sitzungssaal Unter den Linden, wo gewogen wurde. Offene Türen, ein Kommen und Gehen, aber auch Bleiben. Unentwegt erklärten Manager und Boxer, sie würden groß gewinnen, und im Übrigen stand jeder jedem im Weg. Die Waage war vor den Fahnen an der Kopfseite aufgestellt, der Sitzungstisch aus der Mitte an den Rand geschoben worden. An der Fensterseite, gegenüber den Fahnen, standen Stühle, auf denen die Boxer ihre Kleider ablegten, bevor sie auf die Waage stiegen.

Zirzow war gereizt. Er war direkt von der Abrechnung des Vorverkaufs gekommen. Der Vorverkauf war schlecht, weil der Herr Notgemeinschafts-Oberpressechef Walter vollkommen versagt hatte, und jetzt kam noch die Schmeling-Niederlage dazu. Er überschlug größenordnungsmäßig die bisherige Bilanz und riss sich zusammen, und der Erste Vorsitzende neben ihm riss sich ebenfalls zusammen. So viel wusste auch er von den Sportlichen Regeln, dass der Delegierte die Oberaufsicht und höchste Macht am Ring innehatte. Heute Abend musste er eingreifen, nur hatte er noch keinen Plan, er lächelte säuerlich zwischen den Leuten hindurch.

Witt kam herein. Es war halb eins, Trollmann war seit einer halben Stunde da. Witt schüttelte Hände, arbeitete sich langsam zur Fensterseite hinüber und zog sich aus bis auf die Unterhose.

Koch: »Der Nächste! Witt! Adolf! Halbschwer!«

Witt durchschritt den Raum, als wäre er schon Meister, stieg auf die Waage und blies den Brustkorb auf. Der Generalsekretär schob das Gewicht auf der Skala hin und her, bis es stimmte, der zweite Beisitzer las es ab und schrie: »Witt 77,9 Kilo!«, Koch trug es ein, Griese nickte es ab, die Presse schrieb es auf. Dann kam Trollmann mit 71,3 Kilo.

Biewer: »Gute dreizehn Pfund.«

Kaul: »Dreizehn Komma eins.«

Bötticher: »Die Amerikaner sagen ja: Weight has never won a boxing fight, skills pay the bills!«

Von der Waage zurück zu den Kleidern durchschritt Trollmann den Raum, als wäre er schon Meister. Er war größer als Witt und ging aufrechter als dieser, und man konnte den roten Teppich unter seinen Füßen förmlich sehen. Kaul und Biewer wandten sich ab.

Vorerst sah man in der Bockbrauerei, wie unter Fluchen und Schwitzen der Aufbau des Rings und die Anordnung der Stühle und Bänke begonnen wurden. War dieses Geschäft grundsätzlich ohne Fluchen und Schwitzen nicht zu bewerkstelligen, so wurde dieses Mal noch etwas mehr gestöhnt und gejammert, weil das Wetter nun sehr drückend wurde. Zirzow hetzte zur nächsten Polizeidienststelle, die in der Polizeikaserne lag, um den Kampfabend zu melden, denn dies war gesetzlich vorgeschrieben. Hierfür musste eine Gebühr entrichtet werden, es war reine Geldmacherei vom Staat, und die Vergnügungssteuer war auch erhöht worden. Dann lief er zur Brauerei hinüber. Er war schweißgebadet.

Dagegen saß Schlachters Cousin vollkommen entspannt im Zug von Buxtehude nach Hamburg. Hier hatte er Zeit für einen Bummel durch die Geschäftsstraßen der Hansestadt, in denen es viel mehr zu sehen gab als in Buxtehude. Zuletzt schlenderte er über den Rathausplatz zum Alsterpavillon, trank auf der Terrasse einen Kaffee, und als er wieder im Bahnhof war und den Zug nach Berlin bestieg, braute sich dort ein Gewitter zusammen. Die Luft war bald zum Schneiden, streunende Katzen suchten Unterschlüpfe auf, der Himmel verdunkelte sich. Es kam herunter, als der Buxtehuder durch Ludwigslust fuhr. Donner krachte über der Reichshauptstadt, Blitze zerrissen den Himmel, der Regen schlug am Boden Blasen, er hatte mit einem Schwung alle Menschen von den Straßen gefegt. Eine Stunde lang sah die Stadt aus wie evakuiert, man dachte an die Sintflut. Und wenn es auch Schmelings Niederlage nicht fortspülen konnte, so reinigte es doch die Luft und löste das Drückende. Schlachter begab sich zum Lehrter Bahnhof und holte den Buxtehuder Cousin vom Zug ab. Die Trollmanns holten ihre Sonntagskleider aus den Koffern und warfen sich in Schale. Lämmchen legte das Ohrgehänge an. Die Lehrlinge in der Ullstein-Druckerei hatten Schichtende und putzten im Waschraum die Zähne für den Fall, dass sie dazu kämen, ein Mädchen zu küssen. Bishop wies den Chauffeur an, den Wagen vorzufahren, während Beaujean noch ein Zigarillo rauchte. Zirzow setzte sich an der Brauerei in ein Taxi und fuhr in die Berliner Straße, um Trollmann abzuholen und ihn mit dem Taxi zum Kampfabend zu bringen. Das war vollkommen unüblich und nur der besonderen Bedeutung des Abends geschuldet.

Zirzow klingelte, Trollmann kam herunter, erklärte, er brauche noch fünf Minuten, um seine neue Freundin abzuholen, die müsse mitgenommen werden, und verschwand ums Eck in die Rosinenstraße, wo sie ihm schon entgegenkam. Sie stützte sich mit der Rechten auf den Stock und hielt in der Linken einen in Zeitungspapier eingewickelten Blumenstrauß. Es war die Stickerin Meta Propp, die »Gibsy« auf seine Hose gestickt hatte. Nun drohte sie Trollmann mit der ganzen Autorität ihrer zweiundsiebzig Jahre, er müsse gewinnen, sonst müsse sie die Blumen diesem Witt geben, und das wäre entsetzlich! Und geriet darüber so außer Atem, dass sie kurz stehen bleiben musste.

Der Chauffeur fuhr übers Knie in die Hardenbergstraße und dann eine Weile geradeaus, und die Stadt glitt an den Fensterscheiben vorbei. Sie war frisch gewaschen, der Himmel wolkenlos, die Temperatur etwas gesunken. Die vom Gewitter weggefegten Menschen waren wieder aus den Häusern gekommen, und der Chauffeur hupte viel zu häufig, weil sich das so gehörte, wenn man eine Berühmtheit fuhr. An der Kreuzung Kreuzbergstraße Belle-Alliance-Straße Trollmann zum Chauffeur: »Fahren Sie geradeaus, wir halten noch kurz am Marheinekeplatz«, und zu Zirzow: »Ich habe plötzlich so einen Heißhunger auf Schrippe mit Bulette«, und wieder zum Chauffeur: »An der Bäckerei neben der Kirche.«

In der Bäckerei tratschte der Blockwart mit dem alten Brätzke. Trollmann zu Kurzbein: »Tach, einmal Schrippe mit Bulette bitte.«

Propp: »Für mich das Gleiche.«

Zirzow: »Ich auch.«

Der alte Brätzke zum Blockwart: »Sehnse.«

Der Blockwart: »Hattense ja gesagt.«

Brätzke: »Herr Trollmann, es ist uns eine Ehre, die Schrippen mit Bulette gehen aufs Haus.«

Sie wurden sogleich im Stehen verzehrt. Keine fünf Minuten später betraten Schlachter und ihr Buxtehuder Cousin das Geschäft und mussten sich von den aufgeregten Damen hinter dem Tresen erzählen lassen, »Stellen Sie sich bloß vor!«, dass eben gerade Trollmann hier gewesen sei! Höchstpersönlich! Dass er eine Schrippe mit Bulette gegessen und dabei, während er in die Schrippe gebissen, mit der Linken eine Fliege gefangen habe! Und dann habe er sie wieder fliegen lassen und nachher noch ein zweites Mal gefangen! Der Buxtehuder grinste.

Schlachter: »Adolf Witt ist aber keine Fliege. Er ist bärenstark, er hat sogar in den Zehennägeln Muskeln. Ich weiß das, weil ich zufällig seine Verlobte bin. Wir hätten gern zwei Schrippen mit Bulette.«

Plaschnikow, während sie zwei Schrippen aufschnitt und mit Senf beschmierte: »Ooch was, sagen Sie das doch gleich, dann wünschen wir dem Herrn Verlobten recht viel Glück, wa, Jette?«

Kurzbein, knurrend: »Möge der Bessere gewinnen.«

Um viertel vor acht fuhren, wie vereinbart, Bishop und Beaujean bei Elly Beinhorn vor. Beinhorn war bereit. Beaujean hielt ihr die Wagentüre auf und setzte sich danach zu Bishop auf die Rückbank. Sie fuhren los. Nachdem sie das Gewitter besprochen hatten, Beinhorn, gut gelaunt: »Und nun sagen Sie einmal, was kommt da jetzt eigentlich auf mich zu?«

Bishop: »Ja, sehen Sie, das ist ganz einfach: In einem Boxkampf versetzen die Kämpfer dem jeweils anderen nach festgesetzten Regeln Schläge, die punktemäßig gewertet werden können oder den Gegner kampfunfähig machen. Was der eine also erreichen will, muss der andere zu verhindern suchen, und …«, und Beaujean fiel ein und fuhr mit samtener Stimme fort: »… und aus der wechselseitigen Wirkung dieses Strebens der Kämpfer entsteht das Gefecht, das Ringgeschehen, und eben das werden wir jetzt sehen, ich möchte fast sagen: miterleben.«

Beinhorn: »Aha, ich verstehe. Wissen Sie, ich fände es vernünftiger, wenn man darüber reden würde, aber nun bin ich doch auch ein kleines bisschen gespannt.« Und hierauf kam, unweigerlich, die Rede auf den armen Schmeling.

Zur selben Zeit erreichten Propp, Trollmann und Zirzow die Kampfstätte. Dirksen war schon da, ebenso die Offiziellen und die Funktionäre. Griese hatte sich am Nachmittag noch mal aufs Ohr gelegt und war topfit. Gleich am Eingang kam der Erste Vorsitzende auf sie zugeschossen und bestürmte Zirzow, ihm den Verbandskasten zu zeigen. Sohn Hans war auch da und genoss in vollen Zügen die kostbaren letzten Momente, bevor das Publikum kam. Trollmann zeigte Propp den Platz in der ersten Reihe, der für sie reserviert war, und danach setzten sie sich in den unteren Teil des Gartens, und er holte ihr einen Hagebuttentee. Dirksen setzte sich dazu. Zirzow hatte noch etwas mit Trollmann zu besprechen und nahm ihn zur Seite: »Hör mal, das ist doch klar, dass du dir heute nicht so die Eier kraulen lassen kannst wie in Hannover. Und hinterher: Keine Tänze, auch nicht zwischendurch, nur heute, nur dies eine Mal, danach kannst du wieder machen, was du willst. Hast du mich verstanden?« Ja, ja, Trollmann verstand vollkommen, und dann musste Zirzow noch etwas mit Ringsprecher Grimm zum Ablauf klären.

Die Boxer hatten sich eine halbe Stunde vor Veranstaltungsbeginn beim Technischen Leiter zu melden und unaufgefordert ihre Verbandsmitgliedsausweise und Lizenzen vorzulegen. Zirzow machte Haken auf der Liste. Die Liste musste hinterher mit den Punktzetteln beim Verband eingereicht werden. Die Presse sondierte das Gelände. Der Pressetisch war in Ordnung, das Buffet offen. Biewer hatte immer noch nicht herausgefunden, wie der Vorverkauf gelaufen war, er fand, das Publikum tröpfelte etwas dünn. Bötticher fand es auch, und, schau an, da kam die Zigeunersippschaft, oha, das waren aber viele.

Die Mutter hatte sich bei Carlo untergehakt. Obwohl es etwas zu warm dafür war, trug sie über ihrem Kleid eine schwere seidene Stola mit feinen Stickereien, weil die Stola so schön, so kostbar und so festlich war. Trollmann begrüßte und wurde begrüßt, Lämmchens Ohrgehänge funkelte, ein Kellner: »Los, bleimse ma nich hier so im Einjang stehn, jehnse ma weita, nüscht wie rin hier!« Und die Sippschaft, die im nationalsozialistisch erbgenetischen Sinne gar keine war, ging weiter und weiter und weiter und machte den Eingang frei für die andere von den zwei Damen mit den weißen Hüten vom Pressetraining. Nun trug sie ein marineblaues Hütchen und Marlene-Hosen und war in Begleitung eines jungen Herrn ohne Bartwuchs und mit sehr zarten Händen. Der Garten füllte sich etwas, die Rahmenkämpfer präparierten sich in den Kabinen fürs Gefecht.

Pünktlich um halb neun Uhr wurde der Kampfabend durch den Ersten Vorsitzenden mit einer kleinen Ansprache eröffnet, einer Ansprache über die Notgemeinschaft, die jüdischen Filzköpfe, den eisernen Besen und die neuen, unmittelbar bevorstehenden Glanzzeiten nationalsozialistischen Berufsboxens. Die dreitausend Plätze um den Ring waren etwas über die Hälfte gefüllt. Damit schrieb Zirzow nicht sehr hohe, aber immerhin schwarze Zahlen. An der zum unteren Teil des Gartens hin gelegenen Ringseite stand der Pressetisch, gegenüber, an der oberen Seite, jener für die Funktionäre. Hier hatten der Ringarzt mit dem Verbandskasten, der Erste Vorsitzende als Delegierter mit den Handschuhen für die Titelkämpfe, sein Sohn Hans, der Zeitnehmer mit dem Gong, Ringsprecher Grimm und Zirzow mit dem Siegerkranz ihre Plätze. Zwischen dem Funtionärstisch und der Rückwand der Orchesterbühne war nur Platz für vier Reihen, wo Freunde der Offiziellen saßen, Prominente, die alte Garde aus den vergangenen Glanzzeiten des deutschen Berufsboxens und wichtige Verbands- und Behördenmitglieder, namentlich Walter Englert, der Generalsekretär und Präsident Heyl. Auch Beinhorn, Bishop und Beaujean saßen dort, weil Beinhorn von Schmeling eingeladen worden war. Von den Künsten waren gekommen Oskar Homolka, Renée Sintenis, Robert Biberti und Valeska Gert, die bereits Auftrittsverbot hatte und darum in Kürze auf eine längere Auslandstournee gehen wollte. (Wären sie nicht schon außer Landes gewesen, hätten auch Marlene Dietrich und Fritz Kortner hier gesessen, die bereits 1931 das Urteil von Trollmanns Punktniederlage gegen Tobeck mit am lautesten ausgepfiffen hatten.) Punktrichter Koch hatte seinen Tisch an der zur Brauerei hin gelegenen Ringseite, Punktrichter Pippow den seinen gegenüber. Hinter ihm saßen in der ersten Reihe die Trollmanns und Propp. Bennys Schuhe waren frisch gewichst und glänzten spiegelglatt, und Kerschers Mann war einer der wenigen Fliegenträger im Publikum. Propp hatte die Handtasche auf dem Schoß liegen und darauf die Hände mit dem Blumenstrauß. Die Stühle der Mutter und von Carlo blieben leer, denn die Mutter kam natürlich nur zum Kampf ihres Sohnes an den Ring, bis dahin blieb sie mit Carlo im unteren Teil des Gartens an dem Tisch, der vom Ring am weitesten entfernt war.

Zirzow atmete einmal kurz durch. Jetzt musste man den Abend laufen lassen und dabei in Hab-Acht-Stellung bleiben, falls etwas war, und etwas war immer. Jeder Kampfabend war ein Gesamtkunstwerk. Alles musste zusammenspielen, damit das entstand, worum es eigentlich ging und was die Leute auch wieder zum nächsten Kampfabend zog. Zirzow ging auf dem Zahnfleisch wegen des Titels. Er musste aufs Klo, ging aber nicht.

Den Einleitungskampf bestritten Stresing und Gebstädt, der in der zweiten Runde wegen Verteidigungsunfähigkeit aus dem Kampf genommen wurde. Die Vorstellung war als Einleitungskampf noch akzeptabel, hörte aber zu schnell auf. Warm geworden war man davon nicht. Hierauf folgte glücklicherweise ein ausgesprochen flotter Vier-Runder, in dem Katter mit Fleiß und Anstrengung einen Punktsieg gegen Drehkopf errang. Es war ein Gefecht auf Augenhöhe, jede der vier Runden war handlungsreich, und Katter senior, als Chefsekundant am Ring, heizte die Stimmung an, indem er viel schrie. Entweder schrie er seinem Sohn Anweisungen zu, was für Sekundanten vollkommen verboten war, oder er rief »Ja! Sehr gut! Weiter so!«, wann immer der Junior einen Treffer landete oder es so aussah, als hätte er einen Treffer landen können. Und am allerlautesten schrie Katter senior, sobald in einem der dramatischen und rasanten Schlagwechsel nicht mehr zu erkennen war, wer wen wie getroffen hatte, denn für die Punktrichter war es allemal besser, dabei die Katter-Ecke jubeln zu hören. Willi Radzuweit und seine Leute waren die Ersten, die sich vom Geschrei Katter seniors anstecken ließen und mitmachten, und bis zum Schlussgong waren wirklich alle dabei. Katter juniors vorzügliche Athletik beeindruckte, das Urteil wurde allseits begrüßt, beide Kämpfer erhielten starken Applaus.

Plaschnikow: »Das war in Ordnung.«

Bauchladeneisverkäufer gingen durch die Reihen, Kellner liefen mit mehreren Biergläsern in beiden Händen, und der Hausmeister schaltete die Gartenbeleuchtung ein, obwohl es noch taghell war. Die Leichtgewichtsmeisterschaft folgte. Die Kämpfer waren bereits in den Ring gerufen worden, die Hände der alten Garde geschüttelt, die Handschuhe ausgelost und angezogen. Und nun bat Ringsprecher Grimm das Publikum, sich zu erheben für die deutsche Nationalhymne, und sieben Herren in frischgebügelten Fräcken betraten den Ring. Das war neu! Bislang wurden Nationalhymnen nur dann aufgeführt, wenn sich Boxer verschiedener Nationalitäten um einen Titel stritten, mithin nur bei Europa- und Weltmeisterschaften. Die sieben Herren in Fräcken waren eine Abordnung des Charlottenburger Männergesangvereins von 1861. Sie nahmen Aufstellung mit dem Rücken zum Funktionärstisch. Der Tenor schlug eine Stimmgabel gegen die Hand, hielt sie ans Ohr und summte, und hierauf trugen sie das Deutschlandlied vierstimmig vor. Klarer Punktsieg für Zirzow in Sachen Gesamtkunstwerk. Biberti nickte anerkennend ob der vorzüglichen Darbietung, viele hatten während der Hymne die Hand aufs Herz gelegt.

Der Leichtgewichtsmeisterschaftskampf zwischen Heinisch und Seisler übertraf alle Erwartungen. Seisler packte entschieden sein Glück beim Schopf, und Heinisch ließ sich nicht lumpen und schlug zwölf Runden lang unerbittlich zurück. Das Gefecht wurde derart aufregend, dass das Publikum ganz ohne Sekundantengeschrei stöhnte und stellenweise von den Sitzen sprang. Seisler siegte, dann war Pause.

Der Himmel ging ins Dunkelblaue über, Mücken und Fliegen surrten um Lampen. Leute erhoben sich und wanderten zu den Toiletten und zum Buffet, und Griese ging in die Kabinen, um den Kämpfern die Kampfregeln anzusagen. In Kabine eins wartete Heinischs Trainer auf Heinisch, der eben die Niederlage abduschte, und Schwergewichtler Selle, der mit Stief den Schlusskampf des Abends zu bestreiten hatte, boxte in der Ecke Schatten. Die Luft war stickig. Trollmann saß rittlings auf einem Stuhl, den Unterarm auf der Lehne, und ließ sich von Dirksen die Bandage wickeln, und Witts Sekundant Eggebrecht stand daneben und beaufsichtigte das Verfahren. Griese spulte den Artikel 47 »Verbotene Schläge« mit seinen elf Unterartikeln und den Artikel 50 »Lösen« der Sportlichen Regeln in atemberaubendem Tempo herunter. Er zählte sie an den Fingern ab und endete mit der Frage, ob man ihn verstanden habe. Man hatte. Dann rieb er seine Knollennase und fragte Trollmann, indem er ihm prüfend in die Augen sah: »Alles in Ordnung bei dir?«

Trollmann: »Ja!«

Griese: »Viel Glück!«, und ging hierauf in die Kabine zwei hinüber, zu den Gegnern von Kabine eins, und sagte dort exakt das Gleiche.

Unterdessen hatte Trollmanns Nichte Goldi herausgefunden, dass es in Propps Handtasche eine Bonbontüte gab, und die Ullstein-Lehrlinge nippten an ihrem ersten Bier, denn es musste den ganzen Abend reichen, die SA war beim dritten. Nachdem er auch Kabine zwei instruiert hatte, ging Griese in den Ring und prüfte die Befestigungen und die Spannkraft der Seile. Dann prüfte er den Ringbelag und wischte in einer Ecke mit einem Handtuch das Wasser auf, das bei der Erfrischung Seislers verschüttet worden war. Hierauf begab er sich hinter die Bühne. Bis zur Grundstücksgrenze an der Schwiebusser Straße war dort nichts weiter als Gebüsch, und hier standen der Erste Vorsitzende und der Generalsekretär im Gespräch. Griese nickte hinüber und blieb auf Abstand, er wollte nur in Ruhe eine Zigarette rauchen.

20

Die Mutter und Carlo setzten sich auf ihre freigehaltenen Stühle, die Mutter stopfte Watte in die Ohren. Carlo: »Jetzt noch nicht«, die Mutter: »Wie bitte?«, und Zirzow kommandierte händefuchtelnd die Prominenz an den Ring.

Grimm rief aus, er schrie, so laut er konnte: »Meine Damen und Herrn! Ladys und Gentlemen! Die deutsche Halbschwergewichtsmeisterschaft! Um den Titel! Des Deutschen Meisters! Im Halbschwergewicht! Lizensiert! Von der Boxsportbehörde! Deutschlands! Über zwölf Runden! Mit weichen Bandagen! Und fünf Unzen! Zwischen Adolf Witt! Aus Kiel! Fünfzehn Siege! Neun vorzeitig! Drei Niederlagen! Vier Unentschieden! 77,9 Kilo! Und Heinrich Trollmann! Aus Hannover! Neunundzwanzig Siege! Elf vorzeitig! Zehn Niederlagen! Zwölf Unentschieden! 71,3 Kilo! Das Kampfgericht! Ringrichter Griese! Punktrichter Pippow! Und Koch! – Ich rufe in den Ring! Adolf Witt!«

Im Ring Hans zu seinem Vater: »Zweimal zwei Drittel Siege und ein Fünftel Niederlagen«, aber der Erste Vorsitzende hörte nicht recht hin, denn er war viel zu nervös. Hans: »Übern Daumen«, der Erste Vorsitzende: »Ja, Hans«, Hans: »Witts K.-o.-Rate ist fast doppelt so hoch wie die von Trollmann«, der Erste Vorsitzende: »Schon gut jetzt«, Hans: »Gerundet.« Hans hatte es gestern zusammen mit dem Chefredakteur ausgerechnet.

Witt trat aus dem Anbau der Ausschankhalle ins Freie. Chefsekundant Katter senior und die Sekundanten Buxtehuder und Eggebrecht begleiteten ihn, Katter rechts, der Buxtehuder links, Eggebrecht hinterher. Witt sah nicht den letzten Hauch Tageslicht am Himmel im Westen, sondern die überdachte Orchesterbühne mit dem von oben beleuchteten Ring jenseits der Publikumsmasse. Die Schultern und Köpfe von hinten, die im Dunklen ineinander übergingen, die Seile und Pfosten, auf die das Licht herabfiel, Grieses angestrahlte Glatze und den Weg dorthin, die Gasse, die von den Kabinen zum Ring zwischen den Bänken und Stühlen frei gelassen worden war. Er hielt den Kopf leicht vorgeneigt und setzte einen Fuß vor den andern. Über seinem Mantel hing ihm ein Handtuch um den Hals wie ein offener Schal. Der Buxtehuder hatte die Ruhe weg, er ging im Gleichschritt mit Witt. An der Ecke des Rings, wo die Gasse endete, wandten sie sich nach links, rechter Hand saßen an der Ringseite Punktrichter Pippow und in der ersten Reihe die Trollmanns. Witt erkannte sie, obwohl er sie noch nie im Leben gesehen hatte. Er ging am Pressetisch entlang. Er suchte Haymann und sah ihn, gerade bevor er das Treppchen zu seiner Ringecke hinaufstieg. Hans durfte ihm die Seile auseinanderhalten, Witt kletterte unter Willkommensapplaus in den Ring, die Sekundanten folgten. Ringsprecher Grimm, in den Applaus hinein: »Adolf Witt! Der Bezwinger! Von Heinrich Trollmann! Und Charles Scrève!« Der Applaus schwoll an, vereinzelt wurde gebuht, Zwischenrufe wurden laut: »Den Troll hat er nicht bezwungen! Das war Schiebung!«, »Hat er wohl!«, »Hat er nicht!«, dagegen Radzuweit zu dem SA-Mann neben ihm: »Mannmannmann, wer Fallobst nicht auf den Boden bringt, soll Sackhüpfen spielen. Dieser Scrève kriegt doch Nasenbluten, wenn man ihn nur einmal scharf ansieht«, der andere SA-Mann: »Kommkommkomm, Witt hat gegen Domgörgen unentschieden gemacht, da kann er zur Erholung auch mal ne Flasche boxen«, Radzuweit: »Hör mir uff, mit Flaschen kannste Säuglinge großziehen, aber nicht Kämpfer.« Indessen tat Witt einen Schritt aus seiner Ecke, deutete eine Verbeugung an und trat wieder zurück. Katter hatte kurz Blickkontakt mit Haymann aufgenommen. Haymann saß an jener Gasse, die zwischen den Stühlen und Bänken zu Witts Ecke hin frei gelassen worden war. Er würde Katter während der Runden Anweisungen für Witt geben. Der Buxtehuder massierte Witts Nacken, Witt trat von einem Bein auf das andere.

Grimm: »Ich rufe in den Ring! Heinrich Trollmann!« Trollmann trat aus dem Anbau der Ausschankhalle ins Freie. Chefsekundant Dirksen und sein Neffe, Sekundant Fritz Obst, begleiteten ihn, Dirksen rechts, Obst links. Obst trug das Handtuch längs gefaltet über dem Unterarm und in der anderen Hand den Spuckeimer mit Wasserflasche, Vaseline, Hamamelis-Tinktur, Wattetupfer, Kühleisen und Eisbeutel, Dirksen trug den Schemel. Trollmann schritt einher, als wäre er der Prinz eines unermesslichen Königreichs und im Begriff, den Thron zu besteigen. Alle Köpfe drehten sich zu ihm hin. Als er am Ende der Gasse die Ecke des Rings erreichte, lächelte er zu seiner Familie hin und zwinkerte Propp zu. Dann streckte er die geballte Rechte senkrecht nach oben, ernst, feierlich, als vollziehe er, was seit jeher geschrieben stand. Weite Teile des Publikums nahmen den erhobenen Arm wie den Taktstock eines Dirigenten und applaudierten und riefen seinen Namen. Trollmann behielt die Faust oben und ging so an der Ringseite vor seiner Familie entlang zu seiner Ecke. Am Pressetisch schüttelte der Chefredakteur den Kopf: »Was für eine Unverfrorenheit!«, Bötticher: »Wie wenn er schon amtlich zum Sieger erklärt wäre«, Biewer: »Typische Zigeunerfrechheit«, Obscherningkat: »Tststs«, Kaul aber, eingedenk seines bisherigen Schweigens über die abgewimmelten Titelbewerbungen, sagte nichts.

Trollmann sah nicht das Weiße mit den Kirschen drauf und Kurzbein drin, sondern das Treppchen und den Ringpfosten. Wie ein Gummiball federte er die drei Stufen hinauf, flankte über die Seile hinein, lief rückwärts, drehte vorwärts ab, schlug links-links-rechts in die Luft, fußwechselte rasend schnell mehrmals am Stück auf der Stelle und verbeugte sich von der Ringmitte aus nach allen Seiten, indessen Grimm, unter Applaus: »Heinrich Trollmann! Der Bezwinger! Von Adolf Witt! Und Otto Klockemann!«

Der Applaus schwoll weiter an, Trollmann begab sich in seine Ecke, Dirksen fasste ihm an den Nacken, der Nacken war entspannt. Wieder war vereinzelt gebuht worden, aber da es an den Siegen Trollmanns über Witt und Klockemann nichts zu rütteln gab, blieben Zwischenrufe aus. Nun mussten die Prominenten zum Händeschütteln in den Ring.

Ein Ullstein-Lehrling zum andern: »Weck mich auf, wenn der Kampf losgeht.«

Ringsprecher Grimm: »Meine Damen und Herren! Ladys und Gentlemen! Wir haben die Ehre! Begrüßen Sie! Paul Samson Körner! Ehemaliger Deutscher Meister! Im Schwergewicht! Und Halbschwergewicht!«

Großer, kurzer Applaus. Gefolgt von Breitensträter stieg Körner durch die Seile und eilte im Laufschritt in die Ringmitte, wo er dem Ersten Vorsitzenden und Zirzow, und hierauf in die Ecken, wo er den Kämpfern die Hände schüttelte, und verließ sofort wieder den Ring.

Grimm: »Hans Breitensträter! Ehemaliger Deutscher Meister! Im Schwergewicht!«

Großer, kurzer Applaus. Breitensträter konnte es nicht gut vertragen, dass eine Frau den Ring betreten sollte, und war beleidigt, weil er nicht als Erster aufgerufen worden war. Darum ließ er sich extra viel Zeit. Weitere ehemalige Deutsche Meister folgten und beeilten sich wieder, denn das Prominenten-Händeschütteln musste zügig gehen, man durfte die Geduld und die Applauswilligkeit des Publikums nicht überstrapazieren. Zuletzt kam Elly Beinhorn dran.

Das war nun auch wieder völlig neu und noch nie da gewesen, dass eine Prominenz, die kein ehemaliger Deutscher Meister und noch nicht einmal Boxer war, zum Händeschütteln in den Ring gebeten wurde, aber Zirzow wollte keinesfalls auf die Reklame von Beinhorns sagenhafter Popularität verzichten. Und hatten das Fliegen und das Boxen nicht gemeinsam, dass es kein Netz und keinen doppelten Boden gab und man Gesundheit und Leben in die Waagschale warf?

Grimm: »Elly Beinhorn! Kunstfliegerin! Langstreckenfliegerin! Trägerin des Hindenburg-Pokals!«

Sehr großer Applaus.

Plaschnikow: »Die bitten wir nachher um Autogrammkarten, dann können wir ihr auch mal die Hand schütteln.«

Kurzbein: »Genau, und dann werd ich mir die Hände mindestens drei Monate lang nicht mehr waschen.«

Beinhorn wählte ein Tempo, das deutlich flotter war als jenes Breitensträters, jedoch langsamer als das der anderen Herren. Sie fand Zirzows Lächeln falsch und die Hand des Ersten Vorsitzenden feucht. Auf dem Weg in Witts Ecke ließ sie ihren Blick über die Herren am Pressetisch gleiten, und als sie Witts bandagierte Hand drückte, fühlte sie seine Niederlage kommen und begriff plötzlich, dass er ebenso gut siegen konnte. Witt war praktisch im Notlandungsmodus: oben Motorschaden, unten das Sumpfgebiet des Niger.

Beinhorn: »Viel Glück!«

Witt: »Danke.«

Die Luft im Ring war testosterongeschwängert, sie roch es, sie atmete es ein, die Seile konzentrierten es, wie ein Blitz durchfuhr sie die Lust, sich zu prügeln, und sie war froh, dass sie es nicht tun musste. Aus der anderen Ecke strömte ihr Trollmanns Verlangen entgegen, Witt zu schlagen, seine hochmütige und gefährliche Siegesgewissheit, und als sie seine Hand drückte, fand sie ihn sträflich leichten Herzens. Wegen der schlimmen Niederlage, die nun daran haftete, verschwieg sie ihm Schmelings schöne Grüße und beste Glückwünsche für den Kampf.

Beinhorn: »Viel Glück!«

Trollmann: »Danke.«

Zirzow: »Fräulein Beinhorn, Sie bleiben hier, Sie werfen die Münze.«

Witt ging in seiner Ecke hin und her. Eggebrecht ging mit und goss ihm Wasser über den Kopf. Trollmann federte auf den Ballen und schüttelte die Beine aus. Griese legte ein weißes Handtuch in der Ringmitte auf den Boden, beugte sich hierauf über die Seile zum Funktionärstisch, ließ sich vom Zeitnehmer die zwei Paar Handschuhe heraufreichen und legte sie auf das Handtuch. Katter: »Zahl!«, Dirksen: »Kopf!«, Beinhorn warf die Münze, Griese: »Kopf!«, hob sie auf, und Katter trat zurück. Zirzow geleitete Beinhorn aus dem Ring, Dirksen hob ein Paar Handschuhe auf. Er drehte und wendete die Fäustlinge, inspizierte, knetete die Polsterung durch, strich übers Leder, roch daran, zerrte an den Nähten, zog am Daumen, legte sie wieder aufs Handtuch, hob das andere Paar auf, prüfte es gleichermaßen, legte es nieder und nahm – wie alle Sekundanten zu allen Zeiten überall auf der Welt – wieder dasjenige auf, das er als Erstes geprüft hatte, um damit zurück in die Ecke zu gehen, wo ihm Trollmann schon die Hände entgegenstreckte.

Nun wurde übergezogen und mit größter Sorgfalt geschnürt und verknotet, indes die Menge unruhig wurde und die Charlottenburger Sänger in den Ring kletterten. Abermals erhob sich auf Geheiß Ringsprecher Grimms das Publikum, und Witt und Trollmann standen still. Die Mutter nahm die Watte aus den Ohren. Wie die Herren die Nationalhymne für Rukelie sangen, und damit für alle Sinti, stiegen ihr und Carlo Tränen in die Augen, aus Lämmchens Blick wich die bittere Skepsis, und Benny summte leise mit. Das Lied sollte nie aufhören, der Augenblick für immer bleiben. Es hörte aber auf, es musste, denn als der letzte Ton noch nicht verklungen war, sprang schon ein Fotograf mit einem gigantischen Blitzlicht in den Ring, und Katter, Witt, Griese, Trollmann und Zirzow nahmen Aufstellung, um den historischen Augenblick zu dokumentieren. Derweil im Publikum Zirzows Gemüsehändler: »Neeneenee, nu fummelnse wieder rum wie die Laubenpieper, aba det muss doch heute noch fertich wern«, und aus den hinteren Reihen rief es: »Hunde, wollt ihr ewig leben?«

Ringsprecher Grimm, der Erste Vorsitzende und Hans verließen den Ring und setzten sich an ihre Plätze am Funktionärstisch. In ihren Ecken nahmen die Sekundanten den Kämpfern die Mäntel ab, zogen die Ärmel über die Handschuhe und geleiteten ihre Männer in die Ringmitte zu Griese. Griese packte mit der Linken Trollmann und mit der Rechten Witt im Nacken. Trollmann und Witt starrten einander in die Augen. Die Sekundanten standen im Kreis um Griese und die Kämpfer, indessen dieser noch schneller sprach, als er in den Kabinen die beiden Artikel der Sportlichen Regeln angesagt hatte, und überdies nuschelte: »Ich habe euch die Regeln in den Kabinen erklärt, ihr müsst meine Kommandos befolgen, jeder Regelverstoß kann Disqualifikation nach sich ziehen, ich erwarte einen sauberen Kampf, protect yourself at all times, touch em up!« Trollmann und Witt tippten beidhändig das Leder gegeneinander, und hierauf Griese, laut und deutlich: »Und nun geht in eure Ecken und kommt kämpfend zurück!«

In den Ecken schoben die Sekundanten den Kontrahenten den Mundschutz in den Mund und hatten plötzlich noch einmal überall an ihnen zu tupfen, reiben, wischen, als ob es ohne das nicht ginge. Witt rollte die Schultern, Trollmann warf den Kopf hin und her. Grimm vom Funktionärstisch aus: »Ring frei!«, die Sekundanten kletterten durch die Seile, und endlich, endlich kam der erlösende erste Gong.

21

Nun war Trollmann in seinem Refugium. Nirgendwo und nirgendwann sonst war er so sicher vor feindlichen Attacken wie während des Kämpfens im Ring. Hier war er unangreifbar, weil vor dem Leder alleine das zählte, was man konnte, und nicht irgendwelche Herkünfte oder Rassen. Nur ein einziger fassbarer Gegner, zurückschlagen nicht bloß erlaubt, sondern geboten. Famos. Er atmete erleichtert auf, als der Gong schallte und Witt wie ein wilder Stier auf ihn losstürmte. Der Atem aus Witts Nüstern wirbelte am Boden Staubwölkchen auf. Vorgeneigten Haupts rannte Witt gegen ihn an, erreichte ihn, noch bevor er in der Ringmitte war und noch bevor er recht wusste, wie ihm geschah, und attackierte ihn mit weiten Schwingern, voll von seiner entsetzlichen Kraft. Sogleich schrie das Publikum einstimmig: »Ah!«

Die erste Faust überraschte Trollmann als kühler Luftzug auf der Haut im Gesicht und leises Zischen im Ohr. Die zweite, zu der Witt einen Seufzer ausstieß, prallte an seiner gerade noch rechtzeitig hochgezogenen Schulter ab. Unter der dritten tauchte er weg. Die vierte blockte er mit dem Handschuh und musste froh sein, dass ihm dabei nicht der Mittelhandknochen der Länge nach aufsplitterte, so groß war Witts Wucht, und die fünfte sah er schon von weitem. Es gab Applaus für beide Kämpfer, sowohl für den mutigen Angriff und das Kunststück, Trollmann überrascht zu haben, als auch für die geschickte Verteidigung, die umso geschickter erschien, als sie im Zustande völliger Überraschtheit ausgeführt worden war.

Carlo war bei dem Angriff kurz und schmerzhaft der Puls hochgeschossen und erst wieder abgefallen, als der Bruder aus Witts Reichweite heraus war. Witts Schläge sahen schrecklich aus. Man sah ihre verheerende Wirkung, selbst wenn sie ihr Ziel nicht richtig trafen oder ganz in die Luft gingen. Kurzbein und Plaschnikow waren ruhiger geblieben. Als routinierte Beobachterinnen hatten sie jenen Augenblick erfasst, den Witt brauchte, um sich aus seinem Ansturm in Kampfposition zu bringen, und hatten seine erste Hand fehlgehen sehen und darum erwartet und recht behalten damit, dass das Trollmann genügte, um sich zu schützen. Haymann war vollkommen zufrieden. Wenn Witt so weitermachte, würde er den Zigeuner zwangsläufig irgendwann erwischen. Diese brutalstmögliche Zerstörungskraft von Witts Fäusten war ein erhebender Anblick, ein Triumph der rassischen Stärke, sein Werk. Es war vollends dunkel geworden, das Licht im Ring wirkte umso heller.

Bishop zu Beinhorn, die beide einander nicht ansahen, sondern mit den Augen den Kämpfern folgten: »Sehen Sie, eben hat Witt sehr schön gezeigt, dass es nicht genügt, schnell zu sein, sondern dass man auch im richtigen Augenblick losschlagen muss, wenn man den Gegner treffen will. In England und Amerika nennt man es *timing.*«

Beinhorn: »Ich habe überhaupt nichts erkennen können, Trollmann ist ja noch schneller als die Leichtgewichtler eben.«

Bishop: »Nun übertreiben Sie aber. Und achten Sie übrigens darauf, es wird sich wiederholen, wenn Witt angreift.«

Witt setzte nach, Beinhorn erkannte nichts. Sie sah nur ganz kurz ein paar fliegende Fäuste, die sie nicht zuordnen konnte, und dass Trollmann sich viel mehr bewegte als Witt.

Beinhorn: »Witt ist etwas statisch.«

Beaujean: »Sie sagen es.«

Bishop, zufrieden: »Das ist nun die Quittung dafür, dass sie Funke entfernt haben.«

Witt litt an dem, worüber viele Gegner Trollmanns klagten. Wenn man Trollmann zwischen den Seilen gegenüberstand, vergaß man auf der Stelle, dass man ein guter Kämpfer war, und konnte sich partout nicht dran erinnern, je gesiegt zu haben. Es war seine bloße Anwesenheit, es war der nackte Wille, und es führte dazu, dass Witt nicht weiterwusste. Da wollte Trollmann ihn haben, nun konnte es losgehen, nun machte er sich an die Arbeit.

Zuerst galt es, den Gegner zu vermessen, seine Armlänge zu fühlen, seine Reaktionen zu prüfen, seine Beinarbeit zu erspüren, seine Schwächen und Lücken in der Deckung zu finden. Es hatte wenig zu besagen, dass er sich schon dreimal mit ihm geschlagen hatte, man stieg doch zu jedem Kampf als ein anderer in den Ring, jedes Mal mit mehr Erfahrung und anderem Training. Trollmann ging rückwärts auf der Außenbahn, er führte Witt wie einen Bären in einer Zirkusmanege am Nasenring spazieren. Hin und wieder ließ er seine Fäuste kreisen, und zwar als allgemeine Drohgebärde, »Kuck mal, was ich hier für dich habe«, oder auch so, als ob er einen Schlag vorbereite. Witt folgte und suchte nach einer neuen Gelegenheit für einen Angriff. Trollmann ging fast flachfüßig, aber doch mit dem Gewicht vorne in den Ballen, immer bereit, einen plötzlichen Satz zu machen, und er ging aufrecht und warf im Laufen zwei linke Gerade an Witts Stirn. Witt reagierte nicht. Witt absorbierte die Schläge wie ein Schwamm das Wasser und wartete weiter auf eine neue Gelegenheit für einen Angriff. Dazu musste er noch etwas näher an Trollmann herankommen. Aber immer wenn er gerade eben die Distanz erreicht hatte, fehlte just wieder eine Handbreit, bevor er hätte zum

Schlag ansetzen können. Nun, es würden schon noch Möglichkeiten kommen, er hatte noch über elf Runden Zeit, da kam sie, Witt holte aus, Trollmann schwang im Rückwärtsgehen den Oberkörper nieder und unter Witts Faust durch und stieß sich dabei mit dem weit nach hinten gesetzten Fuß ab und schritt, an Witts Rücken vorbei hochkommend, ohne Eile nach vorne weg. Witt wieder ins Leere, wo war Trollmann?

Gelächter in den hinteren Reihen, etwas Unruhe in den vorderen. Man wollte jetzt auch einmal einen richtigen Schlagabtausch sehen und nicht immer nur dieses ewige Laufen, dieses Ansetzen und Nicht-Losschlagen, dieses Gezerre und Geschiebe an der Distanz. Im Übrigen versagte sich Trollmann jegliche Grimassen und Mätzchen und Kontaktaufnahme mit dem Publikum. Wäre es nicht um diesen elenden Titel gegangen, so hätte er eben vielleicht noch Witt nachgewinkt, »Tschüss Adolf, hier gehts weiter«, oder hätte vorhin, nach dem verpufften Großangriff, mit den Schultern zucken können, »Was willst du eigentlich von mir?«, und hätte damit psychologische Kriegsführung betrieben. Nichts dergleichen. Er exerzierte mit der rücksichtslosesten und unerschütterlichsten Ernsthaftigkeit, die sich überhaupt denken ließ, und trug hiermit zu Witts Verwirrung bei.

Am Pressetisch Bötticher zum Chefredakteur, flüsternd: »Witt hat überhaupt keine Beine! Das ist ein Skandal!«

Der Chefredakteur: »Mal abwarten, der muss erst noch warm werden.«

Hier irrte der Chefredakteur. Witt hatte sich in der Kabine sehr sorgfältig warm gemacht, seine Beine waren in ihrer zu diesem Zeitpunkt bestmöglichen Verfassung. Trollmann zog noch einmal die Nummer mit dem Richtungswechsel während des Abtauchens durch, und wieder fiel Witt darauf herein, doch noch machte sich Schlachter, die in der ersten Reihe an Witts Ecke saß, keine Sorgen. Gong. Sechzig Sekunden Pause.

Gedämpft durch die Watte drang der Gong auch in die Ohren der Mutter. Sie öffnete die Augen: »Wie stehts?«

Carlo: »Sehr gut.«

Lämmchen: »Das war Rukelies Runde.«

Koch, gegenüber an seinem Punktrichtertisch, sah es anders. Er gab sie Witt für seinen einleitenden aggressiven Großangriff und dafür, wie er unaufhaltsam nach vorne marschierte und sich von Trollmanns Hüpfereien nicht verdrießen ließ. Indessen nahm Dirksen Trollmann den Mundschutz heraus, gab ihn Obst zum Spülen und nahm von Zirzow das Handtuch entgegen, mit dem er ihn erst abtupfte und ihm dann Luft zuwedelte: »Wie fühlst du dich?«

Trollmann: »Super.«

Dirksen: »Prima. Du hast alles richtig gemacht. Weiter so. Spiel mit ihm. Er gehört dir.«

Dabei hielt Zirzow mit der Linken, auf deren Handrücken ein Batzen Vaseline lag, seinen Kopf und schmierte ihm mit der Rechten die Fettcreme ins Gesicht, die Witts Handschuhe abgleiten lassen sollte. Er strich sie dick über die Augenbrauen und von da in die Stirn, von unterhalb der Augen über die Wangen, vom Nasenbein weg über die Nasenflügel, er strich und schmierte mit titelwürdiger Inbrunst und hielt den Mund, obwohl Dirksen es dieses Mal nicht gefordert hatte. Trollmanns Gesicht zeigte keinerlei Schlagspuren.

Dirksen: »Aber lass dich nicht noch mal so überraschen wie am Anfang.«

Obst goss ihm Wasser in den Mund, Trollmann spülte und spuckte aus, Zirzow hielt ihm den Hosenbund vom Leib, Trollmann atmete, Dirksen wedelte. Dirksen und Obst waren die Gelassenheit und Zuversicht selbst, Zirzow kämpfte mit Gewalt seine Nervosität nieder, indem er immerzu mit dem Mund aufschnappte, als ob er etwas sagen wolle, dann aber doch schwieg, und Trollmann ließ seine Augen zwischen den Sekundanten hindurch übers Publikum schweifen. Die Telefonistin aus dem Jockey Club war da. Heitmeier war nicht zu sehen, obwohl er ihr eine Freikarte geschickt hatte. Vielleicht war sie doch da, und er sah sie nur nicht, und dann legte ihm Obst den Eisbeutel in den Nacken, gerade bevor er danach fragen wollte.

Auch Witt wurde gelobt. Darüber hinaus ließ Haymann via Katter ausrichten, er solle mehr schlagen. Katter ging mit grimmigem Ernst seiner Arbeit nach, hatte aber während der Runde nicht mehr geschrien wie vorher bei seinem Sohn. Eggebrecht strich Witt den Nacken aus, der Buxtehuder schmierte. Witt war zufrieden mit der Wahl seiner Sekundanten, er tauschte einen Blick mit Schlachter. Schlachter lächelte und machte eine Faust.

Das Publikum hatte mit dem Gong die Augen von den Kämpfern gelöst. Es war eine gewisse Anstrengung, einem Boxkampf zu folgen, umso mehr, je handlungsärmer das Ringgeschehen war.

Radzuweit: »Wolln wir mal hoffen, dass uns der Zigeuner nicht wieder langweilt, sonst machen wir Hackfleisch aus ihm.«

Bei den Ullstein-Lehrlingen aber war gute Stimmung. Die zwei, die um eine halbe Arbeitsschicht wetteten, waren beide sicher, dass ihr Favorit siegen werde, wenn nicht wahlweise Witt Trollmann erwischte oder Trollmann sich nicht erwischen ließ, und wenn es dieses »Wenn nicht« nicht gäbe, dann hieße das, dass der Kampf fixiert wäre. Jedoch waren alle fünf Ullstein-Lehrlinge felsenfest davon überzeugt, dass dieser Kampf nicht fixiert war. Würde man nämlich, sagten sie, nicht immer mit diesem Rasse-Gedöns hausieren gehen, wäre es gar kein Problem gewesen, den Kampf zu fixieren, aber so ging es nicht, denn im Lichte des Rasse-Gedöns wäre eine Fixierung nichts weiter als eine vorauseilende rassische Kapitulation gewesen. Das konnte sich der Verband nicht leisten. Der Lehrling, der auf Witt setzte, spuckte auf den Boden. Er setzte rein sportlich auf Witt, aber auch aus Anstand und Trotz, denn die boxsportlich interessierte Arbeiterschaft der Druckerei stand nahezu geschlossen hinter Trollmann. Die Lehrlinge saßen in einer der hinteren Reihen zum unteren Teil des Gartens hin, die, von wegen Regensicherheit, allesamt außerhalb der Überdachung standen. Über ihnen ein klarer Stadtsternenhimmel. Der Ring war jetzt der wärmste Ort des Gartens, wie ein Nachklang des Gewitters kam von außen herum etwas nächtliche Feuchtigkeit auf, als des Ringsprechers Schrei »Ring frei für Runde zwei!« die Sekundanten hinaustrieb und die Mutter veranlasste, ihre Augen zu schließen und blind eine zweite Schicht Watte in den Ohren nachzulegen.

Nun war Trollmann auf der Hut. Witt spürte es überdeutlich schon in den Augenblicken, nachdem die Sekundanten den Ring verlassen hatten und während er, wieder alleine, den Gong erwartete, und zwar auf halber Strecke zwischen seiner Ecke und der Ringmitte. Damit fiel ein solcher Überraschungsangriff wie in der vorigen Runde ins Wasser. Trollmann begann sogleich, Witt mit geraden Linken zu piesacken, indem er ihn solcherart umkreiste, dass sich Witt nicht ganz, aber annähernd auf der Stelle um seine eigene Achse drehen musste. Hier wäre es für Witt von großem Vorteil gewesen, wenn er in der Vorbereitung etwas mehr Lauftraining und Springseil praktiziert hätte. Überdies kamen die Linken von Trollmann wohlkalkuliert, eine jede einzeln für sich, schnurgerade und blitzschnell herausgeschossen. Trollmann schlug auf Kopf oder Körper, wo es gerade passte, und sprang immer sofort wieder aus Witts Reichweite heraus. Witt fraß Leder, Trollmann teilte aus, nur hin und wieder, nicht viel, aber in einem fort. Witt fraß nicht nur den Aufprall, die Erhitzung, das Stechende dieser Schläge, wovon er kaum etwas merkte, sondern vor allem das Getroffensein an sich, das jedes Mal ein Unterliegen war. Er musste etwas tun, es kam nichts von ihm, er musste aktiver werden, er konnte doch nicht die ganze Zeit immer nur Trollmann nachlaufen, die Hände am Kinn und an den Schläfen, und absorbieren und warten, und noch viel weniger durfte er sich so um sich selbst zwirbeln lassen wie eben, er musste eingreifen, er musste angreifen! Sofort! Er warf einen linken Haken gegen Trollmanns Ellenbogen und Rippen und eine brutalstmögliche gerade Rechte einen Daumen breit vor das Kinn des zurückweichenden Gegners und hechtete ihm in einem riesigen Sprung mit verhedderten Beinen und hartem Schwinger hinterher, und Trollmann neigte sich leicht zur Seite und hielt die Faust hin, und Witts Brustkorb schlug mit einem dumpfen Rums darauf auf. Unterbrochene Atmung, sekundenbruchteilkurzer Sauerstoffengpass in Witts Zellen, ein Wischer von Trollmann an Witts Kopf. Dann ging Trollmann rückwärts weiter, Witt folgte, und Witts Anhang litt, allen voran am tiefsten und schlimmsten der Erste Vorsitzende, der nun zusehen musste, wie dieser elende Zigeuner sich daranmachte, den Ring in Anspruch zu nehmen, als hätte er ihn bezahlt.

Immer im Rückwärtsgang und von Witt gefolgt zog Trollmann Kreise, Achten und Diagonalen und ging an den Seilen entlang, dass Beaujean den Kopf schüttelte: »Kinder, Kinder, man kommt sich vor wie beim Spanischen Dressurreiten.«

Worauf Bishop: »Seltsam, dass er gar keine Kombinationen schlägt und sich so sehr mit seiner Rechten zurückhält.«

Die Turnlehrerin, die bei Seelig unterrichtet und anlässlich seiner Vertreibung den Kursus in die Turnhalle ihrer Schule verlegt hatte, war mit sieben ihrer Elevinnen gekommen, und zwar nicht zum Vergnügen und nicht zur Unterhaltung, sondern zur Anschauung und Lehre! Sie saß mit kerzengeradem

Rücken und ließ sich keine einzige Bewegung im Seilgeviert entgehen. Die Elevinnen, geordnet nach Größe, die Kleinste an ihrer Seite, taten es ihr gleich. Zirzows Gemüsehändler schlug ein Bein über das andere, wenig Aktion zwischen den Seilen und viel Gelaufe. Auf Grieses Rücken zeichnete sich ein Schweißfleck ab.

Dirksen zu Zirzow: »Tipptopp.«

Biewer zu Kaul: »Der Gipsy riskiert nichts.«

Kaul, enerviert: »Das ist ja auch das Klügste, was er tun kann.«

Smirnow und Kowaljow, die ganz unauffällig weiter hinten im Publikum saßen, sahen einander an und nickten. Es war schön, das Ergebnis ihrer Arbeit zu sehen, sie hatten gut gearbeitet, man sah es daran, wie Trollmann, der jetzt ganz auf den Ballen war, Witt schmetterlingshaft umglitt, und das konnte er nur, weil sie ihn beim Sparren so gnadenlos durch den Ring gejagt hatten.

Trollmann, Witt frontal zugewandt und außerhalb dessen Reichweite, hielt, extra klassisch, schulbuchmäßig, die rechte Hand am Kinn, die Linke etwas vorne raus, den Rücken leicht gerundet. Nun drehte er sich auf dem rechten Fuß um seine eigene Achse, und zwar mit unbewegtem Oberkörper, sodass Witt die Schulbuchhaltung von allen Seiten studieren konnte. Er drehte sich hin und her. Dabei brach er die Regel, dass man den Gegner nie, niemals aus den Augen lassen durfte, denn er schaute starr geradeaus, als ob er ganz alleine im Ring wäre und eine Pantomime aufzuführen hätte. Witt studierte. Das ging reibungslos hin und her und hin, und dann langte Trollmann ihm eine und hüpfte weiter. Gelächter, vereinzelte Jubelrufe, Applaus der Sinti-Gemeinde, Kurzbein und Plaschnikow schlugen sich auf die Schenkel.

Am Pressetisch der Chefredakteur, gereizt: »Nu macht er wieder Mätzchen.«

Bötticher: »Das sind doch keine Mätzchen, das ist *ring generalship*, wie der Amerikaner sagt!«

Der Chefredakteur: »Kann mir gestohlen bleiben. Der Zigeuner soll sich mal richtig schlagen.«

Das fand Bötticher freilich auch, obwohl ihm ebenfalls vollkommen klar war, dass es das Dümmste wäre, was Trollmann hätte tun können. Alles in allem begann sich die mitreißende Stimmung zu verflüchtigen, in welche der Leichtgewichtsmeisterschaftskampf vor der Pause das Publikum versetzt hatte, denn es gab keine Keilereien und keinen gepflegten Schlagabtausch. Andererseits war man erst in der zweiten Runde und musste sehen, wie sich der Kampf entwickelte.

Propp war eingeschlafen. Sie schlief jeden Abend um diese Zeit und wäre auch eingeschlafen, wenn sich eine entsetzliche Ringschlacht zugetragen hätte. Ihre Handtasche war etwas nach vorne gerutscht, der Blumenstrauß auf den Boden gefallen, das Kinn auf die Brust gesunken, der Mund leicht geöffnet. Sie schlief ausgezeichnet, aber Goldi weckte sie auf. Propp zog die Handtasche hoch und rührte die Glieder.

Goldi: »Findest du Onkel Rukelie langweilig?«

Pause.

Goldi: »Weil du eingeschlafen bist?«

Propp: »Ach wo. Onkel Rukelie ist der tollste Boxer der Welt, aber weißt du, ich bin die müdeste Stickerin der Welt. Sag mal, willst du ein Bonbon?« Punktsieg für Goldi.

Goldi mit Bonbon im Mund: »Warum bist du so müde?«

Propp: »Ach, Kind … da, kuck!«, und Goldi sah noch ein paar Augenblicke ihrem Lieblingsonkel zu, wie der zwischen seines Gegners Fäusten hindurchging, und dann machte sie sich auf den Weg, das Gelände zu erkunden. Im Mittelgang unter den Lampenbögen sprach sie einen Kellner an: »Duhu, kann ich bitte ein Glas Wasser haben, und zwar für den Blumenstrauß für Onkel Rukelie, weil der gewinnt nämlich.«

Unterdessen zeigte der Zeitnehmer das in zehn Sekunden eintretende Ende der Runde an, indem er dreimal mit einem Holz gegen den Tisch klopfte. Witt fiel ein, dass er mehr hätte schlagen sollen. Er hatte Haymanns Anweisung nicht umgesetzt und konnte sie auch in den letzten zehn Sekunden der Runde nicht umsetzen. Es wäre der rechte Zeitpunkt dafür gewesen, insofern als das Rundenende zeitlich am nächsten an der Entscheidung der Punktrichter lag und damit den größten Einfluss auf die Wertung hatte. Aber irgendwie passte es nicht für Witt, es war immer irgendwie der falsche Augenblick, um loszuschlagen, und Witt hakte im Geiste diese Runde ab, die nächste würde es bringen, er würde ihn schon noch erwischen, und wenn er ihn einmal richtig erwischte, dann war der Kampf gelaufen, zack! Grade Linke von Trollmann am Kopf. Witt, ebenfalls mit links, hinterher, aber zu spät, noch etwas Gelaufe, Gong, und Griese hielt die Hand zwischen die Kämpfer und schrie: »Time!«

Am Pressetisch herrschte eine gewisse Wortkargheit, man warf einander Blicke zu. Tja. Vor dem Kampf hatten die Prognosen etwa sechzig zu vierzig für Witt gestanden. Witt war Favorit. Allerdings war man dabei noch von dem in der Vergangenheit manches Mal recht nachlässig vorbereiteten Trollmann einerseits und andererseits von jenem flinken Witt ausgegangen, den man zuletzt gegen Hower gesehen hatte, und überdies hatten einige der Herren Sportjournalisten noch nicht einmal aus sportlichen Erwägungen, sondern expressis verbis aus moralischen Gründen für Witt Partei ergriffen. Nun saßen sie da, und der Hase lief in die andere Richtung, und die Moral ging flöten, und diejenigen, die nicht auf dem Pressetraining gewesen waren, waren bass überrascht.

Haymann überlegte, Geheimhaltung hin oder her, ob er an den Ring gehen sollte, um sich direkt um Witt zu kümmern.

Aber das war problematisch, denn er war nicht als Sekundant zugelassen, es wäre ein Regelverstoß, und er konnte, obwohl er die Rasse vertrat, nicht sicher sein, dass man den Regelverstoß durchgehen lassen würde. Und falls Witt am Ende verlor, wäre er schlecht beraten damit. Die Verkaufszahlen seines Buches waren miserabel, und wenn man auch noch diese Niederlage damit in Verbindung brachte, weil man ihn am Ring sah, konnte man das Werk ohne weiteres einstampfen lassen. Nein, er blieb doch lieber sitzen. Er beobachtete, wie Witt traktiert wurde, wie Katter sich zu Witts Ohr neigte und seine, Haymanns, Worte hineinflüsterte, wie der Buxtehuder ihm die Muskeln an den Armen rieb, die Brust abklopfte, den Nacken massierte, wie Eggebrecht den Eisbeutel an die rechte Gesichtshälfte hielt und wie Katter jetzt Wind machte und dabei weiterhin auf ihn einredete. Haymann konnte nicht hören, was Katter sagte. Katter tat sich schwer, Haymanns Botschaft zu übermitteln, wie es vereinbart war. Der Ratschlag, mehr zu schlagen, war noch vollkommen in Ordnung, zweifelhaft jedoch, ob es Witt wirklich helfen würde, die Rasse in Erinnerung zu rufen, und ganz sicher nutzlos, wo nicht kontraproduktiv, waren Haymanns Anweisungen, Witt solle sich die Schwächen seines Gegners zunutze machen, Witt solle schlauer kämpfen, Witt solle seine Kraft gezielter einsetzen. Das war alles viel zu theoretisch und abstrakt, das musste Witt doch verwirren! Man musste seinem Kämpfer doch sagen, was und wo tatsächlich die Schwächen seines Gegners waren, weil man Dinge sah, die der Involvierte gar nicht sehen konnte, und wenn Katter bei Trollmann eine Schwäche entdeckt hätte, eine Deckungslücke in einem sich wiederholenden Bewegungsablauf, eine Lücke, in die Witt hätte hineinschlagen können, dann hätte er es ihm gesagt. Allein, er hatte nichts gefunden.

Unterdessen hielt Bishop Beinhorn einen Vortrag darüber,

wie sehr die beiden bisherigen Runden anschaulich machten, was Heinrich von Kleist übers Kämpfen gesagt hatte, zwar nicht übers Boxen, sondern übers Ringen, aber es passte aufs Boxen wie die Faust aufs Auge. Dass man nämlich beim Kämpfen nach keiner anderen Rücksicht als der augenblicklichen Eingebung verfahren könne; dass, wer im Moment des Kampfes anfange, berechnen zu wollen, welche Glieder er wie wohin bewegen solle, unweigerlich unterliege.

Darauf Beinhorn, zackig: »Schiller, Tell: Wer gar zu viel bedenkt, wird wenig leisten.«

Beaujean rieb die Hände.

Goldi hatte inzwischen das Wasser ausgetrunken und war bei ihrer Erkundung des Geländes mit dem leeren Glas in der Hand am Funktionärstisch angekommen, wo sie sich Hans von der Seite, von schräg hinten besah. Hans spürte es und drehte sich um.

Goldi: »Wie heißt du?«

Hans: »Hans.«

Goldi: »Ich heiß Goldi.«

Hans drehte sich wieder zurück an den Tisch. Und gleich darauf wieder zu Goldi.

Goldi: »Onkel Rukelie gewinnt! Das ist nämlich mein Onkel! Und er gewinnt!«

Der Erste Vorsitzende: »Das ist verboten! Du gehst auf der Stelle zu deinen Eltern …«

Radzuweit kratzte sich am Sack. Die Dame in Marlene-Hosen und marineblauem Hütchen lüftete die Glieder. Was für ein herrlicher Abend nach diesem Gewitter, die Luft so rein und lau!

Lämmchen: »Wo ist eigentlich Goldi? Die soll mal hierbleiben.«

Kurzbein und Plaschnikow bedauerten, dass der Kampf etwas einseitig war, nahmen es aber gerne in Kauf dafür, dass Trollmann endlich Deutscher Meister wurde.

Zirzow konnte nicht schmieren, denn seine Hände waren schweißnass. Obst schmierte, Zirzow goss Trollmann Wasser über den Kopf. Zirzows Hände waren schweißnass wegen des Titels, seines ersten Titels überhaupt, und weil er in seiner Impresario-Seele fühlte, dass das Publikum nicht ganz zufrieden war. Es wäre ihm am allerliebsten gewesen, wenn Trollmann Witt ausgeknockt hätte und der Kampf – je schneller, desto lieber – aus und vorbei und vor allen Dingen zweifelsfrei entschieden gewesen wäre. Sein Mund schnappte auf, als wolle er etwas sagen, er sagte nichts. Aber dann konnte er doch nicht an sich halten: »Johann, du musst …«, und Dirksen warf ihm einen derart vernichtenden Blick zu, dass er sofort wieder verstummte.

Ringsprecher Grimm: »Ring frei für Runde drei!« In zehn Sekunden würde der Zeitnehmer den Gong schlagen, und in beiden Ecken tupften, rieben, schmierten dic Sekundanten mit erhöhter Frequenz und verließen im letzten Augenblick den Ring.

Gong. Die dritte von zwölf Runden. Der Gemüsehändler sah auf die Uhr, die Kämpfer gingen aufeinander zu. Witt leicht vorgeneigt, die Fäuste auf und ab an Schläfen und Kinn, Trollmann aufrecht, die Fäuste vor der Brust gegeneinandertippend, als müsse er sich nur noch aussuchen, wo er Witt gleich treffen werde. Wonach ist mir zumute? Den Solar oder die Leber? Oder nicht doch lieber die Schläfe? Oder die Nase? Seine Beine waren wie Sprungfedern aus Stahl, er hielt die Kraft zurück für die Schläge, zackzack, abgestoßen vom Boden, eine pfeilgrade Linke in die Mitte der Stirn, das Schmatzen des Leders auf Vaseline, die Hi-Hat des Faustkampfs, Witts Linke nach oben, eine grade Rechte auf den freiwerdenden Unterkiefer, die kleine Trommel über dem Bass, der Bass, das Treten der Füße auf die Bretter, die Schritte auf Holz, gedämpft durch den Ringbelag, der Resonanzraum unter dem Ring, darüber die Schläge, die schnellen Hände, links-rechts, zwei Schläge wie einer, zackzack, Schwung mit dem Oberkörper, Schritt zur Seite, Witts Konter in die Luft, raus aus der Reichweite, auf der Stelle von einem Bein ins andere, wippend, pendelnd, Bishop: »Ah, jetzt holt er seine Rechte raus!«, sich aufrichtend, fußwechselnd, Plaschnikow: »Och je, der arme Witt.« Witt pfiff auf den richtigen Augenblick und schlug, Katters Ansprache trug Früchte, er musste mehr schlagen, Witts Hand exakt an Trollmanns Ohr vorbei, falscher Augenblick, die zweite auf seinen Unterarm vor dem Magen, falscher Augenblick, Trollmanns Konter Witt streifend, Witts Kopf zurück, Witts Arme rudernd, Witt clinchte, Witt umarmte Trollmann. In Trollmanns Magen der von Witt hineingeschlagene Unterarm, ein Balken, ein Balken im Magen, an der Brust Witts üppiges Brusthaar, ein feuchtes Fell. Gerangel. Geschiebe. Verhakte Hörner. Kernseife. Salzlösung aus Poren. Witts rechter Arm unter Trollmanns Achsel, Trollmanns linken Arm hochdrückend. Witts Atem an Trollmanns Hals. Witts linker Handschuh auf Trollmanns Niere, Trollmanns rechten Arm an die Seite pressend, Trollmann zerrend, Witt ein Schraubstock von Krupp. Trollmanns Fuß auf Witts Fuß, Witts Fuß auf Trollmanns Fuß. Trollmann drängelte, bohrte, stemmte seine von Witt hochgedrückte Linke auf Witts Nase und Mund, dass Witt keine Luft mehr kriegte. Schlachter schloß die Augen. Trollmann zappelnd, Witt schiebend, Griese, brüllend: »Breeaak!«

Trollmann ließ augenblicklich los, entspannte, jetzt, und nur jetzt, hätte Witt mit dem Schraubstockarm auf Trollmanns Ohr schlagen können, hätte, er tat es nicht, Trollmann hob die Linke zum Zeichen, dass nicht er es war, der hielt, Witt klemmte den entspannten Trollmann weiter, Griese ging mit den Händen zwischen die Kämpfer: »Break!«

Witt löste den Schraubstock, Trollmann langte an Witts Wange. Es war kein Schlag, ein Schlag wäre zu diesem Zeitpunkt ein Foul gewesen, es war eine freundliche, sanfte Backpfeife, die auch gar nicht wehtat, sondern bloß besagte: »Kiek ma, Adolf, ick kann dir treffen, wie ick will.«

In diesem Augenblick erlitt zwei Reihen vor Beinhorn, Bishop und Beaujean Präsident Heyl einen Schwächeanfall. Er sank lautlos von seinem Stuhl auf den Boden. Sogleich wurde der Ringarzt aufmerksam gemacht und nahm sich seiner an, und hierauf trugen der ehemalige Meister Dubois und der Verlierer Drehkopf ihn in den unteren Teil des Gartens, wo der Ringarzt im Verein mit einem Kellner zwei Tische zusammenschob, auf denen die Boxer den recht leibesumfänglichen Präsidenten ablegten. Er kam sogleich wieder zu sich, es musste an seiner Überarbeitung gelegen haben, er arbeitete zu viel, und der Ringarzt riet, mit der Taxe nach Hause zu fahren, Ruhe zu halten, trockenes Brot zu essen und in der Zukunft regelmäßig Sport zu betreiben. Heyl ab.

Trollmann war sofort nach Verabreichung der Backpfeife hinter Griese gegangen, sodass er den Ringrichter zwischen sich und dem Gegner stehen hatte. Griese trat einen Schritt zurück, streckte die Hand vor und schrie: »Box!« Und wieder gingen die Kämpfer aufeinander zu und hin und her und belauerten aufs Allerschärfste, wo und wann und wie sie den Gegner treffen konnten, dass der Schlag nicht auf die Deckung und nicht ins Leere ging und dass sie sich keinen Konter einfingen, denn für jeden Schlag gab es einen Konter, und für jeden Konter gab es einen Konter, und sie waren bereit loszuschlagen und hatten die Hände parat und schoben und zogen am Abstand, am Raum, an der Luft zwischen ihnen und strapazierten die Erwartung des Angriffs, des ersten Schlags, und überspannten den Bogen, und dann begann Trollmann wieder zu laufen, und zwar mit locker hängenden Armen, und Witt blieb nichts anderes übrig, als zu folgen. Witt folgte und fing sich hin und wieder eine dieser, zackzack, Links-rechts-Kombinationen, zwei Schläge wie einer, und die Turnlehrerin war hellauf entzückt: »Kinder, seht ihr, das ist geradezu ein akademischer Vortrag! Wie wirs vorletzte Woche geübt haben, immer links-rechts, immer mit der Linken an die Stirn oder Schläfe, um den Kopf anzuheben, damit das Kinn herauskommt, egal ob die Linke auf die Deckung geht oder nicht, und dann mit der Rechten aufs Kinn, da! Jetzt! Passt auf, passt gut auf!«

Allerdings war die Turnlehrerin mit ihrer Entzückung allein. Ihre Elevinnen strengten sich furchtbar an und konzentrierten sich, um nur ja den Vortrag zu erfassen. Lämmchen war enttäuscht davon, wie vorsichtig ihr Bruder vorging, sie wollte Witt am Boden sehen, sie hätte es gern gehabt, wenn ihm ein wenig Blut aus der Nase gelaufen wäre, es reichte ihr nicht, dass sein Gesicht gerötet war. Die Telefonistin aus dem Jockey Club begann sich zu langweilen, Schlachter sich Sorgen zu machen. Der Ullstein-Lehrling, der auf Witt setzte, sah sich bereits die halbe Schicht für seinen Kumpel malochen, die anderen waren angespannt wegen des Rasse-Gedöns und der berühmten *glorious uncertainty*, denn das wäre wieder typisch gewesen: ein eher langweiliger Kampf, der mit einem Schlag aus war, wenn man gerade nicht hinsah.

Obscherningkat folgte dem Ringgeschehen mit kaltem Blick und machte Pläne, Biewer, Bötticher und Kaul nölten. Mit Ausnahme Obscherningkats, der es bereits nach der ersten Runde begriffen hatte, machte sich am Pressetisch ganz allmählich die Einsicht breit, dass tatsächlich Trollmann Deutscher Meister werden könnte. Schon mit der Ankündigung des Kampfes hatte man rein theoretisch um diese Möglichkeit gewusst, nun vollzog es sich praktisch, unmittelbar vor ihren Augen und Ohren. Die Spekulation, die bloße Hypothese wurde Wirklichkeit, materialisierte sich in diesen klassischen, elementaren Links-rechts-Kombinationen, zwei Schläge wie einer, Kopf anheben, Kinn freilegen, sie prügelten den Herren Sportjournalisten die Wirklichkeit schmerzlich ins Hirn. Biewer kriegte Kopfweh. Witt ließ sich fast jedes Mal treffen. Überhaupt fand Witt nicht in den Kampf, den Trollmann diktierte. Es lag offen zutage, dass Witt falsch oder schlecht oder gar nicht vorbereitet war. Selbst der Erste Vorsitzende und Zirzow, die beide nicht viel vom Boxen verstanden, sahen es, ebenso Beinhorn. Auch Carlo sah es und litt dennoch pausenlos Todesängste. Denn wie Witts Rechte haarscharf auf den Millimeter an Trollmanns Kopf vorbeizischte, mit welcher Wucht sie durch seine Lockenpracht schlug, dass so gut wie fast nichts zum Treffer gefehlt hätte, erinnerte daran, dass Witt ihn vor einem halben Jahr stehend K. o. gehabt hatte. Trollmann konterte. Genauso, wie Witt einen Monat später Domgörgen stehend K. o. gehabt hatte und beide Male seine Gegner nicht hatte fertigmachen können, weil er nicht gewusst hatte, wie weiter, und sowohl Trollmann als auch Domgörgen sich daher über die Runde in die Pause hatten retten können. Trollmanns Konter tat weh. Trollmann war stärker als vor einem halben Jahr.

Schlachter schrie: »Auf den Körper! Herrgott, du Schafskopf! Auf den Körper!«

Witt griff an, Trollmann wich aus, sie liefen im Kreis. Trollmann links-rechts, Kopf anheben, Kinn freilegen, Witt absorbierte, Witt marschierte, Trollmann federte. Wohin steckte Witt all diese Schläge? Noch zehn Sekunden. Geplänkel hin, Geplänkel her, Gong, Pause, »Eskimo-Eis! Warme Wiener! Bier! Belegte Brote! Bier! Drops! Kekse! Saure Gurken!«

22

Hinter dem Funktionärstisch machte die Prominenz unverbindliche Anmerkungen zum Ringgeschehen, nur Breitensträter schwieg. Breitensträter war frustriert und verärgert, hütete sich aber, seine Gedanken zu äußern. Stattdessen trug er eine gnädig herablassende Miene zur Schau: Sieh an, die Kinder üben. Er war verärgert darüber, dass Trollmann, der endlich, endlich einmal die Sache richtig ernst nahm und ganz offensichtlich in nie dagewesener Höchstform war, gar nicht dazu kam, zu zeigen, was er konnte, weil Witt ihm nichts abforderte. Witt versagte, es ließ sich nicht leugnen. Was hätte Witt nicht aus Trollmann herausholen können! Dies wäre der Tag und die Stunde gewesen, da man einen Trollmann hätte erleben können, der über sich selbst hinausgewachsen wäre und ein neues Kapitel des Faustkampfs aufgeschlagen hätte. Wäre, hätte, wäre, hätte! Es ging Breitensträter gar nicht so sehr darum, wer siegte, es ging ihm um die verpasste Chance, großes Boxen zu sehen. Nun war das erste Viertel des Kampfes gelaufen, es konnte noch einiges geschehen, alles konnte noch geschehen, neun Runden standen noch zu Buche, aber Breitensträter glaubte nicht daran, dass der Kampf noch Überraschungen bringen würde.

Indessen Beaujean: »... und man geht ja auch nicht ohne seine Geschichte in den Ring. Sehen Sie, Fräulein Beinhorn, während sich Witt bei den Amateuren nicht lange aufgehalten hat und dort auch niemandem aufgefallen ist, war Trollmann in seiner Amateurzeit für die vorletzten Olympischen Spiele auserwählt, Sie erinnern sich, 1928, Amsterdam, und am Ende durfte er nur deshalb nicht teilnehmen, weil gewisse Herren in gewissen Komitees gewisse Schwierigkeiten mit ihren nationalen rassepolitischen Auffassungen hatten.«

Beinhorn schwieg, über dieses Thema mochte sie mit den netten Herren lieber nicht reden.

Bishop: »Nun ist Witt heute ungewöhnlich schlecht und Trollmann ungewöhnlich gut vorbereitet, aber glauben Sie uns, diese, ja, gegensätzlichen sportlichen Biographien haben sich schon bei ihren bisherigen drei Begegnungen deutlich bemerkbar gemacht.«

Beaujean: »Und dann ist Witt bei den Professionalen von Anfang an von Funke betreut worden, der sich allergrößter Beliebtheit bei der schreibenden Zunft erfreut. Wir haben immer den Kredit, den Witt bei der Presse genoss, für etwas übertrieben gehalten. Dagegen ist Trollmann, seinen herausragenden Leistungen bei den Amateuren zum Trotz, viel kritisiert worden und prompt an den Falschen geraten. Seinen ersten Manager durfte man mit Fug und Recht als aufgeblasenen Windbeutel bezeichnen, und es war ein Segen für den Sport, dass diesem Hallodri damals die Lizenz entzogen worden ist.«

Während an dieser Seite des Rings alle auf ihren Plätzen blieben, gab es wie üblich an den anderen drei Seiten ein wenig Bewegung. Vereinzelt kamen Leute und gingen oder wechselten die Plätze, um den Kampf aus einer anderen Perspektive zu sehen. An der unteren Seite, gegenüber von Funktionärstisch und Prominenz, tippten die Ullstein-Lehrlinge einander mit den Ellenbogen an, deuteten mit den Augen auf die freigewordenen Plätze zwei Reihen vor ihnen, direkt neben den Elevinnen, und begaben sich dorthin. Derweil ging Radzuweit, um auszutreten, hinter die Bühne anstatt in die Ausschankhalle. Er war angenehm angetrunken. Er stellte sich ins Gebüsch und seufzte. Der Zigeuner langweilte, Witt langweilte. Jedoch hatte er es im Urin, dass noch etwas geschehen würde, und er schüttelte ab, packte ein und ging wieder zurück. Mal abwarten, was die Vierte brachte, zur Not musste man mit Hackfleischparolen Stimmung machen. Er saß an der westlichen Seite des Rings, zur Belle-Alliance-Straße hin, gegenüber der Brauerei. In der ersten Reihe an dieser Seite rührte sich die Trollmann-Familie nicht von ihren Sitzen, sondern repräsentierte. Benny kam schier um vor Stolz, Carlo war etwas ruhiger geworden. Die Mutter hatte die Augen geöffnet, ließ aber nun die Watte in den Ohren. Die Ringlampen wärmten, die Mutter schwitzte unter ihrer Seidenstola. Sie sah Carlo an, Carlo hob den Daumen. Goldi war angehalten worden, auf ihrem Platz sitzen zu bleiben. Sie drehte sich auf ihrem Stuhl, sie ließ ihre Augen über das ganze Publikum schweifen, besorgt, ob auch wirklich alle wussten, dass Onkel Rukelie siegte.

Der Erste Vorsitzende aber hatte keinen Plan, und die Zeit lief. Ihm kam vor, sie liefe zu schnell, immer wieder schielte er zum Zeitnehmer hinüber, ob der die Runden und die Pausen kürzte. Der Zeitnehmer arbeitete korrekt. Außerdem zweifelte der Erste Vorsitzende an der Loyalität des Generalsekretärs. Der Generalsekretär saß in seinem Rücken, direkt hinter ihm in der ersten Reihe. Der Erste Vorsitzende meinte, den Blick aus den grauen Augen des Generalsekretärs im Nacken zu spüren. Der Generalsekretär machte alles unnötig schwierig. Vor Veranstaltungsbeginn hatte der Erste Vorsitzende begonnen, mit Koch, Pippow und Griese einleitend darüber zu plaudern, wie oftmals das unverständige Publikum die Entscheidungen des Kampfgerichts nicht nachvollziehen könne, und die drei Herren hatten verständig genickt. Aber in diesem Augenblick war der Generalsekretär wie aus dem Nichts hinzugetreten und hatte unmissverständlich klargemacht, dass es bei diesem Kampf mehr denn je auf die allerkorrekteste Wertung ankäme, das Kampfgericht müsse mit der denkbar rücksichtslosesten Objektivität zu Werke gehen, wenn man sich des Zigeuners entledigen wolle, ohne einen Märtyrer zu schaffen. Nun war sich der Erste Vorsitzende nicht im Klaren darüber, wie Koch, Pippow und Griese punkten würden. Es müsste mehr Ring- und Punktrichter geben, damit man auswählen könnte und nur noch die Zuverlässigen zum Zuge kämen. Indessen schrie Grimm: »Ring frei für Runde vier!«, und Dirksen sorgte sich, während er durch die Seile stieg, ob Trollmann jetzt übermütig werden würde, denn er hatte es ihm angesehen, wie die Endorphine und das Adrenalin in seinem Körper tobten.

In der vierten Runde schlug er endlich Kombinationen und nicht mehr nur einzelne Schläge. Bishop: »Na siehste, und ich dachte schon …« Er begann zunächst mit einer einfachen Erweiterung jener in der vorigen Runde hinlänglich demonstrierten Links-rechts-Kombination, indem er anstatt der geraden Linken eine Doublette schlug, also links-links-rechts. Als dies abgearbeitet war, ging er über zu ausführlicheren Kombinationen, er ging, wenn man so wollte, über von der Pflicht zur Kür. Mittlerweile hatte er sich ganz auf Witt eingestellt, er hatte schon vor deutlich schwierigeren Aufgaben gestanden, sogar die letzten beiden Kämpfe mit Witt waren schwieriger gewesen als dieser. Die Aufregung und die Anspannung rührten mehr vom Titel als vom Gegner her und davon, dass Dirksen bei Androhung von Daumenschrauben und Todesstrafe verboten hatte, sich auf irgendein Risiko einzulassen.

Witt hatte keine Strategie und keine Taktik und keinen Plan, und mit der Improvisation klappte es auch nicht so recht. Nach dem ersten Drittel der Runde besann er sich darauf, wie Trollmann manches Mal seine Gegner durch Kopieren verblüfft hatte, und da ihm ohnehin nicht einfiel, was er hätte tun können, wollte er dies einmal versuchen. Nun lief er auch einmal weg und nahm Reißaus vor den Kombinationen. Er hätte es unterlassen sollen. Es erwies sich als nicht rasse- und artgerecht. Er musste scheitern. Er hätte im Gegenteil Trollmann den Nahkampf aufzwingen müssen, wo er mit seinen kürzeren Armen im Vorteil war, und hätte pausenlos angreifen und einen hohen Druck erzeugen müssen. Das hätte ihm jeder hergelaufene Ullstein-Lehrling sagen können. Hätte. Es war erbärmlich. Er lief rückwärts weg, stolperte, die Beine!, die Beine!, konnte sich eben noch in den Seilen halten, fing sich dabei einen weiteren Treffer, war endlich wieder im Lot und ging in Doppeldeckung aus dem Weg. Du liebe Güte! Und warum musste er es auch noch wiederholen, obwohl es nicht geklappt hatte? Man begann sich für Witt zu schämen, wahrscheinlich hatte er einen schlechten Tag. Trollmann ließ Dirksen'sche Girlanden wehen. Schläge aus allen Richtungen und Winkeln und Reihenfolgen mit Wegtauchen und Hinter-den-Gegner-Gehen und immer auf Abstand, und wenn Witt floh, trieb er ihn schön durch den Ring. Für Trollmann lag auf der Hand, dass er sich nicht auf Schlagwechsel in der Nahdistanz einlassen durfte, das war eigentlich das Wichtigste, und am alleranstrengendsten war der Umstand, dass Witt nicht so richtig mitmachte. Ob man nun weglief oder stehen blieb, auf welche Art und Weise immer man nach dem Sieg trachtete, aber trachten musste man! Gegen den Gegner opponieren! Und nicht wie ein fleischgewordenes Fragezeichen umhergehen wie Witt!

Lämmchen begriff, dass der Plan ihres Bruders noch viel besser war als Blut aus der Nase und Staub fressen am Boden. Sie entspannte sich, sie fuhr Goldi übers Haar. Witt tat ihr sogar ein bisschen leid, ihr Bruder hatte gesagt, dass er ein netter Kerl sei. Nun musste der nette Kerl nicht nur eine Lektion im Boxen hinnehmen, sondern musste außerdem noch als Demonstrationsobjekt herhalten für eine Lektion in Rassenkunde für die Kretins von der Presse und ganz besonders von

Herzen für die Herren Offiziellen. Ihr zuckersüßer Bruder war grausam und ließ nichts aus. Er ging rückwärts in die Ecke, ließ Witt herankommen, war in einem halbkreisförmigen Schritt mit einer Drehung um Witt herum und hatte Witt hiermit in die Ecke gestellt. Besser hätte man es ihnen gar nicht zeigen können. Das war noch schöner als ein Niederschlag. Ha! Den Gefallen tat er ihnen nicht, dass er mit einem Niederschlag die Lektion in Rassenkunde vorzeitig beendet hätte. In etwas mehr als dreieinhalb Runden hatte Witt nur zwei punktemäßig zu wertende Schläge ins Ziel bringen können. Nur zwei! Gemessen am Niveau deutscher Titelkämpfe war das zu wenig. Alle anderen Schläge hatten Trollmann entweder nur gestreift, oder sie waren auf die Deckung gegangen, auf Arme oder Schultern, oder sie hatten seine großräumige Lufthülle durchstoßen.

Punktrichter Pippow, von dem es gerüchteweise hieß, er sei korrupt, hatte keinerlei Schwierigkeiten beim Punkten. Für ihn war sonnenklar, dass seit der nationalsozialistischen Umstellung unter der Regie des Ersten Vorsitzenden nichts mehr klappte und dass er sich aus diesem Grunde lieber an den Auftrag des Generalsekretärs hielt, der zwar nie in den Vordergrund trat, aber immer geblieben war, wenn andere Köpfe rollten. Die vom Generalsekretär geforderte Korrektheit war einfach zu leisten und Pippow mit sich im Reinen.

Über Koch auf der anderen Seite gab es keine Korruptionsgerüchte, weil er Zweiter Vorsitzender war. Er hatte es nicht so leicht, denn er konnte sich absolut nicht vorstellen, wie man sich anders des Zigeuners würde entledigen können als eben durch ein manipuliertes Urteil, und außerdem musste man ohnehin bei dem Zigeuner scharf auf Verstöße achten, denn der Zigeuner stand, das glaubten mit Koch auch Pippow und Griese, naturgemäß auf Kriegsfuß mit dem Reglement. War nicht gestern im Café Hansen Haase aus Hannover zu Besuch gewesen und hatte auch etwas in dieser Richtung erzählt? Während Koch die erste Runde noch Witt gegeben hatte, war er mit der zweiten und dritten beim besten Willen nicht umhingekommen, sie Trollmann zu geben, und mit der vierten sah es auch nicht anders aus. Die Wertung einer Runde durfte nicht nachträglich korrigiert werden, damit hätte man den ganzen Punktzettel ungültig gemacht. Und nach dem Kampf wurde der namentlich gezeichnete Punktzettel aufbewahrt und im Falle eines förmlichen Protests hervorgeholt, und dann ermittelte der Sportausschuss, hörte Augenzeugen, wertete Pressefotografien aus und so weiter. Es wäre leichter gewesen, Urteile zu manipulieren, wenn man den ganzen Kampf im Voraus gekannt hätte. Die elenden Skribenten von der Presse, die immer nur kritisierten, hatten nicht die geringste Ahnung davon, was für eine schwierige und risikoreiche Kunst es war, Urteile zu manipulieren, und in welchen Interessenzwangslagen Punktrichter feststeckten. Koch schwitzte. Trollmanns Überlegenheit war viel zu eindeutig, da war nichts zu machen. Er hatte sich nicht einmal bei einem Foul erwischen lassen, dieser windige Zigeuner!

Als der Gong die vierte Runde beendete, eilten an den Ecken die Sekundanten in den Ring, und Koch und Pippow wandten sich an ihren gegenüberliegenden Seiten den Punktzetteln zu. Sie hielten kurz über der Tabelle inne und trugen dann die Runde für Trollmann ein, während sich Ringrichter Griese vom Zeitnehmer seinen Punktzettel heraufreichen ließ, um die Runde ebenfalls für Trollmann zu notieren. Dieser hatte seine Ecke erreicht.

Dirksen: »Das war die Vierte, jetzt kommt die Fünfte. Weißt du, welche Runde wir sind? Wir gehen in die Fünf.«

Trollmann nickte und atmete den Puls herunter. Er war in blendender Verfassung. Seine Kondition war gut wie nie zuvor, er hatte den Kampf in der Hand, er war auf dem Weg zum Titel, nichts konnte ihn aufhalten, in weniger als einer halben Stunde war er Deutscher Meister. Zirzow und Obst machten sich mit Creme und Wasser und Massage zu schaffen, Zirzow unverändert nervös, Obst nach wie vor die Ruhe in Person.

Dirksen: »Wunderbar, ausgezeichnet, einwandfrei, das war auch wieder deine Runde, so machen wir weiter, wir werden Meister.«

Gegenüber, Katter: »Adolf, hör zu, du musst mehr schlagen. Es macht nichts, wenn mal einer danebengeht, lieber zwei daneben und der Dritte trifft. Schlag von mir aus auf die Arme, Hauptsache, du schlägst, verstehst du mich?«

Witt verstand. Wenn dir der Trainer sagt, dass du auf die Arme schlagen sollst, dann weißt du, dass du schlicht und ergreifend nicht in der Lage bist, den Gegner korrekt zu treffen.

Indessen liefen Kellner und verkauften Bier. Man drehte die Köpfe und sah woandershin. Der Hausmeister der Bockbrauerei hatte sich an den Rand zu den zwei diensthabenden Polizisten gesetzt. Bishop vertrat die Ansicht, dass dieser Kampf zwar nicht besonders schön, aber wenn er so weitergehe, doch eine sehr gute Antwort sei auf das Fehlurteil jenes Ausscheidungskampfes gegen Witt vor einem halben Jahr, mit dem man zum hundertsten Male versucht hatte, Trollmann vom Titel fernzuhalten. Beinhorn fragte, warum eigentlich Trollmann Witt nicht niederschlug, wo er ihn so in der Hand hatte.

Bishop: »Das ist so eine Sache. Man macht sich gar keine Vorstellung davon, wie zäh der Mensch ist und was es kostet, ihn niederzuzwingen, wenn man ihn nicht mit einem einzigen Treffer bewusstlos machen kann. Und sehen Sie, wer den Niederschlag anstrebt, macht sich verletzlich. Er ist im Angriff offener und gerät in einen gewissen Tunnelblick hinein, hin auf den einen Schlag. Es ist gar nicht so selten, dass

Kämpfer auf K.-o.-Jagd die Hände ihrer Gegner nicht kommen sehen.«

Beinhorn staunte, Bishop trank einen Schluck Bier. Im Übrigen genoss er an Kampfabenden nicht nur den Sport, sondern auch die spezielle Berliner Volkstümlichkeit, mit der er sonst kaum in Berührung kam.

Das Publikum war auf leise Art und Weise unruhig geworden. Es war enervierend, dass es im Ring nicht krachte und dass es gar nicht krachen konnte. Man hatte viel zu lange darauf warten müssen, Trollmann um den Titel kämpfen zu sehen. Es stellte sich auch eine gewisse Ermüdung ein in Bezug auf das große Geschrei wegen der Umstellung des Verbandes im Sinne der nationalen Revolution. Selbst Radzuweit, der gerne aus Trollmann Hackfleisch gemacht hätte, war der Ansicht, die nationale Revolution solle jetzt einmal zeigen, was sie könne.

Schlachter ließ sich ihre Sorgen nicht anmerken. Bange machen jilt nich. Sie hatte sich nun in ihren Zwischenrufen den »Schafskopf« verkniffen und machte ein Gesicht, als ob der Kampf ausgeglichen wäre. Sie hatte genug Eier und Ehre, um mitzukämpfen. Sie tat es nicht nur für Witt, sondern auch für sich selbst, denn es war nicht schön, die Angehörige des Verlierers zu sein. Der Buxtehuder sah schwarz, wusste aber in seiner Eigenschaft als Sekundant Optimismus zu verbreiten, genauer gesagt: Hoffnung zu schüren. Dirksen war daran gelegen, seinen Kämpfer im besten Sinne zu unterhalten, damit er nicht nachließ. Nachlassen war das Gefährlichste überhaupt.

Dirksen: »Rukelie, pass auf, wechsle auch mal die Auslage, du musst Witt unterhalten, damit er nicht auf dumme Gedanken kommt.«

In der fünften Runde zeigte Trollmann, wie man fintierte. Er kam in Normalauslage aus seiner Ecke und zierte sich so lange, bis Witt attackierte. Die Kämpfer standen anderthalb Schritt von den Seilen, Witt innen, Trollmann außen. Trollmann konterte noch in Normalauslage mit einer geraden Linken zur Schläfe und drehte im Zurückweichen, vollkommen unbemerkt von Witt, von Griese und von allen außer Dirksen, um ein Winziges nur Hüfte und Schulter, brachte auf diese Weise seine linke Seite nach hinten und die rechte nach vorn und konnte darum Witt mit einer bösartig kurzen Rechten überraschen. Plaschnikow und Kurzbein wie aus einem Munde: »Hoppla!« Hierauf folgte wieder Gelaufe, und dann blieb Trollmann stehen und hielt inne. Er sprang hoch, warf in der Luft das hintere Bein nach vorn und das vordere nach hinten, kam auf und zog die Schultern mit rudernden Armen nach. Witt war sicher, dass das wieder eine von diesen Trollmann'schen Finten war, aber diesmal würde er nicht darauf hereinfallen: Wenn Trollmann den Auslagewechsel so plakativ anzeigte, dann schlug er sicher gleich in der vorherigen Auslage weiter. Witt dachte zu viel. Die Turnlehrerin machte im Geiste Notizen. Witt fing sich eine. Am Pressetisch wurden Köpfe geschüttelt, Dirksen hielt die Hände über dem Bauch gefaltet, und Zirzow saß auf der vordersten Stuhlkante. Kurz darauf blieb Trollmann abermals vor Witt stehen. Er stand mit den Beinen in Kampfposition und ließ, geraden Rückens leicht nach vorn geneigt, die Arme baumeln wie eine Schaukel im Wind. Allein diese Lässigkeit war eine Zumutung. Er fixierte Witt mit den Augen, und dann verwirrte er ihn mit einem einfachen Ganzkörperzucken. Er machte sich nicht einmal die Mühe, so zu tun, als ob er zum Schlag ansetze, er zuckte nur, Schlange, Kaninchen, Witt zuckte zurück. Haymann überlegte, ob es nicht doch ein Fehler gewesen war, in der ehemaligen Judenschule zu üben, in der Luft, die die Juden geatmet hatten. Die Juden waren daran schuld, dass der Arier den Zigeuner nicht schlagen konnte. Trollmann pflanzte eine grade Linke auf Witts Nase. Es wurde gelacht, und in dem Lachen schwang auch Verzweiflung mit, denn Witts Blamage ging, jenseits aller weltanschaulichen Orientierungen, allmählich über das Maß des Erträglichen hinaus, wobei Witt selbst froh sein musste, dass ihn seine teutonische Dickfelligkeit davor bewahrte, das ganze Ausmaß der Malaise zu erfassen.

Trollmann fintierte immer, aber jetzt thematisierte er es, indem er sich in die Ringmitte stellte und eine einfache Standardfinte zeigte, extra langsam zum Mitschreiben für Witt. Er täuschte einen Schlag gegen den Körper an, indem er ihn nur halb ausführte, worauf Witts Hände heruntergingen, um den Körper zu schützen und den Kopf freizulegen für Trollmanns andere Hand.

Die Turnlehrerin: »Merkt euch das!«

Radzuweit: »Hackfleisch! Hackfleisch!«

Kurzbein und Plaschnikow: »Trolltrolltroll! Trolltrolltroll!« Es rief aber sonst niemand mit.

Gegenüber, auf der anderen Seite, der Gemüsehändler: »Das kommt nun davon.« Sprachs und rollte den kalten Stumpen von einem Mundwinkel in den anderen.

Der Gemüsehändler gehörte zu jenem gar nicht geringen Teil der Boxsportgemeinde, der Trollmann spätestens seit seinem Sieg über den schwedischen Meister Calle Ågren im August 1932 als inoffiziellen Deutschen Meister betrachtete. Aber was hier zwischen den Seilen geboten wurde, war eine Farce, und das kam nun davon, dass man ewig dieses Affentheater veranstaltet hatte. Hätte man Trollmann von Anfang an ganz normal an den Titel gelassen und hätte man Witt nicht so hochgejubelt und Seelig nicht ausgeschlossen, dann hätte man jetzt einen anständigen Titelkampf haben können, aber so gings natürlich nicht. Es war eine Schande, wenn man bedachte, dass dieser Titel einst von einem Schmeling getragen wurde! Verfall, so weit das Auge reichte. Kämpfe wollte man sehen, echte Kämpfe auf Augenhöhe! Und nicht Kämpfe, die überschattet waren und gelähmt wurden von den blödsinnigen Machenschaften der Verbandspolitik!

Hans punktete mit. Der Chefredakteur hatte ihm erklärt, man könne über einen Kampf, bei dem man nicht mitgepunktet habe, nichts Qualifiziertes sagen, wovon er sich selbst im Geiste sofort ausgenommen hatte. Jedenfalls hatte Hans es sich erklären lassen und zu Hause für die beiden Titelkämpfe des Abends mit Lineal und Bleistift Punktzetteltabellen angefertigt. Hans punktete nach Gefühl. Während er aber die Tabelle für die Leichtgewichtsmeisterschaft vollständig ausgefüllt hatte, hatte er jetzt bereits mit der zweiten Runde aufgehört, seine Wertung zu notieren, und bemühte sich stattdessen, die Zahlen im Kopf zu behalten, denn er fürchtete sich vor der Angespanntheit seines Vaters. Dem Ersten Vorsitzenden war es nicht entgangen. Ihn erzürnte, dass der Sohn mit seiner Unterlassung geradezu aufmerksam machte auf des Zigeuners Überlegenheit. Der eigene Sohn!

Die Mutter hörte durch die Watte hindurch jeden Schritt und jeden Schlag, sie hörte alles etwas gedämpft. Es war grässlich, wie sie aufstampften, keuchten und schlugen, aber Goldi war auf ihren Schoß geklettert, um die Not mit dem Stillsitzen zu lindern. Goldi sagte ihrer Großmutter in unregelmäßigen Abständen durch die Watte ins Ohr, was sie sah. Gerade eben standen die Kellner im Mittelgang unter den Lampenbögen zusammen, und zwei von ihnen zeigten auf den Ring, und außerdem siegte Onkel Rukelie. Hiermit war beiden geholfen. Propp wachte auf. Trollmann drehte ab. Drehte sich von Witt weg und ging in die andere Richtung. Witt, wie erwartet, hinterher, direkt hinein in Trollmanns aus dem Nichts kommende Hand. Eine Drehung, mehr nicht. Die Pirouetten unter dem Plattformball machten sich bezahlt. Dann wieder Gelaufe.

Am Pressetisch der Chefredakteur, ein kleines bisschen lauter, als er normalerweise gesprochen hätte: »Ach je, das ist ja kein Kampf, das lohnt ja die Mühe nicht, auch nur eine einzige Zeile darüber zu schreiben.«

Beifälliges Nicken von allen Seiten. Das war überhaupt eine ganz ausgezeichnete Parole! So konnte man es verkaufen. Der Zeitnehmer schlug mit dem Holz auf den Tisch. Witt griff mit weiten Schwingern an, traf aber nicht, und dann kam der Gong.

In den Ecken wurde hantiert, Wind gemacht, trocken getupft, Witt beschworen, Trollmann gelobt. Nun also die Sechste. Wenn die Sechste herum war, war die Hälfte gelaufen, vorausgesetzt der Kampf wurde nicht vorzeitig beendet, aber danach sah es nicht aus. Niemand wartete auf einen K.o., alle rechneten mit der vollen Distanz von zwölf Runden. Aber hatte man nicht viele Kämpfe gesehen, bei denen sich das Blatt in den mittleren Runden gewendet hatte? Der Erste Vorsitzende hätte gerne darauf gehofft, allein ihm fehlte die Kraft. Aber als Delegierter war er ausgestattet mit der höchsten Macht am Ring. Er stand auf und sprach über die Seile hinauf Griese an: »Das kann so nicht weitergehen!«

Darauf Griese, äußerst gereizt, geradezu ungehalten: »Ja, ja, aber schlagen und treffen muss Adolf immer noch selber.« Griese stand unter Stress. Zusätzlich zu dem Stress der Kampfsituation als solcher belasteten ihn zum einen das Gelaufe und Trollmanns Schnelligkeit, Griese war schweißgebadet, und zum anderen belastete ihn die politische Eiertanzsituation. Vier von den fünf Trollmann-Kämpfen, die er bisher geleitet hatte, waren gefühlsmäßig aufgeladen gewesen. Entweder es wurde gelacht (Beasley), oder es wurde geweint (Tobeck Drei), und wenn nicht gelacht oder geweint wurde, dann war irgendetwas anderes, und jetzt war die fatale Situation, dass Trollmann nicht Meister werden durfte, aber eben genau das tat, indem er eine Runde nach der anderen mit großem Vorteil für sich verbuchte. Griese war im Vorstand nur Schriftführer, er war an die Stelle des geschassten Funke getreten, und er hatte sich bereits am Mittag beim offiziellen Wiegen vorgenommen, die Sportlichen Regeln strikt zu befolgen, denn die Sportlichen Regeln waren unanfechtbar, und zwar auch dann, wenn politisch auf Eiern getanzt wurde.

Schräg vor Bishop, Beaujean und Beinhorn unterhielt sich in der ersten Reihe Zirzows Kompagnon Englert mit Valeska Gert. Englert trug eine Paisley-Krawatte, Gert ein schwarzes, wallendes Gewand. Die Tänzerin bekannte, ihr Solostück »Boxen« überarbeiten zu wollen. Englert hatte es nicht gesehen und hatte auch nicht die Absicht, sich diese oder ähnliche Darbietungen je anzusehen. Er hatte aber bemerkt, wie eben der Erste Vorsitzende über die Seile hinauf Griese angesprochen und wie vorhin der gesamte Pressetisch beifällig eine Äußerung des Chefredakteurs aufgenommen hatte. Er antwortete der Tänzerin, dass Trollmann ein ganz besonderer Boxer sei, den man öfter sehen müsse, weil er jedes Mal etwas anderes biete, und dachte bei sich: Trollmann erledigt. Es war doch, rein geschäftlich, ein Fehler gewesen, ihn um den Titel kämpfen zu lassen. Ohne Titel hätte man ihn noch länger halten und melken können.

Völlig unvermittelt sprach auf der anderen Seite, unter freiem Himmel, die Elevin den Ullstein-Lehrling an: »Toller Kampf, oder?«

Der Ullstein-Lehrling, gedehnt: »Geht so.«

Die Elevin: »Na ja, ich mein, wenn man sich mehr fürs Technische interessiert.«

Der Lehrling: »Immerhin ist er durchtrainiert wie nie zuvor. Ich sitz ja bei der Zeitung an der Quelle, das ist nämlich wegen Dirksen, der Große da drüben, der im Wollsweater.«

Die Elevin: »Nie zuvor, stimmt doch gar nicht. Gegen Eggert hatte er keine Lust, war aber topfit, Domgörgen zwo, De Boer, Ågren, Sabottke, Seelig und so weiter.«

Der Lehrling: »Sabottke gilt nicht, der war ja schon in der Zweiten zu Ende.«

Die Elevin: »Oder Hölzel zwei.«

Der Lehrling: »Den hab ich nicht gesehen.«

Die Elevin: »Da haste was verpasst.«

Der Lehrling: »Ja, ich weiß, die berühmte Schlussrunde, nur Uppercuts, und du hast sie gesehen?«

Die Elevin sah dem Lehrling in seine schönen Augen: »Ich schwörs dir. Es war großartig.«

Der Lehrling: »Keine Geraden?«

Die Elevin: »Nicht mal angetäuschte, nur Aufwärtshaken. Sonst nichts.«

Der Lehrling: »Das sagen alle. Ich glaub das nicht.«

Die Elevin: »Ich sag dir mal was: Das liegt daran, dass du es dir nicht vorstellen kannst. Es war aber trotzdem so, und zwar deshalb, weil der Troll es sich vorstellen kann, und zwar genau in dem Augenblick, in dem ers macht. Und ob dus glaubst oder nicht, er hat sich sogar amüsiert dabei.«

Das freilich glaubte der Lehrling sofort, mit oder ohne Geraden.

Im unteren Teil des Gartens trafen sich am Buffet Haymann und der Chefredakteur, die es beide nicht mehr ausgehalten hatten und dringend einmal wegmussten vom Ring, dann aber mit dem Bier in der Hand sofort wieder zurückeilten.

Indessen Bishop zu Beinhorn: »Was wir hier sehen, ist übrigens die Urgeschichte des Boxens schlechthin. Der älteste Kampfbericht, der schriftlich überliefert ist, ist derjenige in den Dioskuren des Theokrit über den Kampf des Polydeukes gegen den Amykos, und die Geschichte erzählt den Sieg des Klügeren über den Stärkeren. Sie erfüllt unser ewiges Mantra, dass der Bessere gewinnen möge, und ich füge hinzu: und nicht der Stärkere, weil man doch eine natürliche Abscheu gegen das Faustrecht hat, das man mit dem Sieg des Klügeren überwunden sehen möchte. Die Marksteine des neuzeitlichen Boxens erzählen dieselbe Geschichte. Zum Beispiel 1892 …«, und hier fiel ihm Beaujean vorsichtig ins Wort. Beaujean wusste aus vielfacher Erfahrung, was dabei herauskam, wenn Bishop begann, übers Boxen zu räsonieren, und er war froh, dass gerade jetzt der Zeitnehmer die letzten zehn Sekunden der Pause anzeigte.

Beaujean: »Mein Lieber, es geht weiter, dann wollen wir doch einmal sehen, wie unser Trollmann mit der Geschichte des Boxens im Rücken, und nicht zu vergessen mit Kleist und Schiller, seinen Kampf gegen Adolf Witt, den Kieler Stier, fortsetzen wird.«

23

Trollmann setzte den Kampf fort, indem er, mit einer einzigen Ausnahme am Ende, nicht nach seinem Gegner schlug, sondern sich darauf beschränkte, den Schlägen Witts auszuweichen und sie zu blockieren, ohne zu kontern, immer wieder zu flitzen und bei alledem Witt im Ring spazieren zu führen. Auch wer entschieden mit Trollmann sympathisierte, musste zugeben, dass das eine unerhörte Provokation war. Nun wollte er es nicht einmal mehr nötig haben, Punkte zu machen, um Deutscher Meister zu werden, sondern erklärte stattdessen mit seiner Kampfesweise, dass unter dem Patronat des Führers und der Regie des Ersten Vorsitzenden das deutsche Boxen so tief gesunken war, dass man Deutscher Meister werden konnte, ohne zu schlagen. Das war dreist. Kowaljow schnalzte mit der Zunge.

Während Trollmann also im Ring den Wirbelwind machte, insistierte aber nun doch Beinhorn darauf, dass erstens das Boxen die Geschichte vom »Sieg des Klügeren über den Stärkeren« nicht allein für sich gepachtet habe, sie werde in allen Bereichen des Lebens erzählt, und zweitens, dass man, wenn man denn wirklich eine Abscheu gegen das Faustrecht habe, es auch einfach bleiben lassen könne.

Bishop: »Theoretisch haben Sie recht. Aber in der Praxis wird darum trotzdem noch der Stärkere den Schwächeren niederschlagen können. Das ist reine Physik, das ist ein Naturgesetz, gegen das wir uns mit jedem Kampf erheben.«

Beinhorn: »Papperlapapp, hier wird nach Hackfleisch gerufen.«

Bishop: »Eben.«

Beaujean: »Wie steht eigentlich Ihre Wette mit Schmeling?«

Beinhorn: »Wenn nicht tatsächlich noch Hackfleisch gemacht wird, werde ich mir den Kasten Champagner mit ihm teilen. Wissen Sie, ich finde Boxen nach wie vor unmöglich, aber ich kann nicht leugnen, dass es einen großen Reiz hat, Trollmann zuzus… ah …«

Trollmann saß auf dem untersten und hielt sich mit dem Nacken am mittleren der Seile, und zwar in der Nähe des Pfostens von Witts Ecke. Hier schwang er, die Füße fest auf dem Boden, vor und zurück und auf und nieder, dass es wider jede Vernunft war, wie er mit seinen längeren Körpergliedern noch innerhalb Witts Reichweite zielgenau um die feindlichen Fäuste herummanövrierte, als habe er sie zu diesem Behufe bestellt. Wenn Witt Trollmann überhaupt hätte treffen können, dann in den Seilen. Witt war Trollmann nicht gewachsen. Der ganze Garten sah es. Witt warf einen weiten Schwinger über Trollmanns Kopf hinweg, und Trollmann stand auf und ging an Witts Seite vorbei in die Ringmitte.

Lämmchen war froh, es war Balsam auf ihrer Seele. Carlo sah sich besorgt im Publikum um. Wenn jetzt etwas passierte und nur einer von seinen Leuten sich danebenbenahm, würde man es hinterher wieder »den Zigeunern« in die Schuhe schieben und einen Grund mehr haben für Schikanen. Er merkte sich, wo die SA saß. Dirksen war empört. Das war gegen jede Vereinbarung. Der konnte sich was anhören in der Pause. Für Dirksen war der Titel genauso wichtig wie für Zirzow. Wenn Dirksen den Titel hatte, konnte er seine Preise erhöhen, ganz abgesehen von der Ehre. Zirzow drehte durch. Er schrie und knetete die Daumen.

Dirksen: »Jetzt halt mal die Klappe.«

Zirzow: »Ich denke gar nicht daran, das ist mein Geld da oben im Ring! Die Linke! Johann, die Linke!«

Dirksen: »Das kannst du dir sparen, er macht sowieso, was er will.« Trollmann wollte das Tempo und den Weg vorgeben und sich nicht treffen lassen. Er hielt die Arme locker angewinkelt und ließ sie immer wieder halb herauszucken, um Witts Schläge zu blockieren. Er war pausenlos in Bewegung. Er ging hin und her, er federte, er täuschte Richtungswechsel an und ging in derselben Richtung weiter, er schwang, immer im rechten Augenblick, den Oberkörper nach irgendeiner unmöglichen Seite, und manchmal wich er Witts Fäusten nur mit einer kleinen Kopfbewegung aus.

Griese, atemlos, überlegte, ob er nach Artikel 55 der Sportlichen Regeln verwarnen sollte, dafür, dass die Kämpfer *nicht unter Einsatz ihres ganzen Könnens und Willens kämpfen.* Wenn es ein ehrlicher Kampf unter Einsatz ganzen Könnens und Willens gewesen wäre, so fühlte Griese, dann hätte, objektiv gesehen, der Zigeuner den Adolf fertigmachen müssen. Aber der Zigeuner griff nicht an und konterte nicht einmal. Der Zigeuner ging spazieren und tanzte, anstatt zu kämpfen! Und erteilte langatmige Lektionen zum Thema Verteidigung. Dagegen setzte Witt endlich um, dass er mehr schlagen musste. Trollmann stellte ihm Fallen und entwich seinen Händen. Verglichen mit den vorigen Runden, verglichen auch mit anderen Kämpfen, die man in deutschen Ringen sah, und ganz besonders natürlich verglichen mit dem Witt-Hartkopp-Titelkampf in Hamburg im April, bei dem übrigens niemand an eine Verwarnung gedacht hatte, war diese Runde hier handlungsreich und hart umkämpft. Sie war es viel zu sehr, um nach Artikel 55 zu verwarnen, und das, obwohl der Zigeuner Theater machte.

Während Trollmann mit seinem Blick Witt aufgespießt hielt wie ein Stück Kartoffel auf der Gabel, schien er am Rücken und an den Seiten weitere Augen zu haben, mit denen er den Ring ausmaß. Das Publikum wurde allmählich immer stiller, auch Zirzow hatte aufgehört zu schreien. Dirksen nahm im Geiste seine geplante Strafpredigt zurück. Trollmann ging, täuschte einen Richtungswechsel an und ging in derselben Richtung weiter, Witt hielt inne, Witt folgte; Trollmann warf den Kopf herum, Witt stieß in die Luft; Trollmann tauchte ab, Witt schlug darüber weg; Trollmann trat einen Schritt zur Seite, Witt ging ins Leere; Trollmann ging rückwärts weiter, Witt folgte; Trollmann hob die Hände, Witt schlug aufs Leder; Trollmann ließ die Arme fallen und richtete sich auf, Witt überlegte. Der Erste Vorsitzende wurde zusehends nervöser.

Was sollte er tun? Er wusste es nicht, und der Kampf marschierte mit jeder Sekunde, die er dauerte, in die falsche Richtung. Der Rückenwind, mit dem der Erste Vorsitzende seit der nationalen Erhebung gesegelt war, hatte sich inzwischen in eine gefährliche Flaute verwandelt. Alle Notgemeinschaftskampfabende, außer dem einen mit Trollmann in Hannover, waren Minusgeschäfte gewesen. Die Notgemeinschaft war nicht populär, der Verband soeben dabei, in die roten Zahlen zu rutschen. Und jetzt war diese schlimme Stille im Publikum, weil der Zigeuner mit seiner negerhaften Chupze das fundamentalste Kampfgesetz auf den Kopf stellte. Dass nämlich ein unbeantworteter Schlag ein Schritt auf dem Weg in die Niederlage war, das hatte sich niemand ausdenken müssen, es war eine Lebenstatsache, die man in jedem Kampfe sah. Wie war es möglich, dass Trollmann nicht einen einzigen von Witts Schlägen beantwortete und doch die Oberhand hatte?

Plaschnikow: »Diese Runde gibt Ärger.«

Kurzbein: »Was glaubst du, was hier los ist, wenn sie ihm jetzt wegen Inaktivität einen Punkt abziehen.«

Plaschnikow: »Kennwa doch. Dann ist ein Riesengeschrei, und der Punkt bleibt abgezogen, und der Kampf geht weiter.«

Kurzbein, knurrend: »Das werden wir ja sehen.«

Trollmann warf den Oberkörper zurück, Witts Faust fehlte nur ein Daumen breit zu Trollmanns Schläfe; Trollmann hielt inne, der Zeitnehmer klopfte mit dem Holz auf den Tisch, Trollmann begann, in sich zusammenzusacken, Witt sah es, Witt entspannte sich, Witt ließ die Arme fallen, und Trollmann schlug ihm einen Aufwärtshaken ans Kinn. Alle stöhnten auf, Applaus, der Pressetisch unisono: »Nichts als Mätzchen!«, abwinkende Handbewegungen.

Kurzbein: »Famos. Jetzt hat er ihnen mal richtig schön gezeigt, wo der Hammer hängt.«

Plaschnikow: »Das haben sie auch bitter nötig.«

Mit »sie« beziehungsweise »ihnen« meinten die Damen in der Hauptsache den Verband und die Presse, darüber hinaus aber jetzt auch den brandneuen Reichssportkommissar, Herrn von Tschammer und Osten, der in den Zeitungen mit unübersichtlichen Pfeildiagrammen die Bevölkerung zu begeistern suchte für die vollkommene Umstrukturierung und radikale Neuorganisation des gesamten Sports im ganzen Reich in vierzehn verschiedenen Fachsäulen im Sinne der nationalen Revolution. Gong.

Pause. Es gab keine Verwarnung und keinen Punktabzug. Hans gab die Runde Trollmann. Das Kampfgericht wog vorschriftsmäßig ab, indem es jeden Kämpfer beurteilte nach Angriff, Verteidigung, Technik, Wirksamkeit des Schlages sowie korrektem Boxen und Verhalten. Dabei galten vor allem die korrekten Treffer, von denen Witt keinen und Trollmann einen gelandet hatte. Die Herren beugten sich über ihre Tabellen und trugen die Zahlen ein. Griese und Pippow gaben die Runde Trollmann, Koch wertete unentschieden. Zur Not wollte er irgendwelche Treffer von Witt gesehen haben und nichts dafürkönnen, dass sie den anderen offenbar entgangen waren. Indessen warf Dirksen mit einem kellnerhaften Schwung das

Handtuch über die Schulter, fasste Trollmann am Kinn und bohrte seine Augen in die seines Boxers: »Rukelie, das war sehr schön, aber pass auf, du kannst so nicht weitermachen. Hörst du mich? Das geht nicht. – Wir haben Halbzeit, wir gehen in die Sieben. – Du musst punkten. Verstehst du?« Er ließ das Kinn los, er legte ihm die Hand auf die Schulter.

Trollmann, zwischen Atemzügen: »Ja, ja, mach ich, du musst dir überhaupt keine Sorgen machen.«

Dirksen: »Also hör her, du hast tipptopp angefangen, du hast ihm gezeigt, wie Boxen geht, und jetzt hast du ihm ganz hübsch Luft rausgelassen. Er atmet schon durch den Mund. Wunderbar. Aber das reicht nicht. Rukelie, wir brauchen alle Punkte, die wir aus Adolf rauskloppen können. Hörst du mich? Wiederhole, was wir brauchen.«

Trollmann: »Alle Punkte.«

Dirksen: »Ja.« Da war es wieder, Dirksens Ja, das alle seine Schüler glücklich machte. »Wie fühlst du dich?«

Trollmann: »Eins a.«

Dirksen: »Gut, sehr gut. Noch etwas: Wenn er klemmt, kommt er immer mit der Linken von unten, da ist der Weg obenrum frei.«

Trollmann nickte, Zirzow schwieg und schmierte, Obst lächelte und tupfte.

Dirksen goss Wasser über den Kopf: »Und, Rukelie, keine Hakenserien, da bist du zu offen, immer schön Gerade zwischenrein, ja?«

Indessen hatte Haymann Witt ausrichten lassen, er möge sich auf die Rasse besinnen. Witt war demoralisiert. Witt rang mit der Frustration, seinen Gegner nicht treffen zu können. Er musste das Ruder herumreißen, ob er nun protegiert wurde oder nicht. Der Buxtehuder werkelte mit großer Behändigkeit. Katter hatte sich innerlich distanziert, um zu verbergen, dass er Witt unterliegen sah. Er machte Wind. Eggebrecht riet, während er schmierte, den Nahkampf zu forcieren, in Doppeldeckung an den Gegner heranzugehen und dann dranzubleiben und dabei zu schlagen, was das Zeug hielt. Witt bejahte und wusste, dass es ihm nicht gelingen würde. Schlachter saß auf der Toilette. Kellner nahmen Bestellungen auf. Das Publikum murmelte.

Witt zu Katter: »Und dem Ludwig kannste ausrichten: Wenn ich noch ein einziges Mal das Wort Rasse höre, gebe ich auf.«

Katter nickte. Er würde ebenso wenig Witts Botschaft an Haymann übermitteln, wie er ab jetzt Haymanns Rasse-Botschaften an Witt übermitteln würde. Katter hatte auch seine Ansichten zur Rassenfrage, aber im Augenblick stand die Rasse Witt im Weg. Die Rasse hatte Witt schon beim Training im Weg gestanden, Schluss damit. Schlachter kam von der Toilette zurück. Die Nacht war kühl geworden, am Ring war es wärmer. Der Gemüsehändler brannte seinen Stumpen an. Propp war wach und tagträumte von ihrem verstorbenen Mann, der bei den Amateuren geboxt hatte. Goldi lutschte das zweite Bonbon. Die Mutter zu Carlo: »Dauerts noch lange?« Kowaljow und Smirnow grinsten und schwiegen, das wurde ja immer besser. Radzuweit dachte an Hackfleisch. Er hatte Hunger, er holte sich eine Bockwurst.

Englert zu Valeska Gert: »Darf ich Sie zu einem Getränk einladen?« Er durfte. Die Tänzerin war kein regelmäßiger Gast, die sollte ruhig öfter kommen, denn ein Kampfabend ohne Extravaganz und Prominenz von Bühne und Film war kein anständiger Kampfabend. Schade, dass Marlene Dietrich weg war, ah, da kam der Kellner.

Gegenüber, der Ullstein-Lehrling zur Elevin: »Also, man muss auch schlagen. Man kann eine Runde nicht gewinnen, wenn man nicht schlägt.«

Die Elevin: »Kann man wohl. Haben wir doch gerade gesehen.«

Pause.

Die Elevin: »Du, sach mal, mal ganz ehrlich jetzt, ohne Flunkern, schau mir in die Augen: Bist du ganz sicher, dass du diese Runde wirklich Witt geben willst?«

Der Lehrling sah der Elevin in ihre schönen Augen: »Jetzt, wo du mich so fragst … ich weiß nicht, ich weiß nicht.«

Pause.

Der Lehrling: »Wie heißt du eigentlich? Ich bin der Erich.«

In der Reihe vor ihnen saß die Abordnung des Charlottenburger Männergesangsvereins von 1861. Ein Bariton saß noch im Frack, die anderen hatten sich umgezogen, um die Fräcke zu schonen.

Wieder gegenüber, an der oberen Seite, fragte, eher um der Unterhaltung willen, als dass ers wirklich wissen wollte, Homolka den neuen Obmann des Sportausschusses Purtz: »Nun, Herr Purtz, wie beurteilt der Fachmann diese Runde?«

Purtz: »Tja, was soll man dazu sagen. Trollmanns Verteidigung ist einwandfrei, aber das reicht natürlich nicht für den Titel.« Und hierauf hob Purtz etwas die Stimme, sodass Beinhorn, Bishop und Beaujean es deutlich hören konnten: »Der Zigeuner täte gut daran, auch einmal zu bedenken, worauf er hier Anspruch erhebt. Wir sprechen hier von großen deutschen Kämpfern, wir sprechen von Seelig, Pistulla, Heuser, Schmeling, Samson Körner und Buckszun.«

Zweifach geschwächt ging Witt in die siebte Runde. Zum einen plagten ihn die Schläge, die er in den ersten fünf Runden eingesteckt hatte, und das fehlende Lauftraining rächte sich bitter. Zum anderen waren sein Geist und sein Wille durch die Frustration der vorigen Runde in Zersetzung begriffen. Man sah es ihm an, als er mit dem Gong aus seiner Ecke kam. Das Unterliegen, das Hoffen, die zu frühe Erschöpfung. Schlachter wurde wütend. Sein ganzer Kopf wie geschwollen, seine inneren Organe gereizt, und all die absorbierten Schläge strahlten warm und zehrend aus, sie strahlten von Kopf und Torso in die Arme und Beine, sie machten ihn schwach. Katter hatte in den Pausen nicht gesagt, ob er die jeweilige Runde gewonnen oder verloren habe, aber Witt wusste, dass es nicht gut für ihn stand.

Auch Beinhorn, Bishop und Beaujean sahen es ihm an. Während Witt aus seiner Ecke kam, fügte ihn Beaujean zu Purtzens Liste Deutscher Halbschwergewichtsmeister hinzu. Der jetzt so sehr Geschwächte gehörte ordnungsgemäß dem erlauchten Meisterkreis an, wenn er es auch nur für drei Tage gewesen war, und wenn auch nur wegen Disqualifikation. Und hierauf gab Beaujean zu Purtzens halbschwerer Heldenriege zu bedenken, dass Pistulla die Syphilis habe; dass Schmeling ein Verräter am deutschen Berufsboxen sei, da er nur noch in Amerika kämpfte, wo er sich von einem Juden verprügeln lasse wie ein Anfänger; dass Heuser auch nichts zum Ruhm des deutschen Berufsboxens beitrage, er hatte sich in Amerika nach einem Dutzend Siegen über deutlich Schwächere von Maxie »Slapsie« Rosenbloom das Gesicht blutig schlagen lassen; dass Körner sich selbst ohnehin als halber Amerikaner verstehe, denn er habe sechs Jahre lang drüben gelebt, geliebt und gekämpft und sogar mit Jack Johnson gesparrt. Trollmann aber war im Lande geblieben und hatte sich redlich ernährt. Er hatte das Amerika-Angebot, das damals mit neidvollen Augen lauffeuerartig herumerzählt worden war, ohne Zögern abgelehnt und stattdessen auf deutschem Boden seine deutschen Knochen hingehalten, das deutsche Berufsboxen vorangebracht und ihm zahllose neue Anhänger gewonnen. Hatte seinem Publikum Trost, Mut und Kraft gegeben, indem er, wenn er schwer angeschlagen war, umso härter kämpfte, anstatt, wie Buckszun es so oft getan hatte, einzuknicken und aufzugeben.

Er war natürlich viel frischer als Witt. Darum konnte er weitermachen, wo er in der fünften Runde aufgehört hatte. Er umkreiste Witt, er ging an den Seilen entlang, er nahm Diagonalen und schlug wahlweise einzelne Schläge oder Kombinationen. Als Witt klemmte, nutzte er den freien Weg nach oben auf Witts linker Seite, den ihm Dirksen in der Pause angesagt hatte, für einen Schlag aufs Ohr. Der Schlag war entsetzlich laut, und dann hörte Witt ganz kurz nichts. Griese trennte. Witts Unbeholfenheit, sein unentwegtes Zögern, seine Schwerfälligkeit gingen so weit, dass Trollmann ihn schließlich anschrie: »Herrgott, Adolf, jetzt mach halt mal was Richtiges!«, und ihm hierauf eine phantastisch lockere Linke an die Schläfe warf. Den Gegner im Ring anzusprechen stand im allerschärfsten Gegensatz zu den inneren Werten des Boxens, wenngleich es nirgendwo geschrieben stand und darum nicht geahndet werden konnte und so oft geschah. Der Pressetisch nickte bedeutungsvoll: »Siehste.« Trollmann blieb stehen. Er hielt inne, er löste sich aus der Kampfposition, er ließ die Arme fallen, er stellte die Füße nebeneinander, er machte sich gerade und hob, als ob er Witt einlade, die Arme seitlich hoch, hielt sie weit ausgebreitet und unterstand sich nicht, auch noch das Kinn vorzurecken. Wenn das nicht wieder glasklar eine Finte war! Witt wollte nicht darauf hereinfallen, Witt wartete. Trollmann hielt still, und dann ging er wieder in Kampfposition und machte weiter, und Witt hatte eine auf dem Silbertablett angetragene Chance ungenutzt verstreichen lassen. Dieser empörende Vorgang wiederholte sich noch zwei Mal. Vereinzelt waren Buh- und Hackfleisch-Rufe zu hören, und irgendjemand konnte sehr gut auf den Fingern pfeifen. Beim dritten Mal dachte Ringrichter Griese wieder an den Artikel 55, brachte ihn aber erst fünfundvierzig Sekunden später zum Einsatz, als, nach seiner Ansicht, sowohl Trollmann als auch Witt nunmehr wirklich zu weit gingen, indem Trollmann die Hände auf dem Rücken gekreuzt hielt und solcherart auf der

Außenbahn im Kreis hüpfte, während Witt vergeblich versuchte, ihn zu treffen. Vor allem hielt Trollmann die Distanz. Er war immer knapp außerhalb von Witts Reichweite, indem er, wenn Witt zu nahe kam, mit schnellen Schritten in eine völlig unvorhersehbare Richtung entwich, bei Bedarf unter gleichzeitigem Herumwerfen des Oberkörpers, gegebenenfalls nur des Kopfes, manchmal auch erst nach einer einfachen Kniebeuge, aber unter Umständen tat er nur zwei Schritte in diese Richtung, um sogleich wieder in der vorherigen weiterzufedern. Witts Wille pulverisierte. Witt machte sich lächerlich. Er hätte das nicht zulassen dürfen. Er hätte Trollmann den Weg abschneiden müssen. Es ließ sich außerhalb der Seile leichter sagen, als es zwischen ihnen zu bewerkstelligen war, aber dennoch, er hätte ihn anspringen müssen, er hätte ihm mit einem raschen Satz zur rechten Zeit, im Ansprung, die Rechte an das vollkommen freiliegende Kinn schlagen müssen, und Trollmann wäre gefallen wie ein Sack Kartoffeln, und der Kampf wäre aus und Witt Meister gewesen. Nichts dergleichen, sinnloses Umhergetappe stattdessen. Verpasste Chancen. Eine nach der anderen. Griese sprang herbei, hielt seine Hand zwischen die Kämpfer und schrie: »Haltet ein!«, drehte sich hierauf zum Zeitnehmer herum, machte das T-Zeichen und schrie: »Time out!«

Der Zeitnehmer hielt die Uhr an. Griese winkte die Kämpfer zu sich, Buhrufe und Pfiffe, packte sie im Nacken, stellte sie hin und zeigte abwechselnd, während er sprach, demonstrativ mit dem Zeigefinger auf jedes Kämpfers Brust, damit Pippow und Koch an ihren Punktrichtertischen es gut sehen konnten. Die Buhrufe und Pfiffe wurden lauter, Griese, ebenfalls lauter: »Verwarnung für beide! Adolf, Verwarnung für dich, und Heinrich, Verwarnung für dich! Ihr müsst härter kämpfen! Ihr seid Profis! Ihr wisst, was ihr zu tun habt! Tut es! Das war die erste Verwarnung! Beim dritten Mal breche ich den Kampf ohne Wertung ab, und eure Börsen werden gestrichen! Habt ihr mich verstanden?«

Trollmann und Witt: »Ja!«

Hierauf legte Griese beiden eine flache Hand aufs Brustbein, drückte seine Ellenbogen durch und schob die Kämpfer auseinander, hielt die Arme ausgestreckt, drehte sich, wobei er arg ins Hohlkreuz ging, nach dem Zeitnehmer um, schrie: »Time in!«, und riss dazu ganz kurz die Hände zum T-Zeichen zusammen, um sie sofort wieder nach den Seiten auszustrecken.

Der Zeitnehmer löste die Sperre an der Uhr, Griese trat zurück und schrie: »Box!«, Trollmann und Witt setzten sich in Bewegung, und die Buhrufe und Pfiffe ließen nach.

Plaschnikow: »Was hab ich gesagt.«

Kurzbein: »Ist ja noch kein Punktabzug gewesen. Warts ab.«

Alle, die gebuht oder gepfiffen hatten, hatten entweder gegen Griese protestiert, weil sie mit der Verwarnung nicht einverstanden waren, oder gegen beide Kämpfer, weil diese sich nicht richtig schlugen, oder gegen Trollmann, weil er Witt vorführte, oder gegen Witt, weil er sich vorführen ließ, oder ganz pauschal gegen Verband und Behörde und die generelle Ungerechtigkeit der Welt. Hierbei aber war jede und jeder Einzelne felsenfest davon überzeugt, dass alle anderen aus dem gleichen Grunde protestierten wie sie selbst. So herrschte große Einigkeit im Publikum darüber, dass es eine Schweinerei war, die man sich nicht gefallen lassen wollte. »Jriese, such dirn Jeechna!«, schrie es, eingehüllt in eine starke Alkoholfahne, von schräg hinter der Turnlehrerin.

Am Pressetisch der Chefredakteur: »Mätzchen, Posen, mangelnde sportliche Leistung. Mehr sage ich nicht.«

Biewer rollte die Augen, Bötticher, ernst: »Das ist kein Kampf, das ist eine Komödie«, und während der Zeitnehmer das Holz auf den Tisch schlug, kratzten zahlreiche Bleistifte übers Papier und schrieben: »Mangelnde sportliche Leistung«.

Kalt und genau schweiften die grauen Augen des Generalsekretärs durchs Publikum. Blieben hängen am Gemüsehändler, der, mit einem durchaus unfreundlichen Gesichtsausdruck, aus dem Kopfschütteln nicht herauskam. Streiften die Dame mit dem marineblauen Hütchen und ihren bartlosen Begleiter. Suchten Haymann. Fanden ihn. Falls der Kampf nicht noch eine unerwartete dramatische Wendung nahm, war Haymann erledigt, zumindest konnte man ihn nicht mehr ernst nehmen. Der Generalsekretär war überzeugt davon, dass Haymann seine Lage nicht erkannte, und fragte sich, wie lange Schlachters auf die Stirn geschriebene Tapferkeit noch halten werde, und dachte, dass das Haar des Ersten Vorsitzenden für sein Alter recht schütter war. Gong. Die Kämpfer ließen die Arme fallen, drehten auf dem Absatz um und gingen in ihre Ecken. Pause.

Dirksen riet Trollmann, sich zusammenzureißen. Laufende Kellner und sich drehende Köpfe im Publikum. Eisbeutel und hektische Massagen in Witts Ecke. Für Kowaljow war es absolut nicht einzusehen, warum sich Trollmann dafür verwarnen lassen musste, dass Witt ihm den roten Teppich fürs Posieren ausrollte. Smirnow fand diese Perspektive gewagt. Hans nutzte den Augenblick, als sich sein Vater zur anderen Seite zum Zeitnehmer wandte, um die unausgefüllte Punktetabelle verschwinden zu lassen. Er hielt es für besser. Dann schielte er wieder hinüber zu den Trollmanns, er hatte in jeder Pause zu ihnen hinübergeschielt. So sahen also die Zigeuner aus. Wo war das Gefährliche an ihnen? Wahrscheinlich versteckten sie es. In jeder Hosentasche ein Klappmesser. Dreckig waren sie auch nicht. Ob das freche Mädchen, genauso wie er, täglich zum Zähneputzen gezwungen wurde? Die Erwachsenen spielten alle verrückt. Es war unerträglich, wie der Vater in regelmäßigen Abständen den Fingernagel seines Daumens in den Zeigefinger drückte. Den Ersten Vorsitzenden machte es verrückt, dass er den Kampf nicht kontrollieren konnte. Die ganze Macht des Verbands, der Behörde, des Führers und der nationalen Revolution endete an den Seilen. Zwischen den Seilen aber war nichts anderes als die Wahrheit des Schmerzes und des Willens, der unterwarf oder unterworfen wurde. Die Wahrheit schmerzte den Ersten Vorsitzenden, darum das Fingernageldrücken. Der Erste Vorsitzende verhungerte an Trollmanns ausgestrecktem Arm. Griese müsste öfter eingreifen, um den Zigeuner aus seiner Linie zu bringen! Und aller Wahrscheinlichkeit nach würden nicht einmal Koch und Pippow die schmerzliche Wahrheit wenigstens auf dem Papier korrigieren! Und obendrein war das Posieren des Zigeuners ein Schlag ins Gesicht der inneren Werte des vom Führer favorisierten Boxens!

Beaujean war mit der Verwarnung einverstanden. Bishop hielt sie für regelkonform, sympathisierte aber so sehr mit Trollmanns Geste des Posierens, und zwar nicht aus sportlichen, sondern aus politischen Gründen, dass er Grieses Entscheidung monierte, hierbei aber, um die politischen Gründe vor Beinhorn zu verbergen, rein sportlich argumentierte: »Was ist ein Kampf? Und was hat sich eben im Ring zugetragen? Sehen Sie, wir sind in England stolz darauf, die Wiege des neuzeitlichen Boxens zu sein, und wir befragen mit jedem ersten Gong unseren Favoriten: Can he impose his will and skill on his opponent? Nun haben wir eben gesehen, wie Witt brach, als Trollmann mit den Händen auf dem Rücken herumhüpfte. Trollmann hat ihn gebrochen, Witt hat die Niederlage angenommen.«

Beinhorn: »Eigentlich könnte Witt aufgeben.«

Bishop und Beaujean wie aus einem Munde: »Vollkommen ausgeschlossen!« Die Herren schüttelten synchron die Köpfe.

Beinhorn: »Dann muss er sich einmal einen richtigen Ruck geben!«

Bishop: »Das dürfte ihm schwerfallen. Er könnte das Blatt noch wenden, dazu ist er physisch noch in der Lage, und es könnte passieren, dass er einen Treffer landet, für den er nicht viel kann, weil Trollmann die Hand nicht kommen sieht und womöglich noch hineinrennt. So etwas kommt vor, man hat das alles schon gesehen. Da haben Sies wieder, die *glorious uncertainty* und die Fürbitte, dass der Bessere gewinnen möge. Aber ich glaube nicht, dass etwas in dieser Art passieren wird. Sie sehen ja, wie fokussiert Trollmann agiert. Er hat die Übersicht. Witt ist nicht orientiert.«

Orientierung fehlte auch der Mutter. Sie hatte, als die Pfiffe und Buhrufe angeschwollen waren, ganz kurz die Augenlider einen Spaltbreit geöffnet. Sie sah, wie der Ringrichter auf ihren Rukelie zeigte, wie er mit dem Zeigefinger auf die Brust ihres Sohnes hämmerte, und hatte die Lider sofort wieder geschlossen und ein Stoßgebet in den Himmel geschickt, dass er keine Schwierigkeiten kriegen möge. Der schlimme Junge. Sie hätte ihm gern eine Backpfeife gegeben. Carlo musste sie aufklären, er tat es schnell und hastig. Er war, trotz der großen Überlegenheit seines kleinen Bruders, ungeheuer nervös. Er zitterte für alle deutschen Sinti, vom ersten Greis bis zum letzten Säugling, ob sie es wollten oder nicht. Er schwitzte schwach und kontinuierlich. Die Verwarnung war ihm peinlich, er war froh, dass es wenigstens auch Witt getroffen hatte. Schlachter dachte nur noch: Schafskopf.

Grimm schrie: »Ring frei für Runde acht!«

Gong. Trollmann packte die Bötticher'schen Rollschuhe und eine andere Taktik aus, Witt kam mit leeren Taschen. Zirzow sah es mit Befriedigung. Zirzow war jetzt da, wo er hingewollt und wofür er hart gearbeitet hatte: Sein Johann, Perle und Sorgenkind, holte ihm, gegen tausend Widerstände, den Titel. Zirzow hatte zuvor in Erwägung gezogen, Koch zu kaufen, hatte es aber unterlassen, weil er befürchtete, dass Koch in diesem einen besonderen Fall nicht nur gegen die Abmachung verstoßen, sondern überdies hinterher den Bestechungsversuch gegen ihn und seinen Schützling verwenden könnte. Und ganz sicher würde ein vergeblich bestochener Koch Trollmann noch schlechter bewerten, als ein unbestochener Koch es ohnehin tat. Außerdem sparte er Geld. Er saß nicht auf seinem Platz am Funktionärstisch, wo der Siegerkranz lag, sondern an der anderen Seite der Ecke, neben Dirksen, auf einem Stuhl direkt am Treppchen zum Ring. Es gefiel ihm nicht, was er hin und wieder vom Pressetisch aufschnappte, aber wie Dirksen die Runden bewertete, gefiel ihm ausgezeichnet. Nach Dirksens absolut unbestrittener Expertise hatte Trollmann einen Punktvorsprung, der mindestens so hoch war wie der Funkturm. Zirzow lehnte sich zurück, ah, wie er über den Ringboden glitt! Ganz flachfüßig jetzt, die Füße immer nur fingerbreit über den Boden hebend, in überaus langen Schritten, aber plötzlich auch wieder sehr kurzen, und mit viel Bewegung im Knie. Bötticher dachte gleichzeitig: Rollschuhe, Panther und negerhaft. Indessen Kowaljow: »Chetzt chat är ihm«, worauf Smirnow hinzufügte, Trollmann habe seine Beute zerlegt und auf den Spieß aufgebracht, den er nun über kleinem Feuer drehe, um ihn schön langsam braten zu lassen.

Trollmann suchte Witt jetzt fast nur noch am Körper zu treffen, indem er durch plötzliche Gewichtsverlagerung aus den unmöglichsten Winkeln schlagen konnte und dies mit erhöhter Frequenz tat. Bald erhob sich am Pressetisch und in Teilen des Publikums erneuter Unwille, während die Funktionäre dem Geschehen mit steinernen Mienen folgten. Denn es war offensichtlich, dass Trollmann gar nicht richtig hinschlug, sondern bloß mit halber oder vielleicht dreiviertel Kraft, dass er mithin so tat, als wäre er im Sparring und nicht in einem Titelkampf, und dass er Witt auf diese Art regelrecht über die Runde trug. Das war klug gegenüber Griese und dem Artikel 55, denn Schläge wurden nicht danach bewertet, ob der Schlagende etwa hätte härter schlagen können. Kurzbein und Plaschnikow waren nicht die Einzigen, die von einem Ohrläppchen bis zum anderen grinsten.

Kurzbein: »Herrlich. Er lässt nichts aus.«

Der nassgeschwitzte Griese dagegen, dem der gesamte Verband und die Behörde im Nacken saßen, ging von seiner Gereiztheit über in eine gewisse Verzweiflung und schüttelte Verband und Behörde ab, denn er war nicht in der Lage, das Ringgeschehen und die Institutionen unter einen Hut zu bringen.

Während Witt in seinem letzten Kampf im Mai von Hower in ebendiesem Ring viel seltener, aber um sechzehn Kilo schwerer getroffen worden war, wurde er jetzt um dieses Gewicht weniger, aber viel öfter getroffen, sodass der Schmerz breiig wurde und sich in ihm ausbreitete wie ein bleierner Nebel. Der Schmerzensbrei machte ihn schwer, zog nach unten zum Boden, zum Boden, wo man nicht hindurfte, und das Blut, in dem Haymann die Rasse leben sah, strömte wie gegen den Strom, strömte in einem unerbittlichen, rücksichtslosen Sog gegen den Strom, und die Blutbahnen hatten sich ausgedehnt, geweitet, waren konturlos geworden, bis in die Haut, bis in die Oberfläche seines ganzen Körpers, die Grenze, die letzte, die engste, die unmittelbare physische Grenze seines Körpers, sie dünnte sich nach außen hin aus, und die Schläge gingen ineinander über, und Witts Deckung war löchrig wie Schweizer Käse. Man konnte ihm allenfalls zugutehalten, dass er seiner lähmenden Ratlosigkeit zum Trotz nicht aufgab. Witt, der Stier aus Kiel, stellte auf stur. Ließ sich an den Seilen stellen, steckte stoisch weg, langte ins Leere, das Reh aus dem

Grunewald huschte durchs Hirn, er floh, Trollmann setzte nach, Witt klemmte und nahm eine aufs Ohr, Griese trennte, schob die Kämpfer auseinander, schrie: »Box!«, und die Kämpfer gingen wieder aufeinander zu, beobachtet mit Argwohn, Bewunderung, Neid und Unverständnis von den Herren Boxerkollegen auf ihren angestammten Plätzen an der Seite zur Brauerei.

Katter junior passte gut auf und schaute sich Tricks ab, Drehkopf und Stresing klopften Sprüche, Gebstädt nagte an seiner Niederlage. Seyfrieds ohnehin unfreundliches Gesicht war besonders finster, denn er hatte im März, als Trollmann für den verjagten Seelig eingesprungen war, ein Unentschieden geschenkt bekommen und vor Jahresfrist sogar einen Punktsieg, und nun zog ihm der schlechte Beigeschmack, den solche Geschenke nun einmal haben, die Mundwinkel herunter, und außerdem fand er es reichlich unverschämt, dass Trollmann bloß sparrte. Dagegen lachte von Herzen Czirson, und die von Trollmann besiegten Vogel, Hölzel, Sabottke, Hartkopp und Eggert fachsimpelten mit Kennermienen: »Nu jehta uffn Körpa, wa«, während Tobeck über seinen vielkritisierten Bierbauch strich.

Gong. Pause.

24

Unter gnadenlos klarem Nachthimmel der Garten, darinnen das Publikum, die Menge, ein summendes Nest ohne Jenseits, darinnen die Kämpfer, eingehüllt in das Hantieren ihrer Sekundanten, schwer atmend, beschienen vom Licht der Ringlampen, separiert von der Welt durch die Seile, pausierend für abgezählte sechzig Sekunden. Es war die letzte Stunde des Tages, des 9. Juni, und die Zeit waltete ihres Amtes, sie lief.

Sie lief Witt davon und Trollmann ohne Eile nebenher. Sie nagte mit jeder Sekunde mehr an den Nerven der Verliererpartei. Sie lief ab. Der Gong am Anfang einer Runde eröffnete Möglichkeiten, die der Gong am Ende der Runde begrub. Es gab kein Zurück. Inzwischen wartete niemand mehr darauf, wie sich der Kampf entwickeln würde. Er hatte sich entwickelt, er war eine klare, einseitige Angelegenheit. Für die nächste Runde erwartete man irgendeine weitere Schikane, mit der Trollmann Witts boxerische Unfähigkeit vorführen würde. Und gerade weil der Kampf so einseitig war, stak in der Erwartung des Vorhersehbaren der Stachel des Wartens auf das Unvorhersehbare, das doch immer möglich war und für das noch vier ganze Runden blieben.

Während die einen dem ermüdenden Kampf mit grimmiger Genugtuung folgten, weil Trollmann endlich Meister wurde, sahen andere gerade darin den Untergang, vielleicht noch nicht des Abendlandes, aber doch von nichts Geringerem als ihrem Deutschtum selbst. Die Luft um den Ring, der Atem der Menge in dem summenden Nest, war darum im gleichen Maße ermüdet und angespannt, gelähmt und elektrisiert, und es braute sich nach dem vorherigen wirklichen Gewitter in der klaren, frischen Luft das Potenzial für ein neues Gewitter zusammen. Noch war es nur Drohung, denn wenn Witt Trollmann nur einmal richtig erwischte und ihn K.o. schlüge, dann gäbe es keine Deutschtumsprobleme und ohne diese kein Gewitter, keinen krachenden Donner, keine einschlagenden Blitze.

Im Augenblick sah man die Herrschaften von Verband und Presse einander Blicke zuwerfen, und die Blicke verhießen nichts Gutes. Sie hielten ununterbrochen die reine Sportlichkeit hoch, pochten auf die inneren Werte und erklärten in regelmäßigen Abständen, das Publikum müsse zur richtigen Sportauffassung erzogen werden, natürlich und ausgerechnet von ihnen selbst, die sie vornherum bei Tageslicht mit erhobenem Zeigefinger hantierten und hintenherum den Zeigefinger krümmten und Strippen zogen im Dunkeln. Der Verband war in der Hauptsache damit beschäftigt, Boxer, Ring- und Punktrichter, Technische Leiter, Veranstalter und Manager zu rügen, zu bestrafen, zu suspendieren, von der Liste zu streichen und wieder aufzunehmen. Die Behörde veranstaltete mit dem Verband ein nicht enden wollendes Tauziehen um die Vormachtstellung im Gewerbe. Die Journaille machte alles schlecht oder schrieb Gefälligkeitskritiken. Man hatte genug davon. Und im Übrigen wäre alles nicht ganz so schlimm gewesen, wenn der Erste Vorsitzende nicht pausenlos mit seinem eisernen Besen herumgefuchtelt und die Politik in Gestalt der nationalen Revolution in den Sport getragen hätte, denn man ging ganz besonders auch deshalb zum Boxen, um die Politik für ein paar glückliche Augenblicke zu vergessen.

Am Pressetisch machte sich der Gedanke breit, dass diese Kampfansetzung überhaupt von vornherein wegen Trollmann problematisch sei, ein Gedanke, auf den zuvor, bei Bekanntgabe der Kampfansetzung, niemand gekommen war. Vorbei und vergessen, ungeschehen, nie gehört, nie gesagt, nie geschrieben, dass man seit zweieinhalb Jahren immer wieder gefordert hatte, Trollmann solle um den Titel kämpfen. Vielmehr hatte man es immer schon gesagt: Trollmann war ein Problem. Das hatte nichts mit seinen verschiedentlich herausragenden Leistungen zu tun. Die standen auf einem anderen Blatt, die stritt man auch gar nicht ab. Fest stand nur: Trollmann war ein Problem insofern, als der Titel des Deutschen Meisters eine Auszeichnung war, die verpflichtete! Man musste eine gewisse Persönlichkeit mitbringen, um dieser Auszeichnung würdig zu sein. Als Deutscher Meister repräsentierte man das deutsche Boxen als solches. Es ging um die nationale Ehre. Syphilis und Verrat gehörten dazu, nicht dazu gehörte Sinto. Keiner sprach es aus, alle waren sich darin einig. Mit jeder Runde, die Trollmann dem Titel näher rückte, war man sich darüber bewusster geworden.

Es konnte so nicht weitergehen. Man hatte sich hineingeritten. Was hatte sich eigentlich der Sportausschuss bei der Genehmigung dieses Kampfes gedacht? Englert als Unternehmer, geschenkt, Breitensträter, nun ja, und der Erste Vorsitzende. Der Erste Vorsitzende hatte damit bezahlt für die Säuberung. Der Erste Vorsitzende war schuld.

Von allem Anbeginn, seit Fäuste geschwungen wurden, sangen Dichter, schrieben Berichterstatter, verkündeten Boxer wieder und wieder und wieder das alte Lied, dass niemand je so einsam sei wie der Boxer im Ring. Aber bei Trollmanns Titelkampf gab es einen, der einsamer war als die Kämpfer. Es war der Erste Vorsitzende. Er war schuld, alle waren gegen ihn. Der Generalsekretär, das Kampfgericht, die Presse, das Publikum, der Sohn. Die Presse kritisierte offen die Notgemeinschaftsveranstaltungen, obwohl er darum gebeten hatte, es zu unterlassen. Sie war niederträchtig genug, die Öffentlichkeit über seine Bitte auch noch zu informieren. Das Publikum, ohne das es leider nicht ging, liebte den Zigeuner abgöttisch. Und nicht einmal der eigene Sohn mit seiner verfluchten selbstgemachten Punktetabelle, nicht einmal der Sohn hielt zu ihm. Er hatte sie verschwinden lassen. Der Tisch vor ihm war anklagend leer. Der Erste Vorsitzende war einsam, er war verloren.

Katter: »Adolf, du brauchstn K. o.«

Witt stand auf. Trollmann rollte die Schultern. Gong.

In Runde neun ging Witt zu Boden. Er ging nicht aufgrund von Schlagwirkung zu Boden, sondern von selber, so gab es wenigstens keinen Punktabzug. Er verlor das Gleichgewicht, er landete auf dem Hintern. Das war immerhin besser, als wenn er sich ganz flachgelegt hätte oder womöglich noch mit dem Kopf aufgeschlagen wäre. Blitzlicht, Boxer am Boden, das waren die Bilder, die blieben.

Es war an den Seilen, es war an der Seite zum unteren Teil des Gartens hin. Der Funktionärstisch sah ihn von vorn, die Presse hatte ihn direkt vor der Nase und sah ihn von hinten, Schlachter sah ihn von der einen, Lämmchen sah ihn von der anderen Seite auf seinem Hosenboden sitzen. Trollmann stand über ihm und sah ihn von oben. Trollmann sah auf Witts Rücken, denn Witts Kopf steckte zwischen Trollmanns Beinen. Haymann war unbeherrscht genug, die Hand vors Gesicht zu schlagen und die Augen zu schließen. Der Erste Vorsitzende hätte gern weggesehen, war aber nicht in der Lage, den Blick von Witt am Boden zu lösen.

Witt, den K.o. im Sinn, hatte mit der Rechten zu einem entsetzlichen Schwinger ausgeholt, einem Schwinger, der Trollmann fällen sollte, und dies, wenn er getroffen, auch ganz sicher getan hätte. Wie üblich ging Trollmann in die Knie und warf den Oberkörper herunter, um unter dem Schwinger wegzutauchen und wieder hochzukommen, während Witt seine Kraft nicht halten konnte und in Richtung des Schlags um seine eigene Achse gerissen wurde, wobei er eben das Gleichgewicht verlor und seine Füße nicht schnell genug nachsetzen konnte. Das wäre nicht passiert, wenn er vorher Pirouetten am Plattformball geübt hätte. Als er saß, stützte er sich mit der Linken am Boden ab und beugte, um sich zu erheben, den Oberkörper ausgerechnet in dem Augenblick vor, als Trollmann seinen linken Fuß zwischen Witts gespreizte Beine setzte. In diesem Augenblick blitzte das Blitzlicht. Trollmann nahm den Fuß zurück und sprang, wie es das Reglement verlangte, sofort von Witt weg, und Griese sprang herbei.

Der Gemüsehändler: »Steh auf, Junge, wir haben nicht so viel Zeit!«

Biewer sah kalt zu Haymann hinüber. Das Foto war am nächsten Tag in der *B. Z.*

Der Ullstein-Lehrling und die Elevin erörterten das Ringgeschehen mit einer Lebhaftigkeit und Hingabe, wie sie bei keiner anderen Sportart, sondern einzig unter den Freundinnen und Freunden des Boxens zu finden war. Sie kannten, genau wie Kurzbein und Plaschnikow und Bishop und Beaujean und viele andere Verehrer und Anhängerinnen Trollmanns, alle seine Kämpfe in- und auswendig, entweder aus eigener Anschauung oder aus Zeitungsberichten, und hatten verschiedene und sehr gut begründete Meinungen zu den umstrittenen Urteilen seiner Karriere. Als Witt fiel, schüttelten sie die Köpfe. Der Lehrling: »Gott, nee, nu muss er sich ihm auch noch zu Füßen werfen.«

Die Elevin: »Ist natürlich auch eine Verschnaufpause.«

Der Lehrling: »Stimmt, aber das Hochkommen kostet Kraft.«

Die Elevin: »Auch wieder wahr. Gehupft wie gesprungen, auf jeden Fall ist es schlecht für sein Selbstbewusstsein.«

Der Lehrling: »Welches Selbstbewusstsein?«

Die Elevin: »Runde für dich.«

Der Lehrling: »Du, sag mal, wolln wir morgen Eis essen gehn? Ich lad dich ein.«

Ein anderer Ullstein-Lehrling, nämlich der, der auf Witt gewettet hatte, bat seinen Wettpartner, ihm die Wette zu erlassen. Wenn Witt in Form und mit fliegenden Fahnen untergegangen wäre, hätte er dafür auch gern die vier Stunden abgearbeitet, aber das, was Witt bot, sei vier Stunden Arbeit nicht wert. Der Wettpartner sagte sofort ja, die Wette war aufgehoben, und Bishop dachte an die alten Glanzzeiten, in denen der »Deutschenfresser« Gipsy Daniels aus Wales mit Schmeling, Breitensträter und Domgörgen die deutsche Spitzenklasse kurzrundig k. o. geschlagen hatte.

Indessen im Ring nichts Neues. Trollmann flog umher wie ein Stein auf der Wasseroberfläche beim Ditschen, er ließ Witt meistens fehlgehen und traf ihn nach Belieben. Er hatte es nicht schwer, denn Witt war müde, das rassische Konditionstraining erwies sich als mangelhaft. Witt suchte immer noch den K. o., er suchte ihn mit vereinzelten Attacken, von denen manche Schläge ausgereicht hätten, zwei Trollmänner auf einmal in den Schlaf zu schicken. Wenn er stattdessen jetzt eine etwas schnellere Gangart hätte gehen und dabei unentwegt angreifen können, dann hätte er Trollmann vielleicht gekriegt. Jede einzelne der Elevinnen hätte ihm erklären können, dass man überlegene Schnelligkeit des Gegners durch nichts anderes als durch kontinuierlichen, sehr hohen Druck neutralisieren konnte. Aber dazu wäre Witt, wenn es ihm überhaupt eingefallen wäre, bereits zu erschöpft gewesen. Mit so einer Leistung konnte man nicht Meister werden. Das war im Grunde genommen auch ein Unding, in so einer Verfassung um den Titel anzutreten. Witts von Haymann so sehr bewunderte Muskulatur brannte nach innen hinein von oben bis unten und von vorne bis hinten, und Kopfweh hatte er auch. Witts Kopf war perforiert von Trollmanns nadelstichartigen Geraden. Trollmann dagegen war angenehm abgearbeitet und von Witts Streifschüssen gut durchblutet. Im Übrigen war es famos, wie locker man boxen konnte, wenn man nicht so sehr mit den Kräften haushalten musste. Und es war auch famos, wie diese Kondition auf den Gegner wirkte. Wenn es nicht um diesen elenden Titel gegangen wäre, dann wäre Trollmann in der Pause zwischen den Runden in die Ringmitte gesprungen und hätte ein paar zackige Liegestütze vorgemacht, um den Gegner zu demoralisieren und das Publikum zu unterhalten, und alle hätten gelacht, und hinterher hätte man Trollmann Mätzchen vorgeworfen. Nun also keine Mätzchen, sondern Titel, nationale Ehre, Lachen verboten, innere Werte, Hacken zusammenschlagen, hygienisch sauberes Boxen. Trollmann machte Bitte schön, wie es euch gefällt, Bishop dachte, erster Akt, zweite Szene, Orlando versus Charles: Sieg des Klügeren über den Stärkeren. Im Ring hatte Trollmann die Geschichte auf seiner Seite, aber außerhalb der Seile bekämpfte ihn die Gegenwart, in der die Dümmeren sich aufmachten, über Schwächere zu siegen. Gong, Griese: »Time!«, Pause. Haymann stand auf und ging in die Ausschankhalle zur Toilette.

Dirksen: »Meister! Neun Minuten noch, noch dreimal drei, dann biste Meister! Deutscher Meister! Tschörmen Tschämp! Rukelie, wir gehen in die Zehn, mach weiter so, das ist dein Kampf ...«

Da Dirksen davon überzeugt war, dass außer ihm niemand etwas vom Boxen verstand, litt er mehr als jeder andere unter dem niedrigen Niveau des deutschen Berufsboxens und der allgemeinen Ignoranz der Gemeinde. Er war Veteran, er hatte die Glanzzeiten noch erlebt. Seither entwickelte sich das Boxen auf der ganzen Welt weiter, nur Deutschland stagnierte. Ganz Deutschland außer Trollmann. Domgörgen musste man auch ausnehmen, Eder eigentlich auch, Schmeling konnte man weglassen, der gehörte nicht mehr zum deutschen Berufsboxen, sondern zum amerikanischen.

Kurzum, Dirksen wollte ein Statement abgeben. Wer sich für Keilereien interessierte, fand er, solle auf den Rummel gehen. Zwar war er nicht so radikal, dass er gesagt hätte, man boxe mit den Füßen, aber er wies gern und oft darauf hin, dass überlegene Beinarbeit zum Sieg führte, und konnte immer zum Beweis ein paar Beispiele aus den letzten Kampftagen nennen. Dirksen wollte ein Lehrstück abliefern, wozu ihm ein etwas besserer Gegner lieber gewesen wäre, und falls heute irgendjemand einen Betrug plante, so sollte es ein Betrug über zwölf Runden sein, an dem niemand würde zweifeln können.

Zirzow hatte sich einerseits in die Aufregung eingewöhnt, andererseits fühlte er recht deutlich die mit jeder Runde wachsende Aversion von Verband und Presse gegen Trollmanns Meisterschaft. Obwohl das Recht, in Form eines schriftlichen, vom Verband gezeichneten Vertrages, und fast das gesamte Publikum auf seiner Seite standen, musste er wachsam sein. Er begann sich darauf gefasst zu machen, dass der Erste Vorsitzende möglicherweise etwas plante. Wieso hatte er im Vorfeld nichts davon gehört? Er musste seine Kontakte besser pflegen. Nun begoss er seinen Kämpfer mit Wasser, das lenkte ihn von seinen Befürchtungen ab und hin zu Trollmanns prellungsfreiem Gesicht. Benny sah ihm dabei zu und sah das Wasser fließen. Er konnte kaum glauben, wie gut sein Bruder vorbereitet war und wie einseitig der Kampf verlief. Es war wie in einem schlechten Spielfilm, wo alles zu dick aufgetragen wurde. Witts Kopf zwischen seines Bruders Beinen würden sie ihm nicht verzeihen, darüber war sich Benny vollkommen im Klaren, und er fragte sich, ob im Zweifelsfall die Sportlichen Regeln eingehalten würden oder ob die wieder nur für Arier galten, und wer die besseren Verbindungen hatte, sein Bruder oder Witt.

Auf Witt redeten abwechselnd Katter, Eggebrecht und der Buxtehuder ein. Wenigstens sprachen sie kaum durcheinander und waren sich darin einig, dass Witt den K.o. brauchte und dass er nicht nur auf die Gelegenheit für den einen großen Schlag warten durfte, sondern dass er den K.o. vorbereiten musste. Der Buxtehuder deutete es mit geballten Fäusten und lockeren Armen an: »Bring doch mal ne rechte Führhand zum Kopf und dann den Leberhaken«, wobei er die Schultern hin und her schwang, »weißte, so bambam.« Der Buxtehuder wusste nämlich, dass die zwei K.o., die Trollmann in seinen bisher einundfünfzig Kämpfen erlitten hatte, Leberhaken gewesen waren.

Mittlerweile hatte der Alkoholgehalt in Radzuweits Blut die Höhe der Übergangsphase erreicht, und zwar der Übergangsphase vom Schwips hin zur Betrunkenheit. War er beschwipst etwas lauter als nüchtern, so wurde er jetzt in der Übergangsphase still.

Beaujean zündete eine Zigarette an, der Gemüsehändler den ausgegangenen Stumpen. Propp machte den eingesunkenen Rücken gerade und schob das Gesäß nach hinten. Der Mutter war die Watte in den Ohren lästig. Sie nahm sie heraus und steckte sogleich frische Watte wieder hinein. Was machte es, wer gewann? Es war abscheulich. Es war barbarisch. Auch mit Watte in den Ohren und geschlossenen Augen. Bishop wandte sich ab und nieste. Der Bariton des Charlottenburger Männergesangsvereins fummelte die Manschettenknöpfe aus dem Hemd und ließ sie in die Hosentaschen gleiten.

Breitensträter hob das Kinn und fuhr sich mit der Hand durchs blonde Haar, und zwar von vorne nach hinten. Pippow und Koch sahen abwechselnd auf ihren Tisch und in den Himmel. Sie mussten ihre Augen und sich selber entspannen. Sie konnten ja nicht, wie das Publikum, zwischendurch einmal woandershin schauen. Sie durften sich nichts entgehen lassen. Sie mussten aufpassen wie die Heftmacher. Der Zeitnehmer schlug das Holz auf den Tisch, Ring frei für Runde zehn. Ein letzter, bewusster, langer Blick in den nachtschwarzen Himmel. Gong.

Die Kämpfer kamen aus ihren Ecken, Haymann kam aus der Toilette. Er ging nicht zurück auf seinen Platz, er verließ den Garten. Trollmann kam in Rechtsauslage heraus. Das war auch einer seiner Vorteile gegenüber vielen Kollegen: dass er in beiden Auslagen gleichermaßen flüssig boxen konnte.

Nach einigem Hin und Her wieder der Chefredakteur: »Der Gipsy riskiert nichts. Das habe ich schon in der ersten Runde gesagt. Und? Hatte ich recht?«

Die Herren sahen auf ihre Papiere.

Hierauf, mit einem Blick, der besagte: Ihr wisst, was ich meine, Bötticher: »Negerhaft, negerhaft, der Zigeuner.«

Direkt in der Ringmitte warf Trollmann einen linken Haken. Witt tauchte glatt drunter weg und kam ohne Deckung wieder hoch. Dabei schlug Trollmann ihm eine harte Rechte an die Schläfe. Witts Schädel wurde in Schlagrichtung gerissen, Trollmann sprang rückwärts weg. Witt hechtete sofort hinterher mit einer Geraden, die Trollmann nicht erreichte. Trollmann schwang im Sprung die Beine weit nach hinten, stieß sich nach vorne ab und schlug dabei eine grade Rechte an Witts Stirn, Witt wich zurück, und Trollmann schlug noch einmal genau die gleiche hinterher, und noch eine, und alle drei trafen, und nach der dritten wusste Witt nicht, wo er war.

Trollmann ließ die Fäuste sinken. Schlachter dachte an das Motorrad. Trollmann ging auf Witt zu, nahm ihn, wie eine Mutter es tun würde, tröstend in die Arme und streichelte ihm den Hinterkopf. Witt wehrlos. Sein Herzschlag, sein Atem, seine Verwirrung. Unsägliches Gejohle und Krakeel, Pfiffe, Buhrufe für Witt. Schlachter beschloss, sich nie wieder beim Tanzen auf die Füße treten zu lassen. Sie hob die Verlobung auf. Sie kündigte. Gleich nach dem Kampf musste sie es ihm sagen, sonst wurde nichts daraus.

Plaschnikow schlug die Hand vor den Mund: »Das hat er mit Vogel in der Tennishalle auch gemacht.«

Carlo musste lachen und hatte gleichzeitig Angst. Lämmchen war glücklich.

Sintenis zu Breitensträter: »Von Trollmann müsste man auch einmal eine Skulptur machen, und zwar genau so, wie er Witt in den Armen hält.«

Breitensträter: »Das ist ein Skandal!«

Sintenis: »Ach, Hans, nun haben Sie sich mal nicht so.«

Breitensträter war zu seiner Zeit ein noch größerer Star gewesen, als es Trollmann heute war, aber Sintenis hatte ihn nie für eine Skulptur in Betracht gezogen. Purtz sah auf seine Schuhspitzen, der Erste Vorsitzende drückte den Fingernagel, Pippow und Koch waren wie paralysiert: Der Ring, der Kampfplatz kein Kampfplatz mehr! Aufgelöst! Verkehrt in sein Gegenteil!

Der Chefredakteur, wutentbrannt: »Er hätte nachsetztzen müssen! Dem Zigeuner fehlt der Wille zur Vernichtung!«

Dieser Vorwurf war nicht ganz berechtigt. Wenn es auch stimmte, dass Trollmann gelegentlich seine Gegner nicht zusammengeschlagen hatte, wo er es hätte tun können, so konnte er doch Witt kaum gründlicher vernichten als mit dieser Umarmung. Griese hatte noch erwogen, ein zweites Mal nach Artikel 55 zu verwarnen, jedoch war ihm Trollmann zuvorgekommen, indem er gerade noch rechtzeitig Witt losgelassen, sich wieder in Kampfposition gebracht und weitergemacht hatte, als wäre nichts gewesen. Er tat es und konnte es tun, weil er die Übersicht hatte, die Witt fehlte.

Witt musste sich fangen, er rollte die Schultern und warf ein paar linke Gerade, nicht um Trollmann zu treffen, sondern um seine eigene äußere Grenze zu halten. Trollmann ließ ihn machen, er ging seitlich im Kreis. Er federte hin, und er federte her, er wechselte immer wieder die Richtung, und plötzlich hüpfte er auf der Stelle, und Witts Linke streifte sein Ohr und seine Schulter, und er drehte sich raus und ging weiter, und Witt hinterher. So wurde das nichts mit der Suche nach dem K.o., aber so ging es in einem fort, und zwischendurch platzierte Trollmann einzelne Treffer, nämlich sehr kurze Gerade an den Kopf und lange Haken ins Gesicht, und war prompt wieder raus aus Witts Reichweite und federte weiter.

Bishop zu Beinhorn: »Es ist nicht populär, aber es ist brillant. Es geht ja schließlich darum, sich nicht treffen zu lassen und, wenn man getroffen wird, zurückzuschlagen, bevor der Gegner einen wieder trifft. Trollmann macht es fehlerlos vor. Nur leider will das Publikum meistens etwas anderes, das Publikum will Blut sehen. Im Ernst, Fräulein Beinhorn, die Leute würden keinen Pfennig Geld dafür bezahlen, van Gogh beim Sonnenblumenmalen zuzusehen, aber sie gäben viel, um zu sehen, wie er sich das Ohr abschneidet.«

Beinhorn: »Hören Sie mir auf mit abgeschnittenen Ohren. Aber sagen Sie einmal, kommt es nur mir so vor, oder stimmt hier tatsächlich irgendetwas nicht?«

Als sich Trollmann nach dem Gong in seiner Ecke auf den Hocker setzte, begann Dirksen mit einer flammenden Strafrede. Er ließ nichts an Dringlichkeit zu wünschen übrig und bahnte sich mit der denkbar rücksichtslosesten Autorität den Weg in den Kopf seines Schülers. Es ging Dirksen um die Umarmung. Die zärtlich tröstende Umarmung verstieß genauso wenig gegen die Regeln wie die Hände auf dem Rücken, das Sprechen mit dem Gegner, das Posieren oder das Liegestütze-Exerzieren in der Pause. Bei korrekter Wertung konnte man nicht einmal einen Punkt dafür abziehen, und wenn Trollmann kein Sinto, sondern ein Arier gewesen wäre, dann hätte Dirksen kein Wort darüber verloren. Nun aber verbot er ihm, in den zwei verbleibenden Runden irgendetwas anderes zu tun, als auszuweichen und zu schlagen. Dies war erlaubt, alles andere war kategorisch verboten. Witt habe ihm nichts entgegenzusetzen, aber wenn er, Trollmann, sich jetzt zu diesen Machtdemonstrationen hinreißen lasse, die gewisse Leute nicht vertrügen, dann riskiere er, dass der Titel des Deutschen Meisters an diesen Nichtskönner, an diese boxerische Niete gehe, das könne er nicht zulassen: »Rukelie, reiß dich zusammen, wenn du ein Deutscher bist, und rette die Ehre des Deutschen Halbschwergewichts. Denk an Schmeling. Denk an deine Familie. Tu es für mich.«

Trollmann: »Quatsch keine Opern, Mann, da komm ich doch wie gerufen, mach dir überhaupt keine Sorgen, alles wird gut, gleich sind wir Meister.«

Natürlich hielt es Dirksen für vollkommen ausgeschlossen, dass der Titel an Witt gehen würde, aber die Drohung hielt er für nötig. Er glaubte noch daran, dass es etwas ausmachte, wie Trollmann agierte. Er glaubte, dass es entscheidend war, dass Trollmann keine Grimassen geschnitten, die Zunge nicht herausgestreckt und keinen Kontakt mit dem Publikum aufgenommen hatte. Und Dirksen vergaß nicht, Trollmann zu loben.

Goldi wurde ganz ruhig. Sie hatte den Platz mit Carlo gewechselt und saß jetzt neben Propp, deren Hand sie schweigend hielt. Goldi bereitete sich auf die Siegerehrung ihres Lieblingsonkels vor. Es war eine ernste Sache. Sie hatte keine genaue Vorstellung davon, was ein Deutscher Meister war, aber sie wusste, dass es etwas Großes, etwas Besonderes und etwas überaus Bedeutsames war, und sie war felsenfest entschlossen, es bis zur Neige auszukosten, es mit dem wachesten Bewusstsein zu erleben und in sich aufzunehmen und den jubelnden Massen, so anmutig und würdevoll sie irgend konnte, zuzuwinken. Auch sie musste ihr Bestes geben, wenn es so weit war. Sie musste den Triumph aushalten, der Jubel wollte sie fortragen, aber sie musste bleiben und winken zur Ehre Onkel Rukelies und dem Publikum zum Dank. Sie sah in den leeren Ring, sah den mit Tuch bespannten Boden, die Seile, die Pfosten. Dies war der Ort. Dort würde er mit dem Kranz, der jetzt noch drüben auf dem Funktionärstisch lag, mit dem Kranz über der Schulter und erhobenem Arm endlose Ovationen entgegennehmen, würde sich nach allen Seiten verbeugen, und dann würde er den Kranz ablegen und herunterkommen und sie holen und auf seine Schultern heben.

25

Ohne ihn hören zu können, verlangsamte Haymann auf der Belle-Alliance-Straße genau mit dem Gong zur elften Runde seinen ausgreifenden Schritt. Sollte er umkehren? Er blieb stehen. Was aber, wenn Adolf den Zigeuner doch noch erwischte? Und ging weiter. Er erwischte ihn nicht, und Haymann tat gut daran, sich von der Kampfstätte zu entfernen. Haymann ab.

Unterdessen im Ring nervenzersetzende Langeweile. Trollmann verlor die Lust, Witt wusste nicht, was tun. Trollmann boxte mit kühler Akkuratesse auf Sparflamme, Witt nahm hin und wieder einen Anlauf zum K. o. und scheiterte. Trollmann hielt sich an Dirksens Anweisung, Witt hielt sich daran, dass er nicht aufgeben durfte. Seine Lage war aussichtslos. Aber er machte weiter, ein ums andere Mal. Er machte weiter, obwohl er dabei aussah wie ein Sonntagsathlet, der spaßeshalber den Box-Lehrkurs aus der *B. Z.* von Bötticher zu Hause vor dem Spiegel geübt hatte. Vielen Gegnern Trollmanns war es so ergangen, und nicht einmal Domgörgen, der ihn nach Punkten geschlagen hatte, war es gelungen, dabei eine gute Figur zu machen.

Die Turnlehrerin sah sich sehr genau an, wie man die Distanz mit den Füßen kontrollierte. Witt hatte praktisch keinen Einfluss auf die Distanz und konnte schon darum keine sauberen Treffer landen. Das musste sofort in den Plan für den Kurs aufgenommen werden, Übungen ausdenken! Außerdem fragte sie sich, wie man es machte, dass man genau in dem Augenblick, in dem man schlug, genau in der Haltung war, in der man die größtmögliche Hebelwirkung für den Schlag hatte, und konnte diese Frage nicht beantworten. Das musste sie erst noch herausfinden.

Witt verlegte sich aufs Clinchen, weil sonst nichts mehr ging. Jedes Mal eine Kampfunterbrechung. Griese aber ringrichterte vorzüglich. Es zahlte sich aus, dass er Verband und Behörde abgeschüttelt hatte, nun konnte er sich rest- und rücksichtslos den Kontrahenten widmen. Mit gutem Gespür griff er so viel wie nötig und so wenig wie möglich ein, immer in dem Bestreben, den zähen, mühsamen Kampf am Laufen zu halten. Bishop wies Beinhorn auf Grieses Leistung hin, das Publikum war unruhig geworden.

Es unterhielt sich und wartete. Es wartete immer noch auf Wirkungstreffer, Schlagabtausch und Drama, die sich, man hatte es hundertmal gesehen, jeden Augenblick aus dem Nichts ergeben konnten. Es folgte mit dem einen Auge und Ohr den eigenen Unterhaltungen und mit dem anderen Auge und Ohr dem Geschehen im Ring. Es wartete auch auf den nächsten Gong, der diese nervenzersetzende Langeweile beenden würde. Es passierte ja nichts. Es passierte ja dauernd das Gleiche: Witt versuchte einen Angriff, Trollmann kam ihm zuvor, Witt schlug auf die Deckung oder ins Leere, Trollmann konterte, Witt clinchte, hierauf Trennung mit oder ohne Griese. Und man wartete auch deshalb auf den nächsten Gong, weil er das Urteil näher rückte. Im Übrigen hatte man mehr als genug gesehen. Trollmann war Meister, nicht erst seit heute, aber jetzt amtlich und offiziell, sanktioniert vom Verband Deutscher Faustkämpfer und der Boxsport-Behörde Deutschlands.

Indessen stellte sich Witt die Sinnfrage. Die Sinnfrage war ein unsichtbarer zweiter Gegner im Ring. Was machte er da? Er verkaufte seine Knochen wie eine Nutte. Hätte er Melker bleiben sollen? Warum boxte er? Es tat auch alles immer mehr weh. Sein Gesicht war rot und geschwollen. Es war für Witt das erste Mal in seiner Karriere, dass er während des Kämpfens von der Sinnfrage attackiert wurde, er war nicht darauf vorbereitet, niemand hatte mit ihm darüber gesprochen. Sie sprang ihn aus Trollmanns Fäusten und Ausweichbewegungen an, sie lebte in Trollmanns Füßen, und sie behinderte ihn beim Kämpfen. Sie unterminierte ihn, sie war ein tödliches Gift, sie zersetzte die Essenz des Kämpfens, die reine, die nicht hinterfragbare Tat, indem sie fragte. Was sollte Witt machen? Er hatte verloren, und zwar von der ersten Runde an.

Radzuweits Alkoholgehalt im Blut vollendete die Höhe der Übergangsphase vom Schwips zur Betrunkenheit. Gong. Pause.

Im Grunde genommen, wenn es nicht reglementiert gewesen wäre, hätte man sich die zwölfte Runde schenken können. Dies war in etwa die allgemeine Stimmung. Man hatte zugesehen, wie Trollmann Witt nach allen Regeln der Kunst auseinandergenommen, zerlegt und vernichtet hatte, elf Runden lang, eine Runde um die andere hatte er ihn vor den Augen der Gemeinde präzise filetiert. Zum Beweis war Witt gezeichnet und Trollmann unberührt. Witt musste froh sein, dass es keine Fünfzehn-Runden-Kämpfe mehr gab, drei weitere Runden hätte er nicht mehr überstanden, schon seit zweien pfiff er aus dem letzten Loch, und er hatte zu viel genommen, der Kampf ging ihm an die Substanz.

Trollmann hatte Glück, Witt hatte Pech. Glück und Pech waren eins, des einen Glück des anderen Pech, und waren in jedem Kampf mit von der Partie. Es war nicht nur die Hand, die man kommen oder nicht kommen sah, es waren Sekundenbruchteile auf den Punkt oder zu spät, es waren Bewegungen in die richtige oder falsche Richtung, es war das, was man nicht trainieren konnte. Trollmann war optimal vorbereitet und hatte Glück, Witt war schlecht vorbereitet und hatte Pech. Trollmann war der Bessere. Das wars. Mehr nicht. Es waren keine Fragen offen. Auch die Rassenfrage war geklärt. Trollmann hatte sie in den bisherigen dreiundvierzig Minuten gewissenhaft, ordentlich, gründlich, säuberlich und vollständig zerschlagen. Nichts davon war übrig, die Scherben noch zu Staub zermahlen, Haymann auf der Flucht, der Erste Vorsitzende kurz vor einem Nervenzusammenbruch. Gestern New York, heute Berlin. Wer gegen den Rassenwahn war, verneigte sich in Dankbarkeit auch vor Witt. Witt hatte die Rasse mit in den Ring gebracht und war mit ihr schmählich untergegangen. Er hatte vorgeführt, dass die Rasse nicht einmal für einen halbwegs anständigen Untergang taugte, dass sie nicht einmal genug Saft hatte für ein Aufbäumen gegen die feindliche Übermacht. Witt hatte die Rasse durch den Ring eiern lassen wie einen Luftballon, aus dem die Luft entwich. Mit der Rasse, so viel stand fest, konnte man keinen Krieg gewinnen.

Auf dem Weg in seine Ecke hatte Trollmann, getreu Dirksens Anweisung, die Arme nicht gehoben, aber er hatte auch keinen Hehl aus seiner Freude über den Kampfverlauf gemacht und darum von einem bis zum anderen Ohrläppchen gestrahlt. Als er zur zwölften Runde wieder herauskam, ließ er die Arme ebenfalls unten, und es kam Witt so vor, als ob Trollmann geradezu durch ihn hindurchschaue. Das war nun auch wieder verwirrend. Zirzow ging endlich zur Toilette, er hätte es keine Sekunde länger halten können, er musste ja schon seit einer Dreiviertelstunde. Nach zehn Sekunden Geplänkel zwischen den Seilen ereilte den Ersten Vorsitzenden tatsächlich der Nervenzusammenbruch. In seiner Not wandte er sich an Hans, flüsternd, mit zusammengebissenen Zähnen: »Brng dn Krnz wg!« Hans begriff nicht, er konnte, was er hörte, nicht glauben, er sah seinen Vater mit offenem Munde an und rührte sich nicht. Der Erste Vorsitzende: »Du bringst sofort den Krnz wg! Jetzt! Auf der Stelle!«

Hans: »Aber …«

Der Erste Vorsitzende: »Auf der Stelle!«

Hans: »Wohin?«

Der Erste Vorsitzende beugte sich an sein Ohr: »Weg von hier! Ausschankhalle, Küche, Klo, Kabinen, egal, brng dn Krnz wg!«

Hans stand auf.

Der Erste Vorsitzende: »Nein, ins Büro!«

Das Büro war abgeschlossen, Hans: »Papa, das geht nicht.«

Der Erste Vorsitzende griff sein Ohr und zog daran, dass es wehtat: »Brng dn Krnz wg!«

Hans ging zum Kranz. Er ging langsam. In der Mitte blieb er stehen. Er überlegte. Ihm fiel ein, dass er nicht den kürzesten Weg nehmen durfte, denn der führte über Trollmanns Ecke. Dann ging er weiter. Im Ring die gleiche Chose wie bisher. Goldi schloss die Augen, um sich auf ihren unmittelbar bevorstehenden Auftritt auf Trollmanns Schultern zu konzentrieren. Hans hob den Kranz vom Tisch.

Beinhorn: »Was macht denn der Junge da mit dem Kranz?«

Beaujean: »Huch?«

Der Junge hielt den Kranz vor sich in den Händen und merkte nach ein paar Schritten, dass er so nicht gehen konnte, weil er nichts sah und weil er mit den Knien gegen den Kranz stieß. Er musste den Kranz anders tragen. Er musste ihn seitlich tragen. Aber so gings auch nicht. Der Kranz musste über die Schulter! Hans stellte ihn ab vor den Augen des Generalsekretärs und im Rücken seines Vaters. Er sah nur auf den Kranz und den Boden und spürte mindestens hunderttausend Blicke auf seinem ungeschickten Hantieren. Als er den Kranz geschultert hatte, waren alle Zuschauerinnen und Zuschauer der oberen Hälfte im Bilde. Der Gemüsehändler wurde von seinem Sitznachbarn aufmerksam gemacht: »Kiek ma da.« Das war ungeheuerlich. Den Kranz wegbringen lassen. Es war überhaupt in keinster Weise zu fassen. Es war der größte Skandal, der sich je in der Geschichte des deutschen Berufsboxens ereignet hatte. Und auch noch von dem dicken Jungen. Das war doch der Sohn des Ersten Vorsitzenden. Musste man überhaupt noch fragen, wozu es gut sein sollte, jetzt den Kranz wegbringen zu lassen? Immerhin: Man wusste es nicht. Man hatte keine offizielle Ansage, aber es lag auf der Hand. Es sprach für sich. Es sprach so stark für sich, dass man nicht einmal die ewigen Abweisungen Trollmanns vom Titel in Rechnung stellen musste. Egal, wer jetzt im Ring gewesen wäre, Kranz weg, Titel weg, einfach so. Da ging er, der Sohn des Ersten Vorsitzenden, und gab sich Mühe, nicht zu laufen wie auf der Flucht, sondern gemäßigten Schritts zu gehen, als wäre alles in Ordnung. Und wurde doch mit jedem Schritt ein kleines bisschen schneller.

Nun bog er um die Ecke und ging an der Brauereiseite entlang, womit er das Sichtfeld der Herren Boxerkollegen betrat. Sabottke sah ihn als Erster und zeigte auf ihn: »Das gibt Ärger.«

Alle sahen hin und nickten, Tobeck krempelte die Ärmel hoch: »Aber richtig.«

Seyfried: »Der Zigeuner bedeutet immer Ärger.«

Czirson: »Wenn hier überhaupt irgendjemand Ärger bedeutet, dann der Verband. Wer von euch hat noch keinen Ärger mit dem Verband gehabt?«

Gelächter, Zustimmung.

Als Hans Witts Ecke erreichte, sah der Pressetisch ihn an und wandte sich augenrollend ab. Dann wurde er von Smirnow und Kowaljow bemerkt. Die Herren warfen sich einen Blick zu, sahen zum Ausgang, der Ausgang war frei, standen auf und wechselten die Plätze. Sie setzten sich in die letzte Reihe auf die Plätze zunächst dem Ausgang, nur für den Fall der Fälle, nur weil sie keine korrekten Papiere hatten. Hans hatte Angst. Er spürte, was die Leute dachten. Schlachter sah ihn mit steinerner, vollkommen undurchdringlicher Miene an und folgte ihm mit ihrem Blick, solange sie konnte, ohne sich zu verrenken.

Die Ullstein-Lehrlinge verharrten in Schockstarre mit herabhängenden Unterkiefern. Sie hatten die Lage völlig falsch eingeschätzt. Der Verband leistete sich doch einen Betrug. Ganz offen. Offener Betrug. Das ging auf jeden Fall zu weit. Das konnte nicht angehen. Bereits machte das Gerücht die Runde, es habe nichts zu bedeuten, der Kranz müsse nur kurz repariert werden, ein ganzer Lorbeerzweig sei abgebrochen, der werde drangeklebt oder festgebunden, und der Kranz käme rechtzeitig zum Schlussgong wieder zurück.

Die Elevin: »Humbug. Wo soll denn der abgebrochene Zweig sein? Den müsste der Kleine ja auch tragen. Siehst du da irgendwo einen einzelnen Zweig?«

Hans trug nur den Kranz, sonst nichts, und er trug schwer daran. Er ging durch die Gasse, die die Bänke und Stühle an der Seite zur Brauerei hin trennte von jenen nach der unteren Seite. Dabei wurde er nicht nur aus der Nähe gesehen, sondern auch von den Zuschauerinnen und Zuschauern an der Seite zur Belle-Alliance-Straße hin. Hans war noch nicht aus den Bänken heraus, da wusste die ganze Arena Bescheid. Auf einmal wurden alle hellwach. Es war ein Segen, dass die Mutter und Goldi die Augen geschlossen hielten. Als Carlo den Kranz mit Hans' kurzen Beinen weglaufen sah, wäre er gern im Erdboden verschwunden. Das war würdelos. Warum konnte nicht ein gottverfluchtes einziges Mal etwas Gutes gutgehen? Der Bruder hatte alles korrekt gemacht. Es war zum Heulen. Es war zum Aufgeben. Carlo konnte nicht mehr, und dann dachte er, man muss sich jetzt zusammenreißen und ruhig bleiben.

Hans floh in die Abstellkammer. Die Tür war offen, innen brannte ein schwaches Licht über allerlei Gartengerät und Werkzeug. Nebenan in den Kabinen bereiteten sich Selle und Stief auf den Schlusskampf des Abends vor. Zirzow kam von der Toilette zurück. Als er die Ausschankhalle verließ, fühlte er sofort, dass etwas anders war. Das war alarmierend! Im Ring aber alles wie gehabt. War Trollmann am Boden gewesen? Oder Witt? Er hätte vor dem Kampf zur Toilette gehen sollen. Dirksen klärte ihn auf. Zirzow drehte vollkommen durch und konnte es nicht äußern, diese Schweinebande, dieses niederträchtige, widerwärtige, feige Pack und elende Gesindel hielt sich nicht an die Regeln. So konnte man nicht arbeiten. Und so konnte man sie nicht schlagen. Was hatte er nicht alles getan, um diesen Titelkampf möglich zu machen. Er hatte ihn. Es war amtlich, aber amtlich bedeutete nichts mehr. Die Regeln bedeuteten nichts mehr. Jetzt musste er ohne Regeln um den Titel kämpfen. Zirzow spuckte in die Hände. Sein Puls stieg an.

Alle Anwesenden, mit Ausnahme der beiden Kämpfer und Grieses, erwarteten einen Eklat nach dem Schlussgong. Radzuweit war ungeheuer erregt. In seiner Trunkenheit nahm er es nicht so genau mit den Parteien, sondern ließ sich inspirieren von der Empörung an und für sich. Er schrie nach Hackfleisch, aber niemand schrie mit. Plaschnikow zog die neuen Pumps aus, denn die Schuhe drückten. Propp hob den Blumenstrauß auf, der unter ihrem Stuhl gelegen hatte. Die letzten zehn Sekunden der Runde nutzte Trollmann, um Witt in die Mitte des Rings zu stellen, sich selbst zu positionieren und dann exakt auf den Schlussgong eine rechte Führhand in Witts Gesicht zu schlagen, dong, und hierauf zog er die Hand in einem hohen, verlangsamten Bogen zurück. Ende, Schluss, Applaus.

Umarmung der Kämpfer, Trollmann geleitete Witt in dessen Ecke, die Sekundanten betraten den Ring. Griese ließ sich sofort vom Funktionärstisch seinen Punktzettel heraufreichen und trug seine Wertung ein. Der Ringarzt, Ringsprecher Grimm und der Erste Vorsitzende betraten den Ring. Der Pressetisch blieb sitzen. Griese ging zu Kochs Seite und ließ sich von Koch den Punktzettel heraufreichen, dann marschierte er zu Pippow. Koch hatte die erste Runde Witt, die sechste unentschieden und alle anderen Trollmann gegeben, Pippow und Griese hatten alle Runden Trollmann gegeben. Das Publikum in den hinteren Reihen erhob sich geschlossen, weiter vorne vereinzelt.

Trollmann schüttelte Hände und klopfte Schultern mit dem Buxtehuder, mit Katter und Eggebrecht, wie es die Etikette aus gutem Grund verlangte, denn die Kämpfer mussten Frieden schließen nach dem Kampf. Allerdings wäre es nicht nötig gewesen, sondern war außerordentlich höflich, dass er Witt in dessen Ecke geleitet hatte, anstatt sich erst in seiner eigenen Ecke erfrischen und die Handschuhe abnehmen zu lassen. Er redete in einem fort allen möglichen und unmöglichen Unsinn auf Witt und seine Sekundanten ein, wobei er viel gestikulierte, winkte nebenher auch Schlachter zu, und die Verlierer gingen unter in seiner Siegesfreude.

Schlachter war sitzen geblieben und fragte sich, ob sie nicht doch in den Ring zu Witt gehen sollte. Der Ringarzt examinierte ihn, indem er seinen Schädelknochen abtastete und ihm mit einer Taschenlampe, die noch vor wenigen Jahren zur Ausstattung eines U-Boots der Marine gehört hatte, in die Augen leuchtete und die Reflexe beobachtete. Es war noch alles in Ordnung. Griese hielt dem Ersten Vorsitzenden in seiner Eigenschaft als Delegierter die drei Punktzettel wie ein aufgefächertes Kartenspiel vor die Nase: »Trollmann Sieger nach Punkten, Trollmann Deutscher Meister.«

Nun musste der Erste Vorsitzende sich von der Vorschriftsmäßigkeit der Punktzettel überzeugen, namentlich davon, dass alles ausgefüllt, nichts durchgestrichen und die Addition der Punktzahlen fehlerfrei war, und musste anhand der Addition aller drei Punktzettel nachrechnen, ob das von Griese angesagte Urteil korrekt war. Da beides zutraf, hätte er sagen müssen: »Genehmigt.« Hierauf hätte Griese dem Ringsprecher Grimm die Punktzettel übergeben, ihm das Urteil mitgeteilt und dann die Kämpfer links und rechts an den Händen genommen, Grimm hätte das Urteil samt Punktwertungen verkündet, Griese hätte Trollmanns Hand gehoben, und dann hätte der Erste Vorsitzende Trollmann den Kranz um- und den Meisterschaftsgürtel anlegen müssen.

Der Erste Vorsitzende: »Nicht genehmigt.«

Griese: »Mach kein Scheiß jetzt.«

Der Erste Vorsitzende: »Trollmann Sieger nach Punkten, aber kein Meister. Mangelnde sportliche Leistung. Nicht meisterschaftswürdig. Keine Meisterschaft, kein Titel.«

Griese: »Ausgeschlossen. Der Kampf ist als Meisterschaft sanktioniert.«

Das Publikum wurde unruhig, auch die vorderen Reihen erhoben sich. Wenn Urteilsfindung und -verkündung nicht reibungslos und in null Komma nichts erfolgten, dann weil geschoben wurde und ein Fehlurteil bevorstand. Das war immer so.

Der Erste Vorsitzende zu Griese: »Der Delegierte hat die höchste Macht am Ring. Der Delegierte sagt: Keine Meisterschaft! Und es gibt auch gar keinen Kranz!«

Trollmann hatte genug Hände geschüttelt, hatte sich untersuchen lassen, und nun verbeugte er sich und warf die Arme hoch, zuerst an den Seilen nach der Seite zur Brauerei hin. Aufgebrachter, wütender Applaus antwortete ihm für den langweiligen Kampf, für den turmhohen Sieg und gegen den Kranzskandal. Geschrei. Erste Schiebungrufe. Trollmann war nicht in der Verfassung, die Schiebungrufe zu deuten. Er verbeugte sich glückstrahlend an allen vier Seiten, während Witt mit Dirksen, Obst und Zirzow Hände schüttelte und Schultern klopfte.

Griese war empört. Auch er hatte ein gewisses Problem mit Trollmann als Deutschem Meister, aber er hatte ein noch viel größeres Problem mit der Unrechtmäßigkeit der Entscheidung. Das ganze Publikum griff wie auf Kommando in die Hosen-, Jacken-, Rock- und Handtaschen, um den Schlüsselbund herauszuholen.

Griese zu Grimm: »Pass auf, keine Eile, Trollmann Sieger nach Punkten, aber kein Meister, Verfügung des Ersten Vorsitzenden. Und jetzt warten wir ein bisschen, bis das Publikum so weit ist.«

Grimm: »Das Publikum ist so weit, das hast du nicht mitgekriegt, aber eben hat der Erste Vorsitzende den Kranz wegbringen lassen. Wir können.«

Hans hatte es vorgezogen, den Kranz in der Abstellkammer zu bewachen. Propp hatte Goldi instruiert, so gut es ging, und ihr ein Bonbon und ihren Schlüsselbund gegeben. Carlo erklärte der Mutter so umständlich wie irgend möglich, was geschehen war. Die Mutter weinte. Griese nahm Witt und Trollmann an die Hände. Grimm schrie: »Meine Damen und Herrn! Nach zwölf Runden Boxen! Das Urteil des Kampfgerichts!«

Ein Sitzkissen flog in den Ring. Es hätte heißen müssen: Nach zwölf Runden Boxen um den Titel des Deutschen Meisters im Halbschwergewicht. Eine zerknüllte Zigarettenschachtel flog in den Ring.

Grimm: »Ringrichter Griese! Und Punktrichter Pippow!«

Noch eine zerknüllte Zigarettenschachtel.

»Beide! 60 zu 28! Für Trollmann! Koch! 58 zu 31! Für Trollmann! Sieger nach Punkten: Trollmann!«

Griese hob Trollmanns Arm.

Grimm: »Aber kein Meister …«, und Trollmann knickte ein. Diesem Schlag konnte er nicht ausweichen. Er war mit einem Satz bei Dirksen, riss ihm das Handtuch von der Schulter, warf es sich über den Kopf, verließ den Ring und lief mit schnellen, langen Schritten zu den Kabinen.

Er lief durch das Schlüsselbundgerassel, das auf »Aber kein« zusammen mit Pfiffen und Geschrei eingesetzt hatte. Es war ein gewaltiger, ohrenbetäubender Lärm, diese annähernd tausendfünfhundert rasselnden, scheppernden Schlüsselbünde. Das erste Bierglas flog in den Ring. Die Dame in Marlene-Hosen konnte so laut auf zwei Fingern pfeifen, dass ihr Begleiter sich die Ohren zuhalten musste, nicht ohne dabei in einem fort »Schiebung« zu schreien. Schlagartig von drei Seiten ein Schirm, ein Apfel, zwei Hüte, zwei Aschenbecher. Die Herren im Ring zogen die Köpfe ein und die Schultern hoch. Grimm schrie sich die Seele aus dem Leib, um das Urteil zu Ende zu verkünden und die Aufhebung der Meisterschaft anzusagen, aber er kam gegen den Lärm nicht im Geringsten an. Immerhin machte er dabei eine gute Figur, denn während alle anderen hysterisch im Ring hin und her liefen, sich duckend und mit in Abwehrstellung erhobenen Armen, stand Grimm wie ein Fels in der Brandung und brüllte die Botschaft ins Getöse, den Brandstoff, der bereits gezündet hatte.

Leute in den hinteren Reihen gingen hektisch umher, und manche arbeiteten sich nach vorne durch, sodass im Publikum nicht nur Geschrei, sondern auch Bewegung mit viel Ellenbogen war. Die Boxerkollegen blieben hinten, nur Tobeck wollte es sich aus der Nähe ansehen. Im Ring absolute Hilf- und Ratlosigkeit. An der unteren Ringseite, im Rücken des Pressetischs, wurde skandiert: »Troll ist Meister! Troll ist Meister!« Noch mehr Gläser flogen und jetzt auch Flaschen, zwei einzelne hintereinander, dann nichts und dann plötzlich mehrere auf einmal aus allen möglichen Richtungen. Anhaltender Lärm. Die Turnlehrerin ordnete an, dass man zusammenbleibe und dass die Großen auf die Kleinen achten sollten. Hierauf warf sie einen Schuh, der Grimm an der Schulter traf, weil er sich gerade in diesem Augenblick abwandte, während ihm Zirzow von schräg hinten die Punktzettel aus der Hand riss und in seine Hosentasche schob, damit er ein Beweismittel hatte. Dann hetzte Zirzow durch die Seile, jagte um den Ring herum, blieb dabei alle paar Schritt stehen, rief, beidhändig dirigierend, die »Troll ist Meister!«-Parole, um, vollkommen unnötigerweise, den Krawall und Radau anzuheizen, und es war ihm gerade recht, dass mit gefährlichen Gegenständen geworfen wurde. Allein, das Publikum interessierte sich nicht für Zirzow, sondern für die Übeltäter im Ring. Es ließ sich nicht dirigieren, sondern machte, was es wollte. Für Kurzbein war es das Glitzern, nach dem sie sich in ihren schlaflosen Nächten sehnte. Zwar war es nicht bei Tage und würde nicht dauern, aber es glitzerte, es funkelte. Kurzbein ging nach vorn und warf den ersten Stuhl. Es tat ihr ausgesprochen wohl. Beinhorn war elektrisiert. So etwas hatte sie noch nicht erlebt. Bishop und Beaujean erwogen, sich in Sicherheit zu begeben. Beinhorn: »Das kommt überhaupt nicht in Frage. Hier wird nicht desertiert.«

Als Witt und der Erste Vorsitzende den Ring verlassen wollten, schwollen das Geschrei, die Pfiffe und das Schlüsselbundrasseln an, denn wenn diese beiden gingen, dann blieb der Betrug bestehen, aber gerade das war nicht hinnehmbar. Der zweite Stuhl flog in den Ring. Griese packte den Ersten Vorsitzenden, als dieser den Oberkörper durch die Seile schwang, mit der Rechten am Kragen und tippte Witt mit der Linken an die Schulter: »Hiergeblieben!« Er zerrte den Ersten Vorsitzenden zurück, wobei er über den hinter ihm am Boden liegenden Stuhl stolperte, sich der Länge nach hinlegte und dabei den

Ersten Vorsitzenden mit sich riss. Geworfen hatte den Stuhl der Bariton des Charlottenburger Männergesangsvereins, der seinen Frack nicht schonen wollte und ihn darum immer noch trug, eine Naht war schon gerissen.

Bevor Carlo ihn dazu auffordern konnte, brachte Benny Propp aus der Gefahrenzone in den unteren Teil des Gartens und rannte sofort wieder zurück. Carlo machte sich Sorgen, dass die Familie sich benahm. Auf keinen Fall durften sie etwas werfen! Ein Bierkrug flog in den Ring. Immerhin stand das Publikum komplett hinter dem Bruder. Zwei weitere Bierkrüge flogen in den Ring. Das war schön. Ein Regenschirm, noch ein Stuhl. Lämmchens Züge hatten sich verhärtet, sie saß unbewegt wie ein Denkmal. Da war sie wieder: die verschlossene, die vor der Nase zugeknallte Tür. Hatte sie es nicht gleich gesagt? Ein Stuhl flog in den Ring. Lämmchen blieb skeptisch, und zwar auch noch, als die Ullstein-Lehrlinge in einer gemeinsamen Anstrengung eine Sitzbank hochhoben und unter entsetzlichem Kriegsgeheul über den Pressetisch hinweg in den Ring schleuderten, wo sie um Haaresbreite Katter in die Nieren getroffen hätte.

Im Ring wusste man nicht weiter. Das Publikum randalierte. Dies war kein Protest mehr, es war eine Ausschreitung. Es war, so viel stand fest, die größte Ausschreitung in der Geschichte des deutschen Berufsboxens überhaupt. Hans bewachte den Kranz, und nebenan hüpfte in Kabine eins Selle mit bereits bandagierten Händen Springseil, während in der anderen Ecke des Raums Trollmann auf der Bank unter den Garderobenhaken saß und weinte. Wie vor wenigen Stunden Schmeling in seiner Kabine des Yankee Stadium und wie zahllose andere Boxer vor ihm, weinte Trollmann und hatte immer noch das Handtuch über dem Kopf.

26

Dirksen war es gelungen, den Ring zu verlassen. Nun stand er bei Trollmanns Familie und bestaunte den Furor. Zirzow brüllte den Ersten Vorsitzenden an, rieb ihm die Punktzettel unter die Nase und hob die Arme, um den Kopf vor fliegenden Gegenständen zu schützen. Goldi hielt sich phantastisch. Sie stritt mit großer Entschlossenheit, indem sie auf und ab lief und dabei so furchtlos wie energisch Propps Schlüsselbund schüttelte und »Troll ist Meister!« schrie, und es war besonders auch ihr zu verdanken, dass sich die Parole inzwischen verfestigt hatte und pausenlos gerufen wurde. Sie wurde auch gerufen vom Gemüsehändler, der zuerst seinen Stumpen in den Ring geworfen hatte und jetzt zu einem Stuhl griff, während die Telefonistin aus dem Jockey Club, die es vor dem Kampfabend nicht mehr nach Hause geschafft und darum den Wochenendeinkauf bei sich hatte, rohe Eier warf, und zwar zehn Stück, eines nach dem anderen weg, sie zielte mit kalter Wut, sie konnte es gut vom Handballspielen her, acht von den zehn Eiern landeten an Köpfen, Hälsen, Schultern, Rücken, Bäuchen, Beinen. Einzig Smirnow und Kowaljow rührten sich nicht. Griese aber war es mit seiner unnachahmlichen Ringrichterautorität gelungen, das Kommando an sich zu reißen, das ihm nach den Sportlichen Regeln ohnehin zustand. Er hatte Eggebrecht befohlen, Selle und Stief so schnell wie möglich herzuholen, und den anderen hatte er auferlegt, erst mit Erscheinen der nächsten Kämpfer den Ring zu verlassen. Denn das war die Rettung: der nächste Kampf, damit hatte man noch jeden Protest zum Schweigen gebracht.

Selle und Stief kamen in den Ring, Grimm gab die kürzestmögliche Ansage zum Besten, die in dem unverändert anhaltenden Lärm vollkommen unterging. Alle Mann, außer Griese und den Kämpfern, verließen auf einen Schlag den Ring. Der Zeitnehmer schlug den Gong, Selle und Stief begannen zu boxen, und anstatt dass sich die Lage beruhigt hätte, schwoll hierauf der Protest nur umso bedrohlicher an, denn der Fortgang des Programms hieß, dass der Betrug bestehen bleiben sollte. Zwar verzichtete man wegen Selle und Stief jetzt auf Stühle und Bänke, aber die sonstigen Wurfobjekte wurden weiter in Richtung Funktionärstisch geworfen, wobei es nicht ausbleiben konnte, dass manches im Ring landete. Der Erste Vorsitzende war der Schnellste von allen, er kroch als Erster unter den Tisch und nahm den Koffer mit den Meisterschaftsgürteln, den er dort abgestellt hatte, zwischen die Beine. Dann strich er das Eigelb von der Brust, und dann massierte er mit der einen Hand die schmerzende Schulter und mit der anderen eine Stelle am Kopf. Als Breitensträter und Englert ihn da unten kauern sahen, warfen sie einander einen Blick zu, nickten und begaben sich zu Purtz zwei Reihen schräg vor ihnen, damit der Sportausschuss zusammentreten konnte, um das Verdikt des Ersten Vorsitzenden aufzuheben und Trollmann zum Meister zu erklären. Sowohl Breitensträter als auch Englert sahen darin die einzige Möglichkeit, bevorstehenden Mord und Totschlag zu verhindern, und wussten überdies die Sportlichen Regeln auf ihrer Seite, die haarklein festlegten, was ein Meisterschaftskampf war und wie er durchgeführt werden musste, und nach denen Trollmann einwandfrei Deutscher Meister war. Englert schwang sich mit großer Eleganz an den Ring zu Zirzow, ließ sich die Punktzettel geben und eilte wieder zurück.

Unterdessen kämpften Selle und Stief und mussten achtgeben, dass sie nicht auf den Eiern ausrutschten und dann in Scherben fielen, und sie mussten sich immer wieder der geworfenen Gläser, Flaschen, Hüte, Äpfel, Aschenbecher, Schuhe und Schirme erwehren, und das Publikum trieb den Aufruhr unerbittlich voran, es machte Tumult und Krawall und rief: »Troll ist Meister, Troll ist Meister!« Mitten in diesem Chaos steckten Englert, Breitensträter und Purtz direkt an Ort und Stelle die Köpfe zusammen. Englert hielt den Herren die Punktzettel hin und beantragte die Änderung des Urteils in »Trollmann Sieger nach Punkten, Trollmann Deutscher Meister«. Breitensträter schloss sich sofort an, ohne die Punktzettel eines Blickes zu würdigen, Purtz, Obmann des Ausschusses und Handlanger des Ersten Vorsitzenden, sagte nein und wurde von Englert und Breitensträter überstimmt, während sich an der Seite zur Belle-Alliance-Straße hin eine Schlägerei im Publikum Bahn brach.

Die SA hatte sich, anders als die Turnlehrerin mit ihren Elevinnen, aufgelöst und zerstreut. Radzuweit war ein paar Reihen weiter vorne und hatte eine Faust im Rücken gespürt und intuitiv sofort in alle Richtungen auf alles, was sich bewegte und was still stand, eingeschlagen und damit ad hoc vier Kombattanten rekrutiert, mit denen sich einiges bewerkstelligen ließ.

Bishop, der seinen Regenschirm aufgespannt hatte und ihn hängenden Armes vor sich hielt, damit er ihn zur Not bei fliegenden Gegenständen wie einen Schild hochhalten könnte, Bishop also, leicht erregt: »So, Fräulein Beinhorn, jetzt haben Sie da drüben das beste Argument für den Boxsport. Schauen Sie sich das einmal an. Das ist doch absolut widerwärtig, diese Schlägerei. Und jetzt sage ich Ihnen Folgendes: Gewalt ist eben nur die eine Hälfte des Boxens, die andere Hälfte ist die Zivilisierung der Gewalt durch Regeln, Ringrichter, Seile und Einwilligung der Kämpfer. Bitte, vergleichen Sie, was im und was am Ring geschieht.«

Beinhorn: »Mein lieber Bishop, nun reden Sie schon wie Professor Gruber, nachher kommen Sie mir noch mit der Ästhetik des Niederschlags, ja? Das ist doch alles vollkommen sinnlos.«

Als Purtz den Beschluss überbrachte, gingen Selle und Stief in die zweite Runde. Purtz kroch zum Ersten Vorsitzenden unter den Tisch und schrie ihm ohne Umschweife ins Ohr: »Der Sportausschuss ist zusammengetreten und hat gegen meinen Willen beschlossen: Trollmann ist Deutscher Meister! Und wenn du lebend hier rauskommen willst, musst du sofort den Kranz zurückbringen, wir haben jetzt auch noch eine Prügelei im Publikum.«

Der Erste Vorsitzende sehnte sich nach dem Führer, der nicht da war, wenn man ihn brauchte: »Ich kann nicht!«, und dann konnte er wirklich nicht mehr, und die Tränen flossen, »Sie werden mich lyhyhynchen! Geh du!«

Purtz ging. Purtz rannte. Unterwegs nahm er Zirzow mit, damit der Trollmann holte.

Trollmann hatte aufgehört zu weinen, die vielfachen »Troll ist Meister!«-Rufe, die er gut hören konnte, hatten das ihre dazu beigetragen. Hans hatte gehört, dass Trollmann nicht mehr weinte. Er saß auf dem Boden und bekam einen kalten Hintern. Gleichzeitig stürmten Zirzow in die Kabine und Purtz in die Abstellkammer. Was für ein Glück, dass Purtz Hans mit dem Kranz in die Abstellkammer gehen gesehen hatte. Nicht auszudenken, wenn man jetzt den Kranz erst noch suchen müsste! Hans erschrak. Purtz sagte kein Wort, schnappte den Kranz und verschwand. Hans trat vor die Tür, sah Purtz wie die Feuerwehr mit dem Kranz zum Ring rennen und erwartete, vom Vater für den Kranzdiebstahl bestraft zu werden, als Trollmann und Zirzow aus der Kabine kamen und Purtz nacheilten.

Purtz legte den Kranz hin, wo er vorher gelegen hatte, und zerrte den Ersten Vorsitzenden unter dem Tisch hervor: »Bring den Gürtel mit!«

Der Erste Vorsitzende: »Ihr habt sechzig Sekunden! Der Zeitnehmer ist angewiesen!«

Purtz: »Was heißt IHR? DU legst ihm den Kranz um!«

Der Erste Vorsitzende: »Ausgeschlossen! Ich bin verletzt! An der Schulter!«

Purtz: »Das hat noch gefehlt, gib den Gürtel her!«

Zirzow und Trollmann trafen ein. Purtz blieb nichts anderes übrig, als dem Ersten Vorsitzenden den Koffer aus der Hand zu reißen, der sich dabei öffnete, sodass der Gürtel direkt in Purtz' Linke fiel. Gong. Purtz drückte Zirzow den Gürtel in die Hand, indem er Dirksen zurief: »Du nimmst den Kranz, ihr habt sechzig Sekunden!«

Der Hausmeister stieg mit einem Besen an Witts Ecke in den Ring und fegte hektisch das Gröbste zur Seite, während Zirzow, Trollmann und Dirksen an Trollmanns Ecke in den Ring stiegen. Hierauf Applaus ohnegleichen. Jubel, Taumel, Rausch, in die Luft gereckte Fäuste. Trollmann war Meister, und damit hatte man selber gesiegt. Man hatte sich durchgesetzt. Dem Recht war Genüge getan. Das hatte es noch nie gegeben. Radzuweits Keilerei löste sich auf, überall sonst lag man sich in den Armen. Wildfremde Leute umarmten einander genauso wie Freunde und Freundinnen, und besonders der Ullstein-Lehrling und die Elevin machten von dieser Gelegenheit Gebrauch. Trollmann war Meister, und man hatte einen Anteil daran, man hatte diesen Sieg gemeinsam errungen.

In den Ecken also Selle und Stief mit ihren Sekundanten, im Ring der Hausmeister, der um Trollmann, Dirksen und Zirzow herumfegte. Trollmann hob die Arme, Zirzow legte ihm den Gürtel an. Die Schnalle ging nicht zu, Zirzow fummelte und hatte einen entsetzlichen Schweißausbruch, die Schnalle wollte nicht. Plötzlich war sie zu, und Dirksen legte Trollmann den Kranz um, küsste ihn, flüsterte ihm »Meister« ins Ohr und wischte eine Träne aus dem Auge, worauf Grimm: »Ring frei für Runde drei!«

Trollmann verbeugte sich, der Hausmeister verließ den Ring an Witts Ecke, Trollmann, Dirksen und Zirzow an Trollmanns Ecke, hierauf die Sekundanten. Gong. Und dann kamen, vollkommen unbeachtet, Selle und Stief heraus zur dritten Runde.

Als Erstes stürzte sich seine Familie auf ihn, und während wie wild umarmt und geküsst wurde, strömten und drängelten Verehrer und Verehrerinnen an die Ringseite zu ihm hin, und er wurde hochgerissen, auf Hände und Schultern gehoben, hochgeworfen und aufgefangen und in einem Triumphzug durchs Publikum getragen, während sich niemand außer dem Kampfgericht um die boxenden Selle und Stief kümmerte.

Trollmann schwebte auf hochgestreckten Händen, die ihn hielten, darunter der Tenor und zwei Bässe des Charlottenburger Männergesangsvereins von 1861, alle fünf Ullstein-Lehrlinge, zwei Elevinnen, Kurzbein, aber nicht Plaschnikow, die nebenherlief, weil sie ohnehin die Höhe der anderen Hände nicht erreicht hätte, und viele andere mehr, und Trollmann wurde gewahr, dass man auf den Händen Sachen machen konnte. Man konnte sich liegend um die eigene Achse drehen lassen, man konnte sich aufsetzen, man konnte sich sogar nur an den Waden halten lassen und sich dann kniend erheben, und die Leute schrien vor Vergnügen und drehten, weil sie nicht genug davon kriegen konnten, eine Ehrenrunde durch den unteren Teil des Gartens, und Benny lief nebenher und hatte Goldi auf die Schultern genommen, und Goldi auf ihrem schaukelnden Thron hob huldvoll wie die Königin von Saba ihre Hand und winkte und lächelte nach allen Seiten, während sich Propp von ihrem Stuhl erhob und, sich mit der Linken auf dem Stock abstützend, rechtshändig mit dem lässigen Schwung einer perfekt gezeichneten Linie Trollmann den Blumenstrauß zuwarf.

27

Der Juni zeigte sich von seiner allerschönsten Seite, es hätte blauer und klarer nicht sein können und fürs Wohlbefinden kein bisschen wärmer oder kühler. Der Ullstein-Lehrling und die Elevin lutschten ein Eis am Stil in der Jungfernheide, Kurzbein und Plaschnikow lagen an der Spree im Treptower Park, und Bishop und Beaujean fuhren im offenen Wagen auf der Havelchaussee spazieren. Das deutsche Berufsboxen durfte sich darin sonnen, den interessantesten und fähigsten Halbschwergewichtsmeister seiner Geschichte auf dem Thron zu haben, aber die Presse versagte mit ihren Kritiken auf ganzer Linie. Dirksen schäumte, als er sie an seinem Küchentisch las. Sein und Rukelies Meisterstück wurde durch die Bank weg zusammengefasst mit der Parole »mangelnde sportliche Leistung«. Das war eine astreine Lüge. Außer, dass er sich am Anfang hatte überraschen lassen, hatte Rukelie keinen einzigen Fehler gemacht, hatte den Kampf zu jeder Zeit in der Hand gehabt, hatte vollendete Athletik gezeigt, hatte jede Aktion Witts erfolgreich beantwortet. Witt hatte deutlich unter seinem normalen Niveau gekämpft, und nun genierten sie sich nicht, Witts Versagen Rukelie in die Schuhe zu schieben, und es traf Dirksen schwer, dass über den Kampf selbst außer dieser dreisten Lüge fast nichts berichtet wurde, sondern hauptsächlich über den Krawall. Perlen vor die Säue geworfen, in einen Abgrund aus Dummheit und Ignoranz. Dieses Gesindel maßte sich an, das Publikum zur richtigen Sportauffassung erziehen zu wollen. Zur Hölle mit der Journaille!

Die Trollmanns hatten sich in der Küche der Franzens versammelt und debattierten die Ereignisse. Carlo wurde nicht müde zu erklären, dass Rukelies Meisterschaft ein historisches Ereignis sei, und zwar auch darum, weil die Gadžes bis zum gestrigen Tage noch niemals geschlossen aufgestanden waren, um für das Recht eines Sinto zu kämpfen! Dies sei ein historisches Ereignis in der über fünfhundertjährigen Geschichte der Sinti in Deutschland! Historisch! Lämmchen aber erwiderte, es wäre bitte schön auch historisch gewesen, wenn er vor zweieinhalb Jahren ohne Krawall Meister geworden wäre – und erntete hierfür einen dankbaren Blick des Meisters.

Lämmchen: »Das wäre mir viel lieber gewesen. Der Krawall bleibt am Ende natürlich an Rukelie hängen. Nachher heißt es wieder, Trollmann, der mit dem Krawall, ein Zigeuner halt, anstatt: Verband Deutscher Faustkämpfer, die mit dem Krawall, Arier halt – und überhaupt, Krawall ist ekelhaft und barbarisch, ich wäre am liebsten weggelaufen, und ...«

Carlo: »Aber ...«

Die Mutter: »Hört sofort auf zu streiten!«

Von Lämmchens Bedenken und Krawallaversion waren die sonstigen Zuschauerinnen und Zuschauer des Kampfabends weit entfernt. Sie schwärmten von dem erfolgreichen Aufstand. Sie erzählten es denen, die nicht dabei gewesen waren, sie schwärmten in ihren Küchen und guten Stuben, in Cafés, auf der Straße und bei Oma auf der Parzelle in der Laubenkolonie. Sie waren beseelt davon, sie hatten den Sieg über die Institution geschmeckt, gegen die man sonst nichts machen konnte. Und die eingeschworene Trollmann-Anhängerschaft fühlte sich ihrem Favoriten so nah wie nie zuvor: »Ich hab sein Knie gehalten!« – »Ich hab einen Kuss gekriegt!«

Am Sonntag packte Schlachter ihre Sachen. Sie hatte es zum Glück am Kampfabend doch noch aufgeschoben, Witt die Trennung zu erklären, und war damit erst am Samstagabend herausgerückt, nachdem der Buxtehuder wieder abgereist war. Es war ein schwieriges, bedrückendes Gespräch, Schlachter weinte, Witt war dazu nicht in der Lage. Es war unwiderruflich. Sie packte und ging.

Am Nachmittag reisten die Trollmanns ab, und am Montag tagte turnusmäßig die Boxsport-Behörde Deutschlands. Die Behörde nannte sich Behörde, um sich die Aura staatlicher Autorität zu verleihen, aber sie war ein Gremium des Verbandes, in dem der Erste Vorsitzende das Amt des Schriftführers innehatte und über Stimmrecht verfügte. Präsident Heyl nahm vor den Fahnen Platz, am Kopfende des Tisches, wo während der Vorstandssitzungen der Erste Vorsitzende thronte, der jetzt Heyl zur Linken saß. Nach der Begrüßung durch den Präsidenten ließ der Generalsekretär die Tagesordnung beschließen. Er saß, wie gehabt, am anderen Kopfende vor den Fenstern. Und als sie beschlossen war, begann die Versammlung mit Tagesordnungspunkt eins: Angelegenheit Meisterschaftskampf Trollmann–Witt.

Der Erste Vorsitzende: »Ich stelle den Antrag, dass die Behörde Folgendes beschließen möge: Das Urteil in dem Kampf *Heinrich Trollmann – Adolf Witt* am 9. Juni in Berlin, Bockbrauerei, um den Titel eines Deutschen Meisters im Halbschwergewicht wird aufgehoben und der Kampf, wegen ungenügender sportlicher Leistung beider Kämpfer, als Kampf ohne Entscheidung gegeben. Der Titel eines Deutschen Meisters im Halbschwergewicht ist somit frei. Er wird vom Sportausschuss erneut ausgeschrieben.«

Der Generalsekretär: »Ich bitte um Handzeichen, wer ist dafür?«

Alle Hände gingen hoch, wie um eine lästige Fliege zu verscheuchen.

Der Generalsekretär: »Der Antrag ist einstimmig angenommen und beschlossen. Nächster Punkt: Angelegenheit Zirzow, Englert, Breitensträter.«

Der Erste Vorsitzende: »Ich beantrage, die Behörde möge Breitensträter und Englert aus dem Sportausschuss entlassen und durch die Kollegen Malchow und Gerhaus ersetzen, damit der Sportausschuss in der Lage ist, Zirzow, Englert und Breitensträter für ihr unsportliches Verhalten am Ring bei dem Kampf Trollmann – Witt zu bestrafen.«

Der Generalsekretär: »Ich bitte um Handzeichen, wer ist dafür?«

Und abermals gingen alle Hände hoch, wie um eine lästige Fliege zu verscheuchen.

Der Generalsekretär: »Der Antrag ist einstimmig angenommen und beschlossen. Nächster Punkt ...«

Was in der Tagesordnung fehlte, war der Punkt »Angelegenheit Griese«, denn Griese hätte Selle und Stief nicht kämpfen lassen dürfen, weil der Ring mit den Scherben, Eiern und sonstigen Gegenständen auf dem Boden nicht in ordnungsgemäßem Zustand war, aber dieser Regelverstoß Grieses fand keine Beachtung. Zuletzt, unter dem Tagesordnungspunkt »Sonstiges«, fragte einer der Herren, der noch nicht lange dabei war, vollkommen ungeniert, ob in der Trollmann-Sache nicht auch der Erste Vorsitzende für sein fehlerhaftes Verhalten öffentlich gerügt werden müsse. Über die unglückliche Entfernung des Kranzes wolle er schweigen, aber dass der Erste Vorsitzende trotz ungenügender sportlicher Leistung Griese nicht aufgefordert habe, erneut nach Artikel 55 zu verwarnen, sei ein Fehler gewesen; und ein weiterer Fehler, dass er Grieses Urteil »Trollmann Sieger nach Punkten und Deutscher Meister« abgewandelt habe in »Sieger nach Punkten, aber nicht Meister«. Ein flüchtiger Blick in die Sportlichen Regeln Artikel 46 zeige, dass es das Urteil »Sieger, aber nicht Meister« gar nicht gab, und außerdem konnte das Urteil des Ringrichters nicht vom Delegierten, sondern nur und ausschließlich von der Behörde aufgehoben werden, und dann stelle sich zwangsläufig die Frage, ob nicht die Behörde dringend Klarheit schaffen müsse über die Kompetenzen des Sportausschusses und sein Verhältnis zum Delegierten. Heyl, der im bürgerlichen Beruf Rechtsanwalt war und außer seinem dicken Bauch auch einen Doktortitel trug, bedankte sich mit großer Routine für diese interessante Wortmeldung und erklärte die Sitzung für beendet. Heyl hätte nichts dagegen gehabt, den Ersten Vorsitzenden abzustrafen, aber eine Diskussion über die Kompetenzen des Sportausschusses und sein Verhältnis zum Delegierten musste auf jeden Fall unterbleiben. Es war schwierig genug, dass, und auch noch durch Kompetenzüberschreitung, erst der Delegierte den Ringrichter und hierauf der Sportausschuss den Delegierten bloßgestellt hatte, und jetzt obendrein, wenn auch formal korrekt, die Behörde den Sportausschuss bloßstellen musste. Wenn so etwas Schule machte, landete man schnurstracks in der reinsten Anarchie. Und alles wegen des Zigeuners. Da konnte man wieder sehen, dass es immer der Zigeuner war, der Schwierigkeiten machte. Heyl wurde verstanden, die Herren gingen auseinander, der Erste Vorsitzende eilte in sein Büro.

Es verschaffte ihm Linderung, die Pressemitteilung über die Aberkennung des Titels zu verfassen. Die Boxsport-Behörde Deutschlands habe in ihrer Sitzung am 12. Juni beschlossen, Doppelpunkt, Beschluss im Wortlaut, nicht mehr und nicht weniger, die Schreibkraft haute in die Tasten, und dann lief er im Laufschritt ins Haupttelegraphenamt in der Oranienburger Straße, um von dort die frohe Botschaft per Rohrpost hinauszusenden an die Presse und damit in die Welt, und fast wäre er dabei mit der Telefonistin aus dem Jockey Club zusammengestoßen, die genauso schnell wie er aus einem Seitenflur um die Ecke gelaufen kam.

Noch bevor der Erste Vorsitzende das Haupttelegraphenamt überhaupt erreicht hatte, wusste Zirzow Bescheid. Er saß an seinem Schreibtisch, er bekam einen Anruf. Er hatte nicht damit gerechnet, dass dieser Kampfabend ohne Folgen blieb, aber er wusste das Recht auf seiner Seite, an das er, gewöhnlichen Betrug einkalkuliert, doch glaubte. Es verlangte ihn, zum Gemüsehändler zu gehen und mit diesem einen Schnaps zu trinken. Er stand auf, er musste sich bewegen, er ging hin und her. Sollte er Johann benachrichtigen? Morgen würde es in der Zeitung stehen. Er musste einen Protest einreichen, er musste mit Englert sprechen. Er musste sich beruhigen. Er war viel zu aufgeregt. Man konnte mit den Nazis keine Geschäfte machen, sie waren dumm wie Bohnenstroh. Sie schmissen die Dukatenscheißer raus, anstatt die Dukaten einzusammeln. Erst Stein, jetzt Trollmann. Der arme Johann. Er hatte mehr für den Titel getan als jeder andere. Er würde toben, er würde bitterböse Blitze aus den Augen schleudern und gemeine Sachen sagen, die leider alle stimmten. Was war besser für ihn: morgen aus der Zeitung oder vorher von ihm? Er wusste es nicht. Am liebsten würde er eine Bombe in das Verbandsbüro und eine in den Sitzungssaal werfen. Konnte Dirksen helfen? Dirksen hatte eine sehr gute Reputation. Aber was hätte Dirksen tun können? Sich öffentlich für Johann aussprechen, das konnte man sich sparen. Darüber lachten sie oder zuckten die Schultern. Wie konnte man überhaupt mit dem Vorstand und der Behörde noch arbeiten, wenn sie ihre eigenen Regeln vor allen Leuten mit Füßen traten? Natürlich betrog man, aber nicht so. Und jetzt war Englert nicht mehr im Sportausschuss. Das war sehr schlecht. Er zog sein Jackett an und ging hinunter zum Gemüsehändler.

Bei Bishop in Dahlem machten sich Möbelpacker daran, die Sachen für England zu packen. Bishop hatte in den vergangenen Wochen, gelegentlich auch mit Beaujeans Hilfe, markiert, was bleiben sollte und was nach England ging. Die Möbelpacker begannen mit dem Bücherregal. Sie verpackten Romane, Gedichtbände, englische und deutsche Wörterbücher, Hackebeils Sport-Biographien, geographische Bildbände und die Boxliteratur. Darunter Lehrbücher wie etwa Böttichers 1923 erschienene, weitverbreitete *Drei Runden* oder Josef Machalewskis 1927 erschienenes umfassendes Lehr- und Geschichtsbuch *Boxen, der Weltsport*. Seine größten Kostbarkeiten hatte Bishop von einem Uronkel geerbt, nämlich ein Exemplar von Daniel Mendozas 1789 erschienenem, damals bahnbrechendem Werk *The Art of Boxing*, dem ersten systematischen Boxlehrbuch überhaupt, sowie die zu Beginn des 19. Jahrhunderts erschienene *Boxiana; or Sketches of Ancient and Modern Pugilism* von Pierce Egan, dem Vater aller Boxhistoriker, der dem Sport mit »The Sweet Science« seinen Namen gegeben hatte.

Sie nahmen Bilder von den Wänden, darunter Goyas *Alle werden fallen*, das ihm Beaujean geschenkt hatte, zwei Skizzen von George Grosz, die Bishop diesem persönlich in irgendeiner verrauchten Eckkneipe abgekauft hatte, Grosz war schwer betrunken gewesen, und ein röhrender Hirsch in Öl. Sie wickelten Antiquitäten in Packdecken, darunter einen Louis-seize-Sekretär, silberne Kerzenständer aus dem frühen achtzehnten Jahrhundert und ein Paar Boxhandschuhe, das Bishop in London auf einer Auktion für sehr viel Geld erstanden hatte. Kein Geringerer als der kanadische Bantamgewichtler George »Little Chocolate« Dixon hatte sie in seinem Kampf gegen Nunc Wallace am 27. Juni 1890 in London getragen, als er mit einem Technischen K. o. in der achtzehnten Runde zum ersten schwarzen Weltmeister der Welt geworden war. Bishop hatte die Möbelpacker auf den Wert der Handschuhe und Bücher hingewiesen, und die Möbelpacker hatten die Schiebermützen in den Nacken geschoben und professionell genickt. Der letzte Fünf-Uhr-Tee war in die Umzugsarbeiten eingeplant, indem der Salon und das Rauchzimmer am kommenden Samstag, dem 17. Juni, dafür hergerichtet sein mussten, und da Bishop sich vom Weinrestaurant Traube bewirten ließ, konnten die Möbelpacker auch das Besteck, die Services und die Küchengerätschaft verpacken.

Der Gemüsehändler stellte Wassergläser auf die Theke und schenkte Korn ein. Er riet Zirzow, Trollmann telefonisch zu informieren, auf diese Weise sei er etwas geschützter vor dessen Toben, als wenn er es ihm von Angesicht zu Angesicht sage. Sie tranken den Schnaps im Stehen und beklagten dabei die Niedertracht und Ungerechtigkeit zuerst des Verbands Deutscher Faustkämpfer und der Behörde, dann der Presse und hierauf die des menschlichen Daseins überhaupt. Kein Punch war so hart wie das Leben und die Entwicklung der Gemüsepreise. Dann kam Kundschaft herein, und Zirzow verabschiedete sich.

Eine Stunde später ließ er sich zusammen mit Englert von der Rolltreppe hinauftragen ins Automatenrestaurant in der Leipziger Straße. Sie kamen gern hierher, denn es war radikal sachlich, obgleich es zwanzig Jahre älter war als die Neue Sachlichkeit. Sie entnahmen aus in Mahagoni gefassten Automaten, die an einer Seite des Saals in die Wand eingelassen waren, gegen Münzeinwurf ihre Speisen und Getränke und gingen damit an einen Tisch. Zirzow hatte Schnitzel mit Kartoffelbrei und Möhrchen, Englert Forelle blau mit Reis und Senfsoße. Von den Tellern stieg wohlriechender Dampf auf. Englert riet von einem Protest ab. Wenn der Sportausschuss über einen Protest entschieden hatte, war das Urteil nicht mehr anfechtbar, sondern endgültig, und wie der neue Sportausschuss entscheiden werde, liege ja wohl auf der Hand. Ebenfalls auf der

Hand lag, dass all seine famosen Kontakte Zirzow in diesem einen Fall nichts nützten.

Englert: »Hast du die Kritiken gelesen?«

Zirzow: »Hör mir bloß auf.«

Englert: »Der nächste *Box-Sport* wird sie alle in den Schatten stellen. Trollmann Meister, Trollmann nicht mehr Meister, ein Aufwasch. Der halbschwere Titel ist passé, und ich denke, den Mittelgewichtstitel kannst du auch vergessen.«

Vor zwei Wochen hatte Englert im Sportausschuss eine weitere Unregelmäßigkeit hinnehmen müssen, die dazu diente, Trollmann den Zugang zum Mittelgewichtstitel zu versperren. Es war ein einfacher und natürlich vollkommen regelwidriger Trick. War nämlich der Titel vakant, gab es also wie jetzt wegen der Vertreibung Seeligs keinen Meister, so mussten Ausscheidungskämpfe um den Titel stattfinden, und Trollmann hätte sich den Titel erboxen können.

Gab es aber einen Meister, so konnte der Sportausschuss das Herausforderungsrecht einzelnen Bewerbern auch ohne Ausscheidungskämpfe erteilen. Das konnte man endlos betreiben, sodass Trollmann gar nicht dazu käme, um den Titel zu kämpfen, weil der Meister den Titel immer vorher noch gegen diesen und jenen verteidigen musste. Um dies zu erreichen, hatte der Erste Vorsitzende das Ausscheidungsverfahren mit einem kleinen Nachsatz umkehren lassen: Zuerst der Meisterschaftskampf, und zwar zwischen Domgörgen und Seyfried, dann Titelverteidigungen mit den fürs Ausscheidungsverfahren anerkannten Bewerbern.

Zirzow: »Ich denke überhaupt nicht daran! Jetzt erst recht!«

Englert zuckte mit den Schultern.

Zirzow, plötzlich niedergeschlagen und kleinlaut: »Er weiß noch nichts von der Aberkennung. Könntest du es ihm nicht sagen? Bei dir bleibt er doch immer viel ruhiger.«

Englert verneinte.

Zirzow hatte versucht, Trollmann telefonisch zu erreichen, bevor er sich mit Englert getroffen hatte, aber Trollmann war nicht zu Hause gewesen. Nun fuhr Zirzow in die Berliner Straße. Bei der Vermieterin Frau Bohm hatte er vor Trollmann schon Tobeck einquartiert, er kannte sie seit langem. Trollmann war immer noch nicht zu Hause, Zirzow saß mit Bohm in der Küche und berichtete, und das war überhaupt die Lösung: Sie musste es ihm sagen! Sie musste es ihm sagen, und dann musste sie dazu sagen, dass er ihn sofort anrufen musste.

Zirzow: »Machst du das für mich?«

Bohm: »Natürlich.«

Sie sagte es ihm am Abend. Sie sagte es ihm, so schonend sie konnte, sie betonte, dass niemand daran zweifle, dass er Meister sei, es tue ihr furchtbar leid, es sei ein großes Unrecht, und ob sie ihm irgendetwas Gutes tun könne?

Trollmann: »Ja! Erklären Sie dem Verband und der Behörde, dass ich kein Zigeuner bin!«

Bohm: »Wird gemacht, ich schreibe ihnen, dass Sie mein einziger Mieter sind, der das Badezimmer sauber hinterlässt und korrektes Hochdeutsch spricht. Schlückchen Wein?« Gern, Trollmann trank Rotwein mit Bohm, rief aber Zirzow nicht an. Am nächsten Morgen holte er sich ein paar Zeitungen und las es schwarz auf weiß: Trollmann ohne Titel, Beschluss der Behörde, Thema erledigt. Er war schon oft genug betrogen worden, er kannte den Betrug in- und auswendig, den Stich, die Einsamkeit nicht während des Kampfes, sondern bei der Urteilsverkündung, das Nichtausweichenkönnen, die Lüge, die kochende Zigeunerscheiße, die Blicke der Funktionäre und Offiziellen. Aber es war etwas ganz anderes, um irgendeinen gewöhnlichen Kampf betrogen zu werden, als um den Titel, für den er zweieinhalb Jahre lang hart gearbeitet hatte. Und es war etwas ganz anderes, auch wenn der Betrug im Ergebnis gleich blieb, ob man, wie jeder andere Boxer auch, aus geschäftlichen oder ob man aus Zigeunerscheißegründen betrogen wurde, denn diese waren, im Unterschied zu den geschäftlichen, persönlich gemeint. Die Gegner im Ring waren ein Witz, verglichen mit den Gegnern außerhalb des Rings. Es wäre herrlich, wenn die mal Boxen lernen und sich ihm stellen würden. Es wäre herrlich, wenn man einmal unter gleichen Kampfbedingungen antreten könnte. Mit Handkuss. Mit jedem Einzelnen von ihnen, und im Anschluss mit dem Chefredakteur, und dann sofort mit Biewer und dann mit Bötticher. Bötticher kam leider nicht in Frage, er war viel zu leicht, dieser Klugscheißer mit seinen Rollschuhen und seinem Panther und seiner unentwegten Negerhaftigkeit. Trollmann fuhr mit dem Fahrrad zu Zirzow und drehte noch eine Runde um den Lietzensee, bevor er bei ihm klingelte. Er setzte sich, ohne zu fragen, an den Schreibtisch und griff zum Telefon: »So, und jetzt kannst du meiner Mutter erklären, warum ich den Titel nicht mehr habe.«

Zirzow verließ den Raum.

Die Mutter war alleine, sie weinte, als sie es hörte.

Trollmann: »Du musst nach Berlin kommen und den Herren ein paar Backpfeifen geben!«

Sie lachte.

Trollmann: »Und du musst sie an den Ohren ziehen!«

Sie weinte. Zerschlagene Hoffnung. Sie hätte es nicht tragisch genommen, wenn die Welt ansonsten in Ordnung gewesen wäre. Sie hatte darauf gesetzt, dass mit einem Deutschen Meister in der Familie die allgemeinen Anfeindungen nachlassen würden. Sie befahl ihm unter Tränen, nicht aufzugeben, andernfalls komme sie nach Berlin und gebe ihm Backpfeifen und ziehe ihm die Ohren lang.

Trollmann: »Mach dir überhaupt keine Sorgen!«

Das sagte er immer, und immer musste man sich Sorgen

machen. Am Abend sprach sie mit ihren Kindern darüber, die wussten es schon aus der Zeitung.

Trollmann und Zirzow einigten sich darauf, dass Zirzow, anstatt einen von vornherein aussichtslosen Protest beim Sportausschuss einzureichen, einen Brief an den *Box-Sport* schreiben werde, um an die Öffentlichkeit zu gehen, die ja schließlich auf ihrer Seite stand. Zwar war nicht gesagt, dass der *Box-Sport* den Brief veröffentlichen würde, aber man musste es versuchen. Im Übrigen sollte Trollmann – vorerst ohne Dirksen, selbstständig, wie er es während seiner ganzen Karriere bis zu diesem Titelkampf getan hatte – im Training bleiben, und sobald der Mittelgewichtsmeisterschaftskampf zwischen Domgörgen und Seyfried ausgetragen war, würden sie das Angebot zur Herausforderung des Siegers rausschicken und Dirksen wieder engagieren.

Zirzow: »Komm, ich geb dir deine Gage, du kannst froh sein, dass sie die nicht einbehalten haben.«

Trollmann: »Warum soll ich über etwas froh sein, das mir sowieso zusteht?«

Zirzow: »Herrgott, weil die verfluchten Verhältnisse so sind!«

Trollmann, förmlich: »Es tut mir leid, die verfluchten Verhältnisse machen mich nicht froh.«

Indessen holte Obscherningkat, Schriftleiter und Redakteur des von Propagandaminister Goebbels herausgegebenen *Angriff*, die Säge heraus und begann, am Stuhl des Ersten Vorsitzenden zu sägen, indem er Gespräche führte, unter anderem mit dem Reichssportkommissar Tschammer. Obscherningkat war nicht der Einzige, der die Ansicht vertrat, der Erste Vorsitzende sei nicht mehr tragbar, und im Übrigen wurde ohnehin der gesamte Sport im gesamten Reich in insgesamt vierzehn einheitliche nationalsozialistische Fachsäulen umgestaltet, da galt es nur, den Ersten Vorsitzenden beim Köpferollenlassen nicht zu vergessen. Und auch andernorts arbeitete man am Köpferollenlassen, und zwar in zwei Räumen des Köpenicker Amtsgerichts. Dort hatte der örtliche SA-Sturmbannführer sein Hauptquartier eingerichtet, um eine Sonderaktion im Rahmen einer reichsweiten Verhaftungsaktion durchzuführen. Die Aktion würde nächste Woche beginnen und hatte zum Ziel, durch massiven und blutigen Brecheiseneinsatz der politischen Opposition unmissverständlich klarzumachen, dass das nationalsozialistische Deutschland keine Opposition duldete. Ein Exempel sollte statuiert werden. Er ordnete einzelnen Stürmen Listen zu, die Namen und Anschriften oppositioneller Funktionäre enthielten. Die SA-Gauleitung Groß-Berlin hatte, damit wirklich alles gelang, dem Sturmbannführer auch noch den für seine Brutalität berühmten Charlottenburger Maikowski-Sturm dazugegeben, dem Radzuweit angehörte.

28

Trollmann trainierte, Zirzow schwitzte über dem Brief. Er formulierte hin und formulierte her, strich alles wieder durch, kochte einen Kaffee und begann neu. Er skizzierte die Ereignisse ab der zwölften Runde, er listete die Fehler des Ersten Vorsitzenden auf, er zitierte die Sportlichen Regeln, er berief sich auf Dirksen und auf Böttichers *Drei Runden*, er ließ nichts aus. Dann tippte er den Brief ab, er tippte mit vier Fingern und bekam einen Krampf im linken Zeigefinger. Schließlich steckte er die acht einzeilig beschriebenen Seiten in ein Briefkuvert, adressierte und frankierte es, nahm den Hut, ging hinunter, kehrte auf der Treppe um, ging zurück in die Wohnung, warf den Brief in den Papierkorb und schrieb einen neuen Brief. Er musste sich kürzer fassen. Er durfte nicht von Unrecht sprechen. Er musste diplomatisch sein. Der Gesichtsverlust des Verbandes, der sich am Kampfabend vor versammeltem Publikum ereignet hatte, durfte nicht im Brief wiederholt werden. Er durfte auch nicht so emotional formulieren. Er musste mit kalter Sachlichkeit die Fakten referieren. Er tat es. Anderthalb Stunden später hatte er das Werk auf zwei Seiten reduziert und schickte es ab, und dann fiel ihm ein, dass er vergessen hatte, auf Bishops Einladung zum letzten Fünf-Uhr-Tee zu antworten.

Es war schade, dass Zirzow am Samstag nicht konnte, eigentlich wäre er gern hingegangen, aber andererseits musste der Kontakt auch nicht mehr gepflegt werden, da Bishop das

Land verließ. Zirzow rief ihn an und entschuldigte sich ausführlich, darauf Bishop: »Aber Herr Zirzow, bitte machen sie sich keine Gedanken, ich wusste ja, dass Sie am Samstag in Bremen veranstalten.«

Dann erzählte Zirzow von seinem Brief, dankte Bishop noch einmal dafür, dass dieser ihm damals das Geld für seinen allerersten Kampfabend vorgestreckt hatte, wünschte ihm alles Gute und bestand darauf, dass man sich eines Tages, zu gesitteteren Zeiten, wiedersehen werde.

Ungefähr die Hälfte derer, die Bishop gerne zu seinem letzten Fünf-Uhr-Tee eingeladen hätte, waren nicht mehr im Land, zwei in Untersuchungshaft, einer in Schutzhaft, einer spurlos verschwunden. Im Eingangsbereich seines Hauses waren helle Flecken an den Wänden, wo vorher Bilder gehangen hatten, der Teppich war auch schon verpackt. In Salon und Rauchzimmer aber war, wie verabredet, noch fast alles beim Alten, nur die äthiopische Bodenvase aus Ebenholz und der Sekretär waren weg. Die mit Kalbsgeschnetzeltem gefüllten Pastetchen des Weinrestaurants Traube waren exzellent. Geschäftsfreunde bedauerten, dass Bishop fortging, nickten aber verständnisvoll, und einmal fragte sich Bishop, ob das Verständnis den Nazis galt oder ihm. Hans Albers riss Witze, über die er etwas zu laut lachte in dem ehrlichen Bestreben, die Stimmung zu lockern, und Hertha Thiele bemühte sich, die Verlegenheit, die daher rührte, dass Albers zu laut lachte, mit eleganten Bemerkungen zu überspielen. Sie hatte nur deshalb noch kein Berufsverbot, weil sie viel zu gut, viel zu beschäftigt und viel zu populär war. Man sprach gedämpft von den Exilierten, die bei vergangenen Fünf-Uhr-Tees dabei gewesen waren und jetzt fehlten. Man wusste nicht, wie lange es dauern würde. Valeska Gert wollte nicht fort. Sie ging auf Auslandstournee, um zurückzukommen. Elly Beinhorn dagegen hatte keine Schwierigkeiten. Sie begrüßte die nationale Revolution, aber Gerts Auftrittsverbot war ihr nicht recht, und sie fragte, ob sie etwas für sie tun könne, während Beaujean auf vollkommen unsichtbare Weise dafür sorgte, dass man hin und wieder den Sitzplatz oder Standort wechselte, wobei er die Gäste behutsam zu charmieren wusste. Auch Trollmanns Titelkampf wurde besprochen und die Aberkennung des Titels so fraglos wie einmütig verurteilt.

Albers, mit hamburgisch vorne rollendem R: »Tscha, der Trollmann, näch, bannich unorthodox, der Junge, zigeunerisch eben, ausgezeichneter Boxer übrigens.«

Bishop: »Aber Herr Albers, Sie boxen doch selbst, ganz im Ernst, nun sagen Sie einmal: Was macht Trollmann so unorthodox, so besonders? Was tut er denn im Ring, das nicht zahllose andere Boxer ebenfalls tun?«

Albers: »Tscha …«, er konnte es nicht sagen.

Bishop: »Nehmen Sie noch ein Pastetchen?«

Albers nahm zwei. Albers: »Wenn mans recht bedenkt, ist es wohl eher, wie er die Sachen kombiniert und dass ers eben besser kann als die anderen, aber ich bleibe dabei: Trollmann ist ein unorthodoxer Zigeunerboxer, haha, das reimt sich sogar, was sagt ihr nun dazu?«

Zu dem Reim wusste niemand etwas zu sagen, aber ein anderer Sportsfreund begann, die Kampfesweise Trollmanns mit jener von Seelig zu vergleichen, der seit seiner Auseinandersetzung mit Trollmann im Sommer letzten Jahres viel von diesem übernommen hatte.

Der Sportsfreund: »Wohin ist eigentlich Seelig gegangen?«

Beaujean: »In die Stadt der Liebe, nach Paris.«

Es half aber alles nichts, sosehr sich Beaujean und mit ihm manch andere bemühten, wieder und wieder vom Thema Exil wegzulenken und eine angenehme Konversation herbeizuführen, sie kamen nicht an gegen die Zeitläufte, gegen die Lücken, die die Exilierten hinterließen, und gegen die gepackten Kartons in den anderen Räumen des Hauses. Beaujean versuchte es noch mit Musik, er kurbelte das Grammophon an und legte die allerneueste Aufnahme der Comedian Harmonists auf, und zwar zuerst, heimlich für Bishop, die Rückseite mit *Was dein roter Mund im Frühling sagt.* Als das Lied auf »Seligkeit« verklang, tauschten die Herren einen kurzen Blick, und dann drehte Beaujean die Platte um, und die Stimmen perlten unter leichtem Knistern aus dem Schalltrichter und fragten: *Kleiner Mann, was nun? Wenns morgen anders ist, was tun?*

Trollmann unternahm einen Ausflug mit Heitmeier. Zuerst drehten sie eine Runde im frischsanierten und vor zwei Wochen wiedereröffneten Lunapark, flogen unter viel Gekreische und Gejauchze im Nachen auf der Wasserrutsche in den See, ließen die Gebirgsbahn links liegen und schlenderten vorbei an dem Platz, wo früher manchmal ein Ring aufgebaut gewesen war und wo Trollmann vor drei Jahren Walter Peter geschlagen und Max Schmeling vor sieben Jahren den Titel des Deutschen Meisters im Halbschwergewicht erkämpft hatte. Dann aßen sie reichlich in den Halensee-Terrassen, und es gab ein freudiges Wiedersehen, als der schwarze Kartenabreißer, der Trollmann im Februar in seinem Kampf gegen Claude Bassin sekundiert hatte, in der schmucken Kellneruniform des Hauses vor ihnen stand. Allerdings hatte sein Aufstieg vom Kartenabreißer zum Hilfskellner auch Tücken, denn es war bereits vorgekommen, dass sich Gäste ihrer rassistischen Anschauungen wegen nicht von ihm bedienen lassen wollten. Er lachte es weg und war im Übrigen der Ansicht, die Pappnasen von Verband und Behörde, pfff, gehörten ins Varieté, oder hier in Matuschkes Schießbude, aber nicht ins Boxen.

Nach dem Essen fuhren Heitmeier und Trollmann weiter, sie fuhren mit den Rädern durch den Grunewald und badeten ein gutes Stück abseits vom Strandbad Wannsee. Heitmeier kannte die besten Stellen am Ufer. Die Havel war frisch, der Himmel wolkenlos, der Halbschatten unter den Bäumen mild. Grillen zirpten, Wasser plätscherte, sonst war es still. Endlose und doch zu schnell vergangene Stunden später radelten sie auf dem Heimweg den Kurfürstendamm herunter, wo Trollmann freihändig fuhr, und während er sich mit angehobenen Ellenbogen vom Fahrtwind die Achseln kühlen ließ, kam Bantamgewichtler Georg Pfitzner heraufgeschlendert. Pfitzner hatte es sich von Trollmann abgeschaut, seinen Gegnern im Ring die Zunge herauszustrecken, und war jetzt in Begleitung von drei – gleich drei! – jungen Damen, die genauso bildhübsch und zuckersüß waren wie Pfitzner selbst. Er stieß einen scharfen Pfiff aus und winkte: »Hallo Meister!« Trollmann winkte zurück, Pfitzner freute sich, die Damen waren entzückt, die Cafès waren voll, und während flackernd die Reklameleuchten angingen, verabredeten der Generalsekretär und der Chefredakteur auf Anregung Obscherningkats ein informelles Gespräch mit dem Ersten Vorsitzenden über die Mittelgewichtsmeisterschaft, um weiteren Skandalen vorzubeugen, wie sie zustande kamen, wenn man den Ersten Vorsitzenden machen ließ, und in der Druckerei Koenig wurde der frischgedruckte neue *Box-Sport* gefalzt und geheftet. Darin stand auf Seite 13 die Rubrik *Was man uns schreibt*, in der üblicherweise die lieben Grüße der im Ausland befindlichen deutschen Boxer an den Chefredakteur abgedruckt waren. In dieser Ausgabe aber stand Folgendes geschrieben:

Was man uns schreibt: Der Manager Zirzow schickt uns eine sehr lange Erklärung zu, aus der hervorgeht, daß er nicht mit dem Spruch der Boxsport-Behörde einverstanden ist, der seinem Schützling Trollmann Sieg und Titel nahm. – Der Box-Sport *ver-*

tritt im Gegensatz zu Zirzow den Standpunkt, daß die Leistungen beider Boxer so katastrophal schlecht waren, daß ein Meistertitel aus sportlichen Erwägungen nicht vergeben werden konnte. Gleichgültig, ob rein kämpferisch Witt oder Trollmann nach Punkten vorne lag. Andererseits ist es aber satzungsgemäß nicht begründet, weshalb das sachlich gerechte Urteil »Sieger Trollmann«, das die Richter gewertet hatten, in »ohne Entscheidung« umgeändert wurde.

Herr Z. schreibt u. a.:

»Es wurde im Ring verkündet, daß Trollmann Sieger nach Punkten sei (alle Punktrichter halten ihn nämlich als klaren Sieger), aber der Kampf nicht als Titelkampf gewertet werde. Eine Entscheidung, die aufrechterhalten werden mußte, da sie ja der tatsächlichen Leistung Trollmanns entspricht … Gez. Ernst Zirzow«.

Tatsächlich aber hatte Zirzow geschrieben: *Es wurde im Ring verkündet, daß Trollmann Sieger nach Punkten sei (alle Punktrichter halten ihn nämlich als klaren Sieger), eine Entscheidung, die aufrechterhalten werden muß, da sie ja der tatsächlichen Leistung Trollmanns entspricht.*

Und als er es mit anschwellender Halsschlagader gelesen hatte, packte er den Briefbeschwerer und schleuderte ihn mit einer Wucht gegen die Wand, wie man sie allenfalls Witt zugetraut hätte, und er wusste, dass er verloren hatte. Wenn man im amtlichen Organ des Verbandes verkündete, dass die Aberkennung des Titels gegen die Sportlichen Regeln verstieß und dass dies gut und richtig sei, und wenn man die Dreistigkeit besaß, seinen Brief nicht korrekt, sondern sinnentstellend abgeändert wiederzugeben, dann war wirklich nichts mehr zu machen. Der Briefbeschwerer aus massivem Muranoglas hinterließ an der Wand ein Loch im Putz und lag in Scherben auf dem Boden.

Zur selben Zeit lernte Kurzbein, mit »Heil Hitler« zu grüßen. Es war nämlich dem Blockwart jetzt nicht mehr egal, und er meinte nicht mehr nur, er hatte sichs anders überlegt, es war ihm jetzt ernst. Er hatte es ihr erklärt, als er sein Bauernbrot kaufte. Er hätte es für ihren Geschmack etwas freundlicher sagen können, aber wie sollte man andererseits etwas Unfreundliches freundlich sagen? Jedenfalls hatte Kurzbein auf Anhieb verstanden, wie ernst es ihm wirklich damit war, und mit ihr hatten es auch Plaschnikow und die Kundschaft verstanden, die auch dabei gewesen waren, sogar der alte Brätzke hatte es von der Backstube aus gehört und verstanden, wie der Blockwart Stimme und Zeigefinger hob und darauf insistierte, dass im gesamten Deutschen Reich der Deutsche Gruß gesamteinheitlich verpflichtend war! Und das gelte, solange er Blockwart sei, auch für die Bäckerei Brätzke! Und im Übrigen biete die Geheime Staatspolizei Kurse für richtiges Grüßen an.

Am Dienstagmorgen standen Bishop und Beaujean im Lehrter Bahnhof am Bahnsteig und warteten auf den Zug nach Hamburg, von wo die Fähre nach England ging.

Beaujean: »Johnny, ich kann es nicht, ich kann es nicht. Ich muss bleiben, ich bleibe hier.«

Bishops Knie gaben nach. Sie setzten sich auf eine Bank. Sosehr Beaujean Bishop liebte, er konnte die Stadt nicht verlassen, der er alles verdankte, was er war und was er hatte. Bishop war sprachlos, Beaujean war sicher, dass der Spuk bald ein Ende haben werde: »Und dann kommst du sowieso zurück, und bis dahin müssen wir telegraphieren und Briefe schreiben, und ich werde auf dein Haus aufpassen.«

Bishop hatte sichs anders vorgestellt, und zwar so, dass Beaujean mit nach England kam und zusammen mit ihm in Sicherheit war, denn Bishop glaubte nicht, dass der Spuk bald vorbei sein werde. Er sah auf die Uhr an der Kopfseite der Halle, Beaujean sah an den Gleisen entlang hinaus.

Bishop, flüsternd: »Bitte, Maximilian, mach keine Dummheiten.«

Beaujean war zu jung, um auf einem englischen Landsitz Shakespeare zu lesen und Tee zu trinken. Er hatte sich aus den niedersten Verhältnissen mit Ehrgeiz, Fleiß und eisenharter Disziplin in der Branche der Hochstapelei emporgearbeitet. Er hieß in Wirklichkeit Hermann Müller und nicht Maximilian Beaujean, aber er hatte einen gutgemachten Reisepass auf diesen Namen. Vor acht Jahren hatte ihm bei Bishop die Liebe einen Strich durch die Rechnung seiner Geschäfte gemacht, darum war Bishop über seine Vergangenheit im Bilde, und Beaujean hatte seitdem seine Geschäfte auf ein Minimum reduziert, er hatte sie an Bishops Seite auch gar nicht mehr nötig. Er, genauer gesagt Hermann Müller, war einmal vorbestraft, aber nur für einen Ladendiebstahl aus der Jugendzeit, bevor er sich professionalisiert hatte.

Der Zug fuhr ein, die Fahrgäste stiegen aus, Bishop und Beaujean standen auf. Es war unerträglich. Die Schritte von der Bank zur Wagentür des Zuges. Die anderen Reisenden. Die Stufen in den Zug hinein. Das Abteil mit den zwei auf Bishops Namen reservierten Plätzen. Beaujean verstaute Bishops Handgepäck. Eine sehr dicke Dame saß bereits auf ihrem Platz. Bishop kam noch einmal mit heraus auf den Bahnsteig. Eine letzte Umarmung, sich ineinander verankernde Blicke.

»Meine Damen und Herren, der Zug nach Hamburg …«

Bishop stieg ein, Beaujean blieb draußen, der Zug fuhr los.

Zahllose SS-Männer in allen Gauen des Reiches studierten auf Befehl von ganz oben altgermanische Tänze für die Sommersonnwendfeiern ein, und alle Welt sonst strömte nach Feierabend ins Freie, während Bishops Fähre von Hamburg nach Harwich der Elbmündung entgegenglitt und nur wenige Stunden später die SA-Sonderaktion in Köpenick begann. Sie begann am frühen Mittwochmorgen mit der Elsengrund-Siedlung am S-Bahnhof. Die Siedlung wurde abgeriegelt, die Wohnungen durchkämmt, und alles, was atmete und kommunistisch, sozialdemokratisch, gewerkschaftlich, jüdisch, deutschnational, parteilos oder in nicht nationalsozialistischen Jugendorganisationen war, wurde verhaftet. Sie traten Türen ein, sie holten die Leute aus ihren Wohnungen, sie drehten ihnen die Arme auf den Rücken, sie renkten ihnen die Schultern aus, sie traten Frauen in die Bäuche, sie fegten Kinder mit Gewehrkolbenschlägen gegen die Köpfe aus dem Weg, sie brachten die Leute in Lastwagen in das Gefängnis des Amtsgerichts und in die Sturm-Lokale Demuth, Seidler und Jägerheim und in das SA-Heim in der Seestraße. Der Ullstein-Lehrling, der anstandshalber auf Witt gesetzt hatte, war der Erste, den sie am Kragen packten, und der dritte Tote der Sonderaktion.

Anfangs nahmen die SA-Männer bei den Einlieferungen ins Amtsgericht und in die Sturmlokale noch die Personalien auf, aber dann wurden es zu viele, und sie ließen es bleiben. Sie verprügelten die Leute mit Stühlen, Ästen, Peitschen und Gewehrkolben, sie traten sie mit ihren Stiefeln, sie sprangen auf am Boden liegende, zuckende Körper, sie badeten bis zum Hals im Blut ihrer Opfer in der Gefängniskapelle des Amtsgerichts. Radzuweit verblödete. In den Pausen gab es Schnaps. Radzuweit hatte schon öfter im Charlottenburger Sturm-Lokal Zur Altstadt Leute gequält, aber noch nicht in solchem Umfang, noch nicht so viele mit so vielen Kameraden so gut organisiert. Er begriff mit jeder Faser seines Herzens und mit jeder Zelle seines Hirns, dass er eine Grenze überschritt, und es war leicht, es war bloß ein einziger Schritt. Er war frei, es ging immer weiter, er ging immer weiter, es kostete nichts, er hatte nichts zu befürchten, er war in Sicherheit auf der Seite der Macht, die sich in jedem seiner Schläge ganz und gar entfaltete. Der Schweiß lief ihm aus den Achseln und am Rücken herunter, seine Uniform war eingesaut, in seinen Ohren vermischte sich das Gebrüll seiner Kameraden, ihre Befehle und Demütigungen, mit den Schmerzensschreien der Gefolterten.

Ab kurz nach Mitternacht wurde pausiert, in den Morgenstunden machten sie weiter. Sie machten weiter wie am vorigen Tage, während mit einem Federstrich die SPD verboten, ihr Vermögen eingezogen und ihre Abgeordnetenmandate annulliert wurden. Die Elsengrund-Siedlung war erledigt, die nächsten Straßenzüge kamen dran, genau in der gleichen Manier. Ganz Köpenick musste dran glauben, Köpenick wurde gesäubert. Der Sturmbannführer im Hauptquartier setzte seine Männer so ein, dass sie abwechselnd die Leute aus den Wohnungen holten und folterten, und wer es nicht aushalten konnte, wurde ausschließlich als Fahrer eingesetzt und fuhr vom abgeriegelten Straßenzug zu den Folterstätten, den Lastwagen voller Menschen, und leer wieder zurück zum abgeriegelten Straßenzug und wieder mit voller Fuhre ins Amtsgericht, in die Sturm-Lokale und ins SA-Heim. Während die meisten Gefangenen während der kurzen Transporte still waren, drangen aus den Folterstätten Schreie ins Freie. Drinnen brachen die Kollegen Knochen, quetschten und prellten Gewebe, schlugen Haut auf, rammten Schädel, schleuderten die Leute gegen Wände, traten gegen Schienbeine und in Mägen, johlten. Es begann sich herumzusprechen, am dritten Tage des Wütens und Blutbadens wussten in jedem Stadtteil Berlins, von Lichtenrade bis Frohnau und von Staaken bis Mahlsdorf, genug Leute, was sich in Köpenick zutrug, nur die Presse wollte keine Ahnung haben. Diejenigen, die nicht verreckt waren und noch laufen konnten, entließen sie aus der Haft, damit sie es weitererzählten, aber auch weil es zu viele wurden, obwohl sie noch die Grünauer Bootshäuser als Folterstätten dazugenommen hatten. Nur einige Ärzte in Krankenhäusern legten nach Schichtende mit weichen Knien und flauen Mägen das Besteck zur Seite und protestierten öffentlich.

Am vierten Tag steckten sie die Toten in Säcke, warfen sie in die Dahme und fuhren ansonsten fort, wie sie begonnen hatten. Sie schnitten Ohren und Nasen ab, sie rissen Haare büschelweise aus, sie fragten nach Namen, sie ließen ihre Opfer die Folterstätten säubern vom Blut und den Fleischklumpen. Indessen erhielt am Nachmittag Kurzbeins Großtante in Kreuzberg unangemeldeten Besuch von einem Cousin, der in Köpenick wohnte und gekommen war, um sie wegen Kurzbein und Plaschnikow zu warnen. Er berichtete. Er bestand darauf, dass die Mädchen sich nichts mehr anmerken lassen durften, es gehe nicht nur gegen Kommunisten und Sozialdemokraten, es gehe gegen alles, was nicht nationalsozialistisch organisiert sei, er habe Dinge von der Sonderaktion gehört, die könne man nicht erzählen, das glaube kein Mensch, und er wisse, dass es wahr sei. Als er dies sagte, brach die Großtante zusammen. Sie erlitt einen Schlaganfall.

Auch am fünften Tag riegelten sie Straßenzüge ab, holten Leute aus ihren Wohnungen, brachten sie in ihre Lokalitäten, folterten sie und ließen sie, wenn sie nicht tot waren, laufen oder behielten sie für den nächsten Tag. Am Abend spülte die Dahme die ersten Toten an ihre Ufer. Manche wurden noch in den Säcken gefunden, andere ohne oder mit den Säcken irgendwie am Leibe, am aufgeschwollenen Leibe, an dem das Wasser die Wunden der Folterungen aufgequollen hatte, und vierhundertachtzig Kilometer Luftlinie entfernt, in Köln, unberührt von der Köpenicker Sonderaktion, begann der Kampfabend mit dem Meisterschaftskampf im Mittelgewicht.

Am Abend des sechsten Tages wurde in Köpenick die Sonderaktion mit einem Besäufnis im SA-Heim und in den Sturm-Lokalen beendet.

In Köln schlug, genau wie erwartet, der Techniker Domgörgen den Schläger Seyfried mit einem klaren Punktsieg. Er wurde vor zehntausendköpfigem Publikum unter großem Applaus zum Deutschen Meister im Mittelgewicht erklärt, indem ihm Kranz und Gürtel umgelegt und unablässig die Hand geschüttelt wurde, und in Berlin warf Zirzow postwendend sein Angebot für einen Kampf Trollmanns gegen Domgörgen um den Titel des Deutschen Meisters im Mittelgewicht in den Briefkasten.

29

Eine Woche später saßen der Generalsekretär, der Chefredakteur und der Erste Vorsitzende, der unnötigerweise Purtz mitgebracht hatte, in Muecks fensterlosem Hinterzimmer, um die Mittelgewichtsmeisterschaft zu besprechen. Als die Teller leer gegessen und abgeräumt waren, der Generalsekretär: »Domgörgen ist Meister, anerkannte Bewerber sind Bölck, Eybel und Trollmann. Zirzow hat das höchste Angebot eingereicht ...«

Hier fiel ihm der Erste Vorsitzende ins Wort: »Ich habe Domgörgen bereits angewiesen, auf Zirzows Angebot nicht zu reagieren«, und er verschwieg, dass sich Domgörgen die Differenz zu den niedrigeren Angeboten der Konkurrenten von ihm, also aus der Verbandskasse, bezahlen ließ, »und ich bestehe im Namen des Führers darauf, dass der Zigeuner im Sinne der nationalen Revolution um den Mittelgewichtstitel von vornherein gar nicht erst antreten darf!«

Den Führer und die nationale Revolution hätte sich der Erste Vorsitzende sparen können. Der Generalsekretär seinerseits sparte sich den Hinweis darauf, dass und warum Trollmann überhaupt das Anrecht auf den Titel hatte, er kam stattdessen gleich zur Sache: »Das Problem ist das Publikum. Wir müssen das Problem jetzt lösen. Die Vorgänge um den halbschweren Titel erfordern eine Antwort. Das verlangt auch Präsident Heyl. Trollmann muss durch eine Niederlage sein Anrecht auf den Mittelgewichtstitel verlieren, und dabei ist es unerlässlich, dass es kein Fehlurteil gibt. Wir haben bei all seinen Fehlurteilen gesehen, wie sich das Publikum für ihn erhitzt, wenn er betrogen wird, und jetzt ist es gefährlich geworden. Das kann so nicht weitergehen.« Hier machte der Generalsekretär eine etwas zu lange Kunstpause, bevor er fortfuhr: »Aber wie wir wissen, hält es das Publikum immer mit dem Sieger. Ich habe es schon einmal gesagt, ich sage es noch einmal, Trollmann muss im Ring vernichtet werden, das Publikum muss ihn am Boden sehen.«

Das war Musik in den Ohren des Ersten Vorsitzenden. Der Zigeuner am Boden, da gehörte er in seiner Eigenschaft als Untermensch hin. Schluss mit dem aufrechten Gang! Schluss mit seiner Unbescheidenheit! Der Zigeuner hatte sich zu beugen. Der Erste Vorsitzende entspannte sich. Er hatte eine Idee, die er aber für sich behielt. Purtz sagte nichts. Purtz tat ohnehin stets das, was der Erste Vorsitzende ihm auftrug. Nun musste er hier also Zeit absitzen und ab und zu nicken. Schade, draußen war es viel schöner. Wenn der Raum wenigstens Fenster gehabt hätte. Er nickte.

Der Chefredakteur: »Wer soll das bewerkstelligen? Domgörgen ist ja der Einzige, der ihn schlagen kann, und das leider nicht einmal überzeugend.«

Der Generalsekretär: »Eder.« Die Tür wurde geöffnet. Ohne anzuklopfen, kam Mueck herein, der Generalsekretär sah ihn kalt an: »Ja bitte?«

Mueck, aalglatt: »Die Herren haben alles, was sie brauchen? Noch ein Bier gefällig?«

Der Generalsekretär: »Wir melden uns.«

Und Mueck verschwand, wie er gekommen war.

Dem Ersten Vorsitzenden indes war es wie Schuppen von den Augen gefallen, und er war begeistert: »Eder! Eder hat gerade eben Nekolny geschlagen, Nekolny hat gegen Roth ein sehr gutes Unentschieden erreicht, Roth hat den Zigeuner geschlagen! Eder muss ihn fertigmachen!«

Der Chefredakteur schüttelte den Kopf: »Roth hat den Gipsy nicht geschlagen. Es war ein Fehlurteil, ich weiß es aus zuverlässiger Quelle, und wir wissen doch alle, dass diese Quervergleiche der Wirklichkeit nicht standhalten. Nur weil Eder Nekolny geschlagen hat, ist er noch lange nicht in der Lage, den Gipsy zu schlagen. Der Gipsy ist genauso schnell wie Nekolny, eher noch schneller, aber er ist größer und schwerer, und er ist viel phantasievoller. Auch wenn Eder von allen die besten Voraussetzungen mitbringt, ich würde nicht darauf wetten, dass er den Gipsy schlagen kann.« Sie hechelten in Frage kommende Gegner durch, sie fachsimpelten eine Dreiviertelstunde lang über diesen und jenen, es war ein Jammer. Im Mittelgewicht gab es außer Domgörgen niemanden, der Trollmann ernsthaft gefährlich werden konnte, aber gerade der Kampf mit Domgörgen musste vermieden werden, denn es wäre der Titelkampf gewesen. Seelig war weg, Beasley hatte, bei allem Gelächter, auf Augenhöhe mit ihm gekämpft, doch Beasley war tot, und davon abgesehen wollte man auch keine schwarzen Boxer mehr in deutschen Ringen. Tobeck, der ihn einmal mit einem Glückstreffer erwischt hatte und ihm ein andermal ein bisschen gefährlich geworden war, soff und war fett geworden. Wie man es drehte und wendete, Weltergewichtler Eder war die beste Wahl.

Schließlich der Erste Vorsitzende: »Man müsste den Zigeuner mit gefesselten Füßen in den Ring schicken.«

Der Chefredakteur: »Man müsste die Regel von Böttichers Aprilscherz anwenden.«

Der Erste Vorsitzende: »Er müsste einmal stillhalten, damit man ihn verprügeln kann.«

Der Generalsekretär: »Er muss auf Biegen und Brechen zu Boden gehen und liegen bleiben.«

Purtz nickte. Der Chefredakteur, seufzend: »Man müsste, man müsste.«

Der Generalsekretär: »Könnte man ihm nicht das Laufen ...«, der Chefredakteur: »... mit einiger solider Pressepropaganda ...«, der Erste Vorsitzende: »Verbieten! Verbieten! Verbieten! Bei Zuwiderhandlung Lizenzentzug! Sieg Heil!«

Das war eine grandiose Idee, das konnte man machen, das wurde ein Fest! Wenn man dem Zigeuner das Laufen verbot, hatte er keine Chance. Eder würde ihn nach Strich und Faden zusammenschlagen. Ein zusammengeschlagener Zigeuner, davon hatten sie seit dem 18. Oktober 1929, dem ersten Tag seiner Profikarriere, geträumt. Nun war die Zeit gekommen. Erst würde er zusammengeschlagen werden und dann am Boden liegen bleiben. Der Zigeuner am Boden als Antwort auf den Aufstand im Halbschwer. Man hatte schon andere erzogen. Man würde es ihm zeigen. Man würde das Publikum belehren. Sie machten sich an die Arbeit. Der Erste Vorsitzende telefonierte nach Dortmund, um mit Eder zu sprechen.

Eder musste sich um den Titel im Mittelgewicht bewerben, damit der Kampf Teil der Ausscheidungen war. Dann würde Trollmann nämlich mit einer Ablehnung des Kampfes aus den Ausscheidungen zurücktreten, das heißt auf den Titel verzichten. Eders Bewerbung um den Titel setzte Trollmann erst richtig die Pistole auf die Brust: Verzichte auf den Titel, oder lass dich zusammenschlagen. Allerdings hatte Eder nicht die geringsten Ambitionen im Mittelgewicht. Eder war Deutscher Meister im Weltergewicht, er wollte nichts als Meister im Welter sein, und es lag ihm nicht, gegen schwerere Gegner zu kämpfen.

Der Erste Vorsitzende: »Herr Eder, bewerben Sie sich, Sie können sichs nachher wieder anders überlegen.«

Eder dankte. Er verspürte auch wenig Antrieb, mit Trollmann in den Ring zu steigen. Der Kampf gegen den tschechischen Wirbelwind Nekolny war eine ungeheure Herausforderung und auch eine Höllenqual gewesen, aber es war ein guter, ein sehr guter Kampf geworden, er hatte eine ausgezeichnete Figur gemacht. Gerade das war gegen Trollmann nicht möglich. Eder betonte, dass er im Welter bleiben wolle.

Der Erste Vorsitzende: »Sie müssen. Das ist ein Befehl. Es wird dem Zigeuner untersagt, zu laufen. Sie haben nichts zu befürchten.«

Aber wie sah Eder denn aus, wenn er Anspruch auf den Titel erhob und nach einem ersten, noch nicht einmal formal korrekten Ausscheidungskampf gegen einen regelrecht gefesselten Gegner sofort wieder aufgab? Unmöglich! Eder hatte eine ausgezeichnete Reputation zu verlieren. Er war freundlich und höflich, aber unbeeindruckt von dem Befehl. Er sagte klar und deutlich nein zur Bewerbung um den Titel und ja zu dem Kampf, aber nur, wenn Trollmann im Gewicht etwas herunterkäme. Ein Sieg über Trollmann in seiner Kampfbilanz war eine feine Sache, und über die Kampfbedingungen würde im Laufe der Zeit ohnehin Gras wachsen, sie würden in ein paar Jahren in Vergessenheit geraten sein, aber sein Sieg über Trollmann, der blieb.

Der Erste Vorsitzende erzählte überall herum, Eder bewerbe sich um den Titel im Mittelgewicht, und am Abend begab er sich ins SA-Sturmlokal Zur Altstadt in der Charlottenburger Hebbelstraße, wo er Radzuweit antraf, ihm ein Bier spendierte und ihn zur Seite nahm.

Dies war die Idee, die er bei Mueck für sich behalten hatte: »Pass mal auf, Kamerad, Befehl von ganz oben: Die Hackfleischparolen massiv verstärken, den Zigeuner auch nach dem Kampfabend auf dem Heimweg angehen, ihr müsst ihn erwischen, wenn er alleine ist, ihr müsst Druck machen, aber dass das klar ist: Ihm wird kein Haar gekrümmt.«

Radzuweit, hinterhältig: »Wär schad um die schönen Locken, was?«

Der Erste Vorsitzende: »Befehl von ganz oben! Der Zigeuner muss im Ring vernichtet werden und sonst nirgends!«

Radzuweit: »So, so. Da wünsch ich viel Erfolg.«

Der Erste Vorsitzende: »Wenn ihm was geschieht, biste dran.«

Trollmann trainierte, er ging zum Laufen in den Tiergarten, schattenboxte sich die Bendlerstraße an der Kaserne vorbei bis zum Kanal hinunter und rannte zweimal die zehn Stockwerke im Treppenhaus des Shell-Hauses auf und ab, während Kurzbeins Großtante im Krankenhaus den Folgen ihres Schlaganfalls erlag. Kurzbeins Onkel, ein Sohn der Großtante, kam aus Frankfurt an der Oder, um das Begräbnis zu bestellen und zusammen mit Kurzbein die Wohnung aufzulösen, und Eders Manager adressierte das Kampfangebot für Trollmann an Zirzow mit folgenden Bedingungen: Zehn Runden, sechs Unzen, Eder trete mit 68,5 Kilo an, Trollmann dürfe nicht mehr als 71 Kilo bringen, der Ring müsse die Seitenlänge von 4,35 Metern haben, Eder sei bereit, nach Berlin zu kommen, und fordere bescheidene 300 RM Gage.

Der Generalsekretär telefonierte mit Englert. Er schlug ihm vor, den Kampf zu veranstalten, obwohl der Kampf noch gar nicht vertraglich vereinbart war, aber der Generalsekretär wusste, dass er zustande kommen würde. Er vergaß auch nicht, die Ringgröße zu nennen, wofür Englert als Veranstalter zuständig war.

Englert: »Wie das? Die Sportlichen Regeln legen als Seitenlänge mindestens fünf Meter fest. Oder nicht?«

Der Generalsekretär: »Ja, aber Sie werden sich bestimmt an die Verordnung der IBU vom Januar erinnern, die ab sofort auch 4,35 Meter zulässt. Und außerdem, Herr Englert, wollen Sie wirklich warten, bis Domgörgen bereit ist, seinen Titel gegen Trollmann zu verteidigen?«

Englert sagte zu, den Kampf zu veranstalten, die Kampfbedingungen musste ohnehin Zirzow aushandeln, was Zirzow sich ohnehin sparen konnte, weil der neue Sportausschuss den Kampf ohnehin nur mit diesen Bedingungen sanktionieren würde.

Nachdem er aufgelegt hatte, sah der Generalsekretär aus dem Fenster auf die Behrenstraße hinunter, wo eine Schar Revuetänzerinnen aus der Probe im Metropoltheater kam und sich zerstreute. Dann rief er Zirzow an, um ihn darüber zu informieren, dass der Verband bezüglich Eders Kampfangebot verlangte, Trollmann dürfe bei diesem Kampf nicht laufen, flitzen oder tanzen, andernfalls werde ihm die Lizenz entzogen.

Hierauf große Konferenz Zirzow, Englert, Trollmann bei Zirzow im Büro. Englert, diesmal mit moosgrüner Krawatte, in dem dunkelrot bezogenen Sessel, Zirzow auf dem Schreibtischstuhl, Trollmann auf dem Sofa. Alle drei schwitzten, die ganze Stadt schwitzte, die Temperaturen waren weiter gestiegen, es war drückend schwül.

Trollmann, böse: »Ich hätte da noch einen Vorschlag: Sie könnten mir die Linke auf den Rücken und die Rechte auf den Bauch binden!«

Zirzow stöhnte, Englert hatte die Beine übereinandergeschlagen und betrachtete seine rechte, tadellos gewichste Schuhspitze.

Die 4,35 Meter Seitenlänge waren absolut regelwidrig und nicht akzeptabel. Die Verordnung der IBU, des europäischen Verbands, betraf nur europäische Meisterschaftskämpfe. Der Generalsekretär hatte gegenüber Zirzow ins Feld geführt, dass europäisches Reglement nationales Reglement breche, was korrekt war, aber überhaupt nichts zur Sache tat, weil es sich nicht um einen europäischen Meisterschaftskampf handelte, aber wirklich überzeugend war seine Frage, ob sie etwa warten wollten, bis Domgörgen zu einer Titelverteidigung gegen Trollmann bereit sei, und hier bewährte sich, dass man zuvor das Ausscheidungsverfahren umgekehrt hatte.

Zirzow glaubte noch, Trollmann könne selbst unter diesen Bedingungen siegen oder wenigstens ein Unentschieden erzielen. Er glaubte es vor allem, weil er nichts vom Boxen verstand.

Englert ließ die beiden anderen eine Weile schimpfen und fasste dann mit großer Nüchternheit zusammen: »Ihr könnt entweder zu diesen Bedingungen ja sagen, oder ihr nehmt den Kampf gar nicht erst an. Wir sehen ja, dass die Sportlichen Regeln nicht mehr für Johann gelten, außer natürlich in Bezug auf die Pflichten«, und, an diesen gewandt: »Hat sich übrigens etwas an deiner finanziellen Lage geändert?«

Trollmann, verächtlich: »Finanzielle Lage, pfff ... Ich habe mich noch nie vor einem Kampf gedrückt, das weiß jeder. Soll Eder ruhig kommen. Bindet mir ruhig die Füße zusammen. Ich mach euch alle fertig. Her mit den Verträgen. Ihr werdet euch wundern.«

Englert ärgerte sich über Trollmanns Verachtung, die ihn da traf, wo es wehtat, Zirzow war besorgt und aufgebracht: »Um Gottes willen, Johann, was hast du jetzt wieder vor?«

Trollmann: »Mach dir überhaupt keine Sorgen. Im Gegensatz zu allen anderen halte ich mich an die Regeln.«

Die Journaille spitzte die Bleistifte, um den Trollmann-Eder-Kampf anzukündigen, für den man sich auf den 21. Juli geeinigt hatte, und Kurzbeins Großtante wurde auf dem Dreifaltigkeitsfriedhof I mit einer so kurzen wie würdevollen Feier begraben und bei anschließendem Umtrunk begossen. Als die Wohnung aufgelöst war, zog Kurzbein bei Plaschnikow mit aufs Zimmer, und etwas anderes blieb ihr auch gar nicht übrig, denn ein Zimmer für mehr als nur nachts zum Schlafen in

Schicht war nicht zu kriegen oder zu teuer. Sie trauerten um die Großtante, verkauften Brot und Kuchen und grüßten, je nachdem, wen sie vor sich hatten, mit oder ohne Hitlergruß. Nachdem die Gespräche über eine Verheiratung zwecks Tarnung zu nichts geführt hatten, erwog Plaschnikow jetzt wegen Köpenick den Eintritt in die NS-Frauenschaft, verwarf den Gedanken aber auf Kurzbeins Einwendungen wieder, und im Übrigen nannten sie Trollmann, wenn sie von ihm sprachen, seit der Aberkennung des Titels nicht mehr beim Namen, sondern nur noch Meister oder Deutscher Meister. Der alte Brätzke indes wurde immer stiller, er fand, er sei zu alt für die neue Zeit.

Auf dem Weg zu Dirksen ärgerte sich Zirzow, dass der alte Sturkopf sich weigerte, ein Telefon anzuschaffen. Was ihn das wieder Zeit kostete! Er klingelte. Dirksen öffnete, blieb aber in der Tür stehen, anstatt Zirzow hereinzulassen. Zirzow bat ihn, Trollmann auf den Eder-Kampf vorzubereiten, und nannte ihm die Bedingungen. Dirksen hatte schon davon gehört, darum war er auch in der Tür stehen geblieben.

Dirksen, mit Blick auf Zirzows Knie: »Ich bin Boxtrainer. Ich bereite Boxer auf Kämpfe vor. Ich bin kein Henkersknecht, der Verurteilte zum Schafott führt.«

Und hierauf warf er die Tür ins Schloss. Zwei Stunden später klingelte es wieder. Diesmal stand Witt in der Tür und bat ihn mit einem verlegenen Lächeln, ob er ihn trainieren würde, er werde parieren und sich anstrengen, so etwas wie der Titelkampf komme nicht noch einmal vor, das verspreche er hoch und heilig.

Dirksen, mit Blick auf Witts Knie: »Du mit deinem Phlegmatismus, du wärst besser als Melker aufm Bauernhof aufgehoben, aber, na ja, wolln mal sehen, was wir aus dir machen können. Hast du schon einen neuen Manager?«

Witt: »Nein.«
Dirksen: »Wir nehmen Otto.« Er meinte Nispel.
Witt: »Geht klar.«

Trollmann trainierte. Er trainierte alleine, aber mit Dirksen im Kopf und außerdem mit großer Sorgfalt, denn seine Niederlage gegen Eder durfte auf gar keinen Fall auf mangelhaftes Training zurückzuführen sein. Er erhielt seine ausgezeichnete Kondition aufrecht, und er sparrte wieder mit Kowaljow und Smirnow. Und manchmal fragte er Kollegen in der Sportschule, ob sie Lust hätten, mit ihm zu sparren, und die Kollegen warteten sehnsüchtig darauf, gefragt zu werden, denn es war der beste Unterricht, den man bekommen konnte, und auch wenn man dabei bös einstecken musste, so konnte man hinterher sagen: »Ich habe mit Trollmann gesparrt«, und das war die Schmerzen allemal wert.

Am Schiffbauerdamm, in der Redaktionsstube des *Box-Sport*, schlug der Chefredakteur die Punkttaste, zog den Bogen aus der Schreibmaschine und gab ihn Hans zu lesen. Hans hatte gelegentlich schon Tippfehler gefunden, und dann würden sie über den Artikel sprechen, und so lernte Hans mit seinen zarten vierzehn Jahren alles über Boxen und Journalismus. Er hatte Glück, dass der Chefredakteur ihn mochte. Nun las er die Ankündigung des Trollmann-Eder-Kampfes aufmerksam von oben bis unten und fragte, als er fertig war, den Chefredakteur: »Warum Volkmar?«

Hans hatte bereits gelernt, dass jeder etwas bessere Boxer Kroppzeug in seiner Bilanz hatte, Siege nämlich über von vornherein unterlegene Gegner. Diese Siege ließen das Zahlenverhältnis Siege-Niederlagen-Unentschieden gut aussehen, aber sie waren boxerisch bedeutungslos. Weiter hatte Hans gelernt, dass man in Kampfankündigungen die Boxer mit ihren bedeutenden Kämpfen vorstellte, dass man sie durchaus für heldenhafte Niederlagen gegen erstklassige Kontrahenten lobte, aber natürlich nicht für bedeutungslose Siege. Nun hatte der Chefredakteur den Eder mit seinen Siegen über Nekolny und über Volkmar vorgestellt. Volkmar aber war ein ausgezeichneter Amateur und ein schlechter Profi gewesen, er hatte den Wechsel nicht verkraftet, das kam vor, jedenfalls hatte er weit unter Eders Klasse gekämpft und mehr Niederlagen als Siege in seiner Bilanz gehabt, und der Kampf war auch schon zwei Jahre her.

Hans also: »Warum Volkmar? Warum nicht Besselmann oder Roth?«

Der Chefredakteur: »Nun lies die Stelle einmal vor.«

Hans suchte sie mit dem Zeigefinger und las: »Eder, der großartig gefiel, als er Erwin Volkmar, den inzwischen schon die kühle Erde deckt, im Sportpalast zusammenschlug ...«

Der Chefredakteur lauschte dem Klang seiner eigenen Worte, drehte dann mit Schwung den Schreibtischstuhl zu Hans herum und sah dem Knaben frontal in die Augen: »So, Hans, das musst du dir nun gut merken, denn hier kannst du sehen, wie man Propaganda macht. Ich habe Volkmar nur deshalb genommen, weil er gestorben ist. Siehst du, mein Junge, das ist die Botschaft: Erst der Kampf gegen Eder, dann der Tod. Und jetzt gibt es zwei Möglichkeiten. Erstens: Wer sich nicht auskennt, könnte glauben, Volkmar sei an den Folgen des Kampfes gegen Eder gestorben, obwohl ich es nicht explizit sage. Auch recht. Zweitens aber: Der größte Teil der Boxsportgemeinde weiß ja nur zu gut – und vor allen Dingen weiß es der Gipsy, und darauf kommt es an, denn es ist eine öffentliche Nachricht direkt an ihn persönlich –, dass Volkmar von unserer SA auf der Straße erschossen worden ist, das war kurz bevor du hier angefangen hast. Und ich bin sicher, dass der Gipsy uns verstehen wird, er hat gar keine andere Wahl, und auch die Boxsportgemeinde wird es verstehen und wird sich gut überlegen, ob sie noch einmal auf die Barrikaden gehen will.« Und der Chefredakteur dachte an Köpenick.

Hans schwindelte. Eine Morddrohung! Und es war verrückt, dass man sie aussprechen konnte, ohne sie auszusprechen. Die Erkenntnis ängstigte und erleichterte ihn zugleich. Es ängstigte ihn, dass der Chefredakteur, der doch so freundlich war, mit dem Tode drohte, und es erleichterte ihn, dass man mit Worten wohl gegen Fäuste ankommen konnte, und er beschloss, dass er eines Tages mit Hilfe von Worten entsetzliche Rache an den fiesen Jungen nehmen würde, die ihn hänselten und piesackten, weil er dick und unsportlich war, und an dem Turnlehrer würde er noch grausamere Rache nehmen. Er wusste nicht, was er sagen sollte, er nickte.

Vier Tage vor dem Kampf, am Montag, dem 17. Juli, las Benny, als Erster der Familie, die Ankündigung des Chefredakteurs im *Box-Sport*. Er hatte keine Ahnung davon, dass der Kommunist Erwin Volkmar eine Woche nach dem Führergeburtstag in Neukölln auf offener Straße von einem Trupp SA-Männern unter heftiger Gegenwehr zuerst niedergeprügelt und dann erschossen worden war. Davon wusste Benny nichts, aber die *kühle Erde* ließ ihn frösteln. Lämmchen zerschnitt den *Box-Sport* zu Klopapier und warf die Seite mit der Ankündigung in den Herd, damit die Mutter nicht die *kühle Erde* sah. Die Brüder erzählten ihr von den Kampfbedingungen, sie hatte Angst um ihren Sohn. Vor Goldi wurden nicht nur die kühle Erde, sondern auch die Kampfbedingungen verschwiegen, es war schwierig genug gewesen, ihr die Aberkennung des Titels zu erklären. Carlo telefonierte nach Berlin.

Trollmann: »Findest du immer noch, dass ich mich der Presse gegenüber gut benehmen soll?«

Carlo: »Nein, ja, nein, nicht so, Rukelie, bitte mach es nicht noch schlimmer.«

Trollmann: »Ich mach doch gar nichts, außer meiner Arbeit.«

30

Zirzow aber wollte nicht klein beigeben und entschied, als er es las, die Morddrohung mit einem Foto zu kontern, obwohl die Fotoaktion vom Herbst letzten Jahres nach hinten losgegangen war. Diesmal musste man es besser machen, es war ohnehin die einzige Möglichkeit, die ihm blieb, ob sie nun half oder nicht. Jedenfalls kam es überhaupt nicht und unter keinen Umständen in Frage, eine Morddrohung unkommentiert stehenzulassen. Mit was für einem Bild also konnte man auf eine Morddrohung antworten? Mit was für einem Bild würde sein Johann antworten? Man musste die Morddrohung ins Leere laufen lassen, genauso, wie Johann im Ring seine Gegner ins Leere laufen ließ. Man musste sich unbeeindruckt zeigen, man musste zeigen, dass man völlig entspannt war, dass man entspannter gar nicht sein konnte. Was war die lässigste Entspannung, die es gab? »Angeln!« Er rief es aus und schnalzte mit den Fingern. Natürlich, angeln gehen! Zirzow angelte selbst hin und wieder, als Gegengift zu den Anspannungen und Erregungen des Boxsportbetriebs, und er hatte Trollmann schon einmal eingeladen, ihn dabei zu begleiten, aber Trollmann hatte kein Interesse gehabt.

Er wählte die Nummer des Fotografen Hackenberger, der ihm die Pressebilder seiner Boxer machte, und vereinbarte einen Fototermin, und zwar für Donnerstag, den Tag vor dem Kampf, denn früher war es nicht möglich, aber es reichte für die Ankündigungen am Freitag in der Tagespresse. Und als dies geschehen war, rief er Trollmann an, den Bohm auch sogleich an den Apparat holte.

Zirzow: »Wir machen eine Fotoaktion, Termin ist Donnerstag, zehn Uhr bei mir, wir fahren nach Gatow, wir gehen angeln, du ziehst die VDF-Hose an!«

Trollmann: »Das können wir uns sparen. Sie werden es genau wie letztes Mal nicht bringen, und später krieg ichs mit irgendwelchen Lügengeschichten um die Ohren gehauen. Lass stecken. Ich hab auch gar keine Lust, angeln zu gehen.«

Zirzow, erregt: »Wenn du nicht ganz genau das tust, was ich sage, dann schmeiße ich den ganzen Laden heute noch hin, und dann kannst du dich umsehen, wer dich überhaupt noch auftreten lassen will.«

Trollmann: »Schon gut, schon gut. Entspann dich. Dann gehen wir halt angeln.«

Mit seiner Fotoaktion vom Herbst letzten Jahres hatte Trollmann auf ein Bild reagiert, mit dem Bötticher einen seiner Kämpfe angekündigt hatte. Böttichers Bild zeigte einen kohlrabenschwarz glänzenden Schwarzen in schneeweißer Kellnerjacke. Dieser Bötticher-Neger war in etwa der kleine Bruder des Sarotti-Mohren, er trug eine Konditormütze und hielt einen großen Schneebesen in der Rechten, er hielt ihn aufrecht wie eine Fackel, und auf der serviermäßig vorgestreckten Linken balancierte er, den Oberkörper zurückgeneigt, eine Torte mit einer riesigen Sahnehaube. Der Bötticher-Neger lächelte, er war eins mit seinem Sein als Servierer, er fand Erfüllung darin, der weißen Herrschaft die Torte zu bringen. In die etwa halbkreisförmige Sahnehaube hatte Bötticher die Worte *TROLLMANN SCHLAG SAHNE* geschrieben und die Abbildung wie folgt untertitelt: *Boxer Trollmann hat einen angenehmen »Nebenberuf« – er ist Konditor. Heute will er nicht Sahne, sondern den Argentinier Russo schlagen.*

Über die Lüge, dass er einen Nebenberuf habe, dass er also nicht zu den Besten gehöre, die vom Boxen leben konnten, hatte sich Trollmann ungerührt hinweggesetzt, aber er war zu Fotograf Hackenberger gegangen und hatte das Bötticher-Neger-Bild nachgestellt. Er hatte die Konditormütze und den Schneebesen übernommen, aber anstatt eine Torte zu servieren, hielt er den Schneebesen demonstrativ in eine Rührschüssel, und er lächelte nicht, sondern war ernst. Er war eins mit seinem Sein als Konditor, er fand Erfüllung darin, ehrwürdiges deutsches Handwerk darzustellen: »Ihr wollt mich als Konditor haben? Also gut, bitte schön, so sehe ich als Konditor aus, schaut nur, ich sehe als Konditor genauso aus wie ihr selbst, liebe Böttichers, als Konditoren aussehen würdet, seht her, wir haben etwas gemeinsam.« Zirzow hatte das Bild an alle Zeitungen geschickt, keine einzige hatte es gebracht. Vier Monate später jedoch, als der Bötticher-Neger vergessen und der Zusammenhang nicht mehr erkennbar war, hatte es die *Morgenpost* abgedruckt und in der Bildunterschrift darauf bestanden, dass er im Nebenberuf der Konditorei nachgehe, mit Spezialisierung auf Negerküsse und Mohrenköpfe. Darum hatte er jetzt keine Lust auf eine Fotoaktion.

Am Dienstag bestieg Bishop in Harwich die Fähre nach Hamburg, um Trollmanns Kampf gegen Eder zu sehen. Bishop war dauernd damit beschäftigt, sich von seinen Sorgen nicht niederdrücken zu lassen. Beaujean hatte nicht auf seine letzten zwei Telegramme geantwortet. Beaujean war absolut zuverlässig und pünktlich, dass er nicht geantwortet hatte, konnte nur daran liegen, dass ihm etwas zugestoßen war. Der Blick von der Reling in die blaue Weite und der sanfte Wind vermochten es nicht, Bishops Kopf zu leeren und zu klären.

Trollmann trainierte. Während der Chefredakteur gestern mit Lizenzentzug gedroht hatte für den Fall, dass Trollmann laufe, drohte heute im *12 Uhr Blatt* ein Biewer-Kollege, dass Trollmann, wenn er gegen Eder aus der Defensive heraus boxe, in Zukunft keine Hauptkämpfe mehr machen könne. Im Übrigen hatte der Chefredakteur bei Biewer ein paar Andeutungen über das informelle Gespräch in Muecks Hinterzimmer fallengelassen, die für den Artikel bloß um hundertachtzig Grad gedreht werden mussten, dahingehend nämlich, es habe Widerstände gegen diese Paarung gegeben, sie sei wegen Trollmann als unsportlich bezeichnet worden. In der *B. Z.* schüttelte ein Bötticher-Kollege die Behauptung aus dem Ärmel, Trollmann habe nach dem Fiasko der Halbschwergewichtsmeisterschaft auf eine neuerliche Bewerbung verzichtet und trete nur noch gegen Mittelgewichtler an.

Plaschnikow: »Trollmann und verzichten, da lachen ja die Hühner!«

Fünf von den sieben Elevinnen wollten nicht zum Eder-Kampf gehen, sie wollten die Veranstaltung boykottieren, sie wollten nicht zusehen, wie Trollmann sich zusammenschlagen lassen musste, von einem Kampf konnte unter diesen Bedingungen überhaupt keine Rede sein: Ein winziger Ring, keine Beinarbeit, keine Defensive und Gewichtsverlust, man fragte sich, warum sie ihn nicht gleich am Ringpfosten festbanden.

»Gerade darum!«, sagten die beiden anderen Elevinnen, wollten sie ihn in dieser Situation nicht allein lassen, sie wollten hin und ihn unterstützen, und die Ullstein-Lehrlinge führten genau die gleiche Diskussion. Nur die Turnlehrerin sowie die Elevin und der Lehrling, die miteinander angebändelt hatten, waren sofort entschieden, auf jeden Fall hinzugehen.

Am Mittwoch absolvierte Trollmann nur noch ein leichtes Training, während ein Teil der Journaille seine gutgespitzten

Bleistifte ansetzte, um die Ankündigungen für Donnerstag aufzusetzen, die nicht mehr waren als eine Aufwärmübung für die Ankündigungen am Freitag, dem Tag des Kampfes, und kaum war das letzte Ausrufezeichen getippt, legte Bishops Fähre in Hamburg an, und Bishop stieg um in den Zug nach Berlin. Die Reise war ein Martyrium, in Berlin von Beaujean keine Spur, nicht in Beaujeans eigener Wohnung am Kurfürstendamm und nicht in Dahlem. Bishop hatte sein Köfferchen im Eingang abgestellt und war wieder hinausgegangen, wo der Taxi-Chauffeur auf ihn wartete und ihn nun ins Restaurant Kempinski am Kurfürstendamm zu fahren hatte. Dort wollte Bishop sowohl speisen als auch telefonieren, der Anschluss in Dahlem war bereits stillgelegt. Unterwegs zog er sein Adressbuch heraus und las jede Seite von oben bis unten. Es war ohnehin besser, als aus dem Fenster zu schauen und den vertrauten Weg zu sehen. Er schloss die Augen beim Innehalten über bestimmten Einträgen in seinem Adressbuch, er überlegte, wer ihm dabei behilflich sein konnte, Beaujean zu finden. Die Mecklenburgische Straße, die Laubenkolonie am Heidelberger Platz, die Mauer des Wilmersdorfer Friedhofs, über die sich Bäume neigten, die Plätze, die den Hohenzollerndamm rhythmisierten, Fehrbelliner, Emser, Hohenzollern, Bishop fühlte sie mit geschlossenen Augen und schmeckte ihre Namen auf der Zunge. Fünfstöckige Häuser, preußische Alleen, viel Himmel. Elegante Wagen, Lieferautos, Taxen, aus denen die Chauffeure im Vorbeifahren einander grüßten, indem sie die Hand auf dem Lenkrad liegen ließen und nur den Zeigefinger hoben. Zuerst musste Bishop gemeinsame Freunde anrufen, vielleicht klärte sich alles auf und es war gar nichts. Andernfalls musste er mit einem Bekannten eines Geschäftspartners sprechen, den er noch nicht einmal persönlich kannte und von dem es hieß, er habe einen Kontakt in der Geheimen Staatspolizei.

Im Restaurant Kempinski sah Bishop vier neue Kellner, aber einer von früher war auch noch da und sagte ihm nach dem Essen auf jene unauffällige, ins Unsichtbare gehende Art und Weise, in der er den Wein nachschenkte, dass Beaujean aller Wahrscheinlichkeit nach im Columbia-Haus sei, jedenfalls sei er dort eingeliefert worden.

Am Donnerstagmorgen saßen Zirzow und Hackenberger im Taxi und warteten auf Trollmann für den Fototermin. Sie saßen auf der Rückbank und unterhielten sich über Zirzows neuen Fotoapparat, und der Chauffeur sah schweigend zum Fenster hinaus und war froh über den dicken Fisch, den er mit dieser Tour an Land gezogen hatte. Dann traf Trollmann ein, die Unlust stand ihm ins Gesicht geschrieben. Sie fuhren los. Nach fünfhundert Metern hielten sie wieder, und zwar an einem Fischgeschäft, denn es musste ein Fisch gekauft werden für das Angelbild, man konnte ja nicht warten, bis einer anbiss. Zirzow stieg aus, Trollmann blieb sitzen.

Zirzow durchs offene Fenster zu Trollmann: »Na los, komm mit, such dir einen aus.«

Trollmann: »Nee, such dir mal selber einen aus, ich hab ne ganz schlimme Fischallergie.«

Zirzow: »Seit wann hastn ...?«

Trollmann wandte sich ab: »Seit grade eben.«

Hackenberger: »Fischallergie.«

Trollmann: »Ja! Und wie! Es fängt schon an zu jucken, wenn ich an Fisch bloß denke!« Hackenberger nickte, Trollmann kratzte sich die Unterarme.

Als Zirzow zurückkam, sprang der Chauffeur aus dem Auto, nahm ihm den Fisch aus der Hand und legte ihn in den Kofferraum. Zur Sicherheit hatte Zirzow zwei Fische gekauft, sie waren in Zeitungspapier eingewickelt.

Bishop hob Geld ab bei Bleichröder und telefonierte, dann musste er warten. Er konnte nichts tun bis vierzehn Uhr, er kaufte den *Box-Sport* und ein paar Tageszeitungen und setzte sich ins Café Kranzler Unter den Linden. Ihm war schlecht vor Sorge um Beaujean. Er bestellte Tee und las die Ankündigungen des Eder-Kampfes. Hierauf wurde ihm noch übler. Die Offenheit, die Unverhohlenheit, mit der man von Trollmann verlangte, sich zusammenschlagen zu lassen, verschlugen Bishop die Sprache. Er legte die Zeitung nieder. Die Linden wie immer, als ob nichts wäre, eilende Menschen und flanierende, Fahrräder, Automobile, desgleichen die Friedrichstraße. Er sah auf die Uhr, er trug sie an der Kette in der Westentasche, er holte sie heraus, klappte sie auf, klappte sie zu, ließ sie zurückgleiten. Dann besann er sich des jüdischen Sprichworts, das riet: »Wenn du Sorgen hast, sollst du zuerst gut essen, dann kannst du dich deiner Sorgen annehmen«, und bestellte Eier im Glas, obwohl er gar keinen Appetit hatte.

31

Während nicht nur die Elevinnen und die Ullstein-Lehrlinge, sondern auch viele andere darüber diskutierten, ob sie nun zu Trollmann gegen Eder gehen sollten oder nicht, stand für Plaschnikow und Kurzbein außer Frage, dass sie dabei sein wollten.

Wenn Trollmann die Auflagen ignorierte und ordentlich kämpfte, davon waren sie überzeugt, dann würde es einen hochinteressanten Kampf auf Augenhöhe geben, ein angespanntes *chess match*, Techniker gegen Techniker, bei dem er sich sehr, sehr anstrengen musste, aber durchaus siegen konnte, weil Eder doch, zumindest für Trollmann, etwas zu berechenbar war, und wenn Trollmann Lust hätte, könnte er ihn wahrscheinlich sogar k.o. schlagen und würde es wohl auch tun, weil ein gewisser, nicht unerheblicher Teil des Publikums für *chess matches* nichts übrighatte, aber restlos glücklich war, wenn es einen K.o. zu sehen gab.

Plaschnikow: »Also, wenn er richtig kämpft, sag ich K.o. in Runde drei.«

Kurzbein: »Ich sag Punktsieg. Eder ist noch nie k.o. gegangen.«

Hielt sich Trollmann dagegen an die Auflagen, fände also die Inszenierung des Verbandes statt, dann wollten sie erst recht dabei sein, um von der ersten bis zur letzten Sekunde dieses sogenannten Kampfes Rabatz zu machen, zu welchem Behufe sie bereits Trillerpfeifen besorgt hatten, denn sie waren am Tag nach dem Titelkampf furchtbar heiser gewesen vom vielen Schreien.

Nun erwarteten sie, dass Trollmann morgen, vor dem Kampfabend, kurz vor Ladenschluss, in die Bäckerei kam, um eine Schrippe mit Bulette zu essen, und hatten darum auf ihre Autogrammkarten *Deutscher Meister 1933* geschrieben und legten, als eben keine Kundschaft im Laden war, die Karten *für die schönsten Bäckereifräulein der Welt* ins Schaufenster, eine links und eine rechts von einer Schrippe mit Bulette vom Vortag. Brätzke kam nach vorn. Er nahm die Karten, ohne etwas zu sagen, aus der Auslage heraus und heftete sie wieder mit Reißzwecken an die Türzargen zum Durchgang nach hinten, wo er sie angebracht hatte, als dem Blockwart der Hitlergruß so wichtig geworden war. Im Übrigen hatte Plaschnikow ein Schreiben ihres Vermieters erhalten, in dem sie aufgefordert wurde, entweder auszuziehen oder wegen Kurzbein zusätzlich zur Miete einen monatlichen, in der Höhe etwas übertriebenen Untermietzuschlag zu entrichten.

Zirzow, Trollmann und Hackenberger waren in Gatow am Städtischen Wassersportheim angekommen. Die Herren stiegen aus und nahmen die Angel- und die Fotoausrüstung aus dem Kofferraum, es war heiß und bewölkt, der Himmel von einem gleichmäßigen weißen Schleier verhangen. Sie gingen ums Haus. Vorne erstreckte sich eine Wiese bis zum Wasser, an dem Grundstück lagen drei Stege. Hackenberger besah sich das Gelände und ging zum mittleren Steg, Zirzow und Trollmann folgten.

Zirzow steckte die Angel zusammen, Hackenberger holte den Lichtmesser aus der Tasche und maß das Licht, und Trollmann stand am Wasser, rauchte und sah zum anderen Ufer hinüber.

Hackenberger, als er bereit war: »Wir fangen mal mit etwas Schattenboxen an, ja?«

Bitte schön. Trollmann warf die Kippe ins Wasser und legte ab bis auf die Turnhose mit dem VDF-Emblem. Hackenberger gab Trollmann Anweisungen, er wollte ihn zwischen zwei im Hintergrund befindlichen Bootsmasten haben. Trollmann schattenboxte, genauer gesagt tat er so, als ob er schattenboxte, und Hackenberger, während er den Apparat gegen die Nase gedrückt hielt und Trollmann betrachtete, dachte, dass man den Fototermin hätte bleiben lassen sollen und dass Trollmann das Land verlassen müsste. Er ließ sich Zeit beim Fotografieren. Nach drei Bildern war der Film zu Ende, Hackenberger holte den nächsten Film aus der Tasche, ein Boot legte an, über dem anderen Ufer zog eine dicke Wolke auf.

Hackenberger: »Verflucht! Mein Assistent hat mir eine leere Dose eingepackt! Ich habe kein Filmmaterial mehr!«

Zirzow: »Das macht nichts, wir nehmen meinen Apparat, Sie müssen mir sowieso zeigen, wie es geht.«

Leute entstiegen dem Boot und kamen über den Steg. Hackenberger, Trollmann und Zirzow gingen ein paar Meter weiter zum unteren Steg, jetzt das Angelbild, das Angelbild als Antwort auf die Morddrohung. Die Leute gingen ums Haus zur Straße, einige blieben stehen und gafften, Zirzow packte den Fisch aus. Das Zeitungspapier hatte sich etwas gelöst, es war nur noch einer darinnen, der andere war irgendwo verlorengegangen, gut, dass er zwei gekauft hatte. Er fasste den Fisch mit Daumen und Zeigefinger, wo die Kiefer in die Kiemen übergingen, und drückte zusammen, damit das Maul sich öffnete und er dem Fisch den Angelhaken in den Gaumen stechen konnte. Die Gaffer gingen weiter, Trollmann und Hackenberger wandten sich ab. Der Fisch glitt Zirzow aus den Händen. Er roch ein wenig, das war unvermeidlich bei der Hitze. Hackenberger verstaute seinen Fotoapparat in der Tasche, Trollmann zog sein Unterhemd an, Zirzow stieß sich den Angelhaken in die Fingerkuppe. Ein Tröpfchen Blut vermischte sich mit dem Schleim des Fischs, er wischte die Hand im Gras ab, und als endlich der Haken im Gaumen und damit der Fisch an der Angel war, hatte sich drüben die Wolke ausgedehnt, am anderen Ufer regnete es schon.

Zirzow: »So, jetzt setzte dich hier hin und lässt schön die Füße ins Wasser baumeln, wie bei Zille, wa, jibt dir det Leben een Puff, denn weine keene Träne! Lach dirn Ast und setz dir druff und baumle mit de Beene. Komm, nu mach halt maln bisschen mit, da, nimm die Angel, ja, so, und wenn ich jetzt sage, dann ziehstn so mit Schwung raus, ja?«

Trollmann schwieg. Zirzow hätte Geld dafür bezahlt, dass er etwas gesagt hätte, irgendetwas, egal was, Hackenberger war peinlich berührt. Ihm fielen andere Berliner baumelnde Beine ein, nämlich die von Klabund: *Früh um dreie krähten Hähne, / Und ein Galgen ragt, und er … / Und er baumelt mit de Beene, / Mit de Beene vor sich her.*

Zirzow ließ sich von Hackenberger erklären, was man wie am Fotoapparat einstellen musste. Trollmann hielt schweigend die Angel und starrte Zirzow böse und verächtlich an. Zirzow ging in die Hocke. Nun sah er seinen Johann mit der Angel an der Havel durch die Kamera und sagte: »Jetzt!«, und in diesem Augenblick schrieben an ihren Schreibtischen in den Redaktionen Bötticher und Biewer vom Chefredakteur den toten Volkmar für die morgige Kampfankündigung ab.

Um halb vier Uhr nachmittags fuhr Bishop mit der Taxe am Columbia-Haus vor und blieb, wie er angewiesen worden war, im Wagen sitzen. Hermann Müller – er hatte sich auf der Razzia nicht als Maximilian Beaujean, sondern als Hermann Müller ausgewiesen – Hermann Müller werde »etwa um sechzehn Uhr herum« entlassen, hatte es geheißen. Bishop wartete. Bishop wusste nicht, ob Beaujean darüber informiert war, dass er ihn mit der Taxe abholte, und er wusste nichts von Beaujeans gebrochenem Bein, von den gleichmäßig über seinen Körper verteilten Blutergüssen und Striemen am Rücken. Bishop wartete und musste dabei das Tor im Auge behalten. Um vier Uhr fuhr Trollmann mit dem Fahrrad an ihm vorbei. Trollmann hatte im Rucksack eine Garnitur frischer Kleidung sowie Mundschutz, Tiefschutz, VDF-Hose, Boxschuhe, Bandagen und Sechs-Unzen-Handschuhe. Er war auf dem Weg in die Herrfurth-Straße zu Heitmeier, um die Sachen bei ihr zu deponieren.

Um kurz nach sechs Uhr öffnete sich das Tor, und Beaujean kam heraus. Er war unrasiert und stützte sich auf zwei Stöcke, sein rechtes Bein war notdürftig geschient, seine Haare waren ungewaschen, aber gekämmt, in der Brusttasche seines Jacketts steckte nicht wie sonst ein Taschentüchlein, sondern sein Entlassungsschein, er roch nach Desinfektionsmittel. Bishop weckte den Chauffeur, der eingeschlafen war, und der Chauffeur holte Beaujean in den Wagen. Hierauf fuhren sie nach Karlshorst ins St.-Antonius-Krankenhaus, mit dessen Direktor Bishop persönlich bekannt war, während Trollmann und Heitmeier im Britzer Garten spazieren gingen.

Den Ullstein-Lehrlingen der Freitagsfrühschicht fielen beim Setzen der Kampfankündigungen die Augen aus den Köpfen vor Unglauben, die Leserinnen und Leser rollten die Zeitungen zusammen und schlugen sie in die hohlen Hände. Das hatte es noch nie gegeben, das war noch nie da gewesen, dass man in einer Kampfankündigung von einem Kämpfer zu tun verlangte, was zu seiner Niederlage führte: Da Eder ein Konterboxer sei, müsse Trollmann die Offensive ergreifen. Nun kündigten sie den Betrug schamlos in der Zeitung an. Der Wind blies jetzt aus einer anderen Richtung. Es war die falsche Richtung, es war schlechte Werbung, der Vorverkauf miserabel.

Trollmann zog die lange Trainingshose und den roten Wollsweater an und sagte »Tschüss« zur besorgten Bohm. Diese knetete die Hände, schüttelte den Kopf und fand keine Worte. Dann lief er los. Er lief seine ganz normalen täglichen zehn Kilometer, er wäre sie nicht gelaufen, wenn er nicht noch Gewicht hätte wegschwitzen müssen, er lief in der Mittagshitze, das offizielle Wiegen war um zwei in der Bockbrauerei. Auf die vertraglich festgelegten 71 Kilo kam er ohnehin nicht herunter, aber unter 72 sollte er kommen.

Er lief. Die Stadt war leer vor Hitze. Er lief nicht in den Tiergarten, sondern die Hardenbergstraße hinunter, er lief im aufgewärmten Schatten der Häuser, der Schweiß lief in die Wäsche, so sollte es sein, er war in Bestform. Dirksen hatte ihn in Bestform gebracht, er hatte die Form gehalten. Er atmete durch die Nase, die Stadt summte leise. Er war leicht und stark. Er war schwerer als Eder. Er lief dem Kampf mit gleichmäßigen Schritten entgegen, er lief nicht schnell und nicht langsam, er federte mäßig.

Auf dem Auguste-Viktoria-Platz ein Dutzend Leute, Frauen mit Taschen vom KaDeWe, Flaneure auf dem Weg ins Café, Versicherungsvertreter auf Arbeit, ein kleines Mädchen aß Eis. Trollmann lief um die Kaiser-Wilhelm-Gedächtniskirche herum, leichtfüßig, schweißtropfend, bestaunt, begafft. Dann lief er den Generalszug hinunter, den Boulevard der Befreiungskriege: Tauentzien, Wittenberg, Kleist, Nollendorf, Bülow, Dennewitz, Yorck. Straßen und Plätze mit Namen von Generälen und Schlachten.

Schlachten und Kämpfe, das letzte Gefecht. Der arme Eder. Was für eine Schande und Schmach, was für eine entwürdigende Aufgabe, einen gefesselten Gegner zusammenschlagen zu müssen. Schmeling hätte es nicht getan. Schmeling trank Kaffee mit Hitler, Schmeling log in Amerika, dass den Juden in Deutschland kein Leid geschah, aber er wäre nicht gegen einen

Gefesselten in den Ring gestiegen. Er hätte sich aus der Affäre gezogen mit überhöhten Gagenforderungen, mit Verhandlungen bis zum Sankt-Nimmerleins-Tag, mit dazwischenkommenden anderen Kämpfen, und in der allergrößten Not hätte er kurz vor dem Kampf eine Trainingsverletzung gehabt. Eder hätte sich ohne weiteres drücken können, aber er trat an.

Auf dem Tauentzien waren die Muskeln locker und die Lunge weit, Trollmann lief, die Hitze stand, Eder lag im Hotelzimmer und schlief. Berührte Trollmann wirklich den Boden? Ja, er berührte ihn mit heißen Sohlen, auf dem Wittenbergplatz lief er durch Sonne, Kleist und Nollendorf hatte er in der Schule auswendig lernen müssen, die Schlacht im August achtzehndreizehn, Sieg über Vandamme, Sieg über den Rektor, Papierkügelchen ans Ohrläppchen, er lief, er federte mäßig.

Nach den Yorckbrücken verließ er den Generalszug. Er senkte das Tempo erheblich, er lief die Katzbachstraße hinauf und durch den Viktoriapark. Es ging bergauf, steil bergauf, und er lief langsam, kraftlos, sich schonend. Im Park der Schatten, das labende Grün, der fließende Schweiß von der Stirn, aus den Achseln, über den Rücken, in den Kniekehlen, an den Füßen, die tropfende Wäsche. Verlassen die Fidicinstraße, die Geräusche vom Aufbau des Rings aus dem Garten der Bockbrauerei wie von der Stille verstärkt. Er lief vorbei an der rotklinkernen Mauer der Polizeikaserne, und dann begann das letzte Stück Weg, die Columbiastraße an der Hasenheide, zur Linken der Türkenfriedhof, zur Rechten der Garnisonsfriedhof. Er würde sie alle fertigmachen, Eder, den Verband, die Presse, Englert, Zirzow, die SA. Er war mit Jack Johnson fertiggeworden, mit ihnen würde er allemal fertigwerden.

Mit Jack Johnson war Trollmann im Dezember letzten Jahres fertiggeworden. Johnson, ein Titan diesseits und jenseits der

Seile, 53 Jahre alt, suchte nach einem Ort, an dem er nicht so sehr wie in den Vereinigten Staaten rassistischen Anfeindungen ausgesetzt war. Er wollte sich in Berlin niederlassen und eine Sportschule eröffnen und war gekommen, um die Lage zu sondieren. Er hatte sich mit verschiedenen Boxern, Veranstaltern und Managern unterhalten, die allesamt abgeraten hatten, mit Trollmann hatte sich Johnson im Kranzler verabredet.

Nun saßen die Herren an einem Tisch am Fenster und stahlen einander die Schau. Die Kellner zischelten, die Gäste sahen hin, Passantinnen und Passanten auf der Straße zeigten aufs Fenster. Johnson forderte Trollmann heraus, indem er Sahnetorte bestellte. Er boxte nicht mehr, er konnte essen, was er wollte, einschließlich der für aktive Boxer vollkommen verbotenen Sahnetorte. Hierauf bestellte Trollmann ebenfalls Sahnetorte: »Und bitte, könnte ich eine Extraportion Sahne dazu haben?« Er konnte.

Als die Sahnetorte mit Sahne aufgegessen war, fragte Johnson, wie die Geschäfte liefen, und Trollmann, der nur wenig Englisch konnte, legte das Bötticher-Neger-Bild auf den Tisch, damit Johnson sah, was ihn erwartete, wenn er sich hier niederlassen würde. Johnson streifte es mit einem Blick aus den Augenwinkeln und wandte sich ab. Dann sah er es noch einmal genauer an und begann zu lachen, wobei er wie stets und mit sichtlichem Behagen seinen berühmten Goldzahn blitzen ließ: »Hahaha, we have to have another piece of cream cake on that one!«, und er hob den Finger nach dem Tresen hin, ohne sich umzusehen, und der weiße Kellner in der schwarzen Kellnerjacke kam angeflitzt und nahm noch einmal die Bestellung von zwei Stück Sahnetorte und einer Extraportion Sahne für Trollmann auf. Er servierte sie, indem er beide Teller auf der Linken balancierte, von wo er sie mit großer Geste mit der Rechten den Herren vorsetzte. Für die dritte Runde suchte Johnson keine Vorwände mehr, sondern winkte sogleich den

Kellner heran, und obwohl Trollmann schon übel war, bestellte er abermals eine Extraportion Sahne dazu und aß auch diese ohne Zögern, und der Kellner nahm als Trophäe aus der Begegnung eine Autogrammkarte Trollmanns mit, auf der stand: *Enjoying excellent cream cake at Café Kranzler, Berlin, Dec. 1932, Sincerly Yours, Jack Johnson & Heinrich Trollmann.*

Heitmeiers Erdgeschosswohnung war dunkel und kühl, Trollmann konnte nach dem Duschen noch eine Viertelstunde ruhen, dann fuhr er mit dem Rad zum Wiegen in die Bockbrauerei. Er wog 71,8 Kilo, Eder wog 66,2. Kein Wort von einer Vertragsstrafe, keine Rede von 71 und 68,5, keine Andeutung in diese Richtung, nichts. Eder hatte nicht einmal erwogen, auch nur ein Pfund draufzulegen. Eder wusste, wie sehr der Kampf gewollt war, dass er darum nichts zu befürchten hatte und dass er mit jedem zusätzlichen Pfund langsamer wurde.

Nachdem Trollmann gewogen war, fuhr er wieder zurück zu Heitmeier. Er saß auf einem Stuhl in der Küche mit einem Handtuch um die Schultern, und Heitmeier zog fachkundig einen Scheitel nach dem anderen, von denen aus sie bläulichen Schaum mit einem Pinsel auftrug und in die Haare einmassierte.

Heitmeier, mit dem Geruch von Ammoniak in der Nase: »Tröllchen?«

Trollmann: »Ja?«

Pause.

Heitmeier: »Jetzt halt doch mal still!«

Trollmann hielt still.

Zwei Minuten später Heitmeier: »Tröllchen?«

Trollmann: »Ja?«

Heitmeier: »Sei so gut und ziehs nicht in die Länge.«

Trollmann: »Mach dir überhaupt keine Sorgen.«

32

Die Bäckerei Brätzke betrat kurz vor Ladenschluss nicht Trollmann, sondern der Blockwart. Er hatte den Deutschen Meister, der nun doch wieder links und rechts von der Schrippe mit Bulette im Schaufenster lag, nicht gesehen.

Kurzbein und Plaschnikow, lieblich: »Heil Hitler, Herr Blockwart!«

Plaschnikow: »Bauernbrot wie immer?«

Der Blockwart: »Heil Hitler, jawohl.«

Plaschnikow: »Das macht fünfunddreißig Pfennich, Heil Hitler.«

Kurzbein trat ihr gegen das Schienbein, der Blockwart runzelte die Stirn, bezahlte und ging.

Kurzbein und Plaschnikow, lieblich: »Auf Wiedersehen, Herr Blockwart, Heil Hitler!«

Kaum war der Blockwart draußen, er hatte nur zwei Schritt vor die Tür getan, kam er wieder herein: »Sie wissen aber, dass der Zigeuner nicht Meister ist!«

Plaschnikow: »Heil Hitler, nein! Was Sie nicht sagen! Gegen wen hat er denn verloren?«

Der Blockwart: »Gegen den Verband, und die Kurse für richtiges Grüßen bei der Geheimen Staatspolizei sind nach wie vor im Angebot. Schön Feieramd.«

Als der Laden geschlossen war, gingen die Damen nach Hause und packten. Sie packten jede ein kleines Handköfferchen mit Waschzeug, Wäsche und einer Garnitur Kleidung, und wenn Kurzbein noch den Lasker-Schüler-Gedichtband besessen hätte, hätte sie den auch eingepackt, stattdessen packte sie einen Sprachführer *Englisch für Anfänger* und ein Vokabelheft ein. Aus Anlass der Köpenicker Blutwoche, der allgemeinen Verhältnisse und des Todes der Großtante hatten Kurzbein und Plaschnikow beschlossen, ihr Glück herauszufordern, es glitzern zu lassen, ins Ungewisse abzuhauen. Plaschnikow: »Was ist, wenn wirs nicht schaffen?«

Kurzbein: »Das dürfen wir gar nicht denken. Wenn wir mit der Überlegung antreten, haben wir schon verloren.«

Plaschnikow: »Du hast recht. Wir müssen wachsam und pragmatisch sein.«

Sie hatten Fahrkarten für den morgigen allerersten Zug nach Cuxhaven, sie hatten Visa und eine Erbschaft von der Großtante von 400 Mark. Sie würden auf der »Bremen« anheuern, zum Kochen, Putzen, Servieren, was auch immer. Sie würden nach Amerika fahren, und sie würden es schaffen. Der Trollmann-Eder-Kampf war ihr letzter Abend in Berlin. Sie waren wütend und aufgeregt. Sie machten sich schön. Kurzbein legte Lippenstift und Plaschnikow steckte die Haare auf, die Trillerpfeifen taten sie in die Handtaschen. Dann gingen sie los, sie gingen zu Fuß in die Bockbrauerei.

In Hannover im Schlorumpfsweg saßen die Mutter, Carlo und Kerscher mit Mann und Goldi am Küchentisch, Benny war draußen, Lämmchen kam später. Sie wussten, dass er sich hinlegen würde, aber sie wussten nichts von seinen Haaren, und sie sorgten sich weniger wegen dieses einen Kampfes, sondern darum, wie es nach diesem Kampf weitergehen würde. Witt blieb zu Hause, er schämte sich noch zu sehr für den Titelkampf. Zur Brauerei brachen auf: die Telefonistin aus dem Jockey Club, die Elevin und der Lehrling, die Turnlehrerin, Smirnow und Kowaljow. Beinhorn durchflog den afrikanischen Himmel. Bishop verließ das St.-Antonius-Krankenhaus in Karlshorst und war auf dem Weg in die Bockbrauerei zu spät bei der Bäckerei Brätzke, sie hatte schon geschlossen. Dann musste er eben im Biergarten eine Bratwurst essen. Propp war zu Hause, Trollmann hatte sie nicht eingeladen. Der Gemüsehändler hatte, wie viele andere ebenfalls, keine Lust auf solche abgekarteten Sachen. Er saß mit seiner Frau im Schrebergarten bei einem lauwarmen Bier. Radzuweit erreichte die Brauerei bereits in angetrunkenem Zustand.

Dirksen war in Kabine zwei, denn er betreute Hintemann, der mit Bredow den Einleitungskampf bestritt. Dirksen fragte sich, während er Hintemanns Bandagen wickelte, ob es Trollmann zuzutrauen war, dass er Eder unter diesen Bedingungen doch schlug. Zwar war Trollmann nicht George Dixon, jener allererste kanadische schwarze Weltmeister im Bantamgewicht, der von Anfang an gelernt hatte, nur in der Ringmitte zu kämpfen, weil das weiße Publikum sich damit amüsierte, ihm, sobald er nah genug an den Seilen war, mit Holzprügeln und Eisenstangen gegen Schienbein und Waden zu schlagen. Und doch traute er es Trollmann zu. Bei ihm wusste man nie. Und wenn er Eder wirklich schlug, wäre es eine Perle der Kampfkunst und gäbe es den nächsten Skandal. Sie würden ihn doch um den Sieg bringen.

Trollmann selbst lag mit Schiebermütze nebenan in der Kabine eins auf dem Massagetisch. Die Schiebermütze hätte er sich sparen können, man sah es doch. Aber vielleicht war es der Schiebermütze zu danken, dass niemand ihn auf die gefärbten Haare ansprach. Er hatte Zirzow hinausgeschickt und ließ sich von Pfitzner massieren. Da Dirksen das Training abgelehnt hatte, hatte Trollmann ihn gar nicht erst gebeten, ihm zu sekundieren. Pfitzner tat es gern. Er lockerte mit sanftem

Druck und kreisenden Bewegungen Trollmanns Muskulatur, während draußen der erste Gong zum Einleitungskampf geschlagen wurde.

Hintemann siegte, Bredow gab in der Pause von der vierten zur fünften Runde auf. Ausgerechnet in der Einleitung eine Kampfaufgabe. Man sah es nicht gern, wenn Kämpfer aufgaben, und sagte dennoch jedes Mal, dass es vernünftig sei, die Gesundheit der Kämpfer habe unbedingten Vorrang. Aber wofür man herkam und Eintritt bezahlte, war nicht Aufgabe, sondern Kampf. Kampfaufgaben senkten die allgemeine Stimmung erheblich. Die Stimmung war ohnehin nicht überragend, weil sich der Kampfabend nicht verkauft hatte, kaum tausend Gäste füllten ein knappes Drittel der Plätze, die anderen zwei Drittel blieben leer. Es war etwas Laufpublikum gekommen, es waren Gäste gekommen, die gewohnheitsmäßig in die Brauerei zum Boxen gingen wie andere Leute zum Stammtisch, darunter solche, die grundsätzlich nicht in die Neue Welt zu Böckers Kampfabenden gingen, weil sie Böcker und seine Art zu veranstalten nicht mochten, aber auch weniger wählerische, und es waren ein paar Herren Boxerkollegen gekommen, die jetzt mal sehen wollten, was Trollmann aus diesen Kampfbedingungen machte. Von Trollmanns eingeschworener Anhängerschaft hatte sich etwas mehr als die Hälfte entschieden, diese Veranstaltung aus Protest zu boykottieren.

Hintemann konnte mit seiner Leistung zwar zufrieden sein, aber er hätte noch viel zufriedener sein können, wenn der Kampf ohne Aufgabe ausgefochten worden wäre, dann hätte auch sein Sieg etwas mehr gestrahlt.

Englert stellte ein betont zufriedenes Gesicht zur Schau und machte hin und wieder harmlose Scherze. Der Erste Vorsitzende fieberte dem Hauptkampf entgegen. Indessen trugen

Leichtgewichtler Rudi Schmidt und Weltergewichtler Paul Wommelsdorf einen Sechsrunder aus, der über die Distanz ging und den Rudi Schmidt zweifelsfrei nach Punkten gewann. Hans war ohne Punktetabellen gekommen.

Als draußen am Ring der Gong zur sechsten Runde ertönte, zeigte Pfitzner in Kabine eins auf den Eimer mit dem Kolophonium, mit dem der Ringboden bestäubt wurde, damit die Kämpfer nicht rutschten, und fragte Trollmann, ob er sich nicht den Körper weiß einreiben wolle. Trollmann lehnte ab. Im Kampfverlauf würde das Kolophonium unweigerlich ins Auge geraten, egal ob bei Eder oder bei ihm, das wäre ein hässliches Ende.

Kurz darauf kam Schmidt siegesstrahlend zurück, draußen war Pause, Bishop aß eine Bratwurst. Zirzow wollte zu Trollmann in die Kabine, Dirksen hielt ihn davon ab. Zirzow war ein Nervenbündel, Dirksen beruhigte ihn, das war das Beste, was er für Trollmann tun konnte, und nachdem die Pause vorbei war, nahmen Pippow und Griese ihre Plätze an den Punktrichtertischen ein, und Koch, der auf Verlangen des Ersten Vorsitzenden ringrichterte, betrat zusammen mit Grimm das Seilgeviert. Grimm sagte den Kampf an und stellte die Kämpfer vor. Eder kletterte durch die Seile, verbeugte sich nach allen Seiten, wurde beklatscht, und hierauf Grimm: »Ich rufe in den Ring: Heinrich Trollmann!«

Trollmann verließ die Kabine, hinter ihm Pfitzner mit den Utensilien. Ein paar Köpfe drehten sich nach ihm um und tippten ihre Nachbarn an: »Kiek ma, dit hältste doch im Kopp nich aus.« Und hierauf wandten sich die Angetippten nach Trollmann um, hielten es ebenfalls im Kopf nicht aus und teilten es denjenigen mit, die sich noch nicht nach ihm umgewandt hatten. Ein Getuschel erhob sich, verbreitete sich wie ein Lauffeuer von verschiedenen Punkten aus nach allen Richtungen und summte wie ein Bienenstock. Trollmann ging langsam, er federte nicht, er schattenboxte nicht, er schritt feierlich einher, er trug sein blondes Haar durch das summende Publikum zur Kampfstätte hin, er hielt es hoch, das Ariertum, die Blondheit, die rassische Überlegenheit, die er vor sechs Wochen zwölf Runden lang nach Strich und Faden ausgeboxt hatte. Er hielt es hoch, das arische Blond, wie ein Schupo die Verkehrskelle, und er ging extra langsam, beinah wie in Zeitlupe, damit auch wirklich alle, alle es sahen, und er nahm keinen Kontakt mit dem Publikum auf, er sah über die Köpfe hinweg, sah weder Bishop ohne den jungen Begleiter noch die Bäckereifräulein, und bis er am Ring war, hatten es alle, alle gesehen und kommentiert und im Kopf nicht ausgehalten.

Kurzbein und Plaschnikow steckten die Trillerpfeifen in die Handtaschen zurück und murmelten anerkennend »Heil Hitler« und »Sieg Heil«. Sie revidierten ihre Prognosen, nun spekulierten sie flüsternd darüber, in welcher Runde er sich hinlegen und liegen bleiben würde.

Plaschnikow: »Zehnrunder … hm, spätestens in der fünften.«

Kurzbein: »Kommt auch drauf an, was Eder mitbringt.«

Der verblödete Radzuweit war verwirrt. Sollte er noch die Hackfleischparole anbringen, oder doch lieber nicht? Das war eine schwierige Frage, und der Alkohol im Blut hinderte ihn daran, klare Gedanken zu fassen. Er sah zum Ersten Vorsitzenden hinüber, ob der vielleicht ein Zeichen gab, was zu tun war. Dann wurde es plötzlich still, denn Trollmann war die drei Stufen zum Ring hinaufgestiegen, und allein wie er sie hinaufgestiegen war, irritierte, und dann beugte er sich und stieg zwischen den Seilen hindurch, und als er seine Füße in den Ring setzte, sah man Rauch vom Boden aufsteigen, und ein Raunen ging durchs Publikum. Er verbeugte sich nach allen vier Seiten, er hielt den Leuten die blonde Haartracht hin. Bishop hoffte, dass es schnell und schmerzlos gehe. Eine Hand aus dem Nichts im richtigen Winkel am Kinn, und die Lichter waren in dem Augenblick aus, in dem man zu fallen begann, und wenn man nicht mit dem Hinterkopf aufschlug, war dies der schönste, der am wenigsten schmerzhafte K. o.

Koch, die Kämpfer und die Sekundanten versammelten sich in der Ringmitte, die Präliminarien wurden vollzogen, als ob nichts wäre, die Sprüche aufgesagt, aufs Reglement verwiesen, und schließlich Koch: »Protect yourself at all times!«

Trollmann: »Ich auch?«

Koch: »Und nun geht in eure Ecken und kommt kämpfend zurück!«

Koch hätte Trollmanns Frage beantworten müssen, denn für einen korrekten Boxkampf war das Einverständnis der Kämpfer erforderlich, aber Trollmanns Einverständnis war mit einer offenen Frage mangelhaft. Koch verweigerte ihm die Antwort, weil er nicht wusste, was er hätte sagen sollen, und er brachte es nicht einmal fertig, ihm in die Augen zu schauen. Trollmann aber hatte laut und deutlich gesprochen, der Pressetisch, Pippow und Griese, der Funktionärstisch und die vorderen Reihen konnten ihn gut hören. Bötticher sah auf seinen Notizblock herab, und Biewer drehte sich nach dem Publikum um und sogleich wieder zurück, indessen die Herren Boxerkollegen schweigend Blicke tauschten.

Gong. Noch auf dem Weg von der Ecke in die Ringmitte Trollmann: »Los, Gustav, schlag den Arier!« Eder sagte nichts und ließ sich nichts anmerken. Er musste so tun, als hätte Trollmann die Haare nicht gefärbt, und er musste doppelt aufmerksam sein, denn es war gefährlich, den Sieg in der Tasche zu wissen, und Trollmann war unberechenbar.

Der Erste Vorsitzende erhob sich und ging um den Ring zum Pressetisch, wo er dem Chefredakteur ins Ohr flüsterte: »Die Haare dürfen natürlich nicht in die Zeitung!«

Heitmeier sah es, sie saß in der ersten Reihe hinter dem Pressetisch. Der Chefredakteur: »Ich kümmer mich drum, setz dich auf deinen Platz.«

Und der Erste Vorsitzende ging wieder zurück.

Trollmann gestattete sich nur einen sehr engen Radius, und dann kamen ohnehin die Seile, und die Kämpfer tasteten einander vorsichtig ab, erspürten Armlängen, Schlaghärten, Bewegungsabläufe.

Er vermied Eders Attacken durch vermehrte Kopf- und Oberkörperbewegungen und durch Blockieren, und Eder tat, was Witt unterlassen hatte, er erzeugte Druck, indem er fortgesetzt attackierte. Als Trollmann ein paar Treffer von Eder geschmeckt hatte und es ihm zu bunt wurde, knallte er ihm eine Hand an den Kopf, von der kein Mensch hätte sagen können, woher sie gekommen war, und Eder wich zurück und sammelte sich und setzte erneut an.

Der Chefredakteur hatte nicht im Entferntesten die Absicht, irgendjemand die gefärbten Haare unterschlagen zu lassen. Er selbst hatte sie in Gedanken bereits in einen Topf geworfen mit jenen rotlackierten Zehennägeln, mit denen René De Vos, die Belgische Bulldogge, einst beim Wiegen Furore gemacht hatte, und hiermit war der Gipsy in die Nähe der Perversen gerückt, und wo man schon bei der Farbe Rot war, konnte man ihm auch gleich den roten Wollsweater ankreiden, in dem er sich heute Mittag unters Volk gemischt hatte.

Als der Erste Vorsitzende wieder an seinem Platz war und eben herübersah, beugte sich der Chefredakteur zu Kaul, der neben ihm saß, und bat ihn um einen Anspitzer. Kaul hatte keinen und wandte sich zu Effze auf seiner anderen Seite, der auch keinen hatte und der wieder auf seiner anderen Seite Biewer fragte. Der Erste Vorsitzende sah es, er sah die Köpfe über der Kante des Ringbodens, er sah sie bis zu den Nasen. Es beruhigte ihn, sofern man bei seinem Zustand überhaupt von Ruhe sprechen konnte. Trollmanns frisch erworbenes Ariertum hatte ihn veranlasst, innerlich zu kapitulieren. Im Augenblick war Zirzow der Einzige im gesamten Garten der Bockbrauerei, der es nicht wahrhaben wollte, dass sein Johann sich hinlegen würde, weil der Gedanke zu unerträglich war. Er feuerte ihn an, das Publikum war stiller als sonst, es musste erst einmal diesen Coup mit den gefärbten Haaren verarbeiten, der den ganzen sogenannten Kampf auf den Kopf stellte. Eders dunkelbraunes, beinah schwarzes Haar war glatt und glänzte, denn er trug auch im Ring Pomade.

Eder war eine kleine Kampfmaschine mit dem richtigen Plan (Kölner Schule!) und einem eisenharten Willen. Am widerwärtigsten war seine überaus kurze Rechte, mit der er Trollmann in die Seite konterte, und zwar in die Rippen, um Haaresbreite über der Milz. Der Schmerz schoss senkrecht ins Innere, er verlängerte sich und dehnte sich aus, Trollmann japste nach Luft und klappte nach schräg hinten weg, Kurzbein und Plaschnikow applaudierten und schrien »Sieg Heil!«, Radzuweit, völlig verwirrt, stimmte ein, vereinzelter Applaus. Hans war fassungslos. Er spürte es, kam aber mit dem Verstande nicht ganz hinterher. Es war auf jeden Fall ein Skandal und typisch Zigeuner, die Luft war zum Schneiden, der Vater unerträglich. Hans hätte lieber beim Chefredakteur gesessen.

Smirnow und Kowaljow hatten bei dem Konter kurz und heftig eingeatmet, denn sie litten mit, auch sie applaudierten. Sonst gab es vorerst nicht viel zu bejubeln. Eder attackierte, Trollmann suchte sich ihn mit geraden Linken und Rechten vom Leibe und auf Distanz zu halten.

In der Pause beklagte Eder gegenüber seinem Trainer, dass der Ring so klein sei, und durfte sich für die erste Runde loben lassen, der Sekundant schwitze. Die drei Herren taten so, als kämpfe Eder ein gewöhnliches Gefecht. Trollmann klagte nicht und musste sich von Zirzow ermutigen und aufmuntern lassen. Er hörte sich alles an und sagte hin und wieder: »Ja, geht klar«, oder: »Ja, ich denk dran.« Pfitzner schwieg und tupfte etwas verlangsamt, denn er war zutiefst ergriffen davon, Zeuge einer historischen Begegnung in der Geschichte des deutschen Berufsboxens zu sein, und nicht nur Zeuge zu sein, mehr noch, aktiver Teilnehmer, indem er dem Helden die Stirne kühlte, gestern war er extra noch zum Friseur gegangen, damit er einen ordentlichen Haarschnitt hatte.

Unterdessen wurde im Publikum die erste Runde kommentiert und spekuliert über den Fortgang sowie über bevorstehende Sanktionen von Seiten des Verbandes gegen Trollmann. Man erwartete, dass es irgendeine Maßnahme wegen unsportlichen Verhaltens beziehungsweise unsportlichen Haarefärbens geben werde. Eis-, Getränke- und Erdnussverkäufer bequemten sich durch die Reihen, wenig Kundschaft, wenig Geschäft. Die Herren Boxerkollegen dankten heimlich dem Himmel, dass sie arisch waren, und waren sich einig, dass das wieder einmal eine typische Trollmann-Nummer war: »Der immer mit seinen verrückten Ideen.«

Eggert: »No, warts ab, eine Runde wird er sich holen, bloß damit wir Bescheid wissen.«

Bishop dachte an Beaujean im Krankenhaus, Heitmeier beobachtete Trollmann in seiner Ecke. Pippow und Griese verbuchten die Runde für Eder und legten die Bleistifte nieder. Es war Viertel vor zehn, es war lau, das letzte Tageslicht schwand, »Ring frei für Runde zwei«, zehn Sekunden, Ende der Pause. Gong.

Die zweite Runde verstrich von der ersten bis zur letzten Sekunde nach ein und demselben Muster und war eine einzige Farce, die gleichwohl den Pressetisch in helle Begeisterung versetzte, während Trollmanns Anhängerschaft im Publikum ordentlich Stimmung machte für den unerbittlichen Untergang des Ariers.

Trollmann machte den Rücken rund und legte die Arme an den Körper und die Hände ans Gesicht. Er verschanzte sich hinter der Doppeldeckung, über den Handschuhen wippte die blonde Pracht. Solcherart stellte er sich in Eders Attacken hinein, wobei er bestrebt war, sich durch Bewegungen des Oberkörpers, des Kopfes und der Arme so wenig wie möglich wehtun zu lassen, und außerdem nahm er zum Zweck des Ausweichens Eders Rhythmus an. Eder arbeitete sich an ihm ab. Mal kam er mit einzelnen Schlägen, meist aber mit Kombinationen. Eder schlug, ging aus der Reichweite, ging ein paar Schritte und griff wieder an, und zwar, und hierin bestand eben die Farce, so gut wie vollkommen gefahrlos, denn Trollmann ließ ihn gewähren und beantwortete höchstens jede dritte oder vierte Attacke. Am Pressetisch nickende Köpfe und nach oben zeigende Daumen: »Ausgezeichnet! Sportlich wertvolle Leistung!« – »Heroischer Kampf!« – »Endlich stellt sich Trollmann!« – »Trollmann findet keine Antwort auf Eders Attacken!«

Wenn er denn einmal antwortete, so schlug Trollmann nicht mehr als ein oder zwei Treffer, die Eder regelmäßig zurückweichen ließen und ihm, Trollmann, eine Verschnaufpause verschafften. Auch wenn Eder im Verhältnis zu seinem Gewicht recht hart schlagen konnte, so war er doch um 5,6 Kilo leichter als Trollmann, und das war ein Glück, denn auch all diejenigen Schläge zermürbten und kosteten Kraft, die punktemäßig gar nicht zählten, weil sie auf die Deckung gingen, welche Eder zu durchbrechen suchte mit geraden Linken zwischen Trollmanns Handgelenken hindurch auf Mund und Nase, mit Haken um die Deckung herum aufs Ohr, an den Kiefer oder den Hals und gleichfalls um die Ellenbogen herum in die Seiten, besonders rechts Richtung Leber, und mit Geraden und Aufwärtshaken mittig in den Körper, und dies ging hin in einem fort, bis Trollmann sich wieder mit einem Blitzangriff eine kurze Unterbrechung von Eders kontinuierlichen Schlägen verschaffte.

Dann musste Eder sich sammeln. Er spürte sehr wohl Trollmanns Mehrgewicht, und es war ein Zeichen von Eders Qualität und Klasse, wie effizient er sich zu sammeln wusste. Im Übrigen kam er sich ein bisschen blöd dabei vor, dass Trollmann die meisten seiner Attacken nicht beantwortete und dass dafür doch etwas zu viele Schläge an der Deckung abprallten. Wie die gerade Rechte, die er etwa in der Mitte der Runde nach Trollmanns Magen schlug und die stattdessen auf einem Ellenbogen landete, worauf Trollmann zurückwich und, ohne sich dabei die geringste Mühe zu geben, leicht zeitverzögert ein Taumeln simulierte, als sei er ernsthaft getroffen, ein Wanken mit hängendem Kopfe, begleitet von heiseren Sieg-Heil-Rufen und hysterischem Applaus. Unter normalen Umständen wäre gebuht und gepfiffen worden, Sitzkissen würden fliegen, stattdessen jetzt Applaus für einen offensichtlich fehlgegangenen beziehungsweise gut blockierten Schlag. Eder fühlte den Hohn, ging innerlich unter und tat äußerlich einen Schritt gegen Trollmann, der sich übergangslos in Kampfposition mit Doppeldeckung wiederfand, und Eder setzte erneut an und trachtete danach, die Sache so schnell wie möglich zu beenden.

Nun arbeitete er hin auf den K. o. Er schlug mit voller Härte, er setzte auf beschleunigte Zermürbung und nahm Kinn und Leber ins Visier, und hin und wieder sah man Trollmanns Arme zucken und dann doch nicht schlagen, und Zirzow schrie: »Hau du ihn doch auch mal!«

Trollmann aber nahm viel und stellte dieses und jenes davon zur Schau. Unmittelbar vor dem Ende der Runde platzierte Eder seine Linke mit einem Schwinger auf die Stelle vor Trollmanns Ohr, wo Wangen- und Kieferknochen zusammenhängen, und Trollmann, der die Hand gerade eben noch hatte kommen sehen, konnte dem Schlag die Spitze nehmen, indem er den Kopf groß in Schlagrichtung herumfliegen ließ, wobei das blonde Haar sehr gut zur Geltung kam, indem es eben in einem schönen Bogen hochgeworfen wurde und hiermit das Publikum aufschreien ließ, und dann kam der Gong.

Pause. Radzuweit war stockbesoffen und trank fleißig weiter. Hans hatte Angst und wusste nicht, wovor. Kurzbein und Plaschnikow entspannten sich, denn Trollmann hatte schon gewonnen, und alles wurde gut. Bishop machte unverbindlich Konversation mit einem ihm unbekannten Herrn zu seiner Linken, einem mecklenburgischen Agrarier auf Geschäftsreise, der mit den ersten zwei Runden nicht zufrieden war und die Wirkung von Eders letztem Schlag für reinen Bluff hielt: »Das ist nichts. So wird keiner fertiggemacht. Unters Kinn müssen sie hauen, so von unten her in den Kinnbacken. Das gibt aus.«

Die Kämpfer in ihren Ecken wurden versorgt. Pfitzner hätte ohne weiteres ein wenig aufmerksamer sein können, aber Zirzow riss sich zusammen, das hatte er bei Dirksen abgeschaut, und markierte die Ruhe in Person, wobei er es nicht unterlassen konnte, mit der freien Hand den Daumen zu kneten, und er beschwor Trollmann mit kurzen Sätzen zwischen kurzen Pausen, dass er seine Fäuste loslassen müsse, er müsse mehr tun, er könne ruhig öfter mal auch schlagen, und Trollmann nickte es weg und sagte zu allem ja. Es war zu seltsam, dass Zirzow einen Sieg für möglich hielt, außer natürlich, es war Theater. Gegenüber aber wusste man, dass man den Sieg bereits in der Tasche hatte, und werkelte mit allergrößter Routine an Eder herum. Eder würde die Augen aufhalten für einen K. o., je früher, desto lieber. Er fühlte sich nicht wohl mit der ganzen Situation, die Blondheit war ein fieser Überraschungsschlag, der Hohn aus dem Publikum erdrückend.

Der Pressetisch triumphierte, die Herren Boxerkollegen sahen verlegen auf den Boden, der Erste Vorsitzende saß wie versteinert. Hans gab sich einen Ruck und stand auf, er wollte zum Chefredakteur, der Vater erlaubte es. Englert geschmeidig, Dirksen den Tränen nah. Die Telefonistin aus dem Jockey Club hatte die ganze Zeit grimmig genickt und massierte sich jetzt den Nacken. Die Turnlehrerin hielt der Elevin und dem Ullstein-Lehrling einen kurzen Vortrag über Verteidigung in der Nahdistanz, dem der Lehrling mit größter Aufmerksamkeit folgte, denn er hatte der Elevin wegen mit dem Boxen begonnen und wollte es lernen.

Pippow und Griese warteten auf den nächsten Gong, Koch lehnte an den Seilen zum Funktionärstisch. Wenn es so weiterging, dauerte es nicht lange, und man hatte das Ding über die Bühne geschoben. Entweder Eder schlug ihn nieder, oder er legte sich hin, oder er blieb auf den Beinen und verlor nach Punkten. Die ersten beiden Runden gehörten jedenfalls Eder. Grimm: »Ring frei für Runde drei«, die Sekundanten verschwanden. Gong.

33

Trollmann kam heraus und überraschte Eder auf Anhieb mit einem furiosen Schlaghagel, der nicht und nicht enden wollte und dessen einzelne Schläge aus allen möglichen und unmöglichen Richtungen kamen, ein Feuerwerk, ein bunter Strauß, man hätte glauben können, er habe sechs Arme und Hände wie indischen Gottheiten, und eine Hand war schneller als die andere. Ungeheure Erregung und Verwirrung im Publikum, am Presse- und am Funktionärstisch, sorgenvolle Blicke aus Eders Ecke, nur Eggert zu den Herren Boxerkollegen: »Hab ichs gesagt, oder hab ichs nicht gesagt?«

Wommelsdorf: »Hat ja auch niemand bestritten.«

Eder hatte schwer zu schlucken. Er riss die Arme auf und ab, pendelte und suchte sich gegen Trollmann zu lehnen, um in den Nahkampf zu kommen, aber Trollmann setzte seine etwas größere Reichweite optimal ein, er hielt Eder mit maschinengewehrartig herausschießenden geraden Linken auf Armeslänge von sich, durchsetzt von Haken und Schwingern mit beiden Händen, unterdessen gleichzeitig gebuht, Bravo gerufen und die Luft angehalten wurde, und nachdem er ihn eine Weile so verhauen und dabei auch einen überaus schmerzhaften Konter eingesteckt hatte, begann er zu laufen. Aha! Der Presse- und der Funktionärstisch waren alarmiert.

Kurzbein: »Das ist unsere Runde.«

Plaschnikow: »Abschiedsgeschenk.«

Koch lief mit. Koch überlegte, ob er eingreifen solle, denn Trollmann durfte nicht laufen, und Eder war in Gefahr. So schwierig war das Ringrichteramt: Er musste gleichzeitig laufen, das Kampfgeschehen im Auge behalten und überlegen, auf welcher Grundlage er eingreifen könne. Es gab aber keine Grundlage zum Eingreifen, auf mündliche und ohnedies vollkommen regelwidrige Absprachen konnte er sich im Ring nicht berufen, der Ring war zu klein, die Seile waren im Weg, Trollmann warf sich hinein und schwang sich nach der anderen Richtung wieder heraus, und Koch griff nicht ein, noch nicht, sondern lief weiter mit, und Eder stellte den angestrebten K. o. vorerst zurück und beschäftigte sich stattdessen damit, sich auf Trollmanns neue Taktik einzustellen.

Am Pressetisch machte lautstark das Wort Lizenzentzug die Runde. Gerunzelte Stirnen, hochgezogene Augenbrauen, das war nicht vorgesehen. Man hatte ihn gewarnt! Erhobene Zeigefinger, geschüttelte Köpfe, gegenüber am Funktionärstisch eiserne Mienen. Der Erste Vorsitzende war für diesen Kampfabend nicht der Delegierte und konnte darum keine Fehler machen, außer, dass er Radzuweit mit wütenden Blicken zu mehr Hackfleisch aufforderte. Die Behörde hatte statt seiner Läppche als Delegierten bestimmt, Läppche war ein alter Hase und waltete seines Amtes, indem er den Kampfverlauf beobachtete. Er beobachtete, wie Trollmann nach dem entsetzlichen Überfall rückwärtslief und Eder ihm folgte und wie Trollmann aus dem Rückwärtsgang Eders unablässigen Attacken zuvorkam oder sie parierte oder mied und ihm zwischendurch noch dies und jenes zusteckte und dann, plötzlich, als die Herren Kämpfer eben außer Reichweite waren, aus dem Nichts heraus vom Rückwärtsgang in den Vorwärtsgang wechselte. Ein Schritt vor, eine gerade Linke, noch ein Schritt vor, mehr nicht, und zack, war Eder im Rückwärtsgang.

Nun trieb Trollmann ihn vor sich her und wechselte in die Rechtsauslage und konnte dadurch, und nur dadurch, Eder eine rechte Führhand an den Kopf knallen und sich an Eders linker Seite aus dem Konterbereich wegdrehen und dann den folgenden Eder mit einer linken Schlaghand in den Magen empfangen, um von hier aus wieder den Rückwärtsgang und die Normalauslage einzunehmen, und Eder, nicht faul, drehte sich aus seiner nächsten eigenen Attacke mit einer Corbett-Pirouette heraus. Vergessen die Kampfbedingungen, die gefärbten Haare und alles drum herum. Hochgeschossene Pulse im Publikum, aus den Beinen kommende Treffer im Ring, Geschrei, Eder fing sich eine ans Kinn, sein Kopf schnappte zurück, und Koch hielt es nicht mehr aus und griff ein.

Koch unterbrach den Kampf. Er ließ die Zeit anhalten und tat so, als hätte sich bei Eders einem Handschuh die Verschnürung gelöst. Er schickte Trollmann in die neutrale und ging mit Eder in dessen Ecke, die Sekundanten mussten neue Schleifen binden und Knoten festzurren. Lachhaft. Buhrufe und Pfiffe. Eder konnte verschnaufen, und Trollmann war unterbrochen in seinem Rhythmus, mit dem er die Oberhand gewonnen hatte.

Zirzow: »Typisch!«

Smirnow: »Olàlà, chaben sie Aaangst, grosses Aaangst«, worauf Kowaljow die Gemeinten mit einem nicht übersetzbaren russischen Schimpfwort bedachte, indessen Heitmeier in Gedanken: »Elende Feiglinge.«

Der mecklenburgische Agrarier schüttelte den Kopf, ansonsten war er mit dieser Runde so weit zufrieden. Bishop dachte, dass Trollmann, wenn dies ein normaler Kampf gewesen wäre, die Rechtsauslage genutzt hätte, um Eder einmal kurz auf den Hintern zu setzen, so wie es Domgörgen mit ihm gemacht hatte. Er hätte seinen eigenen vorderen rechten Fuß auf Eders vorderen linken Fuß gestellt, dann wäre Eder an Ort und Stelle festgenagelt gewesen und hätte mit der nächsten Hand an den Kopf gar nicht anders gekonnt, als sich hinzusetzen, und wenn Koch die Füße gesehen hätte, hätte er es nicht als Niederschlag, sondern als Ausrutscher gewertet, aber Eder hätte, und darauf wäre es angekommen, einmal den Boden geschmeckt.

Koch: »Time! Box!«

Nun konnte Eder zwar die Unterbrechung gut für sich nutzen und Trollmann sogar einmal ordentlich zusetzen, aber im letzten Drittel der Runde bekam er den Unterschied zwischen Trollmann und Nekolny deutlich zu spüren, der nämlich darin bestand, dass Nekolny seinen Zenit hinter sich hatte und auf dem absteigenden Ast war, und Trollmann eben nicht, und Eder musste, wie jeder andere auch, die Erfahrung machen, dass man ihn nicht zu fassen kriegte und dass er seine Konter immer schon fertig hatte, wenn man gerade erst zum Schlag ansetzte. Und obwohl der smarte Eder zu den wenigen gehörte, die sich von Trollmann nicht so bluffen ließen wie die meisten, musste er doch für einen Sekundenbruchteil innehalten, als Trollmann plötzlich, außer Reichweite, binnen eines Wimpernschlages aus der Kampfposition in die eines Läufers ging, eines Sprinters, und auf der Stelle rannte, mit etwas übertriebenen Arm- und Beinbewegungen und wilden Blicken aus weit aufgerissenen Augen – was war das, es gehörte nicht hierher, es war eine andere Sportart, es kam auf ihn zu, es kam nicht auf ihn zu, es täuschte, und zack, musste er zahlen für die sekundenbruchteilkurze Irritation, und gleich noch eine hinterher, und als die letzten zehn Sekunden angezeigt wurden, stand er auf wackeligen Beinen und machte vollen Gebrauch von seiner Fähigkeit, sich effizient zu sammeln.

Unter krakeelenden Hackfleischparolen und Sieg-Heil-Rufen hatte Eder eine Hand in die Eingeweide und eine an die Schläfe nehmen müssen, die annähernd gleichzeitig eingeschlagen waren und zusammen wie ein Blitz durch Hüften und Knie bis in die Füße hinunterschossen und die Beine zersetzten, die Beine lösten und weich und schwer und schwammig machten. Gong.

Zirzow war glücklich, wenn auch Dirksen ihm als Sekundant fehlte, Pfitzner dachte beim Sekundieren nicht richtig mit. Trollmann sagte, ja, ja, Eder wurden zwei Eisbeutel an den Kopf gehalten und die Beine ausgestreckt und massiert. Der Pressetisch war empört. Zwei Wochen lang hatte man dagegen angeschrieben und mit Lizenzentzug gedroht, und nun lief Trollmann doch. Das war wirklich eine Schweinerei. Läppche saß reglos. Das Publikum tat genau, was der Generalsekretär vorhergesagt hatte, es ging immer mit dem, der obenauf war. Der Generalsekretär selbst war nicht anwesend. Pippow, Griese und Koch gaben die Runde Trollmann, Koch knapp, Pippow und Griese klar. Trollmann hatte gezeigt, dass ein Kampf gegen Eder unter korrekten Bedingungen hochinteressant sein könnte und dass er ihn wahrscheinlich mit zusammengebissenen Zähnen und einem blauen Auge gewinnen würde.

Die Turnlehrerin: »Und jetzt zurück zur Sache. Achtet auf das Fallen!« Gong.

Eder hatte sich in den sechzig Sekunden optimal regeneriert und verhehlte es nicht, als er zur vierten Runde aus seiner Ecke kam. Trollmann wechselte zwischen Doppeldeckung und geduckter Haltung mit der Linken fast vor dem Kopf und der Rechten am Kinn, er lief nicht, er okkupierte die Ringmitte, er nahm unnötig Schläge, die er alle kommen sah, harte Hände,

Treffer, Streifschüsse, auf die Arme, an den Kopf, in den Bauch, auf die Brust, in die Seiten. Der Schlag, die gerichtete Kraft, der Wille und die Physik. Der in die Faust geballte Körper des Kämpfers, die Masse. Die halbe Masse, multipliziert mit der Geschwindigkeit im Quadrat. Die Schlagtechnik, die Beschleunigung der Faust auf dem Weg vom Ansatz zum Ziel. Der Aufprall. Höchstmögliche Geschwindigkeit entfaltet größtmögliche Zerstörungskraft, und Eder wusste zu schlagen, er schlug kurz, scharf, präzise, während Trollmann wieder und wieder zuckte, als wolle er eine Bewegung machen, einen Ausweichschritt, einen Schlag, eine Drehung, einen Oberkörperschwung, und erstickte den Impuls, er rang sie nieder, die von Kindesbeinen an trainierten Reflexe und Bewegungsabläufe, die natürlich gewordenen Reaktionen auf jede Bewegung des Gegners.

Der mecklenburgische Agrarier fragte Bishop, was hier eigentlich gespielt werde, Bishop gab sich ahnungslos.

An Presse- und Funktionärstisch strahlende, erleichterte, frohe Gesichter, heroischer Kampf, Trollmann findet keine Antwort, wie gehabt, der Chefredakteur: »Na also, geht doch!«

Es ging zwei Minuten und acht Sekunden lang, indes Trollmann hin und wieder, frei nach Gutdünken und Gelegenheit, ob er nun getroffen war oder nicht, blond gerahmte, schmerzerfüllte Blicke arischer Verzweiflung ins Publikum warf, die jedes Mal von Plaschnikow, Kurzbein, dem Lehrling, der Elevin, Heitmeier und vielen anderen mit Sieg-Heil-Rufen quittiert wurden.

Hans hatte einen Stuhl geholt und sich neben den Chefredakteur gesetzt. Er war etwas angespannt, als Trollmann zwischendurch einmal hinlangte und Eder mit einem Wischer den Rotz aus der Nase schlug, dass der Rotz quer durch den Ring flog, und ein anderes Mal, als er ihn mit einem Haken an die hintere Ecke des Unterkiefers fast aus der Balance gebracht hätte, denn wenn Eder jetzt k. o. gehen würde, dann wäre es zu Hause mit dem Vater überhaupt nicht mehr auszuhalten, und Hans fühlte sich, als es nach zwei Minuten und acht Sekunden endlich kam, geradezu erlöst von dem Blut aus Trollmanns Mund. Das Blut war ein sicheres Zeichen für Trollmanns Untergang, und Hans war kurz befremdet davon, dass das Blut, Sitz und Träger der Rasse, den Untergang signalisierte und nicht den Sieg. Darüber musste er einmal mit dem Chefredakteur sprechen. Der Wille zum K. o. strahlte Eder aus jeder Pore. Die dritte Runde hatte ihm zu schaffen gemacht, immerhin ließ sich Trollmann jetzt zusammenschlagen, es war ein dreckiger Job, jemand musste es machen, es war widerwärtig, und das Publikum war eine Schweinerei. Eder konnte eine ziemlich harte gerade Linke auf Trollmanns Brust platzieren, dorthin, wo hinter den Rippen die obere Hälfte der Lunge liegt, und hierauf die Rechte von schräg unten auf Trollmanns nach Luft schnappenden Mund schlagen, sodass dieser sich die Lippen zerbiss. Das Blut floss in einem dünnen Rinnsal aus dem linken Mundwinkel heraus und tropfte auf die Brust, er wischte mit dem Handschuh über den Mund. Rein farblich betrachtet, brachte blondes Haar das Blut viel besser zur Geltung als dunkles.

Die Turnlehrerin: »Oha.«

Bishop schloss kurz die Augen, Heitmeier war begeistert und applaudierte. Gut, dass es Blut gab, und gut, dass er nicht von einem Cut in der Augenbraue oder neben dem Auge blutete, denn dann hätte es sein können, dass ihm das Blut ins Auge gelaufen und er darum verteidigungsunfähig gewesen wäre, und dann hätte der Kampf abgebrochen werden müssen, ohne dass er auf den Boden gegangen wäre, und die ganze Veranstaltung wäre für die Katz gewesen. Bei einer Wunde ums Auge wäre freilich viel mehr Blut geflossen, und das Blut wäre überall gewesen, und Koch hätte auch ein paar Spritzer auf sein weißes Hemd abgekriegt. Dagegen war eine Wunde im Mund harmlos, brachte aber gerade eben genug Blut, damit das Blut seine belebende Wirkung entfalten konnte, denn sein Anblick pumpte Adrenalin, trieb den Puls, steigerte die Atmung, außerhalb wie innerhalb der Seile, wo sein metallisch süßer Geruch den Kämpfern in die Nasen stieg, es verschmierte sich über die Handschuhe auf die Körper, Trollmann stempelte es Eder auf die Wange, Eder schlug Trollmann ins Gesicht und nahm das Blut auf seinen eigenen Handschuh auf, hin und her, her und hin, und dann schrie die Turnlehrerin: »Jetzt!!!«

Sie standen in der Ringmitte, sie standen auf der Diagonale einander gegenüber, Eder mit dem Rücken zur Ecke zwischen dem Funktionärstisch und der Brauereiseite, Trollmann mit dem Rücken zur Ecke Richtung Kabinen. Er ging aus der geduckten Haltung in den aufrechten Gang und ließ die Hände vor den Bauch sinken, und im selben Augenblick hechtete Eder in die Reichweite hinein und feuerte abwechselnd rechte und linke Haken gegen Trollmanns Kopf. Ausgerechnet Eder, der völlig zu Recht für seine kalte Besonnenheit im Kampfe gepriesen wurde, war gerade jetzt – wegen der dringenden K.-o.-Suche – etwas zu aufgeregt, sodass die ersten vier Haken um ein winziges, doch entscheidendes Etwas zu kurz distanziert waren und auch nicht im richtigen Winkel in ihr Ziel einschlugen und darum kaum Wirkung entfalteten. Aber das lag auch daran, dass Trollmann, der wie angewurzelt stehen blieb – er hatte die Beine etwas weiter auseinander und etwas mehr Gewicht im hinteren als im vorderen Bein –, dass Trollmann also wie ein biegsames Bäumchen die ersten vier Haken verpuffen ließ. Er war größer als Eder, er hielt die Arme vor dem Solar gekreuzt, und er beugte den Kopf nach hinten weg, immer weiter, beugte auch den Rücken nach hinten, als ob er in die Brücke gehen würde, sodass Eder mit seinen kürzeren Armen nicht recht ankam, und nachdem er mit einer kleinen Kopfbewegung Eders vierte Hand hatte abgleiten lassen, sprang das Publikum auf von den Stühlen und Bänken. Das Publikum erhob sich unter unsäglichem Geschrei, Bishop schrie nicht, sondern sog zischend Luft durch die Zähne, der über die Maßen betrunkene Radzuweit war inzwischen bei »Leg dich, Arier, oder wir machen Hackfleisch aus dir!« angelangt, während seine SA-Kameraden ihn anrempelten und versuchten, ihn zu überschreien, und die Herren Boxerkollegen wie gebannt die Luft anhielten, um nur ja nichts zu übersehen.

Um nicht zu übersehen, wie Trollmann, nachdem er Eders vierte Hand mit einer kleinen Kopfbewegung hatte abgleiten lassen, sich immer weiter zurückbeugte. Um nicht zu übersehen, wie Trollmann die fünfte Hand Eders bloß noch als flachen, hauchdünnen Streifschuss am Kinn mitnahm und seine Rechte, die Flugbahn von Eders fünfter Hand fortsetzend, vom Solar in Richtung Boden gleiten ließ. Um nicht zu übersehen, wie Trollmann, unmittelbar bevor er vom Beugen ins Fallen überging, begann, sich um seine eigene Achse zu drehen, und wie er mit der Rechten den Boden erreichte und, sich abstützend, den Fall bremste, um sich der Länge nach, ungefähr wie eine herabgelassene Marionette, seitlich hinzulegen. Um nicht zu übersehen, wie Trollmann sich dabei weiter um seine eigene Achse drehte und schließlich, alle viere von sich gestreckt, auf dem Rücken liegen blieb und den Kopf zur Seite fallen ließ, und zwar zum Pressetisch hin, worauf er, unter vielfachen Schreien sowohl der Empörung als auch des Jubels, erst schielte und dann das Weiße in den Augen zeigte und die Zunge heraushängen ließ.

Anstatt sich darüber zu freuen, dass endlich eingetreten war, was sie so sehr erhofft hatten, waren der Presse- und der Funktionärstisch wie gelähmt und saßen mit steinernen Mienen.

Pippow und Griese zogen im Geiste Trollmann einen Punkt für grundloses Zu-Boden-Gehen ab. Zwar war er nicht ohne einen Schlag zu Boden gegangen, aber eben auch nicht wegen der Schläge. Dann machten sie den Punktabzug rückgängig und zogen ihm stattdessen einen Punkt dafür ab, dass er niedergeschlagen worden war. So wurde ein Schuh draus, und zwar unabhängig von den gefärbten Haaren. Er sah schrecklich aus, wie er mit dem Blut im Gesicht und den verdrehten Augen am Boden lag, Koch zählte, das Publikum stöhnte, Trollmann erholte sich, und die Elevin schrie dem Lehrling ins Ohr: »Ich habs gewusst!«, indes Eder in der neutralen Ecke stand, die Ellenbogen auf den Seilen abgelegt hatte und atmete, was das Zeug hielt.

Bei neun war Trollmann wieder auf den Beinen. Koch packte ihn bei den Handgelenken, wischte die Handschuhe an seinem Hemd ab, indem er sie am Bauch rieb, und ließ ohne Verwarnung weiterboxen, wodurch Trollmanns kontrolliertes Fallen offiziell als regulärer Niederschlag durch Eder gewertet wurde. Aber natürlich glaubte niemand daran, es gab erneute Buhrufe und Pfiffe. Der mecklenburgische Agrarier: »Schweinerei! Nun muss er ihn fertigmachen!« Eder setzte schon zum Schlag an, als Koch noch, indem er die Hand zwischen den Kämpfern zurückzog, »Box!« schrie, aber Trollmann empfing ihn mit einem großen, plakativen Aufwärtshaken, der aufs Publikum wie der Taktstock eines Dirigenten wirkte, und schlug mit voller Absicht zwei Handbreit daneben, denn wenn er nicht danebengeschlagen hätte, wäre der Kampf aus gewesen. Das Publikum machte »Oh« und »Ah«, und inzwischen konnte Zirzow die Wirklichkeit, die sich vor seinen Augen vollzog, nicht mehr leugnen, er musste die hässliche Tatsache anerkennen, dass sein Johann sich hinlegen und liegen bleiben würde, und obwohl er das Statement seines Kämpfers vorbehaltlos befürwortete, so wollte er ihn doch nicht am Boden sehen. Immer wieder schloss er die Augen oder sah weg vom Ring.

Eder fintierte, Trollmann ging in die geduckte Haltung und hielt Eder das Kinn hin, und zwar keineswegs als provozierende Pose, sondern nur dadurch, dass er sich nicht richtig deckte.

Kurzbein: »Jetzt hat er keine Lust mehr.«

Plaschnikow: »Es reicht ja jetzt auch.«

Kurzbein: »Wir gehen aber nachher noch hin und verabschieden uns.«

Plaschnikow: »Auf jeden Fall.«

Eder war stinksauer. Immer das Gleiche mit Trollmann, er ließ einen wie ein Anfänger aussehen. Nun musste er, um das Gesicht zu wahren, ihn wirklich niederschlagen. Eder holte gar nicht aus. Er schlug eine seiner in deutschen Ringen so sehr gefürchteten, vollkommen ansatzlosen Rechten, er schlug sie Trollmann ans ungedeckte Kinn, und zack, lag Trollmann am Boden, und Eder rannte sofort in die neutrale Ecke, indes Koch herbeisprang und das Publikum aufbrauste. Genau ein Drittel – darunter der Ullstein-Lehrling, zwei SA-Männer, Kowaljow, Heitmeier und Dirksen – war felsenfest davon überzeugt, dass man überhaupt nicht entscheiden konnte, ob Trollmann sich hingelegt oder ob Eder ihn erwischt habe, und dass niemand außer Trollmann selbst diese Frage je würde beantworten können. Zirzow hatte nicht hingesehen, Heitmeier sorgte sich und schrie wie am Spieß: »Es reicht! Mach Schluss! Hör auf!« Ein weiteres Drittel des Publikums – darunter die Hälfte der Herren Boxerkollegen, die Turnlehrerin, die Elevin, Smirnow und der verblödete Radzuweit, der jetzt dazu überging, »Schade um die Locken!« mit Betonung auf »o« zu skandieren – war ebenso felsenfest davon überzeugt, Trollmann sei selbstverständlich aus freien Stücken zu Boden gegangen, er habe die Hand kommen sehen, da er ja den Kopf noch etwas zurückgerissen habe.

Die Elevin: »Siehste!«

Der Lehrling: »Na, ich weiß nicht.«

Und das verbleibende Drittel des Publikums – darunter die andere Hälfte der Herren Boxerkollegen, eine Handvoll SA-Männer und die Telefonistin aus dem Jockey Club – bezweifelte nicht im Geringsten, dass Eder ihn richtig getroffen, ihn wirklich niedergeschlagen hatte.

Trollmann war wieder auf den Rücken zu liegen gekommen, drehte den Kopf zur Seite und starrte, während Koch zählte, mit leerem Blick aus weit aufgerissenen Augen durch den Ersten Vorsitzenden hindurch, und zwar genau durch den Punkt zwischen dessen Augen, die dieser zu schmalen Schlitzen zusammengekniffen hatte. Der Erste Vorsitzende wandte sich ab und sah weg, Heißhunger auf Kassler überfiel ihn. Er hatte nichts erkennen können, sich aber sofort für einen regulären Niederschlag entschieden. Hans schämte sich, wie er den blutverschmierten Blondling wieder am Boden liegen und den Vater den Blick abwenden sah. Der Vater hätte die Augen geradeaus halten müssen wie beim Führergeburtstag, aber der Vater war ein Waschlappen, nicht einmal den am Boden liegenden Zigeuner konnte er aushalten. Hans verlor die Achtung vor dem Vater immer mehr, je mehr er vom Chefredakteur übers Boxen lernte, denn es zeigte sich, dass der Vater keine Ahnung hatte und nur dummes Zeug redete. Zwei Reihen hinter dem Ersten Vorsitzenden erwog Bishop, noch je ein drittes Billett für Zug und Fähre zu kaufen, um Trollmann mit nach England zu nehmen. Bishop kannte einen ausgezeichneten Trainer in Sheffield und zwei Promoter in London, er konnte es ihm nachher anbieten, aber Trollmann hatte ja sogar das Amerika-Angebot abgelehnt.

Bei sieben wälzte Trollmann sich vom Rücken auf den Bauch und zog die Beine an, sodass er auf Knien und Händen hockte, bei acht stellte er den rechten Fuß auf den Boden, und bei neun erhob er sich, er erhob sich mit Mühe. Koch: »Willst du weiterkämpfen?«

Trollmann, laut und deutlich: »Ja, ich muss doch noch liegen bleiben.«

Gejohle aus den vorderen Reihen, Koch, leise, flüsternd, indem er Trollmanns Handschuhe an seinem Bauch abwischte: »Und du mich auch, du dreckiger Zigeuner«, dann winkte er Eder heran und schrie: »Box!« Es war ihm herausgerutscht, es war ein Fehler, wenigstens hatte es niemand gehört außer Trollmann, dem man ohnehin nicht glaubte, Klopfzeichen, noch zehn Sekunden. Genau wie zuvor schlug Trollmann wieder einen Aufwärtshaken in die Luft, mit dem er Eders Angriff abwehrte, und als Eder das nächste Mal angriff, klammerte Trollmann. Er nahm ihn in die Arme, er war größer und stärker als Eder, er erdrückte ihn mit seinem Gewicht, Eder zerrte und zappelte, Trollmann hielt mit der Rechten Eders Oberkörper umfasst, er presste Eders Brustkorb gegen den seinen und drückte Eders linken Arm mit seinem Ellenbogen nach oben, damit Eder ihm nicht in die Leber schlagen konnte, und seinen eigenen linken Unterarm drückte er Eder gegen den Hals, das war ganz hervorragend, es wirkte immer, es wirkte bei jedem, es verursachte eine aparte Mischung aus Lähmung und Handlungsbedarf, und Trollmann machte Koch das Trennen schwer, er zögerte es so lange wie möglich hinaus, und als die Kämpfer endlich separiert waren, kam der Gong.

Zu diesem Zeitpunkt war in Hannover im Schlorumpfsweg die Familie vollständig in der Küche versammelt. Sie dachten alle an ihren Rukelie und gaben sich Mühe, über anderes zu reden, aber dann hielt die Mutter doch noch einmal eine flammende Rede gegen das Boxen, und ausgerechnet Benny widersprach ihr dieses eine und einzige Mal nicht. Stattdessen versicherte er ihr, dass Rukelie geschickt genug sei, um sich nicht richtig wehtun zu lassen, sie solle sich keine Sorgen machen. Carlo holte die Spielkarten heraus, Lämmchen schwieg. Sie hatte es befürchtet. Sie bekämpfte ihre Bitterkeit mit der Erinnerung an den Triumphzug nach dem Titelkampf. Wenigstens den konnte ihr niemand wegnehmen. Der Triumphzug war eine Tatsache. Tausendfünfhundert Leute konnten es bezeugen. Sie hatten ihn selber hochgehalten. Am Ende war es Goldi, die das größte Kämpferherz bewies. Man hatte es ihr erklärt, man hätte es hinterher ohnehin nicht vor ihr verheimlichen können, dazu war er zu berühmt. Goldi hielt die Nase hoch und verströmte Zuversicht, denn sie war ganz sicher, dass ihr Onkel es denen schon zeigen würde, auch vom Boden aus.

Pause. Zirzow wurde weich und zärtlich und stemmte sich gegen eine Woge großer Traurigkeit, die ihn fortzureißen drohte. Er spülte selbst den Mundschutz, wischte das Blut ab, säuberte das Gesicht, tupfte, massierte, flüsterte: »Johann, mein Johann, alle haben dich verstanden, es reicht.«

Trollmann, schwer atmend: »Ja, ja.«

Zirzow wedelte ihm mit dem Handtuch Luft zu, Pfitzner litt wie ein Hund. Anstatt Trollmann die Beine auszustrecken und zu massieren, litt Pfitzner all die entsetzlichen Schläge mit, die Trollmann eingesteckt hatte, die Schwellungen und Rötungen und die Schwere im Blick. Pfitzner entpuppte sich, sosehr er Trollmann unterstützte, als miserabler Sekundant.

Gegenüber bei Eder stille Betriebsamkeit. Kein Wort wurde gesprochen, außer: »Tief atmen!«, und Eder atmete tief. Im Publikum war Unruhe, aber Englert wusste die Augen geradeaus zu halten, er parlierte, als ob die Veranstaltung ausverkauft und mit dem Kampf alles in Ordnung wäre, und er gab sich hausherrenhaft und elegant wie stets. Die Kellner gingen etwas flotter, Niederschläge trieben häufig den Umsatz nach oben, besonders solche am Ende der Runde. Radzuweit erhielt Nachschub, die Turnlehrerin ging in die Ausschankhalle zu den Toiletten. Sie musste gar nicht, sie wollte nur kurz weg vom Ring und war froh, dass sie in der Toilette anstehen musste, und als sie dran war, ertönte draußen der Gong.

Weiß vor Wut und Entschlossenheit, war Eder schon in der Mitte des Rings, als die Runde noch nicht begonnen hatte, schlagfertig die Arme, beweglich die Beine, kalt und böse der Blick, der Gegner war angeschlagen, nun musste er mit rücksichtslosester Unerbittlichkeit vollends fertiggemacht werden.

Trollmann aber kam erst mit dem Gong aus der Ecke, blond und rot von eingesteckten Schlägen und auf den zerschlagenen Lippen ein Siegerlächeln, nun musste er bloß noch liegen bleiben.

Eder griff unverzüglich an, Trollmann wich aus. Er wich zur Seite hin aus, und dann blieb er stehen, und nun flogen Hände mit Wucht, und Leder klatschte, und Stoßseufzer jagten einander, und Füße stampften auf, und Schläge landeten und erschütterten Körper, es krachte. Eder schlug jeden einzelnen Schlag mit aller ihm zur Verfügung stehenden Härte, Trollmann aber haute ihm noch einmal eine runter, damit Eder lernte, dass es sich nicht gehörte, unter solchen Kampfbedingungen anzutreten, und dann hatte Trollmann alles gesagt, er hatte auch genug genommen, Eders Schläge akkumulierten sich böse. Er ließ die Fäuste fallen, machte sich gerade und schnappte auf eine schwere Hand in den Solar vergeblich nach Luft, das Zwerchfell wurde kurz gelähmt, die Blutgefäße in der Bauchhöhle weiteten sich, der Blutdruck sank, das Gehirn war unterversorgt, und er klappte zusammen wie ein Taschenmesser und schnellte, nachdem eine Hand Eders über ihn hinweggezischt war, wieder hoch und sah Eders Linke kommen und direkt auf die Leber zielen.

Seine einzigen K.-o.-Niederlagen waren Leberhaken gewesen. Die Beine waren weg, man konnte nicht atmen, und innen expandierten die Schmerzen als ein entsetzliches Ziehen in den Eingeweiden, als nicht enden wollende innere Explosionen, als würden die Eingeweide im nächsten Augenblick zerreißen. So musste es in der Hölle sein, und um den Gegner in diese Hölle zu schicken, musste man das kleine Zipfelchen der Leber treffen, das unter der untersten Rippe heraushing, das Ende der Leber, die Achillesferse des Boxers. Es kam darauf an, dass man ein kleines bisschen, ein winziges Etwas von unten schlug, denn dann zielte die Stoßrichtung genau auf die Stelle, wo die Leberarterie und die Pfortader in die Leber eintraten, und dann waren der Lähmungseffekt und die Schmerzen am stärksten und ließen oft, aber nicht immer, den Niedergang zeitverzögert einsetzen und ebenso verzögert sich vollziehen. Trollmann riss, als er Eders Hand kommen sah, den Ellenbogen herunter und gleichzeitig das Becken in Schlagrichtung weg, nahm derart präpariert den Leberhaken mit, ging schräg rückwärts aus der Reichweite, einen Schritt und noch einen, hielt inne, erstarrte, verzog grässlich das Gesicht, hob die qualvoll schmerzverzerrte Fratze etwas an und fasste sich mit beiden Händen an den Bauch, und Eder, dies sehend, entspannte sich auf der Stelle, atmete aus, ließ die Fäuste fallen, hörte sein Herz überlaut schlagen, kehrte auf dem Absatz um, hob die Linke senkrecht nach oben, ging in die neutrale Ecke und sah darum als Einziger nicht, wie Trollmann noch die Rechte mit gestreckter Hand zum Gruß hochriss, bevor er unaufhaltsam hinuntersank.

Erst ließ er das Kinn auf die Brust fallen, dann ging er in die Knie. Leberhaken, Beine weg. Das linke Knie hielt er noch, mit dem rechten ging er auf den Boden. Hierauf rang er darum, in dieser Haltung zu bleiben, dann löste er die Hände vom Bauch und ließ sie fallen, und in diesem Augenblick schoss es Dirksen durch den Kopf, dass Rukelie es geübt hatte. Dass er in der Sportschule und zu Hause hunderte Male zu Boden gegangen war, dass er den Bewegungsablauf genauso intus hatte wie die Kombinationen. Der Leberhakenfall wirkte vollkommen natürlich und war dabei zugleich eine übertriebene Zuspitzung des Leberhakenfalls an und für sich, und Dirksen war vollkommen klar, dass dieser Fall sorgfältig einstudiert war. Ab in den Staub mit dem arischen Haar! Dirksen sah, wie Trollmann, mit einem Knie und einem Fuß auf dem Boden und mit hängenden Armen, den Oberkörper verzögert vornüberbeugte, sah, mit welcher Emphase er hierbei die Wirkung der leberhakenspezifischen Schmerzen demonstrierte, hinab, herab, herunter, hinein in den Abgrund, sodass er nicht anders konnte, als auch das rechte Bein hinterherzuschieben, Fuß, Wade und Knie auf den Boden zu legen und dann das Gesäß auf die Fersen sinken zu lassen, worauf er, indem er sich weiter so qualvoll verlangsamt vornüberbeugte, endlich mit den hängenden Fäusten den Boden erreichte.

Da kauerte es, das geschlagene blonde Gift und Elend, und konnte sich nur für einen kurzen Moment noch halten, konnte gerade eben noch einmal mit der Linken an den Bauch fassen, um dann nur noch weiter vornüberzusinken und schließlich auch die Unterarme ganz auf den Boden zu legen und die Bauchhöhle zu strecken, und so, auf allen vieren, auf Ellenbogen und Knien, den Kopf fallen zu lassen und mit dem arischen Haar den Boden zu feudeln, Dreck zu Dreck, Rasse zu Staub, die SA schrie »Jaaaaaa!«, Radzuweit lag unter der Bank und übergab sich. Zuverlässig lärmte das Publikum, es lärmte immer, wenn einer zu Boden ging, und Plaschnikow schrie Kurzbein ins Ohr: »Von Trollmann lernen heißt siegen lernen!«, indes dieser sich nunmehr vollends, und zwar auf die Seite, fallen ließ, um schmerzgekrümmt liegen zu bleiben und liegend Tiefschlag zu reklamieren.

DIE FLANKE

Nachdem das Urteil gesprochen war, verließen die Kämpfer unter bösartig großem Applaus den Ring, jeder an seiner Ecke. Eder machte, dass er wegkam, er kroch durch die Seile. Trollmann aber legte seine Rechte auf die Halterung des obersten Seils, berührte noch einmal mit beiden Füßen den Boden, ging leicht in die Knie, ließ den Impuls fürs Hochfliegen mit einem lockeren Einatmen aus der Hüfte kommen, schnellte nach oben, warf die Beine, das rechte vorweg, das linke hinterher, hinauf, schwang gegenläufig, wie ein Vogel den Flügel, seinen linken Arm, platzierte den Körperschwerpunkt über der aufgestützten Hand, schwebte fast waagrecht in der Luft über dem Seil, sah in das Dach der Orchesterbühne, drehte auf dem Zenit der Flanke die Hüfte aus dem Ring, ließ den Körperschwerpunkt hinübergleiten, ließ jenseits der Seile ausatmend die Beine herab, setzte mit beiden Füßen auf und federte weiter.

EPILOG

1939 wurde Trollmann zur Wehrmacht eingezogen, 1942 entlassen und ins Konzentrationslager Neuengamme deportiert. 1944 wurde er im KZ Wittenberge ermordet.

Ehre seinem Andenken, Friede seiner Asche.